赘婿 ④

暮色白莲

愤怒的香蕉 著

青岛出版社
QINGDAO PUBLISHING HOUSE

图书在版编目（CIP）数据

赘婿.4,暮色白莲/愤怒的香蕉著. —青岛:青岛出版社,2021.2
ISBN 978-7-5552-9652-2

Ⅰ.①赘… Ⅱ.①愤… Ⅲ.①长篇历史小说－中国－当代 Ⅳ.①I247.5

中国版本图书馆CIP数据核字（2020）第211748号

书　　　名	赘婿4 暮色白莲
著　　　者	愤怒的香蕉
出版发行	青岛出版社
社　　　址	青岛市海尔路182号（266061）
本社网址	http://www.qdpub.com
邮购电话	18613853563　0532-68068091
责任编辑	李文峰
特约编辑	孙小淋　徐馨如
校　　　对	荣　芸
装帧设计	千　千
照　　　排	梁　霞
印　　　刷	三河市良远印务有限公司
出版日期	2021年2月第1版　2025年9月第4次印刷
开　　　本	16开（710mm×980mm）
印　　　张	17.5
字　　　数	254千
书　　　号	ISBN 978-7-5552-9652-2
定　　　价	39.80元

编校印装质量、盗版监督服务电话 4006532017　0532-68068050

目 录

第 一 章	拓生意苏檀儿南行	遇故人楼书婉叙旧	1
第 二 章	笔格悬赏治家有方	夫妻吵架反解心结	23
第 三 章	因入赘莫名遭斥责	送蚕儿意外通关节	49
第 四 章	想入非非胡乱出头	以一敌众犹占上风	71
第 五 章	初来乍到先声夺人	地龙翻身不祥之兆	92
第 六 章	乔装入城浑水摸鱼	狭路相逢短兵相接	119
第 七 章	攻势如潮杭州失守	屡陷重围全身而退	144
第 八 章	东南倾京师齐震动	谋夫病仍思退敌策	164
第 九 章	威逼利诱重振军心	主动投诚一朝得势	189
第 十 章	困孤岛相依讨生活	操旧业无辜遭奚落	213
第十一章	慨然就义老人卫道	苟全性命书生传道	232
第十二章	当幕僚入伙霸刀营	埋暗线参加百官宴	257

第一章
拓生意苏檀儿南行　遇故人楼书婉叙旧

尽道隋亡为此河，至今千里赖通波。若无水殿龙舟事，共禹论功不较多。

作为世界上最长的人工运河，京杭大运河北起涿郡，南至杭州，贯穿了黄河与长江，长江往南，以镇江为发端的运河一段，被称为江南河。

江南富庶，自镇江往南，水道上船只来来去去，令得江南河也不负这名字，成为京杭大运河最为繁忙的河道之一。这条河道水流平缓，周围的山势没有长江沿岸那般高峻，起伏之间，山水翠绿，并不显得深邃，偶有破旧的码头，小小的村落、田地，或是与河道并行的道路闪现，路上偶尔也能见到行人和驶过的牛车，衬着河道间来去的船只，的的确确给人一种江南的安然气息。

江南河宽二十余米，水却并不见得深，通常只有两米左右。河道两旁偶有低洼之处，就会形成重重叠叠的芦苇丛。附近的渔翁撑船驶过，也有鸬鹚之类的水鸟起落，嘎嘎嘎地叼起水中的鱼。日光之中，水上的一幕一幕安静又怡人，便是山水画儿的意境了。

这长长的水道承载了太湖与长江一带的漕运，也承载了绵绵近千里间依水而生的人家的生活。时间正值下午，一艘画舫行驶在常州附近的水道间。说是画舫，但装潢比不得秦淮河一带船只的华美。船分两层，比起行走于这条水路的一般商船客船要显得舒适得多，一看便知只有家境殷实的人家才租用得起。此时这艘船在河面上缓缓前行，夏日的阳光里，说话的声音正从二楼的房间里响起。

"乌云密布，大水滔天，只见那法海飞到天空中，大喝一声：'大威天龙，世尊地藏，般若叭嘛吽！'身上的袈裟遮天蔽日地展开，把整座金山寺托上了天……当！欲知后事如何，请听下回分解。"

从船舱里的声音听来，想是有人在说故事，这故事正到激烈紧张处，陡然响起这句话，一帮人大概是愣了半晌，随后便是抗议声迭起。

"不要下回分解啦……"

"姑爷姑爷……"

"姐夫，你不能这样。"

"那个法海跟白素贞怎么了嘛……"

"金山寺那么大，怎么飞到天上去啊？怎么飞的，怎么飞的？……"

说话的人有男有女，场面一时间混乱不堪。讲故事那人大概是喝了口水："喂，你们过分了哦，都说了一个下午了。至于金山寺怎么飞起来的，你们昨天也看过金山寺了，想怎么飞就怎么飞嘛，要有想象力……"

"可是'大威天龙，世尊地藏，般若叭嘛吽'又算是什么佛号？姑爷姑爷，佛门没有这样说的啊……"

"听起来很厉害啊，你个丫头怎么知道这个？"

"娟儿看过佛经的，娟儿你来说……"

"法海大师好厉害。"

"啧，完了，娟儿犯花痴了，谁去打她一下……"

"没有啊，姑爷。"

"姐夫，那佛门真有这等神通吗？"

"你信了？"

与此同时，一层甲板侧舷的过道上，有一名女子正倚在那儿，一脸闲适地望着流淌的河水。她一身鹅黄与月白相间的衣裙，披着白色的坎肩，手中拿了一把小扇子，年纪仍轻，头上却绾着妇人髻，年轻的纯真与成熟的安闲气质混在一起，让人一眼便能看出，这是已然嫁人的大家小姐。

这一船人自然便是一路南行的宁毅等人了。

这次去往杭州，旅游的成分固然占了一部分，另外，苏檀儿其实也打算在杭州一带将生意铺开，以在大房中将自己与父亲的影响力稍做区分。于是，除了她、宁毅、婵儿、娟儿、杏儿，同行的还有家中一名信得过的账房、两名掌柜以及他们的家人、丫鬟、伙计、护院，之前比较亲近大房的两名堂兄弟苏文定、苏文方也一路跟随苏檀儿这个堂姐来杭州历练。

如此一来，他们加起来也有三十人左右的规模，苏檀儿便租了这艘相对舒适的双层画舫。他们之前在镇江停留游玩了几日，自然也去了镇江的金山寺。此时的镇江金山寺已经改了两次名，先是改为"龙游寺"，目前叫作"神霄玉清万寿宫"，但之前的名字大家还是记得的。大家说起来时，宁毅便将《白蛇传》的故事说出来哓人，用的却是徐克《青蛇》的版本。故事还没说完，婵儿等人似乎便迷上了那被宁毅渲染得很帅的法海，至于文定、文方等人，则不免对两名妩媚的蛇妖想入非非一番。

午饭过后，听故事的除了三个丫鬟、两名堂弟，连几名账房、掌柜的家人也聚了过来，还有随行的伙计、护卫，例如东柱、耿护院等人，也在二楼走廊听得津津有味。这几日在镇江游玩时，众人知道了这东家姑爷风趣随和，也就没了拘束。苏檀儿原本也对这些故事感兴趣，但众人聚集起来之后，她下来了一趟，看上方拥挤，就没有再上去。画舫的两层并不高，在船舱这边也能听得清清楚楚，她站在这里吹吹风看看风景，竟也跟上了故事的进度。

虽然成亲之后苏檀儿便是妇人打扮，在生意场上养成的成熟气质也一直有，但其实一开始还有些生涩。到得现在，那份生涩已全然没了。她站在这里不上去，听的却是那热闹的气氛，是夫君坐镇全场被人喜欢时与有荣焉的感觉。

成亲之前她是绝没想过这类事情的，生意场上长袖善舞成为众人中心的气场她也有，若是大家坐在一起，她也能三言两语就引起他人注意，不致冷场，但亲切幽默并不是她所擅长的。作为女子得矜持，要与他人保持距离，她虽然一贯以柔和雍容之态待人，但偶尔也会被人说成是武则天的做派。

若说她曾经有什么期待，不过是盼着这夫君成亲之后不至于太过木讷，会打招呼，不过分得罪人，那就行了。何曾想过这夫君无论怎样的场合都能掌控大局？宁毅与乌启隆摊牌的事情她也曾问过，知道乌家会那般迅速地认命，恐怕也是因为夫君三言两语间将那乌启隆的自信扫得彻彻底底，而在此时，他又能将文定、文方他们全弄得如普通人家那般和睦。自己可以做到前者，但在家人一项上，恐怕是做不到如他一般的。

她感受着其中的幸福，笑容之中自然而然地带了几分妩媚，倒像是故事里那白素贞一般柔媚甜美了。

上方虽是吵吵嚷嚷，但宁毅既然说了告一段落，旁人自然也不可能真缠着他非让他讲不可。对婵儿、娟儿、杏儿来说，他纵然亲切，但总归是主人；对苏文定、苏文方等人来说，宁毅纵然亲切，但一贯的气场是强大的，在某种程度上，苏家或许仅有苏老太公能够拥有更强大的压迫感；旁人便更加不可能非要让宁毅将故事说完，因此，虽有几句说笑，随后大家还是更热衷于谈论故事里的情节，很快又猜测起后续来。

不一会儿，宁毅与苏文定、苏文方说说笑笑下到甲板上，见了苏檀儿，文定、文方又说了几句方才离开。宁毅拿着一个茶杯，看着那边轻摇团扇的妻子，笑着走过去。苏檀儿眯了眯眼睛："太可恶了，我也还想听……"

"方才你又不说。"

"那白蛇为了报恩，喜欢了人间的男子；本着好心，法海降妖除魔，也是尽其本分。相公你说，到底是谁错了？"

"我若是许仙，错的自然是法海；我若是法海，错的便是那许仙了。"

"呃？怎会是许仙？"

"我若是法海，见许仙成了亲，当然是看许仙不爽，所以要拆散他们。至于为什么要拆散他们，当然是看上了白素贞……"

"嘻——"苏檀儿忍不住笑了出来，随后微微板起脸，"相公别开这种玩笑，故事里有佛理呢。"

宁毅耸了耸肩，不做辩驳。此时船行至芦苇茂密处，微微转了个弯，日光随着画舫的转向将船舱的阴影也微微转了转。河岸边是低缓的山，树林被暖风卷动，千万叶片晃动着，几只鸟儿与被卷起的尘埃一同飞上天空。夫妻俩站在那儿看着这景色，宁毅喝了口茶，苏檀儿大概也有些渴了，拿过宁毅手中的杯子也喝了一口，随后将杯子捧在手里。后方的船舱里，大概是两名掌柜的孩子自走道跑过去，口中大喊着："大威天龙，世尊……嗯藏……啦啦啦啦啦……"孩子许是记不住那话，令人听了不由得发笑。

江南河虽是人工运河，河床不深，但开凿了这么多年，水质其实挺好的，从船上看去，河上碧波荡漾。苏文定与苏文方两人不知在船头看着下方的河水说笑些什么，朝这边望过来时，宁毅笑道："怎么？想清楚了？"

苏文定撇了撇嘴："姐夫，有辱斯文哪。"宁毅便笑了起来。

苏檀儿不知道他们在说什么，问了一句，听了宁毅的解释，才知道方才苏文定、苏文方缠着宁毅说故事，宁毅便道到河里游泳游过他再说。其实他的水性虽然还有，但来到这边之后他极少有下水的机会，想来现在游得也不怎么样，只是苏文定、苏文方以书生自诩，自是不肯做这种不顾仪表的事情。

苏檀儿听了，笑着白了宁毅一眼，随后也说他有辱斯文。她探头朝水里看看，其实江南河水深平均只有两米，就算眼下是汛期，也涨不了许多，只要是会水的人，下去就淹不死。宁毅与她一同看向那水面，问道："你会水不？"

苏檀儿笑了笑："会一些，许久没游了。"

"有机会倒是可以下去试试……"

听见宁毅喃喃自语，苏檀儿这才微微扁嘴，做出生气的样子，白了他一眼："相公总是胡说，妾身下去了。让人看见，相公又能光荣到哪里去？"

"喀，随便说说，以后可以自己建个池子……"

两人为此说笑了一阵。

江南河由丹阳到无锡的这段航程近两百里水路都是笔直一线，除了泥沙淤积处，几乎不用转弯，都是顺水而行。不过，又过了一阵，风倒是逆向吹了起来，宁毅与苏檀儿朝着东南方望去，只见那边的天空中，厚厚的积雨云已经垒了起来，云的边缘犹如在天空中画出了一条黑线，天空仿佛都被沉沉的云给压住了。

这时候船上众人都已经注意到了那雨云，苏檀儿仰着头看了一阵，婵儿也端了个盆，自船舱里跑出来，到苏檀儿身边道："这不会是天兵天将来捉白娘娘了吧？"

苏檀儿揽住丫鬟的肩膀，笑着将她拥在身前："可能是的。"

那掌船的老船主这时也到了甲板上，皱着眉仰望着那片云。老船主姓古，宁毅笑着说道："古叔，这看云识天气我也学会了一些，看今天这云，许是要下一场大雨了。"却是早几天那船主给众人说了些看云识天气的诀窍，这时候宁毅便活学活用。

那老船主哈哈笑了起来："东家说得是，看这云势，该是有一场大雷雨。不过这也无妨，这等风雨中行船，其实也别有一番滋味。"

苏檀儿道："这江南河不会有大风浪吧？"

"风浪有些，大的没有。咱们这船大，长江那段若是这等天气，就算有大风浪也行得。海上才是真正的大风浪，这边山低些，就算刮起大风，可水不深，怎样都不会有大浪的。有的人哪，便喜欢在起大风时到船上来玩，说是刺激。哦，这边……有首诗怎么说的来着？'平河七百里，沃壤二三州。坐有湖山趣，行无风浪忧'——便是说这江南河。"

这老人家还会吟诗，众人一时间惊奇不已。宁毅笑道："古叔还是个雅人。文定、文方，考考你们，这诗谁作的？"

苏文定想了想，苏文方倒是立即笑着挥了挥手："姐夫也忒小瞧我们了，唐朝白乐天的诗嘛。"

白乐天便是白居易。宁毅点头笑了起来："我坦白，其实是我忘了。"他说的是实话，这首诗他从没见过。其余人都大笑起来，没人相信。

老船主指挥两名船工降帆，天边，狂风卷着雨云，朝这边压过来了……

大雨滂沱，不时有电光闪过，雷声阵阵，震动着黑暗中的城市。

常州是江南河航线上的一座大城，唐朝之时曾被列入"天下州府十望"。虽然因为运河而繁荣起来，但它自然比不得汴京、江宁、苏州、杭州这类大城市，这样的暴雨里，城市中只隐隐有些灯柱闪动，稀稀疏疏的，只在闪电偶尔闪过时，才能看清城市巍峨的建筑。

下午突如其来的大雨将众人杀了个措手不及，到得此时，常州的码头附近仍有人影在大雨之中奔忙。实际上，混乱的状况在傍晚的大雨中已经结束了，那时诸多航船靠岸，赶着上货下货，将船只固定，此时仍在大雨当中忙碌的，大多是出了意外又担不起损失的商户，花大钱雇了不怎么怕死的船工，在这里冒雨搬运货物。

整座码头上风雨怒号，偶尔闪电亮起，显出仍有人影活动的有两到三处。码头东侧一处地方的人是最多的，眼见那波浪推着河里密密麻麻的船只起伏涌动，一艘货船附近仍有许多人在搬东西上下，在风雨声中，这些人犹如蝼蚁，被风吹得东倒西歪，大声呼喝。货船中有着火把的光芒，不远处属于码头的房子里也亮着光，他们此时便是试图将货船上的一些东西搬进房间去。

这艘货船为江浙一带一家大商行所有，东家姓楼。这次货船运了一船货物南下，到常州附近时船身出了些问题，正好又遇上大雨，只得仓促靠岸。东家原本想停靠在码头上，避过这场大风雨再说，但入夜后才发现货船的问题更加严重，船上又有许多货物，为避免出现更大的问题，只好雇了敢于舍命的工人，先抢下一些，以减轻船身的重量。

虽然是这样的天气，又没有足够的光照，工人们随时可能被风吹倒或掉下水，但河水毕竟不深，这些船工多半颇通水性，又是夏天，掉下去也未必会有事，若非如此，恐怕出再高的价钱也不会有人来。

这满天满地都是呼啸的风声，只要离码头近些，便能隐约听见成百船只在水面上摇晃的吱呀声。船工们搬运着货物在雨中摇摇晃晃地穿行，去往码头边那亮着灯光的房间。房间里看起来也有些简陋空旷，全身湿透的船工们搬了货物进来，码在中间，便有商户家的伙计忙忙碌碌地清点记录。

房间一侧的窗前，几个人正朝外面的黑暗中投去目光，隐约可见那在雨中起伏的船身。为首的是一名相貌明艳的女子，她的头发已经湿了，后方的婢女递来毛巾，她便拿起，顺手擦了擦脸上的水珠。其实窗户外一直有雨飘进来，不过另有一名书生打扮的男子站在她身侧，为她挡去了一部分。

"船怎么样了？能修好吗？不会沉吧？"

问话的是那位明艳女子，问完之后，旁边一名从外面跑进来的男子一边擦着脸上的水珠一边答道："回小姐的话，船已经进了码头，应该沉不了。不过天气实在太坏了，修补也难，船上的货还是得搬下来一些。"

"那就继续搬。"

"知道。"

那男子点头应道。

说完，女子又朝窗外望去，面色有些阴沉。这一船货物中有不少是瓷器这类易碎品，眼下必然损耗不少，她的心情自然不好。旁边为她挡去半身雨的男子回头道：

"舒婉,大家都在搬,你也没必要一直站在这边看着,让雨淋了也不好,进去吧。"

这对男女大概是一对夫妻,女子瞥了他一眼,目光仍有些阴沉,随后才嫣然一笑,扭头走开了。书生打扮的男子笑着走过去,两人在墙边说着什么,男子显然在努力说些有趣的话逗那女子笑,旁人——包括丫鬟在内——则都知情识趣地走开。那女子与男子说得几句,又朝窗外看了一眼,显然仍在担心货船的问题。

如此又过得一阵,码头一侧又有一艘航船在暴雨之中朝岸边驶来。那是一艘两层的画舫,看来也是有些家底的人出游,遇到这场风雨,才朝常州这边过来。暴风雨中,画舫行驶得还算平稳,船舱中火光晃动,该是点着火把在照明,在黑暗中映出人影来。

这时候来码头靠岸也不是什么奇怪的事情,毕竟偶尔也会有船只落单。那艘画舫停靠的位置距离这边不远,于是引起了这边的注意。这样的天气,船只靠岸并不容易,画舫上的伙计们拿竹竿撑在岸边,全力调整了许久,才艰难地将画舫停稳。人从上面下来也极为费力,由于风雨太大,伸下来的板子搭不稳,摇摇晃晃的,基本上只能跳下来。那帮人披着蓑衣,当中有女子、小孩,便由先下去的男子扶住或接住,过了好一阵子,几十人方才下完,到不远处的屋檐下躲着,点起火把。

虽然风雨颇大,但当中几个孩子还是比较开心的,口中嚷着什么"大威天龙"等古怪话语,在屋檐下乱窜,也有探头朝这边看的,但很快又被他们的家长叫了回去。大概是点清了人数,他们商量起如何自码头离开。

这等天气,谁都无暇他顾,这边房间里的人也只是朝那边看,关心的还是自己货船的问题。那名叫楼舒婉的女子与书生聊了一阵,随后便又开始皱着眉头询问船只与货物的事情,只是在某一刻朝门外那边的屋檐下投去目光时,恰巧闪电闪过,她微微愣了愣。

那屋檐下,三支火把在众人手中亮着,被风吹得激烈摆动,光芒非常微弱。一些人一边笑着说话,一边将身上的蓑衣解开,随后却又收紧,闪电闪过时隐约可以看见他们脸上的笑容。在这等天气里也能说说笑笑,足见他们心情不错。不过,其中一副面容似乎勾起了这边女子的记忆。

"嗯?舒婉,在看什么?"

楼舒婉张了张嘴,随后目光转到旁边男子的身上,却是变得淡然与不耐烦起来:"没什么。"

这种天气里不容易看清,何况那也不是什么重要的记忆,她摇了摇头,将心思放回自家的生意上来。这次耽搁一下真是不爽,该死的雨天,随后她又觉得旁边的男子实在啰唆,有些不高兴起来。

她心情不好,但眼下的情况着急也无用。不久之后,确定货物搬得差不多了,船只的情况也稍稍稳定，他们便离开码头，一路冒雨回了客栈。

楼家的生意主要是在杭州，常州只是路过，但他们住的也是这边数一数二的客栈。这场大雨突如其来，投宿的人倒是不多，客栈里显得有些冷清。

盼咐丫鬟打来热水，简单地洗了个澡之后，楼舒婉叫来一名随行的管事，商量了一下如何解决货船的问题。夏日的风雨来得快去得也快，不可能持续好几天，但船坏了，就算天晴了也走不了。上面大部分货物并无问题，又答应了别人，经不起耽搁，得考虑租船的问题。待那管事离开，在另一间房里同样梳洗完毕的书生就过来了，想来知道她在安排生意上的事，已经在外面等了一会儿。

她心中有事。见那书生关了门，说笑了几句，便来抱她，欲行欢好，她心中不悦，微微皱眉，只是也不推拒。不过，她才被脱了外衣，便听得下面大堂有人敲门，随后似是进来了不少人。她心中好奇，将书生推开，又披起外衣，启窗望去，见二十余人正在大堂中脱去蓑衣，两个孩子跑来跑去，便是在码头上见到的那些人。

"怎么了？"

书生靠过来，也透过窗户朝外看。女子微微皱起眉头，目光在大堂众人间游移着，好半响方才推开那书生："你且去睡吧，今夜我不想……那里面有个人我认得。"

"嗯？"书生感兴趣起来，探头朝下面望，"看起来倒像是官宦人家出游呢。"

这等天气雨伞根本没有用，这帮人虽然穿了蓑衣，但找到这里时，全身上下其实已经湿透了。当中几名女子现在不好换衣服，便找来薄披风披上。从几名女子的衣服来看，这帮人家境还是颇为殷实的。

这时候大厅内场面混乱，掌柜、小二忙着安排房间，进来的众人忙着吩咐烧水、提行李，一时间显得极为热闹。当然，主人和丫鬟，就算在这片刻间，旁人也能分清楚——其中一名女子手拢着湿发，侧着头朝周围的人说话，似乎是在安排事情，倒有几分楼舒婉平日里的神色。这女子身材高挑，相貌也是极美的。见书生看了那女子几眼，楼舒婉便指了指她。

"这女子姓苏，我以前见过，是认识的。她家在江宁，我认识她好几年了，想不到会在这里遇上。"

"要出去相见吗？"

"倒是不急……"楼舒婉说着，又想了想，"不过……她有船，似乎也是南下，若是这样……"想到这里，她又朝下方望去，眼见着小二似乎安排好了房间，正领着人上来，她关了窗，微微整理了一下衣服，随后推门而出……

雨夜，客栈内外的吵嚷与躁动渐渐平息了，只剩下窗外的暴雨与风声，倒是使得客栈内房间的气氛显得更加温暖与安宁。油灯的光摇动着，照亮了画着桃花与布谷鸟的屏风,屏风立在房间的中央,将一个大浴桶围起来,浴桶里是男女赤裸的身体。

"她叫楼舒婉。楼家在杭州主要是做瓷器生意的,不过其他的生意也有,涉猎得比较广。在那边他们也算是排得上号的富商,恐怕比我们苏家的底蕴还要厚些。早几年爹爹带我外出时见过她几次,也见了她父亲,她父亲是个很厉害的人,叫作楼近临。哦,她还有两个哥哥,一个叫楼书望,一个叫楼书恒,楼书恒我只见过一次,人怎么样倒是不清楚……"

灯光映照在赤裸的细腻肌肤上,衬得那肌肤如细滑精致的瓷器。苏檀儿微微偏着头,拿着洗澡用的木勺,将温水自颈项上淋下去,口中轻声说着话。她坐在宁毅怀里,水波之下,两人的肢体毫无间隙地贴在一起。

两人的关系此时自然已经是相当亲密了,但眼下这样的事情,还是令苏檀儿有些害羞。毕竟在这个时代,新婚夫妻做到这种程度,已经算得上荒淫了。不过出门在外,宁毅又说时间不早了,要赶时间睡觉,所以没有分开洗的必要,她也只得忍住羞意,与宁毅进了一个浴桶,不过现在看来,反会多花些时间也说不定。

这时候离家已经数百里,早先与楼舒婉的巧遇确实有些出乎苏檀儿的意料,但她终究还是高兴的。两人虽然算不得多么熟悉的好友,但早几年的碰面间,苏檀儿知道了楼舒婉是个颇为独立的女子,两人其实是有些类似的,那时她立志要当个女强人,因此对楼舒婉的印象很好。方才吃饭之时两人又聊得一阵,楼舒婉依稀还是以前那个独立且厉害的女子,苏檀儿虽然隐约觉得她与以前相比有些许不同,但认为那大抵是长大了的缘故。

不过她此时说这些,主要倒不是为了向夫君细细介绍这位投缘的好友,仅仅是因为心中不好意思,因此不断地说话,想让自己不去注意这时的状况。因此,当她这位夫君的手在水中缓缓抚过她身体的敏感处时,她也只是仰着头,轻轻咬了咬下唇,随后继续说。

"这次她似乎也是运了货物南下,大概跟以前差不多。这时候还管着楼家的生意,舒婉姐很厉害呢。"

"跟你一样?"

"我比不上。听说楼家人都很厉害,我们苏家……嗯,比不过。"

苏檀儿有些掩耳盗铃地专注于思考,虽然呼吸早已变得有些急促,但她还是刻意对水下的事情表现得很敷衍。宁毅倒是专注于在水下掌握她的躯体,笑着敷衍她说的话。

"不觉得……"

"嗯……遇上了熟人也好,这次去杭州我原本也打算去拜访她的。相公,要不然咱们一块儿南下。原本打算去太湖游玩一番的行程做做修改……呃……好吗?"

"嗯，随便你，我对太湖没兴趣……"这个时候他对其他东西都没兴趣……

"倒是不知道舒婉姐成亲了没，方才忘了问……看她还能出来主持楼家的生意，总不至于……还未成亲吧？"

她想到些可能性，偏头看看宁毅，没有说出来。宁毅不以为意地挑了挑眉，不对此发表意见，片刻后，他伸手拨开苏檀儿的头发，低头轻吻她的后颈。苏檀儿笑着低了低头，若有所思。

"相公你看人最准，你觉得呢？"

"干吗要我看？"他依旧没兴趣。

"楼家有一些棉花生意，与咱们苏家的布行有些接触，不过，因为大家隔得远，也没什么竞争，所以没有过不妥。也是因为这样，爹爹才与楼家有接触。这次咱们接收了乌家的一些生意，再加上苏家在杭州原本就有的，过去之后说不定在生意上得跟他们打交道……嗯，相公啊……"

"我不太喜欢那个女人……"

"嗯。"

"太张扬，妩媚之气流于形色。"宁毅随口说着，"而且方才相见时，我注意到她的房间里有个男人。"

"嗯？莫非是……她的夫君？"

"呵……"宁毅不置可否地笑笑。他想也知道不是，若真是，那种情况下怎会不出来见人。只不过对这类事情倒也没必要大惊小怪，那个男人不出来或许有其他的理由，反正他不在乎旁人的私事。

"管她怎样，我想问的是，这种时候，娘子你真的有兴趣跟我讨论其他女人吗？"

苏檀儿低下头，随后扑哧一声笑出来："我都、我都这样了，夫君要怎样就怎样好了，干吗还要这么霸道地逼过来？对夫君逆来顺受还不行吗？"苏檀儿毕竟是苏檀儿，笑着展开不软不硬的反击。

"啧，只是逆来顺受我也太没成就感了，当初那个拿着火把点房子的苏檀儿哪儿去了？要不要反抗一下？据说你越反抗我越兴奋……"

宁毅口中胡说，苏檀儿倒是在听到他说点房子时便红了脸，比起被拉进浴桶时脸还要红。那次虽然是她计划了好久方才咬牙做下的"壮举"，但委实太过羞人，事情发生之后宁毅与她都很有默契地不提起，被拿来打趣，这还是第一次。过得片刻，她抿了抿嘴："妾身洗好了，要睡觉。"说着，她从浴桶里探出手去拿毛巾。

她也不敢完全站起身子去拿，只背对着宁毅，伸出一只手去，拿了好几次方才拿到，耳听得宁毅在后方笑了起来："倒也是，水也差不多冷了。"随后，苏檀儿陡然感到身体一轻。

"啊——"她低呼一声。灯影摇动，两具身体陡然自水里站了起来。苏檀儿却是被宁毅揽住腿弯，抱在怀中。她此时浑身赤裸，一丝不挂，肌肤就那样暴露在空气当中，一时间只好并拢双腿，下意识地想要蜷缩起来，双手没地方抓，却又不敢舒展得太开，慌张了一阵，终究只得贴着宁毅的身体，窘迫了半晌，将毛巾抱在怀里。

"放我下来。"她轻声道。

"不放。"宁毅已经笑着走出了浴桶，抱着妻子往床边走过去。苏檀儿没好气地瞥他一眼，咬了咬嘴唇。不过，两人裸裎相见已经不是第一次，适应了眼下的情况，她将毛巾展开，试图将自己的身体裹起来。宁毅将她放到床上时，她才想起身上的水没有擦干，随即被宁毅伸手翻了个个，便又是一阵轻呼，这次带了些哭腔。

毛巾只遮住了身体前面，没有盖住后背，这样趴着，简直像是赤裸着身体给宁毅欣赏一般。而且这样的情况下，若是躺着，身体被看见，她反倒不会感到害羞，偏是趴着，她觉得委实有些淫乱。好在随后宁毅便扯了毛巾将她裹住，又把她翻了过来。

"我马上来。"

宁毅说着，回去浴桶那边擦拭身体。苏檀儿静静地躺在那儿，看着他的身影，叹了口气。这样一来，她不就真的是逆来顺受了吗？随后，她看见宁毅吹灭了灯，身影朝这边过来。

她闭上眼睛，逆来顺受就逆来顺受吧，不理他了。

雷雨，黑暗中，熟悉的温暖靠过来，他除掉了毛巾，随后轻轻地打开了她的身体……

云雨过后，空气清新，触目所及，一片颓叶残枝。

这是第二天上午常州的景象，自客栈朝外面的街道望去，树木的枝叶被吹折一地。那雷雨不知何时停的，空气中还满是湿润，但总的来说，这场风雨已过，看起来又是清明晴朗的艳阳天了。

楼舒婉过来打招呼时，苏檀儿已然起床梳洗打扮完毕。她今天穿着月白与湖绿相间的简单裙装，头上簪着珠花，感觉只是个温馨幸福的小女人。

宁毅比她起来得稍稍晚些——他平素一向自律，都是比别人起来得早，但今天早上觉得躺在床上看着苏檀儿打扮也颇为有趣。倒是苏檀儿，见他一直在看，她洗脸的时候便拧了毛巾，过去将他的脸擦了几遍，简直像是对待小孩子的态度。

待梳洗打扮完毕，她便蹲在床边与他对望，双手垫着下巴，极轻柔地说道："相公不遵礼法，任性乱来，不知道害羞，像个小孩子。"

宁毅便笑了。这样的评价，他还是第一次听到。其实此时的苏檀儿清丽俏皮，才真的像个孩子。于是他用手指点了点她的鼻子："礼法可不管这些，净瞎扯。"

"相公像个小孩子。"苏檀儿笑着重复了一句。其实她每次在宁毅怀里的时候，都觉得自己像个孩子。

其实，此时的两人都年轻，都像孩子。

他们这样小声说了几句，楼舒婉便来敲门了。门开时，宁毅还在床上。由于这件事情，宁毅决定讨厌这个楼舒婉几天再说，虽然这样做未免武断，但电灯泡总是招人厌的。

当然，他心中虽然开玩笑地想着要讨厌她几天，但应对肯定不会有问题。在常州逗留了一天，到第三天离开时，楼舒婉等人已经成了苏檀儿一行人同行的伙伴。他们搬了一些货物上画舫，也介绍了身边的丫鬟、管事等人。至于随在她身边的那名书生，宁毅他们只知道他名叫林庭知，他与其他人的关系他们并不清楚，他说自己只是暂时跟着回杭州，他们便姑且将他当成一名食客，据说他是杭州颇有才名的才子。

另一方面，对宁毅，自知道他的入赘身份之后，楼舒婉心中是不怎么看得起的，一路上也就堂而皇之地"霸占"了苏檀儿……

这天清晨起床，宁毅稍做锻炼，打了一套太极拳。甲板上清风吹来时，运河沿岸也在晨曦之中显现出漂亮的轮廓。青蓝色的天空，白黄色的晨曦，水道两旁的村庄里渐有鸡鸣狗吠之声，提着木桶的农妇在河边的青石上汲了水，抬头看看河面上经过的船只，因为司空见惯，随后就转身返回了。

画舫上已经亮起了灯光，人们陆续起来了。小婵抱了个水盆走过，觉得穿一身白衣的姑爷打拳真是飘逸好看。当然，也有人持不同看法。

"苏家姑爷这是在打拳？"

拱了拱手，自一旁走过的是与楼舒婉一道的杭州才子林庭知。他一身儒衣纶巾，在朝阳下倒也显得俊逸儒雅。宁毅看了他一眼，笑了笑："强身健体的花架子。"他说完，自一式"海底针"转往"闪通臂"。

林庭知便也笑，见宁毅专心打拳，他不再开口说话，转过身时，却见画舫二层的一扇窗户后，楼舒婉正朝下方看过来。她大概是刚起床，脸上薄施脂粉，正偏着头将一支珠花插在绾起的发髻上。林庭知向她露出一个会心的笑容，她脸上没有什么笑容回应，只是脸色变得稍稍柔和，随后便又消失于窗口。

知道她的性格，林庭知也不觉得无趣，展开扇子挥了挥，回头望望仍在打拳的宁毅，朝船舱之中走去，见漂亮的娟儿走出来，便又笑着拱了拱手。娟儿躬了躬身行礼，随后面色平淡地出去做自己的事情了。

"妹夫似乎在下面打拳。"

二楼房间里,楼舒婉一面在梳妆台前俯下身子,拨弄着头发,一面与床边起身的苏檀儿说话。苏檀儿看看那窗口,笑了笑:"他就是喜欢那些事情。"

画舫是昨天早上自常州码头启程的,因为逆了风,行得稍慢,但昨天已经过了无锡,今天凌晨过的苏州,此时正在苏州往嘉兴的水路上。按照宁毅与苏檀儿原本的计划,该是在无锡或者苏州逗留一番,随后去太湖游玩几日,此时行程自然是改了,主要还是为了替楼舒婉送些货物。

苏檀儿与楼舒婉原本没有太深的交情,只是少女时期相识,双方又都是女强人性格,对对方的印象还算深刻,这时他乡遇故知,便有了些姐妹情深的感觉。这两天,两人基本是撇开了其他人在一起说话,晚上自然也住在一起,聊这聊那,无话不谈。

事实上,到了这艘船上,楼舒婉可以聊天的对象也只有苏檀儿一人——两人的身份类似,宁毅又是入赘的夫婿,楼舒婉自然不可能高看他,这时有外人在,她也不好与那林庭知表现得亲热。对宁毅,她已经知道了大概的情况:书生,入赘,无功名。虽然苏檀儿说他没什么考功名的打算,但楼舒婉自然是觉得,哪有不想考功名的书生,无非才学不佳,加上入赘身份,没办法再去走这条路而已。

楼舒婉本身也已经成亲,与苏檀儿说起来时,苏檀儿才知道她的夫婿也是入赘,才学还不错,稍稍谈起,留下的印象与宁毅差不多。楼舒婉偶尔提及自家夫君,虽然说的也是好话,但苏檀儿自然能听出她其实有些不以为然,俨然将自己当成有共同遭遇的姐妹一般,偶尔叹息一句,表现出"都一样,你懂的"的态度,便不再多说。

其与当初的苏檀儿一般,选了男子入赘,原也是没有办法的办法,会来当赘婿的男子,无非那副样子,以这个时代的价值观来说,总让人觉得气节不够。楼舒婉对这一点自然也是清楚的,可是成亲之后,又免不了想,自己的夫君若是最出色的有多好。

而且她那夫婿平日热衷文会诗会,而宁毅在船上,或者说在船上众人的议论中,表现出来的只有平易近人,喜欢说些游侠仙人的传说故事,喜欢打拳练武,似是更加不上进。楼舒婉自认了解苏檀儿的苦衷,便不多谈这方面的事情。江宁与杭州毕竟相隔千里,楼舒婉对诗文也没有非常热衷,不知道宁毅的名气,苏檀儿也就不好多讲自家相公有多厉害,否则便显得像是在炫耀。而且她想要从楼舒婉这边了解更多杭州一带的情况,对这方面的事情,自也不好多提。

提了提宁毅打拳的事情,苏檀儿笑得开心,毫无芥蒂,但楼舒婉觉得多半是强颜欢笑。毕竟自家中那位丈夫若也喜欢起打拳来,自己也只能强颜欢笑了,便不去戳破。

之后起了床，苏檀儿先去宁毅的房间里看了看，然后到下面与大伙一块儿吃早点。她自是与宁毅坐到一起，聊些零零碎碎的闲话。早餐过后，楼舒婉拉了苏檀儿去船头晒太阳，中途楼舒婉与一名家中管事商量事情，苏檀儿便拉着小婵说了些什么，小婵红着脸摇头，做了回答，便又去忙自己的事了。

过得片刻，楼舒婉还没来，有人自后方靠过来。苏檀儿只觉得身上一暖，那人抱着她，俯下身子，脸上在笑，正是宁毅。

"小心眼。"他说道。

苏檀儿也笑得温暖："没有。"

"有。"

两人如此打趣，却是因为小婵昨晚是在宁毅的房间里睡的。

这两天苏檀儿与楼舒婉在一块儿，昨天傍晚楼舒婉走开时，宁毅与妻子聊天，开了句自己竟然要"独守空闺"的玩笑。苏檀儿知道他并不在意，但到得晚上，还是将小婵叫来，推进了宁毅的房间，笑道："夫君与小婵睡吧，我不在意。"

她嘴上虽这样说，实际上在随后经过宁毅的房间时，忍不住竖起耳朵听了好几次，今天早上又忍不住去看了看宁毅的被窝。待到吃过早点，她将小婵叫来，含蓄地一问，才知道宁毅昨晚与小婵虽然睡在一起，却只是在一起聊天，没有做更多事情。

她将小婵许给宁毅做妾室，这是早已决定的事情，迟早是要发生的，苏檀儿早已在心中做好了建设，但今早听得小婵说了，她心中还是没来由地一暖。这时候宁毅抱着她，虽然后面或许有人看到，但她心中只觉得更加温暖。

"小心眼是七出之一呢，莫非妾身有哪里做得不好，相公想要休掉我吗？"

赘婿身份想要休妻，实在难于登天，只是两人感情加深之后，苏檀儿习惯在他面前表现出这等乖巧的样子。不过，关于身份的这些玩笑没必要开得太多，因此宁毅并不接话，只是笑了一会儿。

"这样子对小婵不好，昨晚我也跟她说了，待我们到了杭州安定下来，再正式娶她，到时候……嗯，这事也有些时间了，你心中有些在意是正常的，倒是我有些对不起她。"

苏檀儿握着他的手，摇了摇头，沉默片刻之后又笑了起来："相公禽兽不如。"

"禽兽与禽兽不如"的故事是以前宁毅开玩笑时说的，这时候苏檀儿拿来打趣。宁毅喊了一声放开她，随后伸手揉了揉苏檀儿的头发，似是有些不爽地走开了，苏檀儿双手捂着自己被弄乱的刘海，只是笑。

这只是旅途之中的小小插曲。此后画舫一路南下，按照预定计划，将在明日清晨抵达杭州，不过，随后发生的一些事情，使得众人在嘉兴停留了一晚。

那也只是一段小小的插曲。

傍晚，嘉兴西驿亭附近。

古木青葱，杨柳低垂，运河水道上，一艘华丽的画舫缓缓而行，金芒洒下时，便有渺渺笙歌自画舫间传出来。

自古以来，江南一带水路纵横，嘉兴也是依水而生的城市，其南湖与杭州西湖、绍兴东湖合称"浙江三大名湖"。既是依水而生，其间青楼拥有画舫的自然不少，这一艘便是本地一所青楼的舫船。今天倒不是游南湖，一帮才子聚会，让画舫沿运河而行，这期间轻歌曼舞，吟诗作赋。

踏青坐游船一般是在上午，逛青楼一般来说则是在晚上，这次聚会下午开始，算不得做这等事情的黄金时段，但此时夕阳西下，运河一带满目金黄，风景怡人，几名才子在窗口处朝外看，灵感偶尔便会被激发出来，指点江山，伤古怀今。船行一阵，与几艘货运航船擦身而过，随后又有一艘画舫自上游而来，渐渐靠近。陡然间，一侧有人低呼起来。

"哎，快来看，快来看……"

"什么？"

"你们看那儿。"

陡然间如同发现宝物一般的是其中一名才子，他挥了挥扇子，面露憧憬之色。众人顺着他指的方向看去，只见那驶来的画舫上也有数人行动的景象，船只前方的甲板上，一名手持团扇的白裙女子正站在那儿，看着附近的风景，风从前方吹过去，拂着那莲荷般的裙摆，女子伸手抚动耳际的发丝，阳光浇灌下来，给这身影洒上一圈壮丽的金边。

那女子身边还有一名丫鬟打扮的女子在说着什么，两人谈着谈着便笑了起来。两船的距离渐渐拉近，女子的样貌渐渐清楚，青楼的画舫上，窃窃私语的声音响了起来。

"哇，这是哪家的小姐？"

"那船看起来不是咱们这儿的，恐怕是自苏州一带过来的。"

"是哪位官宦人家的家眷吧？"

"喂喂喂，你们这样看，未免失礼。"

众人一边议论一边指指点点。

离得近了，那女子也看见了这边画舫上的众人，顿时微微皱了皱眉头。与一般人家的女子不同，这女子长得美丽，但眉头拧起来，配合着站立的身姿，自有一股冷然的气场在。再看了几眼风景，女子转身朝船舱走去。旁边的丫鬟也看了众人一眼，随即在后方跟上她。那边画舫上,有人摸了摸鼻子,有人又是笑又是闹。

"唐突佳人。"

"你们这样看算什么,别忘了晴儿姑娘还在这儿。"

"看来奴家可比不上那位姑娘呢。"

"哪里的话,在在下眼里,还是晴儿姑娘漂亮得多……"

这说话声中,有人陡然说道:"啊,林庭知。"

"谁?"

"你们看,那不是林庭知吗?林庸林庭知啊……"

嘉兴与杭州相隔不远,水路相连,朝发夕至,于是文人间的联系算得上密切,其中一两个人认出了从那边窗口露出身影的林庭知,那位晴儿姑娘也认了出来:"呀,果然是林公子。"

"这林庭知可是出了名的花蝴蝶,怎会在那艘船上?"

"有这回事?听说他颇有诗才……"

"以讹传讹吧,江南才子,岂有不谈风月者,更何况那林庭知看起来英俊,与我一般……"

"他不是在杭州吗?"

"那位姑娘看起来是已婚妇人,莫非是林庭知搭上的女子?"

又是一阵议论。两艘画舫此时已经错开,众人说着那林庭知,陡然间,又有人低声道:"啊,楼舒婉……"

此时又有一道倩影出现在那画舫后方的甲板上,众人闻声看过去。说出这名字的是一名杭州来的学子,他的神色似乎有些复杂。旁边有人听了,便问道:"陈兄莫非也认识那边的人?"

"陈兄原是杭州人,也难怪。"周围有人说道。那陈姓男子看着楼舒婉,随后又看看林庭知方才所在的地方,仰了仰下巴:"那女子我倒是认识,叫作楼舒婉,乃杭州……楼家楼近临的掌上明珠……"

正说着,一名才子自窗口探出头去:"船家,快跟上去,跟上那艘船!"

"哈哈,正是,如此有缘,倒要打个招呼。"

陈姓男子说道:"不过那楼舒婉已成亲……"但众人已开始起哄,他的声音也小,旁人哪里听得清。陈姓男子神色复杂,似乎想要让众人不要喊,但终究还是没有明确反对。

"林庭知!林兄!"

"林兄。"

夕阳的光影里,随着此起彼伏的呼喝之声,两艘画舫渐渐靠在了一起,这边船上的一干才子拱手打着招呼："林兄，好久不见。"

"林兄，当初南湖的诗会上我们曾有一面之缘，林兄可还记得？"

"林兄这是从哪里来？若有闲暇，不妨过来一晤。"

他们呼朋唤友，俨然热络无比。

那林庭知自船里出来，原本有些错愕，但这时在一干招呼声中偏过头看了看宁毅、苏檀儿、楼舒婉等人，片刻之后便也自然地拱了拱手："文兄、杜兄，真是好久不见了……"

阳光之中，他儒衫纶巾，长身拱手，一时间确有几分"莫愁前路无知己，天下谁人不识君"的气魄在。

这一路上，楼舒婉对他都不怎么热络，自遇上苏檀儿与宁毅这对夫妻后，便更加不怎么搭理他，他心有所图，便也觉得这样正常，不至于有多介意。事实上，若非有这等洒脱的心境，他也不可能游走于花丛之间。不过，旁人都不知道自己是什么人，不被重视的感觉终究让人不喜欢，此时委实成了他最为扬眉吐气的一刻。

"抱歉抱歉，在下与几位朋友尚有要事，正要回杭州，今日恐怕没有时间了……"

他一面拱手微笑，一面如此说着，极有分寸地做出了推辞。

河水悠悠，运河上波光漾起来时，河道两侧响着夏日的虫鸣，黄绿色的流萤就像是浮动在河道两侧的雾气，船只经过时，青蒙蒙的"雾气"就会被冲散，旋又聚合起来。

画舫停在了河岸边，船舱船头都亮着灯光，并不明亮，但也在河道间照出一片小小的天地来。这自是宁毅、苏檀儿一路南下所乘的那艘船，此时船上留下的人不多，包括宁毅、苏檀儿、丫鬟、管事在内，都已经接受邀请去了另一艘画舫上吃饭。

傍晚时分两船相遇，对面一干才子言语热情，那上船后便不怎么受瞩目的林庭知一时竟成了众人眼中的主角。招呼打过之后，对面的人邀请这边船上的众人在嘉兴盘桓游玩数日。

楼舒婉那边有货物等待交付，要盘桓自然是不可能了，但不知是出于什么考虑，楼舒婉竟提出可以在这边停留一晚。这群才子今日乘的是芳晴苑的画舫，芳晴苑虽为青楼，其中厨师烹饪的菜肴，特别是全鱼宴，却称得上嘉兴一绝，才子们于是邀了宁毅等人去那船上吃鱼。

宁毅与苏檀儿本是为游玩而来，嘉兴距离杭州不算远，两地联系密切，楼舒婉在这里算得上半个地主，她既然说了，这边自然欣然应诺，叫了苏文定、苏文方、账房、管事等人一块儿去吃，这边画舫上留下的人便不多。船老大、各家的家属、几名下人在这等聚会里自然上不了台面，便留在这边，草草地吃了些东西，在船上各处聊天纳凉。

大人们去吃宴席，几个孩子自然也被留下了，不免问起大人们的去向，特别是那个喜欢讲故事的东家姑爷。账房、管事家的妇人无事，便解释了一番是被一些很厉害的人邀请过去。

她们忆起方才的阵仗，那边船上又是才子又是学人，听介绍都大有来头，说不定还有秀才老爷、举人老爷，在这些商户家的妇人眼中，自然便是极厉害的，不免拿他们出来教导孩子若有机会便要好好上进。她们以往在苏家，虽然知道东家姑爷也是厉害人物，但还是觉得没办法与这些正统的读书人相比。

嘉兴这边的事情，江宁来的众人不了解，也不知道那帮才子到底有什么样的地位，不过那等阵仗看起来不小。船上有几个跟着楼舒婉一路过来的伙计了解一些，在船尾说起，便道那文笃清诗文如何，杜若涵在嘉兴、杭州一带有怎样怎样的名声，也不免说起自家小姐，还有那林庭知的事情。他们往日对那林庭知有几分不以为意，这时说起，才发现这人也是个大才子。倒是有个名叫东柱的苏家伙计在旁边听了，不以为意。

"那又怎样？我们东家姑爷可不是这些人可以比的，他的才名，整个江宁何人不知？有宰相老爷那样大的官最近邀他上京，他都没去呢。"

"骗人。"

"宰相老爷？"

"呃，反正是跟宰相差不多的大官。"

这些事情东柱说的时候其实也有些没底，他早几日是听婵儿、娟儿这些丫鬟咕哝了几句，说宰相老爷还是什么大官邀姑爷进京姑爷却没去。他本身也是难以想象宰相这样的大官是如何说话、行事的，这时候旁人细问，他便没了底气，但嘴上还是硬撑着。

实际上，这些事情婵儿、娟儿也不是非常清楚，谈论之中哪里能说明白。秦嗣源当时还未上京，官职也未定，宁毅提起也只说了个大概，六部尚书、左相、右相之类的职位，婵儿、娟儿虽然也算有些见识，但商户人家的丫头对这些东西就不怎么了解了。

楼舒婉的丈夫也是入赘的姑爷，几个伙计平日里对他的地位看得很清楚，上船之后，见双方情况差不多，心中对宁毅的位置自然也有一番计较，这时候虽然受到东柱言语的一阵冲击，心中终究难以相信。你一言我一语说得一阵，只知道自家姑爷很厉害的东柱说了几件具体事例，但说服力总是不够，旁人倒是受到激发，也说起以往听说的苏家姑爷的事情来。

妇孺伙计的一番言语虽然没办法将宁毅说到"当大官"那么威风，但总算勾勒出一个简单的厉害形象的轮廓来。

夏日的夜晚,远处点点灯火汇成嘉兴城的轮廓,一旁林间的驿道上偶有车马驶过,灯火织出简单的路径来。船上的众人也在闲聊之中消磨着时间,孩子问起那些离开的大人大概要多久才能归来时,妇人倒是说得确定:这等聚会,多半得到深夜才能散。然而,说完不久,便有几盏灯笼自远处的驿道向这边靠近,很快,灯火在河堤边的杨柳间亮起。正朝这边过来的人,依稀便是宁毅、苏檀儿等,前方杏儿提着灯笼,婵儿拿着团扇,偶尔沿河堤小跑几步,驱赶飞舞的萤火虫,随后便有隐隐的笑语声响起。

宁毅等人吃完饭后便一路散步回来,登船之后便是一阵热闹,娟儿等人甚至提了几份打包的菜肴,拿上船来给众人尝鲜。

"鱼的味道倒真是不错,与江宁的口味不同,待会儿弄点儿饭菜,大家可以尝一尝。"

回来的只有宁毅、苏檀儿、三个丫鬟、账房、掌柜这些人,苏文定、苏文方留在了那边的画舫上。他们一贯喜欢这些文会,宁毅与苏檀儿也让他们在那边坐会儿,因为楼舒婉与林庭知也留在那边。老实说,当宁毅、苏檀儿等人吃完饭便打包告辞时,楼舒婉是真的挺意外的。

实际上,他们这次被邀请过去,虽然说是招待原来的朋友一顿酒饭,但座上众人委实有些醉翁之意不在酒的味道。在那帮江南才子眼中,林庭知是出了名的风流人,虽然诗才颇佳,但风流更甚。于楼舒婉,他们了解不多,但通过林庭知的一番介绍和知情人的吐露,众人多少了解了这女人的背景。

她个性强,有个入赘的夫婿,家财万贯人又美丽如斯,说不定林庭知已然成了她的入幕之宾,而外地来的那位苏檀儿也是同样的背景,总之,对她那个丈夫,该是不用太在意的。苏杭一带本也是风流之地,这帮人倒不是刻意存着龌龊心思,只是在这个时代,交流男女之事本就被视为浪漫,楼船画舫上,灯火烛影间,诗词挑逗、眉目传情原是风流的一部分。对方既是商家妇人,应不会太在意礼教的约束,于是这帮才子以邀请林庭知为理由将大家聚起来,表面上还是普通而守礼地宴客。当然,若是被邀请者真动了某些心思,此后你情我愿了,那自然也只能佩服这人的手段,在众人眼中,便又多了一件可供书写谈论的风流逸事。

他们在青楼的画舫中请客饮宴本就有些孟浪之意,但一来邀的主要是林庭知,二来这里的宴席也是真不错。苏檀儿已为人妇,原可以直接拒绝不去,但楼舒婉既然开了口,宁毅也不愿顾忌太多扫了兴,去到那画舫上,与众人聊得几句,大概看清了情况,于是开开心心地吃了一顿宴席,吃完之后在这帮才子诗兴大发前便起身告辞,顺便打了个包。

楼舒婉有几分错愕。她这次邀了宁毅、苏檀儿过来，心思其实颇为复杂：一来想要展露一下楼家的交游广阔；二来自觉与苏檀儿遭遇相同，但她与林庭知的事情不可能直接说出来。这次林庭知大出风头，她便也想让苏檀儿看看林庭知与这些书生的文采风流。在她看来，苏檀儿嫁了个不靠谱的书生，对这些为人称道的文采风流之人就算不说，也必定会心生向往，只要对方多少有些向往，以后若是知道了她的事，首先也是羡慕与蠢蠢欲动，不会瞧不起她了。

她劝得几句，但苏檀儿拿出了谈判的态度，三言两语间柔和地拒绝掉了。楼舒婉本也想跟着回去，但看到宁毅与苏檀儿这般洒脱地走掉，她若跟过去，反倒显得有些孤单，心中又想，檀儿可能也想留下，只是那赘婿既然在，檀儿也习惯了掌握分寸，此时要给他留几分面子，只好跟着回去。其实她早几年也是这样的心思，想要与夫婿维持一个过得去的局面，自己简简单单，他也简简单单，就这样过一辈子，只是后来对夫婿的各种废物行径越发瞧不起，心中才渐渐倦了。这时候她便道那些人中有几个与楼家有旧，借口留下了。苏文定、苏文方也留下了，才让她觉得全了几分面子。

这边宁毅与苏檀儿等人回到船上，便在船头亮起灯火，摆上桌椅，说话纳凉。这边距离嘉兴尚有一段路，但宁毅不打算去嘉兴闹市游玩了，只吩咐账房、管事等人自便，想要带家人去玩也可以，他自己与苏檀儿坐在船头，待小婵等人捧上瓜果，看流萤飞舞，颇有种小时候在老家农村的味道。不过蚊虫甚多，不一会儿小婵等人又拿盆子点了艾草等物驱蚊，几个人拿着扇子坐在那儿扇。

"会不会有些无聊？你们想去逛集市吗？"宁毅偏过头问。苏檀儿笑着摇头："不会。"三个丫鬟并肩坐在船头看萤火虫飞，娟儿回头道："这里风景很好呢。"

过得一阵，苏檀儿轻声道："'银烛秋光冷画屏，轻罗小扇扑流萤。天阶夜色凉如水，坐看牵牛织女星。'倒是有些相似呢。"其实这首诗作说的是七夕，此时才四月底，夏初，严格来说不算应景，但既然其中一两句应了景，宁毅自也欣然点头。苏檀儿以往喜欢诗词，无事之时也喜欢看看念念，自从知道夫君是"大才子"之后反倒念得不多了，大概诗词的神秘与崇高在她心中已经稍稍降了降。

他们所在的位置远远地可以看见画舫上的灯光，不一会儿，也有一条货船激起浪花，趁着夜色北上。苏檀儿大概想起了楼舒婉等人所在的画舫，想了想，轻声笑道："其实楼舒婉有些看不起相公。"

宁毅不置可否地笑笑："她家夫君也是入赘的。"

"怕是相处得不好。"

"似我们这般相处得好的，怕是不多。"

宁毅这话有几分自夸，但苏檀儿只觉得事实如此，笑道："大概因为相公是个怪人吧,便是……一般的夫妻,怕也难有这样的。"她想了想,又道,"想要在杭州把生意弄好,楼家总是个助力,所以……"

"你在意这些,以后怕是做不好生意了。"

"还是有几分在意的,不过……想想他们知道相公真正的身份后的那种感觉,我便……嘀,妾身便有几分坏心眼呢。还有方才那些人……"她挥了挥手中的扇子扇走身前的烟雾,伸手捋了捋发鬓,"妾身倒是觉得奇怪,相公的诗词明明也传到苏、杭那边了,为何介绍之后,那些人竟反应不过来呢?"

宁毅笑了起来:"诗词太少了。另外,隔了这么远,消息毕竟不灵通。他们或许某日听过'宁立恒'这个名字,至于他家境如何,有几个妻妾家人、兄弟姐妹,长得如何,是不是个瘸子,又有谁能知道?便有说起的,也可能说宁立恒身高八尺,腰围也是八尺……总之,难说他们心中的宁立恒到底是什么样子。上次那帮京城学子去江宁,也有传我浪迹青楼,到处采花留情的,或者传我四五十岁,稳重端庄的。在他们心中,似乎这等形象更加可信些。"

"呵呵,便是那个青梅竹马的李姑娘吧。"苏檀儿打趣了一句,随后又用扇子遮住下巴,更正道,"哦,是王姑娘。"

"你倒记得清楚。"

"既然她与相公你青梅竹马,若真如外界说的那样青睐相公,有机会进我家门的话,我这当姐姐的,自然得记住她姓什么。"

"真贤惠……"宁毅喃喃地说着。两人随后又聊起画舫上那鱼的味道。对那帮人不识自家夫君大名,一副天之骄子的模样这件事,苏檀儿私下里其实有几分耿耿于怀。楼舒婉也不知道,林庭知也不知道——或许不是不知道,而是没想到或者没敢想。这边正说话间,又有人说说笑笑地上船来,却是苏文定与苏文方,两人也不知遇上了什么好事,笑得极为开心,上船问了姐姐、姐夫的位置,直奔船头。

"什么事这么开心?"苏檀儿瞥着他们,又看看后面,"舒婉他们呢?"

宁毅笑道:"准是作了首好诗词,大杀四方了。这不行啊,你们一来嘉兴就诗兴大发,这是砸场子啊。"

两人拼命摆手摇头,笑得开心:"没有,没作诗,楼家那女人跟她姘头还在后面呢,估计也快回来了。"

"别这样说人!"苏檀儿瞪了他们一眼。苏文定吐了吐舌头,伸手捂嘴,但是还在笑,苏文方笑道:"我们没作诗,没来得及。他们倒是作了几首,后来在一起商量事情,又跑过来问我们,然后他们就知道姐夫的真实身份了。你们没看到他们那副尴尬的样子,那个晴儿姑娘……哈哈,反正我们的诗才是不行啦,就为了在那里交代姐夫的身份,交代完了,我们就告辞了。呵呵,不知道他们待会儿会不会追过来向姐夫你挑战,反正楼舒婉跟林庭知应该是快了……"

　　苏文定、苏文方笑个不停,宁毅听了也是没好气地笑,苏檀儿倒是有了兴趣,眨眨眼睛:"怎么了、怎么了?快说来听听……"另一边,婵儿、娟儿、杏儿三个丫鬟也侧耳听着,此时感兴趣地靠了过来,甚至为苏文定、苏文方搬来椅子,让他们能坐下舒舒服服地说话。

　　萤光飞舞,夜色渐深,不久之后,楼舒婉与林庭知等人也赶了回来……

第二章
笔格悬赏治家有方　夫妻吵架反解心结

波光流淌，夜凉如水，不知名的虫在岸边的树叶中、草丛里叫着。时间已经不早了，船上的人们也到了睡觉的时候，画舫二楼的窗户透出点点暖黄的光，两名女子回到房间，正在做睡前的交谈。

"这么说，妹夫他便是这样……闯出那些名头来的？"

"具体的便是这样了，那几首诗词，他推托不过方才作的，旁人说他是江宁第一才子，他也有些不以为然……呵呵，他的性情蛮怪的……"

"自古以来，便是非常之人方能行非常之事嘛……不过，妹夫难道真对科举毫无兴趣？"

"他是说没有，不过这些事情，我也不好问得太多……"

"妹妹跟妹夫是怎么认识的呢？"

"成亲之后方才认识。"

"怎会……"

不算太亮的灯光，琐琐碎碎的语句，时间已经不早，苏檀儿与楼舒婉的声音也放得轻柔，在谈论宁毅的事情。

今夜在那画舫的宴席间，要说完全没有人对"宁立恒"这个名字有印象，其实也是不可能的。纵然资讯并不发达，但整个国家属于文人的圈子就这么大，几首诗词在青楼一众女子的口中过得一遍，"宁立恒"这三个字，至少会在众人耳中过一两遍，此时的读书人讲究的又是博闻强识，宁毅稍做自我介绍之后，不免有人会觉得有几分耳熟。

只是先入为主的印象也很强烈，有了林庭知与楼舒婉这一对作为参考，那边既然也是一对入赘夫妻，自然容易让人产生各种联想。另一方面，林庭知想要炫耀一番，就不免要跟众人点明楼舒婉的家境，暗示一番：楼姑娘是个有地位、有气质的已婚少妇，如今被我的诗文折服，对我有好感，而楼姑娘的朋友也是这样的身份，你们想要表现自己，也可以向她献献殷勤。如此这般，一干人将注意力放在了苏檀儿身上，对她的夫婿宁毅，下意识地便过滤掉了。

大多数情况下，赘婿身份低，不单表现在口头上不受尊重，绝大部分入赘的人家，即便女方真是公开不检点，男方也都是敢怒而不敢言——这些男人的身份几乎都是如长工、如家奴。偶尔有些有血性的，迫不得已入了赘，遇上这等事情，若是咽不下去这口气，杀了岳父全家的新闻也不是没有过。

当然，这类事情是极少数，武朝这个时代总是在说三从四德，但原本基础就不平等，在周围所有人都觉得这两人不平等的情况下，入赘夫妻间的感情自然也不可能发展得太好。若是女方一开始就存了看不起男方的心思，男方也算不得争气，久而久之，不满意就会多起来，后来女方在外面找了姘头、有了相好的情况便不会少见。

似楼舒婉这样，有这等家境，明里暗里跟些书生才子有瓜葛不是什么奇怪的事情。她年轻、貌美、钱多，气质又不差，哪位书生能跟她在一起，是纯占便宜，一点儿都不吃亏。这个时代高门大户互赠姬妾的事情可称风雅，勾搭上有夫之妇，小圈子里一传，也不过是桩证明魅力的风流韵事罢了，江南风流地，自古便不差赞美这等事情的淫词艳曲。

双方互相介绍之后，也仅有一两个人心疑，大多数人没兴趣搭理入赘之人，当时也就没有询问。待到宁毅与苏檀儿离开之后，正式的晚宴也散了，方才有人在一旁朝林庭知询问这对夫妻的来历，或者向苏文定、苏文方问问家里在江宁的底细，如此谈论了一番，才有人说起："方才那宁立恒，似与那《水调歌头》的作者同名哎。"

画舫上那位晴儿姑娘也笑道："方才奴家也在想呢，又都是江宁人，真巧。"她以此为生，对这些事情更加敏感一些，但也不认为那商户家的赘婿会是什么大词人，只向苏家两人问道："文定公子、文方公子，两位在江宁可曾见过那宁公子？"

苏文定道："不就是我那姐夫吗？"

"哎呀，是说作了《水调歌头》《青玉案》的宁公子啦。前段时间，晴儿日日唱那几首曲子，早想见见作者是何等风流人物呢。如今虽然见不着，文定公子与文方公子若是见了，与晴儿说说也是好的。"

苏文定与苏文方一脸木然："嗯，就是……我姐夫啊。"

一时间，舫中众人的表情可谓精彩纷呈，他们多是目瞪口呆，随后窃窃私语，也有楼舒婉这种一开始并不怎么注意，意识到是什么事情后方才过来提问的。事实上苏文定、苏文方也有些坏心眼，原本以为这么多书生，姐夫一报姓名对方便会大呼久仰，自己这边也与有荣焉，谁知道那帮人一点儿反应都没有，这时候终于等到期待已久的场面，于是直到看得心满意足，他俩才一脸纯良地告辞，准备回家跟姐姐、姐夫炫耀去。

至于楼舒婉与林庭知，也在不久之后回去了。关于宁毅，林庭知不好问得太多，楼舒婉就不一样了。她本身对诗文的兴致不高，真正吸引她的是诗文中蕴藏的那种文墨与喧嚣并存的气息，如苏杭每年的文会、众人的追捧称道、文人吟诗作赋的气质、众人拍手叫好时的瞩目……

楼舒婉是个聪明的女人，稍加学习就能分出诗文的好坏，但与苏檀儿不同的是，苏檀儿在经商之余更期待融入文字本身，而不只是能分出好坏来，还希望自己能如那些文人一般，就算作不出来，至少也能融入诗词的意境当中，让自己也成为一个雅人，只是诸事缠身，她又是女性，而且这方面天赋不够，有时候觉得自己满身铜臭，毫无风雅气息，便仰慕起那帮文人来。楼舒婉则更期待诗文带来的表象，本质上不文雅没关系，旁人觉得她文雅或好文雅也就够了。江宁第一才子到底有多厉害她不清楚，不过这头衔让她想起"杭州第一才子"或者"苏杭第一才子"这样的称号来。通常能被这样称呼的人，无论富贵贫寒，在外面都是别人津津乐道的中心，或是参与某某文会拔得头筹，或是在某某场合被大儒、大官们推崇或器重，他们有的科举高中，不多时便成了一地官员，即便考场不顺，在苏杭一地，也总是众人瞩目的中心。

楼舒婉也只能依照这等印象来幻想一下江宁第一才子到底是什么样，只是无论如何与宁毅那赘婿的身份联系不起来。她疑惑了一路，回来之后也不好直接就问，好在她也通晓谈话的艺术，聊了一阵之后才说到这上面来，语气平和淡然。

只是宁毅对这方面的事情并没有太多交流的心思，毕竟他的文采原也是造假。对此宁毅心无芥蒂，若是在家人，包括苏檀儿、小婵、聂云竹这些人面前，装装大文豪逗她们一笑引她们自豪那自然没关系，但要在外人如楼舒婉这等女子面前炫耀太多，以他如今的心境修养，就觉得实在没什么必要，便只说自己文采不高，他人谬赞，如此这般。

楼舒婉只以为是前两天对这妹夫太失礼，因此对方多少有些生气，只好待到夜深，方才与苏檀儿说起来。

只不过，经过后半夜的交谈，待到苏檀儿沉沉睡去，楼舒婉心中还是有些疑惑，不明白这等大才子为何会与苏檀儿成亲，不明白宁毅为何会有那样的性情。待到第二天早上起来，她又见宁毅在甲板上练拳，也只好认为这是一位真正通六艺、慕侠风的不羁才子，而林庭知再度见到宁毅练武时，也是欲言又止，表情复杂难言。

画舫在这天清晨再度起程。由嘉兴到杭州的水路仍有近两百里，但顺风顺水的情况下，纵然船行不算特别快，也要不了多长时间就能到达杭州。到得这天下午，水路已经显得繁忙起来，运河两侧的村落、路人开始明显增多，偶尔还有园林庄院掩映在附近的茶山树林间，便证明杭州将至。

纵然此时的杭州还不是国家的首都，但作为大运河的一端，杭州自古以来便是极为繁华的大都会。将至傍晚时，城市的建筑便重重叠叠地出现在眼前，远处便是繁忙的货运码头，即便比起江宁，也没有半点儿逊色。

此后倒是没有什么节外生枝的事情发生，楼舒婉找来自家伙计从船上搬下货物，同时极力邀请宁毅夫妇去楼家暂住，毕竟一行人远道而来，大概还没有找到具体的住处。不过，虽然往后的生意可能还要仰仗楼家这地头蛇，但苏檀儿还是摇头表示了拒绝。事实上，苏府在杭州有一定的产业，虽然只是随意开的两间小铺子，但要说住处，从准备南下起，她便安排人过来租了一座小院，而往后真住下的宅子，则准备这几天里一面游玩一面寻找。

苏家一行过来这么多人，自然也有拓展生意的想法，一开始就住到别人家去并不见得是好兆头。楼舒婉稍稍提了提，也就不再多说。她对宁毅心怀好奇，但也仅止于好奇。第二天宁毅与苏檀儿去楼府拜访，吃了一顿饭，也见到了楼家如今的家主楼近临。

这人比苏伯庸的年纪稍大，应该是五十出头，胡须、头发皆是黑白参半，但精神很好，样貌端方，性格豪迈，精神矍铄，气势迫人。从样貌谈吐上看，这人是真正的商场枭雄。楼家比苏家的底蕴要厚，虽然仍是商家，但已然沉淀出真正稳健的家风。这楼近临想必从小就是养尊处优，但他并非庸才，有才干，有手腕，经历过真正激烈的商场打拼，才能培养出这类贵气逼人的压迫感来。

对苏檀儿，他显然是以对晚辈的亲切姿态来对待，态度相对和蔼；但对宁毅，这位楼家家主明显有几分疑惑与敌意，吃饭之时，问了几个相对尖锐的问题，随后便眯着眼睛似笑非笑地望着宁毅，有些像是盯住猎物的狮子。

他的敌意，宁毅大抵知道来自哪里。从交谈的内容来看，楼舒婉显然已经将一路上发生的事情告诉了父亲。这楼近临听了女儿的陈述，想必觉得女儿让宁毅夫妻扮猪吃老虎消遣了一番，他对苏檀儿或许没有太多试探的想法，但听了宁毅的身份后，却是下意识地想要摸摸宁毅的底。

与楼近临不同，前一世时宁毅白手起家，一路往上，也曾见过不少真正家世雄厚的商场大亨，当这些人以警惕或考验的态度审视小辈时，也往往就是这样的目光。倒不是说年轻人看了这种目光真会害怕，但在这样的目光与气势下，一般人便难免会乱了阵脚，有的人考虑到对方的权势，下意识地示弱，有人强自硬撑，或者干脆摆出稍微蛮横傲气的态度，其实也是乱了自己的章法，在有经验的人眼中，便很容易看出这人的深浅。这倒并不是可以学习的知识，而是长期识人所能养成的阅历罢了。

被楼近临这样一盯，宁毅心中忍不住发笑，几乎有些怀念起过往来。在曾经的那段岁月，这样看过他的人，后来一个个被他超越，其中有对手，有伙伴。他是白手起家，一路搏杀，后来虽然有所沉淀收敛，但若认真起来，气势依然显得尖锐。当初他与唐明远的话别也是这样，即使感慨，即使疲累，也养不成那种狮子般的慵懒。

这时楼近临自然无法让他感到多大的压力，他笑着将楼近临的表情看了几遍，随后只是做出闲聊的姿态，如常回答，神情上不做半分修饰，至于事情过后楼近临要如何判断，那就不关他的事了。

倒是苏檀儿，察觉出楼近临的态度，拜访过后回家途中，她的神情有几分生气。"这家人，我们好心去拜访，他们居然摆那种脸色，相公，你……没感觉出什么来吗？"苏檀儿看着宁毅，有些迟疑地问。方才的交谈中，楼近临问起宁毅的背景之类，有几个问题相当尖锐，表情也很能让人感觉到压力，只是宁毅一边吃饭一边随口回答，有两个问题大概是因为关系到夫妻感情他不想回答，竟随随便便转成了反问。在那种情况下，自己也不见得能有多自然，他竟然直接在那老人强烈的主场优势下反客为主。

宁毅摇了摇头，态度平和："他女儿多少像是被摆了一道，他有这种反应并不奇怪。这位世伯还是很厉害的，如非必要，尽量还是不要树这样的敌人。"

苏檀儿点头："知道了。"她本长于商场、人际，比之宁毅也不见得逊色，但听得宁毅随口一说如告诫般的话，心中却没有太多排斥，只是乖巧地点头，心中安然。

即便如此，也不会有人觉得她低于宁毅。此时夕阳西下，马车之中，光芒里的两人像是一对夫唱妇随年轻而默契的夫妻。宁毅想想，笑了起来，随后，她也笑了起来。

马车驶过对他们来说美丽而陌生的街头，这里已经是杭州的街市了……

这次的拜访他们只见了楼近临、楼舒婉以及她那位夫婿，楼舒婉的两位兄长并不在家。这次算是礼貌性的拜访，不含太多目的，彼此不见得能留下多么深刻的印象。楼舒婉的夫婿虽也是书生才子，但因为入赘的身份，在楼家也是极为低调。当然，那等年纪的人，在楼近临这种家主面前，也只有低调的份。

拜访过后的第二天，天空下起雨来，楼舒婉来了苏家人暂住的小院一趟。她原本打算尽地主之谊领着大家在杭州游玩，但因为大雨作罢。再过了一天，大雨未停，楼舒婉便去处理家中生意上的事情了，待到放晴也没有再来，只是派了一名家中下人，要领着苏檀儿等人去看一些院落门面等，只说小姐如今有急事，不克前来，还请担待。

此时大家方在杭州落脚。苏家原本在这边有几份产业，另外还有乌家割让的几份门面地产，隔得太远，要正式接收整理也是相当麻烦。苏檀儿惦记着原本是随夫君前来游玩的，但各种琐碎的事情混杂在一起，一时抽不开身，不过在宁毅看来，这种日子倒也颇为有趣。

过得几日，他们在城内正式看中一处院落，直接买下，随后开始计划和布置。这是位于太平巷附近的一处宅邸，贵虽然贵，却是宁毅做主买的。按照他的计算，往后若都城南迁，不算远的地方就会建起九里皇城，到时候这片地方无论是要卖还是自家住，都会是寸土寸金，他倒是没打算跟达官贵人抢地方，只要稍有些关系，卖掉也能大赚一笔。

这宅子附近的几条街都还算繁华，做生意也简单，但相邻的一片是住宅，适合住家，倒是街口有一家不大不小的武馆，整日嘿嘿哈哈。好在宁毅久住大都市，自然也不会觉得吵人，反倒感到有趣，随后想到自己反正无事，不妨加入这武馆之中，进行些实战。

他喜欢内力这类玄奇的东西，多少有些向往武侠，不过是对不了解的神奇事物的一种探索，对实战打斗，其实并不热衷，也不认为自己将来真要成为什么刀口舔血的江湖人，只是经历过几次事情，这时又闲来无事，觉得练练似乎也有好处。

当然，他提出想法之后，遭到了家中一向顺从的妻子与丫鬟们的坚决反对……

南居运河发端，东临钱塘海口，杭州自古以来便是文人口中"江南水乡"的最典型写照，城市内外，水路纵横。这纵横的水道不仅带来优美的风景，同时也带来了商业的发达，比之江宁、汴京也不见得有多逊色，不过这个时候还没有到杭州经济真正最发达的时刻。

如在原本的历史当中，南宋迁都之前，杭州一地还算不得真正到达巅峰的商业中心，尽管此时杭州的商业已是相当发达。它的巅峰还在南宋迁都，城市名被改为"临安"之后，这里的商业规模因此激增数倍，撑起整个南宋半壁繁华。

此时也是一样，如今的杭州，最繁华的商业区还在官巷口到羊坝头一地。至于宁毅与苏檀儿如今所在的太平巷附近，虽也有繁华街市，但与那边还是比不得的，巷子里适合住家，几棵樟树茂密参天。巷口一家小小的刘氏武馆，生意看起来不错，整日里嘿嘿哈哈，倒也颇有朝气。

他们来到杭州几日，主要的事情还是驾着车马四处游玩，有时候下了车信步而行。这时候没有详细的旅游地图，他们一处一处走来走去像是秘境寻宝。西湖去过了，夕照山、雷峰塔自然也不能错过，几个孩子最是好奇塔下是否真的有白娘娘，至于后世的"西湖十景"，则要一处一处去寻。

随性游览，说来浪漫，真做起来，其实挺无聊的。后世见惯城市生活的人们或许会对某些原汁原味的祠堂里弄好奇不已，但真正的古代街巷实际上远没有后世旅游景点那般浪漫怡人，一条条石板土路，低檐窄巷，有的道路上污水肆流，鸡鸣狗吠，行乞的孩童卧于路边，看得久了，便知道那并非风景，而是生活。

没有后世风景区的布局、装饰、管理，想要看风景，更多的是凭着自己胸中的情调以及发散思维。一条胡同里华盖亭亭的大树未必真有多好看，但你若有心情，那自树隙间穿过的千万金光也就成了怡人的美景。不过，看得多了，同样的美景也会变得平平无奇，因此，若真要寻些热闹，反倒是那熙攘俗气的商业街区更能让人满足，也是因此，逛过一些固定景点之后，宁毅与苏檀儿等人选择光顾的地方，大抵还是官巷口、羊坝头这类商业区。

平心而论，纵然羡慕文人情调，喜爱诗词歌赋，苏檀儿本质上其实是没有多少情调的人。虽然陪着宁毅在一处处街市上闲逛，累了便上茶楼小坐休憩，听听诗文小曲，但苏檀儿心中更多的，大概还是在盘算来日的仓库设在哪儿，作坊设在哪儿，店铺怎么开。

宁毅对到处欣赏闲逛其实不是非常热衷，对他来说，后世经过各种修饰的景观已经见得多了，对这个时代原汁原味的景色，最初或许感到新奇，感到宁静，但见惯了，其实也差不多。本质上来说，他并非喜欢风景的人，更欣赏人与人之间的互动，看熙熙攘攘的街市，众人讨价还价，茶客闲聊谈笑，妻子与丫鬟指指点点，便能感到乐趣。相对于山水的乐趣，他更喜欢这种人工的。

待到在太平巷定下住处，看了那小武馆几次之后，他便又兴起了可以在这段时间内锻炼一番的想法。

当然，这样的小武馆，苏檀儿绝不认为自家相公应该去。婵儿、娟儿等人大抵也是这样的想法。这天晚上吃饭的时候宁毅随口说了一句，当天夜里，三个丫鬟便是一脸幽怨和迟疑。她们的身份令得她们不可能对主人决定的事情指手画脚，但因为宁毅平素随和，大家关系亲近如一家人，方才令得她们为宁毅着想，担心他真做出这等"离经叛道"的事情来。

文人与武人的差距，在此时毕竟太大了。从某种意义上来说，宁毅已经在诗文一道上闯下了颇大的名声，纵然他平时并不在意，但是当他决定去某家小武馆中当个小学徒时，旁人便极容易感受到其中的违和。

纵然他不在意，婵儿等人又哪里受得了自家姑爷到这样的小武馆里被人呼呼喝喝。虽然花了钱未必会如此，但就算是江宁百刀盟程盟主之类的人，这时候见了姑爷虽然能称长辈，但也得客客气气以礼相待，这等街头巷尾的小武馆，总之姑爷是不该碰的。

她们心中是这样想，于是一个晚上端水点烛之时，目光看起来就像是在说话，偏又不好出口。苏檀儿听过宁毅的话之后并未表态，一副沉默而温婉的样子。这时候一家人在这院子住下只有几天，许多东西还在购置，房间也还在装点。待到将睡之时，苏檀儿去隔壁房间沐浴，婵儿端了洗脚的水盆过来，蹲在床边为宁毅脱了鞋袜，伸手将他的双足浸进温水里。

这类事情以往宁毅都是自己来，脱鞋脱袜也不用小婵帮着，大家相处许久，基本已经习惯这样的模式，只是今天小婵似乎做得顺手，宁毅便笑着说了一声："好了，我自己来吧。"小婵只是抬头看了他一眼，又低了头，轻声道："婵儿也没其他事……"她身材娇小，蹲在那儿专心做事不再说话，在宁毅看来，活像个被欺负后的小媳妇，这让他哭笑不得。

宁毅对去武馆习武的事情原也只是稍稍动心，随口说上一句，不管小婵等人心中观念如何，他是否认同，他都是喜欢的，等待着这个小丫鬟开口说服自己。谁知道这丫头还如初见不久时哭着说"小婵虽然是个什么事都不懂的小丫鬟，可也不会拿这种事情乱嚼舌根的……"一般，低着头，就是不说话。

片刻后，苏檀儿回来了。她沐浴过后穿着月白色的单衣，头发还有些湿，披散着，像是黑色的缎子。她走到床边，将灯盏换了个位置，稍微挑亮之后才打开窗户。小婵端着水盆起身，低着头出去了。

宁毅感到有趣，躺倒在床上。苏檀儿坐到窗边，让夏日的凉风帮着吹干头发。她似乎有些心事，偶尔低头沉思，目光倒是不时与宁毅撞在一块儿，片刻后安静地笑了笑。

如此过得好久，她起身关了窗户，上床拿蒲扇驱赶了帐里的蚊子，随后熄了灯。夜变得安静下来，待到街道上响起子时的更声时，房间里才又亮起灯。有人起身，清理着某些运动后的痕迹，待到灯火再熄灭，两人偎在床上，裹着薄薄的被单，已经有些累了。

黑暗的房间里，不久之后，有低语声响起。

"相公觉得无聊了吗？"

"嗯？"

"习武的事情。"

这句话后是片刻的沉默。

"一时兴起，再说吧……"

"但是……"

"婵儿跟杏儿都拿那样的眼神瞅我，娟儿性子安静，就在背后瞅，看得我觉得自己像是要踏上不归之路的失足少年，谁受得了啊。"

"相公若是真的……"

"纯是一时兴起,还没决定,那武馆也小,往后再说,我有分寸的。"

"嗯。"

"何况我也答应了,这两个月还有很多事情要陪你……"

"哦。"

启程之初,两人曾做过一些计划。他们都是商场上过来的人,知道来杭州的目的,自然也知道,旅游之外,有许多事情无法避免。需要宁毅参与的,主要是拜访各种陌生商家,如杭州本地的布商、丝商、棉商、染料商等,这将会是一张庞大的关系网。

以往人在江宁,苏檀儿偶尔拜会的,主要是以往就有关系的本地商户,有苏伯庸坐镇,苏檀儿也有着足够的基础,以子侄辈的名义拜访,不会受到什么欺负,但若是年关前后去拜访各种人,还是有宁毅陪同最好,到了杭州,都是陌生人,就更是这样了,不仅是陪同、保护,也是一种信任。

"但那些事……"当然,作为男子,以赘婿身份陪同妻子拜访一家家陌生商户,不是极为光彩的事情。不过苏檀儿此时的心思也未必在这上面,身体酥酥麻麻的,思绪一过,她便忘了刚才要说什么。

"嗯?"

"但、但那些事……其实蛮无聊的……"

"不想让我陪吗?"

"没!没有……"

苏檀儿的身体条件反射性地动了一下,这让两人的下半身贴得更紧,倒也因此摆脱了某些尴尬的感觉。那只手在她的臀上轻轻拍了一下,又回到腰上,还是痒……但她仍然不动。她能忍住。

"其实走来走去,见识各种人,我觉得很有趣。"

"嗯。"

"如果有人欺负你,反正我现在也没太多事情,可以帮你合计一下。"

"好啊!"

话说出口,苏檀儿觉得自己表现得太兴奋,又在夫君的颈项间缩了缩头。知道相公很厉害,能当自己的后盾,她觉得很高兴,可另一方面又觉得相公不好涉入商场的尔虞我诈,他该做更大的事情。想到更大的事情,她又想起那位秦老似乎找过相公,让他上京当官,相公拒绝了,她觉得有自己的一部分原因在内,又觉得有几分内疚。

她内疚,也有私心。她只是个商人,喜欢上自家夫君,觉得他什么都好,有时候也觉得夫君不该是这个入赘的身份。她若是旁观者，或许也会觉得，苏檀儿这个女人何德何能，竟让宁毅入赘，可她不是旁观者，就算心头疑惑，也只得不闻不问，最好谁也别提，最好……他能一展才能，理想抱负能得以发挥，也能一直入赘苏家，一直陪在自己身边，而自己，能让他感受不到赘婿的身份，大家能够如寻常夫妻一般恩爱……

她也知道事情不可能两全其美，她没办法，于是只能在这方面当个缩头乌龟，根本不想。

"店面……其实已经选好了，仓库也已经选好了地方，就等这两天定下来，文定、文方、陈先生他们要做的事也都安排好了……"她慢慢收起胡思乱想，轻声说道，"后天……不，大后天开始，我们就去一家家拜访要拜访的人吧……"

"嗯，大后天……也好……"宁毅点头，随后想起一件事，"那明天我去送封信。"

"啊？送信？"

"离开江宁时，秦老知道我来杭州，让我到这边后拜访一个姓钱的朋友，给他送封信。早些天到了之后，我随口问了问，有人说那位老人家外出讲学了，我就没去他家，这两天也该回来了。明天我去看看，不管他在不在，信交给他家人也就是了。"他想想，又道，"一来就找个姓钱的，我觉得兆头倒是不错。"

"又是……很厉害的大儒吗？"

"大概是吧。"宁毅笑笑，"不过我也不是跟什么老人家都谈得来，就送封信，没其他的。接下来这两个月我就都归你了……"

苏檀儿沉默片刻，脑袋顶了他一下："是陪。"

"哦。"宁毅点头轻笑，"是陪。"

他学武的心情并不是那么迫切，既然家中几人看了那小武馆之后都不认同，这个计划暂时可以搁置了，大不了日后找耿护院他们切磋。

他在江宁之时其实有一段时间考虑过找家中的耿护院等人切磋。对他来说，早几次与人动手，靠的是冷静、算计与那股豁得出去的狠劲，缺的则是长期过招后养成的条件反射，这个不是取巧可以练成的。

他原也知道外出拜师并不现实，譬如百刀盟的程盟主，通过康贤自然也能找到真有几下子的江湖人，甚至跟在康贤身边的陆阿贵恐怕就不简单，这些人，他有关系，拜师都没问题，但他只是游戏心理，就不好非常正式地去麻烦这些人。原本文、武的地位就有差距，若他去拜师的同时表明"我其实不是很在乎这个"，这样的行径过于轻佻，除非真是好友兄弟般的感情，否则不好这样做。

直接找家里人固然简单，但他教耿护院的儿子念书，耿护院尊敬他，不太好真动手,这个倒不是大问题,说上一阵就能搞定,关键在于,江宁苏家的众人,观念基本与苏檀儿及三个丫鬟一样,哪怕是对他有敌意的人,心里也觉得他不该真去碰什么武功。

有次他终于说服了耿护院,也改变了苏檀儿等人的看法,兴之所至,在家中练了几天。

第一天,耿护院便收不住手,在他脸上揍了一拳,然后说什么也不肯再跟宁毅动手。他好不容易再将对方说服。第二天倒是打得激烈,宁毅身上中了几拳,眼睛上也中了一拳,晚上只能顶着一双黑眼圈与家里人吃饭。

他对切磋会受伤原本就有心理准备。本质上他的身手并不高,练了内力后的极端发力方式也不好朝耿护院用,而耿护院虽然算不得江湖上有名的高手,但在苏家这么多年,真刀实枪的阵仗也见过不少,据说苏家押运货物,耿护院随行指挥,还正面干倒过几拨山贼,手上是很有两下子的。

宁毅跟他公平切磋能有这样的结果,说明他逼得耿护院有时候收不住手,已经很不错了。他计划着,只要这样打上半年,配合内功的效果,自己多少也能算半个武林高手了。不过宁毅不知道,耿护院被他害得很苦,到了家里还被儿子指责:"爹爹你怎么能把先生打成那样!"

到了第三天,耿护院不怎么还手了,宁毅便又给他做了一番思想工作,再打,结果宁毅鼻梁上又中了一拳,鲜血直流,于是赶紧包扎了一下。他的伤不重,可是被老太公看见了,老太公很是发了一番脾气,把其他人叫去大骂:"你们当我已经死了吗?!"后来他查到耿护院身上,又把耿护院叫去骂了一顿。

宁毅得知情况后,过去替耿护院开脱了一番,他本身口才好,做起事情来也有一股理所当然的气势,但在这件事上,家里人都觉得太过古怪。他们知道宁毅平素喜欢讲些江湖传奇故事,但年轻人性子激烈,慕豪侠之风锻炼一番也就罢了,哪有似宁毅这种已然成名的书生整日里被打得鼻青脸肿的。老太公也哭笑不得:"真是……胡闹……"然后又说耿护院:"宁姑爷喜欢胡闹,你是家中老人了,怎么也这样不懂事?"

在那之后,宁毅知道在江宁家中是不好做这些事了,不过这次离开了江宁,只有苏檀儿等人在旁边,待到事情定下来,可以逼得耿护院再跟自己动手,若文定、文方这两人有话说,自己可以骂他们一顿,然后叫他们过来一起锻炼。

这件事决定下来,第二天上午,他按照预定计划,跑去寻找秦老知会过的那位钱老。在秦老的话中,这人名叫钱敬如,字希文,乃他的故交好友,极爱书,因此也托了宁毅将几本藏书转交,其余的倒是不曾多说。

不过到了杭州之后,宁毅找人打听了一番,知道钱家在杭州算是颇有名气的望族，那钱希文出门讲学的事情从一般人口中便能打听出来就说明了这一点。宁毅知道秦嗣源托他送信这一举动并不单纯，算是给他介绍一个厉害人物认识。只是与秦老、康贤的来往纯属偶然，宁毅不认为自己总能与老头子说上话，这次过去也就没有抱这方面的想法，想着单纯送过书信便了。

这天早上他领着小婵出门，又跟人询问了几句钱家的事情，知道了那钱家不仅是杭州望族，也是十里八乡有名的大地主，据说家财万贯。这人姓钱，小婵脑海里立刻迸出一幕金光闪闪的暴发气象来，还开玩笑地与宁毅说了。

只是抵达钱府，他们才发现这钱家与金光闪闪有些距离，虽然看那些围起的房屋院落也是大家气象，但位于杭州东侧的这片院落群看起来已颇有年月，沉淀下来的并非形诸于外的暴发气象，而是严谨持家的规范与简朴。

宁毅在门口报了姓名，递上信函与书本，那年迈的门房接进去，让主仆两人在门房稍待，片刻后便有一名老管家出来迎接，不过并非领着他们去往客厅，而是去"老爷的书房"。一路上婵儿好奇地四处看，周围的围墙、建筑、道路并不显大，比之江宁苏府似乎都不如，但都恰到好处，有的地方可以看见规整的修补痕迹，却并不寒酸，许多地方的装饰摆设都显出一股书卷气息来，大概是一代代人住得久了，许多小的地方都能显出灵气来。

"望族气象，就是这副样子了。"见小婵四处看，宁毅便轻声说了一句。前方引路那老管家显然是听见了，露出与有荣焉的笑容来。小婵踮了踮脚，小声道："我跟小姐去过濮阳家，也去过王府，那些地方虽然很漂亮，但也没有这样的感觉呢。"

前方那老管家点了点头，面上的笑容更明显了，回头说道："老爷昨日方从乡下讲学回来，心情颇好，似宁公子这般第一次过府便请公子到书房叙话的情况并不多见，宁公子待会儿在老爷面前尽可随意些。"

他估计认为宁毅是别处过来携书信投拜的晚辈，对两人印象不错，因此开口提点，免得宁毅见了自家老爷后战战兢兢，失了好感。宁毅点头笑笑，道了声谢。

门口离钱希文的书房并不算远。说完这几句话，三人经过前方一处回廊转角时，有声音忽然传了过来："钱惟亮，你还敢跑！"听起来似乎是年轻人追打时的笑骂声，随后一道身影陡然冲了过来，差点儿与宁毅撞在一起。这是一名穿书生袍的男子，与宁毅年纪相仿，也不过二十出头。他正被人追，也来不及跟宁毅道歉，回头看了一眼，快步跑了。

随后又是一人冲出来，也是一名与宁毅年纪相仿的男子。他愕然地拱了拱手，然后继续追，只是跑步的过程中回头看了好几眼，也不知是在看宁毅还是在看小婵，差点儿摔了一跤方才看着路追了过去。

"这是二房的两位公子，让宁公子见笑了。来，这边请。"

老人过了转角，宁毅举步正要走，却见旁边的草地中有一样红色的东西。他捡起来看了看，是一个红色的珊瑚笔格，大概是方才那两个年轻人掉的，还好掉在草地上，没有摔坏。这时两人已经跑远，宁毅拿着它随老人过去，快要到时，他将笔格拿了出来，说了捡到的过程，让老管家转交给那两人。老管家看着那笔格，一副哭笑不得的样子，并不伸手接。

"竟是惟亮与惟清两位公子。呵呵……这笔格并不是二房两位公子的，乃老爷最心喜之物，前几日不见了，想不到竟被宁公子捡到。不如待会儿宁公子亲手交还给老爷。"

宁毅皱了皱眉："这不妥吧？"若是旁人，自会觉得这是与那钱希文拉关系加印象分的好机会，但在宁毅这里，如果与钱家内贼之类的事情有关，那么自己一个外人，是绝不该跟这种事情有牵扯的。

"无妨无妨。"老管家倒是笑得诚恳。片刻后他们到了钱希文居住的院外，小婵被安排到外面仆人等候的房间里，宁毅皱了皱眉，将笔格收入袖中，由老管家引进去时，名叫钱希文的老者已经等在房间里了。这人须发半白，梳理得整整齐齐，一身灰袍整洁朴素，虽然没有补丁，但能够看得出洗涤过许多次了。他大概已经看完了秦嗣源的书信，正在翻宁毅带来的几本书，待宁毅进来，和蔼地招呼宁毅坐下。

"当初京城一别，我与秦公也有八年未见了，立恒你从江宁过来，秦公的身体可还好？"

大家通了姓名之后，钱希文问起宁毅有关秦嗣源的事情。他大概将宁毅当成了与秦嗣源有关系的晚辈，问了不少秦嗣源家中之事，秦绍和、秦绍谦两兄弟也是提及的重点，偶尔，他也会感慨几句。宁毅将知道的事情一一回答。不一会儿，钱希文转了话锋。

"今年夏初，北地兵锋再启，金、辽开了战，对此事，立恒离开江宁时，可曾听秦公说起过什么？"

"秦公上京了，此时或许已到京城。"

"哦。"

钱希文点了点头，若有所思的同时也审视般地看了宁毅一眼。他方才的话问得极有技巧，原本以为宁毅是秦嗣源的晚辈，对他真正感兴趣的这些事知道得不会太多，但宁毅自然能听出他话中所指，回答得很干脆。这时候秦嗣源复起的消息还未公布，宁毅的回答代表他至少已经清楚八年前的内幕。钱希文想了想秦嗣源的事情，然后问起宁毅本身的情况，家境如何，有没有成亲，学问怎样。长辈问晚辈，无非这些。这位老人博览群书，宁毅在江宁写的几首词他其实已经读过，记得宁立恒这个名字，想来方才心中便已存了疑问，却是到得此时，说完了秦嗣源，才开始询问宁毅本人的情况，待确认过后，也不说那些词作如何，只是问及宁毅平素爱看什么书，如何做学问之类的。宁毅便回答喜欢看些传奇故事、市井传说，至于做学问，也只以与秦老、康老开玩笑时听过的论调回答，态度中庸，不表现自己，也不至于得罪人。

　　他这时猜到了秦老信中有关他的内容——那位老人家知道自己的性格，绝不会在信函之中大肆渲染某某年轻人如何如何，想来是与这位钱老叙了旧，结尾处提了一两句，或是"有小友来杭，代为照拂一二"这样。秦老一直希望自己为文，这位钱老自然也将自己看成了前来投奔、学习的后辈，方才有这样的态度。

　　一般人若听了自己那些诗词，少不得虚词夸奖几句，钱老不以虚词敷衍，这其实是已经接下了照拂任务的态度——既然将自己当成了自家弟子，首先当然要严格要求，不能乱夸。他修养也好，对宁毅喜欢志怪小说之类的闲书并未表示不爽，宁毅回答得平平无奇，他也只是皱眉细思，随后从一旁的书架上拿了几本书下来。

　　"似立恒这等年纪，朝气活泼，爱看些志怪小文，倒无不妥。看立恒的文字，也不是拘泥小节之人。不过，看书择书也有些诀窍，老夫觉得，有些书，看一本是一本，但若能从小节中见大道，得些领悟，看一本便似看了两本三本，呵呵，老夫常常因这样取巧而心中窃喜。立恒既有兴趣，不妨将这几本传奇故事拿回去看看，老夫也是看过的，故事精奇，文字也好。若觉得有趣，这边还有两本书，我已做了注解，不妨与之佐读。"

　　宁毅接过那些书看了看，只见一边是几本时下盛行的鬼怪小说，其中一本他以前甚至买来看了；另外两本可以拿着"佐读"的，一本是《左传》，一本是《春秋》，"春秋"后有"补遗""考"三个字，这两本是烂大街的书，想来重点是在注解上。

　　接过这几本书，宁毅道了谢，心中却在苦笑。这位老人家还是不错的，方才一番谈话，让他对对方有了几分好感。其实以秦老识人的眼光，既然将他介绍过来，他就知道对方不会是什么不靠谱的人。

　　他若真是专注学问，渴望在这方面有所精进或者热衷科场功名的学子，这时候或许就该纳头拜师。偏偏他不是，这些事情又不好直说，往后怕是要辜负对方的一番好意。想来秦嗣源或许已经猜到他此时的心态，写信之时多半便有些"不怀好意"，宁毅遂在心中笑骂几句。

　　老人家不错，但如果往后没有什么需要寻求帮忙的事情，大家的来往估计也就是这一次了。心中做好了定位，又与对方聊了几句，宁毅起身告辞。钱希文点了点头："你便去吧。"转身要走时，宁毅倒是记起一件事，转身将那珊瑚笔格拿出来，交还给对方。

　　以宁毅的心境，他如果真是有求于人，为了避免触及钱氏"家丑"，这笔格是绝不会当面交的，但既然没这份心思，也就无所谓了。只是在交还时，他才发现事情可能跟自己想的不同。那钱希文皱着眉头，神色有些啼笑皆非，望向宁毅："进来时捡到的？"不知道为什么，他似乎不信，不过也没有什么恶意。

"嗯，方才进来时在草地上捡到的。"

"嘀……真是巧了……"钱希文想想，随后摇头笑了出来，"也罢，也罢，正是缘分。钱愈，你来！"

他喊了一声。钱愈就是方才那老管家，这时候应声进来。钱希文笑道："立恒捡到了我这珊瑚笔格，你照那悬赏上写的，去拿十千钱来。"

十千钱便是十贯，对宁毅来说虽然不多，对一般人家来说却也不少，这让宁毅有几分错愕。等钱愈出了门，钱希文拿着那笔格擦了擦，笑道："我在家中，最喜欢这笔格，它常常丢，我便出了悬赏，能找回来的赏十千钱，立恒既然找到，赏格自然得兑现才是。"

"常丢？"

"呵呵，不知道怎么的便不见了。"

"还常能找回来？"

"嗯，这不找回来了吗？"

"……"宁毅一时间无言。

不一会儿，钱愈领着家丁拿了钱过来，十贯钱，并非银票，而是拿绳子穿了，再用个大箱子装着捧过来。宁毅看着，脸部肌肉忍不住抽搐起来。这时候一枚铜钱三克多，一千钱将近四千克，十千钱就是近四十千克的重量。那家丁身材壮硕，两只手捧着钱，放在地上还发出砰的一声响。那钱管家则目光呆滞，大概准备置身事外。钱希文眨着眼睛，有些尴尬，摸摸下巴，但直到最后也没有开口说换成银票，就这样把十贯钱给了宁毅。

宁毅见众人这种态度，虽然不知道钱家到底在干吗，但也觉得有趣。他也不用那家丁帮忙，伸手将箱子捧了起来，笑着告辞出门。

小婵在门外看见他们过来，连忙过去帮忙，想要捧过宁毅怀中的箱子。宁毅笑道："别忙、别忙，很重。"小婵自是想着丫鬟的责任，道："小婵做惯事情的，力气也很大的。"宁毅作势将那箱子放了一放，小婵差点儿整个人被箱子拖倒在地上，还好宁毅立刻将箱子接住，笑个不停。

待听说箱子里是十贯钱时，小婵脸都圆了，想必是觉得钱家有些欺负人。

那钱管家也有几分尴尬，待快到门厅时，方才低声说起这事的缘由。原来钱家虽然是十里八乡闻名的望族世家，钱希文持家却极严，务求简朴，家中子弟平素月钱甚少，而且不到时候，这钱绝不会提前发放。有一次家中一名子弟遇上些事情，急需要钱，便将钱希文最喜欢的珊瑚笔格拿了去。钱希文了解事情之后，在家中出了榜文,谁能帮忙找回来,便赏钱十千。后来那名子弟来还笔格,他果然兑现承诺,赏钱十千。

这件事过后,那笔格一年之中便常常要丢上七八回,每次钱希文都张贴榜文,过得一两日,便有人来交还,说是好不容易找到的,钱希文也总是给钱,只是……

"老爷说,十千钱,若换成银票,只有小小的一张,大家既然想要赏钱,以铜钱做赏,显得多些,于是家中少爷们每次也都得辛苦地搬回去……"

那老管家说起这事,笑得开怀。宁毅与小婵也才明白过来,原来是这么回事。笔格次次丢,次次能找回来,次次还丢,钱希文哪里会不明究竟。他不过是装糊涂,给人一个法外施恩的机会。每次是谁拿回来的,自然便是谁拿走的,这些人每次都会暴露身份,自然也不敢乱来,只在真正要花钱的时候才敢去拿那笔格,十贯铜钱,不过是对这些孩子的一番调侃罢了。

想来也是因此,宁毅拿出笔格时对方的表情才会那般古怪——这笔格只可能是被家里的孩子拿走了,哪里可能真的掉了让人捡到……

带着那箱子和钱希文送的几本书,主仆俩驾着马车回去了。待他们回到家中,苏檀儿见了十贯钱,也是微感惊奇。宁毅说了今天在钱家见到的事情,苏檀儿也是一番感叹。

"那位钱老,人真不错,治家也很厉害啊。"

"是个有意思的人,不过……往后大概也不会有太多机会打交道了。"

"嗯。"苏檀儿点点头,又扭头看了看这位洒脱的夫君,目光有些复杂。

又过了两日,宁毅按照与妻子的计划,以苏府赘婿的身份,陪着她拜访起杭州一带与布商有关的诸多商户来。他谨守着陪衬与护花使者的本分,并不节外生枝,一到招呼打完,便完全收敛存在感,由得妻子含蓄而柔和地施展自己的手腕。

杭州一地,苏家没什么根基,要在这边发展,几乎能算作从零开始,也只有在这样的情况下,他能够清楚地看见自己妻子的本领与能力。就他的恶趣味来说,这些形形色色的交锋是他觉得最为赏心悦目的事情之一。

他对这些事情已经倦了,但偶尔不带责任感地看看还是有趣的。

一个标准、简单、本分的入赘夫婿,这便是他在接下来的这个夏日里带给整个杭州的第一印象……

过了农历五月,三伏天就到了。六月酷暑,烈日炎炎,知了声中,高高的日头像是要在街道间蒸出热浪来,屋檐、树影下,狗儿吐着舌头趴在那儿,望着巷道间的景象,感受些许阴凉,偶有车马驶过,扬起阵阵灰尘,随即又在那片热浪当中消失无踪。

　　这样的天气，能够不出门的都不想顶着烈日上街遭罪，一家家店铺的生意也因此冷清了许多，唯有那些位置较好的茶楼日日都能满座。进了茶楼，点一壶凉茶，借着古朴的木楼以及门外大树洒下的阴凉寻得凉爽，听人说书，吃着点心，便能好好地过上一天。当然，若真是豪门富户，多半会离了杭州城，到附近山间的阴凉别业住上一段日子，避暑去也。

　　杭州一地虽然没有江宁秦淮河的盛景，但大运河一路，扬州、苏州、杭州也都是远近闻名的烟花之地，青楼众多。每到夜里，城市灯火绵延，一处处锦楼绣院中笙歌曼舞，形成比这夏日更为热烈的销魂氛围。当然，白日里，这等情形是见不到的，忙碌了一晚的女子们或在休憩，或是下午坐在院落阴凉处看看飞舞的彩蝶，寄情自伤……

　　只有几处地方稍稍不同。

　　城市西北一侧有一座临水而建的"依荷园"，是白日里也会开门的。依荷园不大，但地理位置很不错，便是在酷暑的白日里也有凉风吹来。院内院外老樟古柏，绿木森森，颇为阴凉。它平日里看起来像是一间茶室，实际上是几名脱籍从良的青楼女子一同居住之处。

　　这几名青楼女子，为首的名叫丁宛君，曾经在杭州有花魁之名，后来脱籍身退，居住于此，常有念念不忘的恩客过来光顾。她对客人很挑剔，一日顶多见上一人，品品茶，说说话。

　　到后来，有几名女子相继脱籍，与她一同居住于此，这里于是渐渐被打理成了如今这番清静模样。每当酷暑寒冬，这里的生意便越发兴隆。夏日里，几间茶室阴凉，满园的知了之声伴着阵阵丝竹声，感觉格外能让人心神安静。

　　龙伯渊平日里便喜欢到这边来坐坐，当然，不是随时都有地方。他喜欢这种感觉，偶尔被挡了驾，也不生气，毕竟在他看来，他与丁宛君之间算是君子之交，对方身不由己，要应付一些人，他也明白。

　　在丁宛君的朋友当中，他的身份算不得最高，当然也算不得低。他是杭州布商行会的行首。龙家世代行商，但这一代出了几个念书念得不错的，他与弟弟龙伯奋于诗书一道都有些天分，但后来家中父母说他们两个总得有一个接下家业，他便接下了。

　　如今他与弟弟都已过了而立之年。龙伯奋有个举人身份，在杭州府衙补了个弄笔杆子的闲职，没有大的前途，但寄情诗文山水，虽然每日只是与人一道参与这样那样的诗词聚会，却也因此成了杭州文坛的一名富贵闲人，认识了不少人，于是也成为龙家的一大靠山。他则将家中的生意做得风生水起，正是意气风发之时。由于小时候也舞文弄墨过一段时间，他与一般满身铜臭的商人有着截然不同的气质，旁人都说他是儒商。或许也是因此，他才能与丁宛君相识，继而成为好友。

依荷园的位置极佳，若丁宛君等人毫无后台，恐怕这里老早便被觊觎之人占去。他应该也算是后台之一，曾经有几次有人想要逼着丁宛君将此地卖掉，他出面帮忙说过话，听说也有比他身份地位更高之人出面说话。

丁宛君是个长袖善舞的女子，关系颇多，他不介意——他已经是四十岁的年纪，一路过来，想玩的女人，什么样的都玩过了，如今他喜欢的是对方心性高洁的一面，偶尔坐在一起喝杯茶，说几句话，不说话也行，不至于上床，不涉及肉欲，对方在他面前说起话来也是肆无忌惮。他喜欢这样，若真是勾搭在一起，他反倒会厌倦。

他也不至于觉得对方心性高洁便不该为青楼女子，或者不该与这样那样的男人来往。人生在世，许多时候身不由己，一路挣扎，心存善念即可。他少时读圣贤书，后来经商，也干过不少身不由己的事情，因此觉得对方与自己有相似之处，都有不甘愿却不得不去做的感觉，故而心生怜爱。

通常，他不会将茶室之外的事情带到这里来，都是一个人来，坐上半天便回去。然而今天有些不一样，房间里除了他与正在抚琴的丁宛君，还有另外一名男子与他相对坐着。这人也是苏杭一带的大布商，名叫方敏，是这依荷园白芊芊白姑娘的好朋友。今天正好遇见了，对方有意亲近，过来与他聊些生意上的事情，他也只好应酬一番，不过表面上自然不会表现出不耐烦的样子。

"说起来，北方打仗于你我影响不算大，只是西南一带方腊闹得实在厉害，最近我方家又有一批布料被劫，这生意可是越来越难做了……"

"方腊虽然闹起来，但我看也长不了，听说朝廷已派大军南下，这次必然是要将方腊彻底剿灭。"

"只是我觉得，北方金、辽之间打起来，我武朝肯定也是要发兵北上的，此时却让童将军南下，还有谁能北上伐辽？总不能双线开战。"

"呵呵，这事你我又如何能得知？朝廷的事，自有朝廷中人担心，我等做好自己的生意便罢了……"

他与方敏之间并没有太多交情，无非说些如今大家都在聊的闲话而已，如此聊得一阵，方敏说起其他事情。

"要论起来，苏绣、杭绣原为一家，那江宁布业虽然也发达，但平日里以北上的生意居多。这次那名苏家的女子倒是南下来做生意了，已经拜访过你了吧？"

"嗯，五月间便已见过了。方公觉得如何？"这时候大城市里各个行业都已经有了自己的行会，要来杭州做布匹生意，是一定要去行首那边报备的，因此对方第一个拜会的，应该就是龙伯渊。

"呵,只是聊了聊,没有什么深交。那女子看起来挺本分的,最近一段时间也低调,礼数周全。前段时间她拜会我,我才知道又有新人进来。这苏家在江宁一带也是大布商,伯渊该清楚她家中底细吧?"

"只是略知一二。江宁布业以乌家为首,苏家暂居第二,我们与那边来往不密,对这苏檀儿,我也不是很清楚,只听说他家中长辈曾经是个厉害人物,不过现在怕也已经老了。"

"苏家原本就在这边有间店铺,但只是在几项小生意上做出货,上不得什么台面。不过她此次过来,观其行止,我想她是欲有一番作为的。羊坝头那边,她新开的店铺生意暂时倒是没什么,只是听说她大费周章地移了几棵树过去,还给附近过路的行人提供免费的酸梅茶解渴,却丝毫不提卖布之事,虽然这只是小事,但我觉得,她所图颇大。"

"呵呵,既然来杭州行商,又拜会了你我,自然是想要有一番作为,她没有动作才不正常。倒是我看方公似乎对这苏家小姐颇有兴趣嘛……"

方敏年近五十,因此龙伯渊称呼他为"方公"。他大笑起来:"哈哈,只是忽然想起,随口说说。江宁布艺与我杭不同,她想要开拓局面也不是一天两天的事情,只是她一个女子过来,让人觉得有趣。哦,听说她与楼家有些关系……"

龙伯渊点了点头:"此事我倒是知道。听说苏家众人南下之时,正好与楼家小姐遇上,同行数日。这两人……两人的境况,也有些类似,想来也是因此颇为投契。方公既然见了苏家小姐,应当也见了那苏家姑爷吧,听说也是一名书生,与楼家姑爷有些相似。"

"嗯,颇为低调,问他诗文如何,他只是推托几句,后来也不怎么搭话,让人几乎略过了。那楼家姑爷我见过几次,我看他还是颇想引人注目的,只是才学不够,旁人也总是对他不以为意……"

龙伯渊挑了挑眉:"能弃家入赘的男人,又有什么好说的?"

他对此事有些不以为意,懒得提起,方敏也就不说了。又聊了一阵,方敏告辞离开,龙伯渊坐在窗边喝茶,名叫丁宛君的清丽女子抚了一曲,方才过来坐下,重新斟茶。

"商场上的事情在这里说,也不怕被人听去了胡乱传扬吗?"

龙伯渊笑了起来:"呵,只是些许小事,宛君莫非当成什么机密来听了?"

"只是觉得挺有趣。"丁宛君笑笑,"那苏家小姐是谁?"

"另一个楼家小姐。"

"哦。"丁宛君点头表示了解。楼舒婉的名字在杭州有许多人知道,因为楼家三兄妹在商场上都颇有能力,再加上楼家原本就有的巨大影响力,她这个人自然不容小觑。至于私下里她的作风如何，一般人就算指指点点，也是无用。

楼家在商场、官场都有人，一般人玩女人，楼舒婉便是玩男人，而且人家玩得光明正大、理直气壮。她对男人极为挑剔，许多人知道她私下里跟外面的男人一起，却往往没办法确定她到底跟谁。你若觉得自己风流俊逸，想要轻薄她，她还会正色给你一耳光，一副贞洁自持的模样。据说有两名书生便是想要勾搭楼舒婉，却没用对方法，弄得她恼了，将两人搞得身败名裂。

那女人行为不检点，这是许多人隐约知道的事情，但她每次只跟一个男人来往，而且至少在杭州还是尽量秘密行事。由于她家中夫婿是入赘，她人也强势，那帮书生就更愿意将她想象成一名成亲之后寂寞又高贵的妇人，觉得她有些可怜，但她又不是喜欢人怜悯的性子，反倒显得有几分傲岸，因此倒是衬出一种美感来……一部分书生更愿意这样理解。

"不过，这苏小姐，每次拜访倒是都带着她的夫婿……那夫婿也是入赘的吧。"丁宛君轻声笑道。

"楼舒婉刚成亲时，不也与她那夫君出双入对？那楼舒婉一开始也未必不愿意相夫教子，可惜男人无能，旁人说得多了，她想不生厌都难……这苏家小姐的夫婿，叫什么来着？哦，宁立恒。打招呼时，感觉尚可，此后话就没几句，说不定打招呼的几句话都是练过的。呵呵，这两人往后怕也难逃这等模式……那苏小姐虽然看起来温婉，但没什么小家子气，举止大方，言行得体，润物无声，是个人才。这样的女人，一般的男人都压不住，何况一个入赘的……"

龙伯渊随口发表着看法。丁宛君正在斟茶，闻言微微愣了愣："宁立恒？"

"嗯？"

"方才说……那入赘之人叫宁立恒？"

"是啊，怎么了？"龙伯渊看着她笑了起来，"莫非宛君认识此人？"

"没，不认识。"丁宛君笑笑，摇了摇头，想想继续斟茶，"想到些其他的事情，就是觉得这名字挺好的。"

"哦。"

龙伯渊虽被人称为儒商，但毕竟未入此道，偶尔看书也都是看些经典古籍，对如今的文坛是嗤之以鼻的。丁宛君想着这名字倒是像《水调歌头》《青玉案》的作者，但想想是入赘的，就觉得不可能，许是同名。

杭州说小不小，说大不大，对方若真是那个大才子，过来已经有一两个月的时间，她不用等到这时才从龙伯渊口中听到，其他的书生文人怕是早说起来了。

未时两刻，就在依荷园中龙伯渊与丁宛君对坐闲聊之时，西湖上，一艘画舫正顺碧波徜徉，缓缓而行。

这是专为游湖而造的舒适舫船，船只一层，通体精致，但并不显得张扬。顶棚张开，宽而且厚，有两三层的夹层，有一定的隔热功能。天气虽热，但现在已是午后，湖上风大，船上薄幔轻纱，四面通风，船舱之中便只有凉爽的感觉了。

午后，画舫，西湖。若以西制的时间，不过是下午两点左右，纵然宽敞的船舱内并不热，偶尔才能见到一两点船影的宽敞湖面也足以带来昏昏欲睡的氛围。若有其他船只从旁经过，应当能发现，此时的船舱里，画舫的主人已经在竹制的凉床上睡着了。船舱里的桌椅都矮，一副摆着黑白棋子的棋枰安安静静地搁在舱室入口旁，显示出不久前还有人在这儿下棋的事实。下棋的大概是旁边两名丫鬟打扮的少女，此时两人倚靠在船壁上，也已经进入梦乡，一名少女搂住另一名少女的腰，将头搁在她的肩膀上，被搂住的少女手中拿着一把扇子，偶尔还扇动一下。

船舱另一侧的窗口前，也有一名少女坐在矮凳上，趴在前方的小桌上，正目光迷离地整理着手头的事情。她大概是舱内唯一清醒的人，手中执着毛笔，偶尔在前方像是账册的本子上勾勒一笔。那本子上的大抵不是什么很重要的东西，她勾勒一阵，就打着哈欠趴在桌上眯一阵，随后又强自打起精神，迷迷糊糊地抬起头来，一只手托着下巴，另一只手继续乱翻。

炎炎夏日，这画舫上薄纱轻扬的悠闲一幕足可入画。画舫上自然也有掌船的船夫等人，但基本不会到这边来打搅主家睡眠。再过得一阵，窗边整理账册的丫鬟也终于支持不住，沉沉入眠了。

不知什么时候，隐约间，有身影走了过来，将窗边乱飞的薄纱扎起来，随后拿了薄毯盖在三名丫鬟身上。湖上毕竟风大，既然人睡着了，总得稍做预防。

原在整理账册的丫鬟稍稍睁开眼睛，迷离的目光之中，那道颀长的身影正在船头摆来扭去，是在做名叫"热身运动"的动作，再过得片刻，只听扑通一声，那身影扎进湖水里。

或许是该起来了，丫鬟心中想着。不久，视野的一侧，另一道白色的身影也走了过去，那是女主人的身影。她去到船头，蹲在那儿整理好男主人脱下的外袍，随后在船舷边坐下，身体倚靠着船身一侧的栏杆，虽然已经醒了，但看起来仍有些怏怏的。

风吹过，白色的裙摆轻轻地飞舞起来，随着几缕因午睡而挣脱了束缚的发丝悠然飞扬。

隐约的说话声从前方传来，女主人双手抱着栏杆，摇了摇头，纵然只是背影，也能看出女主人心情愉悦，大概是姑爷又让她下水去玩了。

女主人与姑爷之间的感情很令人羡慕，纵然作为丫鬟的她见过不少大家族的事情，但仍然未见过其他有这种感情的夫妻。那种感情不仅仅是"和睦"与"相敬如宾"可以形容的，在姑爷是入赘夫婿的前提下，那甚至称得上奇怪。每次这样想起，名叫杏儿的丫鬟总忍不住想想自己往后的夫婿可能是怎样一副样子，若两人也能有这样的感情，那便好了；如果不是，便不成亲或许也是无妨的，反正自己会一辈子在苏家，小姐跟姑爷对自己也蛮好的。

自家情况比起其他大户人家的情况是相对特殊的。她是小姐手下的大丫鬟，通常情况下也会是通房丫鬟，可姑爷是入赘的，她被安排给姑爷的可能性便不高了。一般人家的小姐身边也不会安排三个丫鬟，自家小姐是因为后来在外面抛头露面，打理商事，因此多要了两个。小姐跟姑爷感情好，如今小婵跟姑爷之间大概是定下了，她和娟儿倒是不清楚以后会怎样。

以往她对这种事情是很清楚的。

似她们这样的，小姐在家中也有地位，往后无非被许配给家中得力的下人或是掌柜，本身还是会在苏家继续当丫鬟。到时候，她们的夫婿在苏家也被看好，她们本身也有地位，不会受欺负，相比其他丫鬟，她们是最容易过得幸福美满的一批。

每个人的生活轨迹都差不多，她犯不着多想，但这一两年来，看到了一些更好的事情之后，心中反倒有些空虚起来，往后的那个着落，忽然就变得不算真正的着落了。

小姐是等到很晚才成的亲，不过她与娟儿的年纪如今也大了，不知道什么时候就会被小姐叫过去说这些事。她不知道娟儿有没有想过，但她最近偶尔会想想这些事。

小姐既然已经起来，她也没办法再睡下去，但前方那样的气氛，她也不好就这样起来，便趴在这里，眯着眼睛看着。又过得许久，大概已至申时，下午的天色变得明显起来，姑爷从湖里上来了，去到侧面的舱室里换衣服。那边抱在一起睡着的婵儿与娟儿也已经醒来，丫鬟们去后方准备银耳莲子羹，又拿了装有冰块的箱子，从里面敲下冰粒来，船舱之中方才变得热闹起来。

这一个多月里，一家人常常会在西湖上游荡一下午。

这时候交通和信息都不算发达，一个地方的商界，地域性与排他性比后世要强得多。宁毅陪同妻子拜访一个个商家通常都是选在上午，从行首龙伯渊开始，基本每一天都会有安排。当然，拜访过后，他们便相对自由一点儿，若不是有什么紧急的事情，通常都会找地方游览消暑。

都是一家人，无须打点应酬，自然可以更随性一些。试过几处地方之后，苏檀儿便花钱买下了一艘画舫，从别人家中出来，便直接上船，在船上吃午饭，然后睡个午觉，下午便自行度过，或聊天下棋，或讨论商场上的决策。如今宁毅与苏檀儿接触的信息都差不多，共同话题蛮多的，他在别人家中向来保持沉默，在只有夫妻两人时，才会谈论一下对今天拜访的看法，对方的态度如何，该送些什么样的礼品，往后该怎样做等，如此一来，也促成了几笔小的合作生意。

只是初到杭州，大的生意暂时是很难做的，在这等具有排他性的市场里，宁毅与苏檀儿的想法也不过是借着几个月的时间让大家了解"我来了""市场上多了一个商家，但我们与其他商家并没有不一样"，等到大伙儿逐渐适应了，才是真正大刀阔斧地推广江宁布艺的时候。

相对来说，包括买画舫、买住的宅院以及各种游览在内花的钱，已经比初期的商业投资更多了，不过，初期花的只是些小钱，苏檀儿对此并不介意。

她与宁毅这个夫婿玩得开心，在各种事情上也颇为和谐，令见了的人都不禁羡慕。如今在姐姐的压力下暂时收了性子帮忙做事的苏文定、苏文方偶尔也会来画舫上度过一个下午，宁毅便找他们下船游泳。

说起游泳，苏檀儿本身其实是反对的——时代如此，有家有业有身份的人，在公众场合做这种事情会让人觉得不太好。苏文定、苏文方也是这样的想法，但宁毅听说他们会游，便一脚一个将两人都踢了下去。苏檀儿对此也没什么办法，何况她本身也被宁毅折腾过下了一次水，只要周围没什么游船，对宁毅游泳的嗜好，她也只好听之任之。

她那次下水自然不是自愿，当然，也不是像两个弟弟那样被宁毅一脚踢下去的。当时宁毅已经锻炼过数次，记忆中的水性渐渐恢复，他跟苏檀儿说了几次下水试试苏檀儿都不肯，他要拿商场上的事情来打赌，苏檀儿却绝不拿此事来赌。宁毅下水只一会儿，心中想想，忽然做出往下沉的模样，扑腾了几下，说是抽筋了。画舫上方，船夫、伙计都不在视线中，只有苏檀儿在，只见她惊愕地愣了愣，就那样穿着衣裙跳了下去。

她只是小时候游过泳，说是会游，其实水性有限，着急之下差点儿被淹了，呛了好几口水，被宁毅揽住之后才知道被骗。她看着宁毅，一脸寒冰，俨然已经是在手下面前罕见地发飙时才会有的严厉面孔，宁毅捧住她的脸亲住她的嘴巴，她却拼命挣扎。

苏檀儿本是个性极强的女子，在宁毅面前表现得温婉是因为教养，这时候心情起伏，一般的安慰根本糊弄不了她。后来她想上船，却仍然被宁毅拖着在水里游了几圈，初时她挣扎了几下，后来便逆来顺受了。到得上了船，她便板着脸，一直安静，将婵儿、娟儿她们都给吓到了。如此一直到晚上，洗漱完毕，她板着脸在桌前处理账册，不肯上床。宁毅便过去，苏檀儿打开一本，他便拿走一本，直到苏檀儿冷冷地瞥着他要发作，他才说道："睡觉了。"

"不睡……"苏檀儿直着脖子,一字一顿地说话,话还没说完,被宁毅扔到床上,随后,两人便厮打起来。

三个丫鬟在外面听得心惊肉跳的,婵儿急得两只手都捏成了拳头,好在苏檀儿也没有大喊大叫让旁人进去。过得片刻,房间里才安静下来,三人也不知道出了什么事。房间里的床上,苏檀儿被宁毅用左手按住双手手腕,压在身下,她却一口咬在了宁毅的右臂上,这一口咬得颇重,都渗出血来,她在下方直勾勾地瞪着宁毅。

宁毅任她咬着,过得片刻说道:"母老虎。"

苏檀儿恨恨地看着他,口中再次用力,血再度渗出来,宁毅眉毛都不动一下,两人就这样互瞪了半晌,宁毅笑着俯下身子:"我认识一个驯虎的人,他的手上全是被咬、被抓的印子,可见干这行总是要被咬的。"他说着在苏檀儿的眼睛上亲了一下。苏檀儿原本瞪着眼睛,见他俯下身,只好把眼睛闭上,但心中倍感屈辱,原本还想用力咬,但唇间已经尝到腥甜味,不觉松了口,咬牙道:"你放开,你出去!"

"不放。"

"你这个……你这个……"

"入赘的?"

苏檀儿原本恨恨的不知道该骂什么才好,这时候脸色却白了,她看着宁毅的脸,心绪纷乱,不知道该怎样说:"我、我没……"

外面偷听的三个丫鬟隐约听见"入赘"两个字,脸色也白了。苏檀儿与宁毅成亲两年,这算是第一次吵架,但三个丫鬟都明白,吵什么都可以,如果吵到这个词,那后果就不堪设想了。

苏檀儿也不清楚自己方才的心绪有没有挪到这上面来,看着宁毅的笑脸,她的心都凉了。就算她有丰富的商场经历,一时间也没办法分清宁毅此时的情绪到底怎样。宁毅笑了笑,仍不放开她:"没有用的,我还是不放。"他将正在流血的右手撑在苏檀儿身边。

"我……你……"苏檀儿抿了抿双唇,"我、我没说那个……"

"说也没用,反正你是嫁给我了……入不入赘对我来说没有任何意义。你家里人也许觉得有,外面的人也许也觉得有,可实际上没有,不管我是怎么娶到你的,结果都是一样的。我如果真想做什么事,没几个人挡得住,江宁的那些人挡不住,杭州的这些人也挡不住,乌家的那些人挡不住,岳父、爷爷他们也挡不住……有些事情我不做,只是因为我真的不想做而已。"宁毅在她耳边轻声说着话,语气却并不强硬,"今天你跳下来,我很感动……你是我娘子,并不是因为我入赘到了你们苏家。"

苏檀儿的脸色瞬息万变,她窘迫地道:"你、你说什么呢?"

"没什么啊,只是想告诉你,我今天很感动,因为你想也不想就跳下来了。我感动的时候,你却要发脾气,这很不应该,明明你后来也游得很高兴,却一直板着脸……"

"我、我没有……你放开我……"

"哦,还有,我要告诉你,男子汉大丈夫,说不放就不放……"

说话间,苏檀儿还要挣扎,陡然间感受到身下的动静,杏目一圆,脸红了。

"你、你、你……你不能……这样子……"

"可是我觉得这样很刺激啊。"

"你手上还在流血呢……"她几乎要哭出来了。

过了许久,苏檀儿才能为宁毅包扎手臂上的伤口。当两人躺在床上准备真的睡下时,苏檀儿回忆了一番,才记起自己是被对方顾左右而言他,绕歪了主题。

"宁立恒,我还没说,我今天很生气……"

"但是你都表现出来了啊。"

"你没有道歉……"

宁毅沉默半晌,伸手揽住妻子,叹了口气:"那个什么……男子汉大丈夫,错了也不会道歉的。"

"你无赖。"

"其实下次你可以问我为什么要入赘。"

苏檀儿的身体紧了紧:"为什么啊?"

"忘记了,你忘了我失忆过?"

女方沉默了许久才道:"你放开我。"

"嗯?"

"我要背对着你睡……"

于是她在宁毅怀里背对着他睡了一晚上。第二天,宁毅问起她跳下去时的心情,她什么都不肯说。其实她自己也记不起当时的心情了,许是没有什么心情,就那样跳下去了,只是这些事情,她是不可能跟宁毅说的。

其实,自从知道秦嗣源上京之时曾经邀请过宁毅,苏檀儿的心情一直很复杂。这一个多月来,宁毅陪着她一家家拜访,对方知道宁毅乃入赘的夫婿之后,总是难免投来复杂的目光,就算多少明白宁毅不介意,她心中也不免产生各种想法,特别是在六月,秦嗣源位居右相的消息传来,她对"入赘"二字越发敏感。

倒是在这次争吵之后,她的心情才稍稍平静下来。此后宁毅下船游泳,有时候也让她下去——左右无人,宁毅并不介意自己的家人做些运动,但苏檀儿已经是打死也不下水了,只是对自家相公一个人下水多少有些担心,一旦宁毅下去,她便坐在船舷上看着。有时候宁毅过来,在船舷边的水里与她说话,便让她脱了鞋袜,将双足浸入水里。其实这个年代，许多女子对双足的自矜甚于身体，若远远看见有船过来，她便立刻将双足收上来，笼在裙摆里，悄悄将鞋袜穿上。

虽然来杭州已有月余，但除了每日里的例行走访，夫妻两人其实还是在自己的这片天地里生活，只偶尔与楼舒婉有些来往，也与楼舒婉的两位哥哥楼书恒、楼书望见过几面。偶尔在黄昏回家时，宁毅会在路口看着那刘氏武馆中一帮壮汉嘿嘿哈哈地打拳，这时夕阳的光芒从树隙间洒下来，小婵或是其他家人跟在他身边，日子倒是一派悠闲。

第三章
因入赘莫名遭斥责　送蚕儿意外通关节

到得六月中旬过后，方才有一名陌生人过府拜访。这人与钱希文有关，名叫时昌顾，因为听了宁毅的名字，过来拜会，只是知道宁毅的赘婿身份之后，他很快就从目瞪口呆变成激情声讨了……

将时昌顾送出太平巷的巷口，宁毅站在路口的梧桐树下看了一会儿刘氏武馆中练武的情景。

他方才送走的时昌顾是第二次来。第一次是昨天，由于宁毅与苏檀儿上午出了门，对方一直等到下午，宁毅等人在酒楼吃完午饭回家方才见到。这人态度诚恳，看来也颇有谦谦君子之风，宁毅也愿意与其结交一番。

撇开诗文讨教，当宁毅诚心与人为善的时候，很容易与对方聊得投契。那时昌顾告辞时说过几天再来拜会，结果却是在今天下午就赶了过来，也不知在哪里听说了宁毅的赘婿身份，匆匆过来求证。

今天天气相对凉爽，不用特意跑去西湖上睡午觉，宁毅与苏檀儿都在家里，不过时昌顾来时，苏檀儿因为铺子里有事出去了。对方寒暄了几句，随后便开门见山地询问宁毅是否入赘，让宁毅有几分意外，但随后就爽快地承认了。对方的表情便焦灼起来，又问宁毅"是否有苦衷"之类的问题，还隐晦地说我辈男儿当有大志，无论遇上何等困境，也不当弃家入赘，见这种隐晦的表示没什么效果，他又加强了语气。

宁毅如今看起来不过二十出头，虽然气质沉稳，但年轻的面孔其实难以形成整体的说服力与压迫感。时昌顾的年纪则有二十六七，他过来拜访，是因为听了宁毅在江宁的名声，但上门之后既然谈得投契，就有了几分提携关照晚辈的感觉，这时候由压抑到放开地说了一通，宁毅只陈述不辩解的应对让他有几分气恼。

　　"你这等年纪，竟然弃了祖宗入赘商人之家，还没有丝毫悔过之意，作为读书人，哪能如此！"

　　时昌顾的态度逐渐严厉，宁毅听了好一阵，方才微笑着开口问道："时兄今天可是遇上什么事了？"

　　这句话问出来，时昌顾才意识到自己管得太宽了，但随后仍有些不甘："无论如何，这等事情，终是……不智之举。商贾之家，谋财重利，这是其一；而宁兄的妻子竟然每日抛头露面，我等……"

　　"时兄。"宁毅笑着打断他的话，"时兄今天过来，是想劝我与妻子分家不成？"

　　"并无此意，只是……"

　　宁毅挥了挥手："家事只是小事，原本无须为外人道，不过时兄热心，在下也很感激。拙荆为人是极好的，我们成亲两载，感情也算不错，她尊重我，我也喜欢她。前事不论，如果要正身分家，涉及很多事情，这些事情极其麻烦，而最终结果，不过是伤了一家人的感情。我不知时兄如何去想，但于我而言，家人之间的感情是极其重要的。时兄觉得呢？"

　　宁毅见惯各种事情，眼前书生突如其来的热血并没有让他生气，纵然有几分意外，但他没有太多兴趣去探究，于是绵里藏针地反驳了一番。不久之后，宁毅将没什么话说的对方送出巷口，礼数做足，心中却明白，往后双方不见得会有来往了。

　　人性复杂，宁毅从来明白，初来乍到时，他对这个时代的书生气其实没有太多感觉，不讨厌，不认同，也懒得理会，毕竟在这之前他对这个时代并无向往，也就无须寻找什么共鸣。这两年来，因为生活在这儿，宁毅也可以对这个时代的氛围与气息做出欣赏，如同这时昌顾，他坚持的某些东西总是值得欣赏的，当然，欣赏过后，便付之一笑。

　　此时正是阴天，天上的云朵遮住了烈阳，而巷口的武馆中人并没有休息，几个人正持着木刀对练。宁毅在门外看，武馆中练刀的几人偶尔也看看他，他们知道他是这巷子里的住户，对他偶尔的旁观已经习以为常了。

　　其实这刘氏武馆教的刀法算不得高深，这年头，没有陆红提那类人的修为，使出的招式也就没有什么观赏性。宁毅看了一会儿，正准备离开，道路对面有一辆马车驶了过来，在宁毅身边掀开了车帘。

"妹夫。"

马车中的是楼舒婉与她的丫鬟阿果。虽然一开始认识的时候楼舒婉对宁毅有几分轻视，但后来在与宁毅、苏檀儿夫妇来往的过程中，这女子的态度还是爽朗的，不算拘束，但也有着作为良家女子的分寸。这时候楼舒婉手上扇着小圆扇，朝道路另一边望了望。

"先前那人是时昌顾，妹夫与他认识？"

"不是很熟。他很有名？"

"在苏杭一带是有名气的。"

"哦。"宁毅点头，若有所思地看看楼舒婉，楼舒婉却不在这话题上多说："檀儿妹子在家吗？"

"先前去铺子了，怕是要一阵子才回来。你先进去坐会儿吧。"

"哦，这样啊……"楼舒婉想想，随后摇了摇头，"还是不了，我只是经过，待会儿也有些事情要办，妹夫替我向檀儿妹子问好吧。"

"好。"

这话说完，又闲聊了两句，楼舒婉放下车帘，宁毅则转身回家。那马车过了这边的道路，车厢之中，楼舒婉已经是另外一种冷然的表情。小婢果儿轻声道："小姐过来就只看这一眼吗？"

楼舒婉笑了笑："本就是随意看看，看到时昌顾离开便行了，还要看什么？"

"可是这样也不知道他们吵成怎样了……"

"哪里会真吵起来。时昌顾走时，面色郁郁寡欢，但显然话没说完或者说了也没用。我这妹夫倒也真是有趣，竟还能把人一直送到路口来。已经看到这么多了，你个小丫鬟懂什么？别吵我。"

楼舒婉闭上眼睛想这些事情，小丫鬟知趣地闭了嘴，那马车在杭州城内一路驶过，不多时回到楼家。主仆两人下了车，往侧门附近的一座院子走去，进去之后，楼舒婉直接推开了院子里闭上的房门。房间之中，一名衣衫不整的男子正在与丫鬟调笑，见她进来才有所收敛，匆忙扣上外套，却是楼舒婉的二哥楼书恒。

"怎么？"

"我去檀儿那边看了，时昌顾果然去找了我那妹夫求证，看来心情不爽。"

"哦？说说，说说……"

楼书恒是风流多金之人，每日里夜生活丰富，到得此时其实才起床，这时候整理洗漱，面上倒是来了精神。楼舒婉说了正巧看到的场面，他的表情有些失望："哦，就看见时昌顾告辞啊……"

"妹夫把他送出来，表情从容，时昌顾脸色却很不好，欲言又止一副不甘心的模样，以后你们尽管奚落他便是，有什么好失望的？"

"没什么。"楼书恒撇了撇嘴，"不过听你说起，妹夫那人涵养倒好。"

"不是涵养，是不简单。"

"入赘之人，能有多不简单？"楼书恒对着桌上的铜镜整理了一下衣冠，"说是江宁第一才子，可是我见了几面，一点儿都……没感觉出来，檀儿妹子倒是不简单。我想会不会是檀儿妹子故意把他捧出来的，不是说只作了几首诗词吗……"

"听苏文定、苏文方说，当初苏家出事，檀儿妹子病倒，檀儿妹子的父亲遇刺，是他忽然出手，力挽狂澜，乌家在江宁被阴到死，到最后大家才知道他这个平日里默默无闻的书生有多厉害。"

"说是那样说，这一个多月来，他除了跟在女人屁股后面到处走，还做了些什么事情？什么他力挽狂澜，说不定也是苏檀儿计划的。他顶多是会藏拙，至于涵养，反正做不了什么……我那妹夫涵养不也挺好？"

楼舒婉皱起眉头："你说话就说话，别攀扯到我身上来。"

"我是……"

楼书恒回头要辩解，砰的一下，楼舒婉一巴掌拍在了桌子上，片刻后，她吸了一口气，冷笑起来："早些天，父亲说了句当年有心让你跟苏家结亲之后，我看你就对檀儿妹子挺上心了，连带着对苏家妹夫也有些不妥。哼，今天可看清楚了……"

楼书恒在那边站直了，背对着她，片刻后方才偏过头："我就对她有好感了，怎么样？她是挺不错，但有好感不代表要干什么。我心里为她不值不行啊？你是我妹妹我也为你不值，男人有本事干吗要入赘？你欣赏他，要不然让他入赘到咱们家来算了……"

"楼书恒你满嘴的臭狗屁！"楼舒婉骂了一句，随后道，"滚。"

话说完，她自己转身走了。

这边楼家兄妹莫名其妙地发脾气，那边的时昌顾其实也颇为郁闷。楼舒婉会去太平巷看看情况，其实也不是因为宁毅，主要还是因为他。

他跑去拜会宁毅，原本是怀着诚意的，因为钱希文对宁毅诗文的评价颇高，又说最近见过一面，对其人的评价也是不错，一番拜访，印象挺好。当天晚上参与青楼聚会，顺口便将这会面说了出来，说江宁第一才子来了杭州，他已见过，详谈甚欢，对方豁达不拘，风采极佳云云。

有人的地方就有江湖，闯荡江湖的混的是个面子，文坛也是，特别是在青楼聚会、女人面前。时昌顾文才很好,自诗文大成之后常常被追捧,也是个爱面子的人,他交了这个朋友,对方又有实力,他自然将人添油加醋地夸奖了一番。问题在于,他夸得太高了,下不来台。

苏杭有苏杭的地域文化,同是诗人,对时昌顾将一个江宁人说得这么好的行为大家多少都有不爽,时昌顾也明白,但宁毅之前的诗词摆在那里,他有自信,对方也能够看到差距,一时热血就要推举谁谁谁上门讨教一番,总也得事先掂量。宁毅来了杭州一个多月,这帮书生中见过的却没有,知己不知彼,大家一时间有些犹豫,偏巧当时楼书恒便在其中,他看时昌顾不爽,等到对方夸得差不多了,才出来说话——

那家伙是个入赘的。

他入赘的还是商人家,这一个多月都跟着女人谈生意,而且都是女人谈……

楼书恒平日便是个厉害的人,说的话恰到好处。时昌顾正说得开心,他将这事扔出来,正好堵住对方回转的余地:"你说认识个朋友那么厉害,说得那么夸张,你这么高兴,可他是入赘的,你知道吗?"

他一爆料,众人也开心,一齐起哄。时昌顾当时就涨红了脸:"不可能!怎会有此事?你怎知道?你胡说!"楼书恒并不说自己是怎样知道的,那边也骑虎难下,说第二天一定要揭穿他的谎话云云。时昌顾知道宁毅下午才有可能在家,但到得上午时分又遇上几人,被激了一番,这才急匆匆地跑到太平巷这边来求证,而楼舒婉不过是从旁人口中得知了这件趣闻,过来看看而已。

这一番求证让时昌顾也有些蒙了。若是心平气和时知道这事,他顶多是感到奇怪,就算觉得对方不该这样,也不至于找上门去指手画脚,这一下自己多少要成为笑柄,于是夜间去拜访老师时也有些心不在焉。他不知道钱希文是否了解这事,态度如何,因此也不好多说,不过钱希文倒是第一时间看出了他有心事,略想了想,问道:"昌顾你昨日去拜访那宁立恒,心得如何?"

钱希文以为宁毅惊采绝艳,露了一手,将自己这弟子给震慑到了。虽说文无第一,但以对方的诗才,恐怕还是可以做到的。结果时昌顾吞吞吐吐了一会儿,终于说道:"但是,老师,那宁立恒竟是入赘之人,而且入赘一商户之家,学生确实觉得,此人……此人……"

他一时间不好形容。钱希文皱起了眉头:"入赘?什么入赘?"

时昌顾这才将事情详述一番,钱希文听完,只是皱眉思考,并不表态,不久之后,他打发时昌顾离开,唤来一直跟随在身边的老管家。

"钱愈,那宁毅之事,你可听说了?"

老管家想了想,点了点头:"老奴……之前确实听说了一些。"

"哦?"

"听说他来到杭州一个多月,并未走访任何文坛才子,也并未参与任何文会,与楼家虽有一些关系,但来往似也不密。他妻子家中是经营布行生意的,这一个月来,他只是陪着妻子在一些商户家拜访,或是自顾自地游玩,似乎并无以文会友、彰显名声的打算。"

"难怪了……"钱希文点头,"我原本还在想,为何他来了这许久了,我还未听旁人说起他的名字……"

"这人确实不像是什么大才子。另外时公子的事,老奴今天上午也听说了些,似乎……时公子昨晚还在醉鹤楼夸奖宁公子来着……"

钱愈将昨晚发生的事情一五一十地说了。钱希文这才笑了出来,一面想,一面摇头,过了好半晌,方才望着门外,说道:"月初便已经传来消息了,钱愈你也知道的……"

"嗯?"

"秦嗣源入京,如今已复起为右相,当今天下,二人之下,万人之上。我想了想,宁立恒南下之时,他已经在准备上京事宜,这等时候,他还能写下这封信,在信中要我对这宁立恒照拂一二……话虽简单,意义却是难言哪。"

"看起来,这宁立恒当是秦氏弟子?"

"若是一般的秦氏弟子,以秦公的身份,秦公哪里会为他写这'照拂'二字。"钱希文想了想,又觉得有些匪夷所思,笑了起来,摇摇头,"呵,他……应当不是秦氏血脉,否则绝不至于入赘。他若是秦氏门生,一入赘之人竟也能得秦公如此青睐,呵,这人……不会简单,不过我一时间也想不通……"

钱愈看着他抚额思考,道:"是否要请他过府一叙?"

"不用,过府刻意了。"钱希文摆了摆手,"也有月余未曾联络,过几日立秋,小瀛洲那边诗会,你且写个帖子,附我名刺送过去,邀……邀他一家人过去游玩。"

"是。"

宁毅拿着毛巾走过后面厢房的时候,看见杏儿在偷吃糖果。

说偷吃其实不准确,作为家中的大丫鬟,也是实质上的管家,杏儿手底下管钱管账,本身的月俸也有十二两。在这个三五十两银子就能买断一个仆人的时代,加上各个节日的红包封赏、这样那样的外快,若是放到外面,如今的杏儿绝对已经是个旁人争抢的小富婆,她想要吃什么好东西都有一定的资本。

不过此时看起来,她确实像是在偷吃。

她从柜子里拿出来的并非多么名贵的糖果,宁毅记得似乎是不久前上街时随意买的酥糖，味道不好，尝过以后，宁毅便没了多少兴趣，如今杏儿就是在吃它。她拿着那长长的酥糖条，鬼鬼祟祟地看看周围，然后放进嘴里咬下一截，拼命嚼，嘣嘣嘣嘣的响声传出来，使她看起来像一只松鼠。吃完一条，她小心地擦了擦嘴，忍不住望着柜子里的袋子，又左右看看，拿出一条来……

类似的情形似乎已经不是第一次见，以往宁毅没怎么上心，这时候才觉得有趣——杏儿那神情未免太过古怪。他如今回头想想，作为苏檀儿身边的大丫鬟，杏儿性格是有泼辣的一面的，但算不得王熙凤那样的凤辣子，当了丫鬟，内部要讲规矩，在婵儿、娟儿面前，她是姐姐，在府中管起事情来主要是从容，当然在宁毅眼中不过是少女一名，与婵儿、娟儿没有太大分别，只是平素甚少看她在人前吃零食……哦，应该是从未见过，她其实一直在做丫鬟要做的各种事情。

上一次见到她坐在一边吃零食的时候宁毅没怎么想过，这时回想才发现，那次周围似乎也没人。看她吃得有趣，宁毅从窗口走开，拿着新毛巾去洗澡了。

他洗完澡后回到房间，苏檀儿坐在窗边看信，是最近江宁发货过来顺便带的家书，宁毅便坐到另一张书桌前望着窗外发呆。由于房间的关系，两人的桌子并不是相对摆放，而是在窗前摆成一排，宁毅突然觉得，两人蛮像是小学上学时的同桌，于是偏过头看向苏檀儿。苏檀儿穿一身素白衣裙，头发随意地绾在脑后，未被束起的发端流泻到肩膀处。她皮肤白皙，侧脸美丽而带着自信。

如果以前上学的时候他有个这样的同桌，那真是太棒了……

苏檀儿偏过头看他："相公，怎么了？"

哦，如果那个女同桌还叫他"相公"……

这感觉太棒了。

宁毅举手在两张桌子的交接处一切："那边是你的，这边是我的，不准过线。"

苏檀儿疑惑地眨眼睛，随后小声道："什么？"

"没什么，学堂里大家把桌子摆在一起，然后互相不许对方过线，很有意思。"

苏檀儿想想，笑了笑："豫山书院的桌子明明是分开的，而且女孩子可不跟男孩子的桌子挨在一起……"

宁毅白了她一眼，顺手拔掉她固定头发的簪子，那满头长发顿时流泻下来。苏檀儿瞪了他一眼，赶快动手整理："放下来很热啊……"说着一只手想从宁毅这边抢发簪，无奈好几次都没抢到，她只得顺手找了根头绳绑起来。宁毅心想，她将头发束起来后露出白皙的颈项，真像只天鹅。

"对了，刚才看见杏儿在那边吃糖来着，杏儿喜欢吃酥糖？"

"啊？相公你看见啦？"苏檀儿一边束头发一边笑道。

"你知道？"

"嗯，杏儿那丫头蛮嘴馋的。"

"平时看不出来嘛。"

"当然看不出来，有人的时候她都一本正经的。"苏檀儿笑着，"相公你不知道，小时候她是被人贩子拐了卖掉的，那人贩子拿了颗糖，就把她拐走了。她那时候小，也记不得家门，后来想找找，找到了从人贩子手上买人的牙婆，人贩子却找不到了，线索也就断了。"

"呃……"

宁毅一时间有些无语。苏檀儿偏着头，饶有兴致地继续说。

"知道她嘴馋的人不多，我也是跟她相处久了以后才知道的，婵儿、娟儿应该也知道。她是最早跟着我的，早先还是挺喜欢吃糖的，后来有人说她吃糖被拐走，她知道害羞了，就躲起来吃……"

"哦，哦，因为嘴馋被拐走……"

宁毅重复了一遍，忍不住笑。三个丫鬟中，宁毅平日里接触得多的只有婵儿，大家的关系真正密切起来，其实是在与苏檀儿圆房后的半年里，因此对杏儿、娟儿的私事，宁毅了解得不多。两人说了一阵八卦，便聊到明天立秋的诗会。

小瀛洲其实就是西湖上的三潭映月，无论此时还是后世，都是远近闻名的旅游地。钱希文的帖子送过来，他们明天自然是要去的。另外，明天下午的小瀛洲诗会，由于是知府大人牵头，去的除了文人，也有官员、一些有关系的商户，苏檀儿跟着过去，也可以增加在杭州商界的存在感。

"只是……那位钱老此时送请柬来，会不会是因为那时昌顾时公子？"

第一次时昌顾拜访时，苏檀儿觉得这人是宁毅的朋友，于是表现温婉，出来打了招呼，上了茶点，也是因此，时昌顾根本察觉不出这对夫妻有何不妥，后来与人理论时，也根本不相信宁毅乃入赘的。他第二次过来时，苏檀儿虽然不在家，但后来也听说了，这时候联想到，询问了一番，宁毅只是笑笑。

"好奇肯定是有的，不过也就是打个招呼说几句话的事。说实在话，你不许上心啊。老秦那家伙，让我送信过去没怀什么好心思，估计又是想要敲打我一下。他呢……不是针对你我，但对有些事情耿耿于怀是难免的。"

苏檀儿知道宁毅指的是什么，也知道夫君口中的"那家伙"如今已经是右相的身份，想一想都觉得离奇，闻言点点头，小声道："其实秦老爷子对相公你是真心好，我知道的。"

"嗯，所以回去之后，我恐怕是要上京的。"宁毅淡淡地说着，并没有把这些当成太大的事情，"当然，先得等你处理好杭州这边的生意。到时候我上京，是一定要带着你去的，你可以跟我吵，不过我会坚持……"

他说到这里，苏檀儿望着他，有些窝心地眨了眨眼睛，一时间不知道该怎样说。宁毅望着窗外，耸了耸肩："当然，你也可以到京城继续经营生意，有必要的时候，我也会帮你。"

苏檀儿低头，然后又摇了摇头："相公你若在来杭州之前说这些，我们便不来杭州了，上京也是一样的……"她想了想，又道，"不过上京之后我不会经营生意了，让文定、文方他们做吧，官员的家人，抛头露面做这些，会影响你做事的。而且相公你若当了官，未必会在京城吧。"

苏檀儿对家庭的掌控欲其实并没有一般人想象的那么高，既然自家夫婿到了被人器重，真可以当官的份上，她也可以让步。既然要让步，她心中也清楚，若宁毅真的当了官员，自己是不能再经商的了，于是主动说了出来。不过宁毅摇了摇头，并没有像她这样想。

"不用想得那么夸张，我不当官的。"他平淡地解释，"上京之后，也许会让秦老帮忙弄个过得去的身份，其实秀才就够用了，举人都不必。我准备顶多当个幕僚，出出主意，大体上做些策划。跟在江宁闲聊的时候不一样，这些事情一旦做了我会认真去做，但也就是个说嘴的，搬弄是非，抱着右相的大腿献献谗言什么的，呵呵……"宁毅笑了笑，"至于具体到去某个地方当个知县之类的官，这类的琐事，我没打算去做。不想到那个体制里去钩心斗角，跪跪拜拜，那跟我的初衷不合。我顶多只提意见，参考采纳与否，都让老秦自己判断，也许我纸上谈兵根本没用，那就还是要回来的，至于你，不会受太大影响。"

"宁立恒……"苏檀儿低着头说出他的名字，宁毅笑了起来："你的声音变了，我就知道这段话会让你感动到哭出来，你尽管哭没关系，这会让我很有成就感。看，肩膀借你靠……"

他说完这话，苏檀儿又忍不住笑了出来，伸手打了他一下："别人都是没办法当官，所以想要当人幕僚，总是要借着人家的权势最后博个出身。你明明可以当官，倒是老想着当幕僚……"

"我归纳过，所有的职业当中，只有幕僚最清闲嘛，钱多事少责任轻，有想法的时候，你出去说个话；若是没想法，一般人也不怎么指望你。而且自己只说话就可以了，成败都是别人在扛，那些老想着当官的人才傻呢，当官要负责任的，压力又大，老是喝咖啡又失眠，长了胡子脾气又不好，泡不到妞啊……"

真要当幕僚自然不止如此，不过宁毅胸无大志地满口胡诌感叹，倒是令得苏檀儿被逗得连连发笑，连"咖啡"这等名词也未放在心上，反正宁毅平素就有很多乱七八糟的词。不多时，杏儿过来叫两人出去吃饭。正是夕阳西下，一些鸟儿自天空中飞过去，苏檀儿在院子里抬起头，那空中只有一抹细长的云，在夕阳下被染红了颜色。

天色真晴朗,她捋了捋耳畔的头发,如此想着。

第二天下午,一家人出了门,宁毅夫妻、婵儿、娟儿、杏儿,包括苏文定、苏文方,一路到西湖边上了自家的画舫,与其余许多船舫一块儿,朝着小瀛洲那边驶去。

虽然这天立秋,但说起来,还是在三伏天里。俗话说"秋后一伏热死人",暑热尚未退去,反倒正是热浪高涨的时候,西湖上都仿佛要蒸起一层水汽来。好在水上不比陆地,风吹到船里时,还是相对凉爽的,人们便打开窗户,挽起纱幔,一艘艘船徐徐地在湖面上游荡。

能够在今日接到聚会邀请的,基本都是有家世背景的人,就算有相对贫寒的,通常也是交游广阔的文人士子。苏家的船在岸边之时便见有人互相寒暄。时间还早,午后天气也热,这时来的人不多,但过得一阵子,一艘艘船陆续出现在湖面上,便能看出此次聚会的规模了。船上标有各家各户的标志,如江宁最大的米商曹家、布商龙家、经营青楼的陈家的画舫,也有启了锚的官船等。

此时虽是不太适合游湖的盛夏午后,却也足以看出杭州作为江南水乡的繁华,偶尔还能见到两艘船互相靠近,船上的人在舷上拱手打招呼的情景。都是同一个圈子的人,互相之间认识的自是不少。

天有些热,还未到适合靠岸下船的时候,早到的人宁愿在湖上漂一段时间,偶尔见到认识的人,小船便往大船靠过去。由于许多人是结伴而来,虽然大的聚会未开,小型的聚会已经在一艘艘画舫上进行了,或二三富豪,或三五书生,谈笑风生,指点江山。也有属于驻防苏杭一带的武德军的船只,运了些士兵去小瀛洲清场驻守,等待杭州知府等人的到来。

由于部分商人、诗人携带家眷,青楼中的女子便不能明目张胆地前来了。不过,除了陈家原本便是经营这等生意,画舫上有两名花魁作陪,其余的若要上岛参与,其实也是有办法的——一些才子书生并未携伴,若有私交不错的,便邀了青楼之中的红颜知己,以私人身份作陪。只是这等人却须自成圈子,颇难与那些带了家眷的人混在一块儿。这些人家中的女眷平日里或许也喜欢听些才子佳人的故事,只是一旦亲眼见到,自然免不了心生不悦,自发抵制奚落。双方的泾渭分明,也是这类场合有趣的事情之一,风流香艳与温馨家事,总是很难融为一体的。

楼家的大船过来时,天气已经凉爽了一些。船上的人主要是楼近临以及楼舒婉、楼书恒,他的大儿子楼书望这时候不在杭州。楼舒婉的夫婿宋知谦原本也一路跟着,方才几个朋友与他打招呼,楼近临便表了态:"舒婉与知谦过去陪朋友聚一聚吧。"在家中，楼近临说话看起来温和，只是提及两人，每每都是楼舒婉的名字在前而宋知谦的名字在后，赘婿身份本来就低，倒也无人觉得奇怪。

宋知谦原本对这岳父就有几分畏惧，听了这话如逢大赦，倒是楼舒婉揉了揉额头："中午太热，我有些困，相公过去吧。"那宋知谦犹豫了一阵，终于还是被说得换了条船过去与几名朋友同行。

除了最主要的这三人，跟随的还有几名楼家旁系，主要是楼近临一贯栽培要给儿女做左膀右臂的，这次也带出来认人见世面。

方才在岸边，楼近临便与一名当地的豪商打了招呼，船只离了岸，不多时又有人高声呼唤，靠船过来。楼家在杭州手眼通天，虽不如钱家那般一等一的望族，但几代积累，也只差得一线，不容小觑，于是过来拜会者甚多，也有些书生过来跟楼书恒打了招呼。

楼家的几个子弟中，楼书恒虽然看起来是个性情惫懒的花花公子，但诗文才学也是很不错的，儿时在杭州一带也被称为神童。他的天赋本来就好，后来未下苦功也有些成绩，又是楼家的小儿，深得父亲喜爱，性格中偶有几分傲气，旁人也当成理所当然。

成年后他对女人的兴趣比对诗文多，以家中的钱、势，即便不谈诗文，不明目张胆地欺人，泡妞也简单，后来父亲有看法，他便偶尔去管理一下生意。聪明人做事情，又有家中得力之人辅佐，自然一帆风顺。从此，在众人眼中，他便成了性情淡泊的名士性子，不怎么写诗作词也被认为是大才子一名，加上经商也厉害，自然是能者无所不能的象征。

这种名声的积累相对正统，对比宁毅在江宁，也是又能写诗又能算计人，却相对低调，配合赘婿的身份，便让人下意识地觉得有几分苦。如果说楼书恒算是天之骄子的成长史，宁毅的名声便有些像是阴暗草根的奋斗史了。

舫船之中坐了些人，吃着冰镇的饮品，不多时，便有人说起苏家的事情，主要因为听说苏家与楼家有些关系。

"方才在那边，似是苏家的小画舫自湖上过去，我看了一眼，上面不见多少人在动，从窗口看，船上的人倒像是已经趴着睡着了，哈哈……"

"这样的天气，湖上确是午睡的好地方，那几位苏家人可真会享受。"

"苏家的两位公子我倒是看见了……说起来，这两位也是人才，只是不知为何苏家竟让一名女子掌了权……这事楼兄可知道？"

说话这人是杭州一名姓洛的布商。楼近临笑了笑："昔日故人之女，来拜会过我一次，不过要说熟悉，还是小女舒婉与她来往多些。老洛你若好奇，不妨向舒婉问问，我倒不是很清楚。"

先前说困的楼舒婉原本站在父亲身后当花瓶,这时听众人说起,也是微微一笑,过去为那洛姓的中年人倒了杯茶:"苏家原在江宁,那边的事我也没多打听,不过我这檀儿妹子可是真正有本事的人,我这个做姐姐的也比不了她……嗯,洛世叔可认识罗田?"

那人点头:"自然知道,他的棉料在苏杭这边可是上品啊。世侄女为何问起这个?"

"这罗田与檀儿已经有一单生意了,洛世叔该听说了吧?"

姓洛的商人想了想:"便是这两天,确实听说有了一单小生意,只是来往不多。老实说,那罗田出了名地顽固,虽然只是很小的一笔生意,此时想来,却不知道那苏姑娘是如何说服对方的。世侄女莫非知道?"

楼舒婉笑了笑。苏家在杭州并未引起太大的议论,众人这时聊起,也不过是当成饭后谈资,只是楼舒婉身段既美,笑容也甜,众人已被她勾起好奇心,都等着她的下文。楼舒婉端着那茶壶漂亮地转了个身。

"我确实知道其中内幕。那罗田在生意上顽固,对妻子却极其宠爱。他这妻子原是官宦人家的千金,后来与罗田有了来往,生了感情,罗田想要娶她,可是费了好大一番力气。只是这几年,他那妻子日渐忧郁,生了病,有时饭也吃不下。她这是心病,不过请了许多大夫也治不好。我那檀儿妹子便是通过她与罗田拉上关系的。"

"哦?"洛姓商人皱了皱眉。在座之中又有一人讶然说道:"楼姑娘说的罗田那妻子我也有所耳闻,老实说,想要与罗家拉些关系的人也都想到了这点,请大夫递方子的不少,只是从未见效。那苏姑娘是用了何等法子,莫非将罗夫人治好了?"

"我那檀儿妹子送了一样东西。"楼舒婉转身笑着,伸出一根手指,"这东西我算不得很熟,但洛世叔一定是非常熟的,洛世叔,你可要猜猜?"

那商人想了半晌,笑道:"世侄女别卖关子了,这事我可猜不到。"

楼舒婉垂下眼帘,眼中闪过一丝回忆与沉思的光:"她送了一盒蚕……嗯,就是这样。"女子点点头,朝父亲那边走去。众人愕然一瞬,一时间不太明白说的到底是什么。蚕?金蚕还是银蚕?片刻之后,众人便议论起来。楼近临也皱着眉,想要说话。那边楼书恒想了一阵,抢先开口道:"小妹,你就别卖关子了,什么一盒蚕?到底怎么回事?"

楼舒婉挑了挑眉,看着兄长,声音变得清朗起来:"我原也奇怪啊,这两日才听得罗家与檀儿谈了些生意。后来我仔细询问,檀儿妹子送过去的,便是一盒蚕,不过区区几条,拿木盒装了,上面覆盖着纱布,那盒子只是能看,里面的蚕却非常可爱。那罗夫人本是千金小姐，未曾接触过这些东西，看着那蚕啃桑叶，便心生怜爱。后来檀儿妹子又告诉她，罗家门外对街便有一棵桑树，那罗夫人如今每日里出门采了桑叶喂那几条蚕，吃饭也开心了，也愿意走出院子了。罗田原想移栽一棵桑树到夫人的院子里，但檀儿妹子开口阻止了，却也定下了生意。就是这样啊。"

她这次说得干干脆脆，楼书恒等人听完，都怔了半晌。楼近临也愣了一会儿，随后低声道："若真是这样，你这檀儿妹子，可真是不简单哪……"楼舒婉点了点头。其实她方才说得悬疑，这时干干脆脆，仿佛有几分与有荣焉，但此时的心思并不在这上面，而是在心中保留下来的一些东西上。

她记得那时苏檀儿夫妇才来杭州没多久，定下了院子，一家家开始拜访。罗田这边，他们搜集了一些情报，也询问了她有关对方的信息，楼舒婉当时便顺口说了罗夫人的事情。罗田性情相对古怪，要跟他拉关系很难，也因此竞争对手不多，这是苏檀儿对此上心的理由。楼舒婉却明白，罗夫人那边，基本上是无解的，不过她对罗田了解不多，因此只是顺口一提。

记得当时，苏檀儿那古怪的夫婿宁毅正经过客厅，在旁边作陪了一会儿，喝了几口茶，听她说完，问道："官家的千金小姐？"然后他顺口说了一句，"那就送盒蚕吧。"那时候她与苏檀儿都一脸迷惑不解，还以为是听错了。

她仍然记得那人说那句话时轻描淡写的神情，当时那宁立恒的样子实在看不出有多厉害，他甚至喜欢武艺，那时也不知做了什么事情才过来，喝完茶说完话就走掉了。从头到尾她都没将这事放在心上，直到两天前，忽然听说苏檀儿与罗田做成生意，她才打听了一阵，直到今天，她都在想那句话。

那男人挥了挥手："那就送盒蚕吧……"

"送盒蚕吧……"

天，他们真的送了一盒蚕……

众人正议论间，船舷一侧，有人搭话，钱希文钱家的画舫朝这边靠过来了……

给罗田送礼的事情，在楼舒婉等人看来，或许非常震撼，但在宁毅那里，不过是无心插柳之下的一个意外收获而已。

罗夫人以前是官家小姐，性情忧郁，想来类似《红楼梦》里林黛玉的性子。她们平素教养太好，性子娇弱，爱好高雅，到后来有些抑郁症，不是什么出奇的事情。这罗夫人既然嫁给一个商人，渐渐与以前的小姐圈子疏远了，这些都是可以想象的事情，当然，这些也只是随意的猜测。

对这些从来养尊处优的女子，送一盒蚕过去给她养养，算不得多么高明的想法，相对于猫狗，装在盒子里的那些蚕或许更加惹人怜爱，女孩子半数会喜欢这些，亲手摘了桑叶喂它们，看着叶子以肉眼可见的速度被啃出缺口，应该也比看猫狗对着一大盘食物吃来吃去有趣。有了寄托，心情自会开朗一些，心情开朗了，这些人的病也就好了，原本就是这么简单的事情。

当然，如果这些女子不喜欢蚕，或者小时候生在江南水乡也养过蚕，又或者这女子的心病并非这么简单，那一盒蚕送过去，其实没什么意义，但横竖是乱枪打鸟，宁毅随口一说，后来也就是随意试试。这一个多月来，他们拜访的与布业有关的商户足有数十名，罗田那边能够谈妥，只是一个意外的结果，不是真正运筹帷幄后的成绩。

没有什么人能够轻易把握人性到第一次拜访对方就一定能将人搞定的程度，哪怕是真正专业的心理医生，甚至给出所有能查到的资料，对方也不可能认定一盒蚕能搞定罗夫人，至于搞定了，那只是一个概率事件。真正有阅历的成功者，比一般人胜出的，往往是这些概率。

他们这段时间以来到处拜访，除了让人意外一点儿的罗田，还有几家杭州本地的商户，都支持苏家在这边经营，只是苏檀儿这边还未发力，杭州的商人也没有太多感觉，不过基本已经接受了苏家作为外来商户的进场。最近几日，由江宁那边运来的第一批货物、织机都已经到了，仓库与这边的作坊也已经准备好，就等着正式进入生产。

"到时候，若苏家这边需要，棉料方面，我罗家可以一力供应；至于生丝方面，苏杭一带，我也有几位朋友，过几日可以替苏兄弟介绍一番……"

"先代家姐谢过了。不过，看起来，蚕丝方面，到时候罗大哥恐怕也可以供应了……"

"哦？"

"嫂子啊。"

"呃……呵呵，哈哈哈哈……"

船舱里正在说话的是罗田与苏文定。聊到这里，罗田哈哈大笑起来，笑声令得里面小舱里的两名女子都朝这边望来。那是罗田的妻子文海莺与正在与她聊天的苏檀儿。罗夫人是个身材小巧性格内向的女子，虽然是官家千金，但因为心情抑郁，初看起来倒像是个见了谁都害羞的小家碧玉，说话也是轻声细语的。好在由于苏檀儿送了她蚕，又教了她如何养，她与苏檀儿还是颇为亲近的。

方才罗家的船朝这边靠过来时，罗夫人的情绪还有些低落，她与苏檀儿惊喜地见了面，随即捧着自己的盒子，哭哭啼啼地说昨日那蚕死了一条，她没能养好，好生伤心。苏檀儿柔声安慰了一会儿，又从自己这边拿了个蚕盒出来，匀了一条与她，随后两人在小舱室里围着两个盒子里的十几条蚕聊来聊去，不一会儿便亲热得如多年的闺密一般。

苏檀儿其实对蚕并没有什么感觉，既然是布业世家，虽然家中并不直接养蚕，但从小也见惯了那些蚕农家中的情况。几条蚕养在盒子里或许好看有趣，但几千几万条蚕养在房间里，就实在难以令人产生什么怜爱之情了。她这盒子是几天前确定了与罗家的关系后才弄的，弄了之后也好奇地喂了几片桑叶，与宁毅笑着聊了一阵，但初时的少女心萌动过后，她就再度回复女强人的性子，将盒子交给丫鬟打理。婵儿、娟儿都喜欢这小东西，每天也跑出去采桑叶，照顾得相当好。

长久以来，苏檀儿的身份决定了她很难走夫人战略。她的闺密不多，虽然据说在江宁，许多大门不出二门不迈的商家妇人说起她也有佩服的，但更多的是各种怪话，苏檀儿也没法与她们坐在某个后院为着姐娌琐事聊一下午，倒是在这边交上了这样一个朋友。知道了苏檀儿管着许多生意，文海莺对她很是佩服，而对妻子能交上一个投契的朋友，放松心情，就算不纯粹，罗田也是乐于见到的。

在外舱陪罗田说话的主要是苏文定，苏文方与宁毅作陪，因此大部分交谈还是在罗田与苏文定之间进行，宁毅只是偶尔才搭一句话。例如苏文定的话题过多停留在商业问题上时，他就会问问罗田与罗夫人是如何认识的，果然那罗田便哈哈大笑，说个不停。待到罗氏夫妇离开之后，苏文定才有些紧张地问宁毅："姐夫，方才我说得如何？"

"还不错。"宁毅笑了笑，"不过你以前也是不靠谱的花花公子一名，怎么今天老跟人聊经商？虽然你姐姐打算把跟罗家的联系交给你，但现在是交朋友，不是谈生意，照你以前那样，说点儿不着调的笑话不是很好吗？"

"喀。"苏文定一脸严肃，"姐夫，我已经打算改邪归正了。人家可是很厉害的商人，我怎么还能像以前一样轻浮？我已经想了很久了，怎么样说话才能既表现得专业，又显得风趣有礼⋯⋯而且我刚才觉得，罗夫人是千金小姐，也许有忌讳，我们提起来或许不太礼貌⋯⋯"

他话没说完，宁毅身边的苏檀儿偏过头来白了他一眼："做生意主要是交朋友，生意都是到了当口才有必要谈的，你平时有交朋友的心思也就成了。而且罗田能够娶到一名官家小姐，不管他口头上怎么说，心里一定都会非常高兴。罗夫人本人在旁边的时候，你不能提，平时你只管把话题往上面引就是了，笨⋯⋯"

"哦。"被姐姐这样一说，苏文定耷拉了头，"不过，二姐你平时谈生意也总是一本正经的，我不是想跟你学嘛⋯⋯"

苏檀儿抿了嘴，瞪了这堂弟一眼，不过心中倒不生气。她望了望宁毅，看他也在笑,方才没好气地一笑:"你二姐是女人,跟你们男人怎么能一样!"

苏文定不再回嘴,宁毅笑:"其实不错了。"苏檀儿才放过他,回头看看正在远离的罗家画舫。文海莺从窗口探出头来挥了挥手,苏檀儿便也挥手微笑,却对身边的宁毅道:"总觉得在利用人……"

"朋友有纯粹的,也有不纯粹的,你这样想不对。我还是很高兴你交了个朋友。"

"初衷是为了与罗田做生意。"

"认识以后,就算不再有生意,你们也还能一块儿聊天,或者逛逛街,买买东西。"

"呃……"苏檀儿想了想,又看看身边的夫君,"相公你的想法总是很怪。"回过身时,苏檀儿正看见舱室里的婵儿跟娟儿在收拾那盒子,拿了两片桑叶往里放,她也不知忽然想到了什么:"其实……罗家这边也准备好了,其余的也都差不多了,照来时说的,过两天也该让小婵正式进门了,相公你说呢?"

她露出微笑望望宁毅,宁毅也看了她一眼:"真心的?"

这个问题太尖锐,苏檀儿没好气地眯起了眼睛,垮了垮肩膀,随后又与宁毅一齐看向船舱中的小婵。片刻后,她握住宁毅的手,微微摇了摇头:"不真心。"她瓮声瓮气,像是从紧抿的双唇中吹出来的,"不过还是要办,反正小婵像我亲妹妹一样,我会办得好好的,不让她受委屈。"

她说完这话,转身要往一边走,才走出一步又退了回来,因为宁毅拉着她的手没放开,此时宁毅的目光也有些严肃:"既然这样,我在想一件事。"

"嗯?"

"以后是不是可以三个人睡在一张床上?我知道夏天有点儿热,但冬天还是蛮暖和的,一家人排排睡……"

苏檀儿愣了半晌,想要踩宁毅一脚,但最终没有动作。倒是婵儿在那边回过头,见宁毅在看她,笑得古怪,不禁有些疑惑,微微睁圆了眼睛。苏檀儿看看,忽然一笑,挥了挥手:"小婵,来。"

"嗯?"婵儿小跑过来,"小姐、姑爷,有事?"

"你家姑爷说,过几天,咱们三个人睡到一张床上,小婵你觉得怎么样?"

小丫头一怔,脸上霎时间红了,然后惊愕地低下头,手指在身前绞啊绞啊好一阵:"这个……这个……但是……小姐……这个……嗝……"她打了个嗝。

宁毅翻了个白眼,抬头,无语。苏檀儿眨眼睛,笑得纯洁又开心:"嗯?"

"但、但、但是……小姐……这个……姑爷……小姐……"

婵儿抬头看了宁毅一眼,简直要哭出来了,只是那一眼之后,又不敢再看,害怕小姐以为她是在找姑爷求援。宁毅伸手在她眼前按了两下:"你家小姐在欺负你呢，不用理她……"

"但、但、但是……小姐欺负我……是应该的……"话说到一半，婵儿的声音便低了下去。苏檀儿跟宁毅都笑了出来，宁毅道："你先去做事吧，待会儿我帮你欺负你家小姐……"苏檀儿立刻偏过头来，仰起脸看着他，目光中满是"看你敢欺负我"的警告，当然，这种眼神对宁毅是没用的。

小婵绞着手指，心神不宁地转身走了，走出几步，又回头看了一眼，见宁毅冲着她笑，她连忙又回头不敢再看。苏檀儿正打算与宁毅置气，只听砰的一声，却是婵儿进船舱时忘了跨过那不高的门槛，连"啊"都忘了喊，在船舱地板上摔成一块大饼。另一边苏文定、苏文方看见，指着这边幸灾乐祸地哈哈大笑，苏檀儿已经比宁毅先一步跑了过去，将婵儿扶起来。

"小姐……"婵儿哭丧着脸看着她，似乎还在想刚才的话。她摔得不轻，但也不至于受伤，不过鼻头和额头都摔红了。苏檀儿替她揉了揉，轻轻拍打两下身上的灰尘。其实两人此时的身材已经差不了太多，婵儿虽然显得稚气，但早已不是女孩，而是少女了，只是这几下的拍打，仍旧像是孩提时的感觉。那时婵儿显得笨拙，但也颇为可爱，苏檀儿虽然是主家，但对身边人常常如姐姐一般照料，到得后来，她们开始管理诸多事情，相处模式依旧如此。

"别老想那些了，相公说得对，我是欺负你呢……"苏檀儿轻声道。

"可是小姐就算……呃……"婵儿话说一半，忽然愣住。苏檀儿看着她，眨眨眼睛，有些讶异，不知道发生了什么事，但随即发觉脸上有微微的凉意。她举起手指摸了摸，却是眼泪，可婵儿并没有哭出来。手指在脸颊上停留了一会儿，苏檀儿才蓦地反应过来，这是从自己的眼眶里流出来的，但那眼泪只是无意识地流出来的。随即她又笑了。

"过几天，给你与相公操办过门的事，虽然、虽然我们俩嫁给了同一个男人，但咱们从小一起长大，我觉得像是嫁了一个妹妹一样，嗯？"

"小姐……要不然……我不嫁了……"

苏檀儿笑着摇头："不行。"目光之中，宁毅正自后方过来，她眉头一拧，仰着头，一字一顿地说道："走！开！"这声音稍稍清脆蛮横了些，与她平日里的语气不同，却自有一股与她气质相称的俏皮感，在宁毅听来，颇有现代野蛮女友的感觉。只是现代的女子或许会做出其他许多事情来，她顶多停留在眼下的语气上，或许还会觉得对自家夫君用这样的语气其实不好，瞪人的眼睛中一时间微微流露出感到歉意的弱势，说完话，自己拉着小婵到一边去了。

这是在船上发生的小小插曲。又过了一阵，差不多到了上小瀛洲的时间，画舫才朝那边过去。靠岸之时，周围早已停满了大小船只。罗家那艘船又靠了过来，文海莺由丫鬟陪着赶快过来找苏檀儿。她是非常柔弱的性子，由于嫁了商人，与当初那个官家小姐的圈子疏远已久，这时若不能找个陪伴的人，怕是不怎么敢下船去人多的地方。

苏文定、苏文方性子活泼，先一步下了船，苏檀儿与文海莺留在船舱里，看着远远近近从船上下来打招呼的人——都是杭州有名的才子。罗田已经过去了，苏檀儿陪着文海莺聊了聊罗田，文海莺偶尔也会指一两个苏檀儿有印象的文人才子，她以前毕竟参与过类似的议论，也追过星，随后又说起宁毅。

"听人说起，檀儿妹子的夫婿是江宁有名的大才子呢，待会儿他会过去作诗吗？"文海莺怯怯地问。

宁毅此时还未下船，苏檀儿道："这个……我也不清楚，他不太喜欢凑这类热闹。"说了这句，她想想又补充道，"我们毕竟是外地来的，太张扬了其实不太好。相公他……可能会为了我不写诗吧……"

"哦。"文海莺点点头，不再说这些，片刻后笑道，"其实你们夫妻感情很好呢。"

苏檀儿含蓄地微笑："罗大哥与文姐姐之间才让人羡慕。"但那笑容之中明显有几分自得。

另一方面，小瀛洲上景色很美丽，宁毅准备下船去走走——既然苏檀儿陪着罗夫人说话，他暂时也就无须作陪。他正准备去招呼婵儿等人，那边婵儿走来，微微低着头，像是有心事，迟疑片刻，方才鼓起勇气拉拉宁毅的衣袖："姑爷，我、我有些话想跟你说，你、你有时间吗？"

她看了宁毅一眼，随即满脸通红地低下头，也不知有了什么想法，但看她的脸色，倒不像是要跟自己分手……宁毅想了想，嗯了一声，点头。

阳光耀眼，画舫随着水波的荡漾而微微起伏，远远地传来游人嗡嗡嗡嗡的声音。宁毅与小婵在画舫靠着湖面的那边坐着，看着自远处驶过来的船只和天空结伴飞过的鸟儿。

"好了，到底怎么了？"

坐下之后，两人都保持着沉默。小婵没有坐正，侧着身子坐在椅子边沿上，这是有些拘束的坐法，若是在一般的人家，丫鬟在主人面前不敢正坐，便是这副样子，但小婵在宁毅面前早已放下了那些形式化的敬意，忽然又是这样的态度，只能说明她心中在想一些难于决断的事情。看她双手的手指仍旧用力绞在一起，宁毅伸过手去，将她的一只手握在掌中。那手掌白皙小巧，放到宁毅手中之后，有些颤抖，但总算令得小婵吸了一口气。

"姑、姑爷……"

"嗯？"

"姑爷……可不可以答应我一件事？"少女问得怯生生的，声音逐渐转低，宁毅微微一笑："你不告诉我什么事，我也不知道自己做不做得到啊。"

"我、我想让姑爷答应我，待会儿我跟姑爷说的话，若是、若是姑爷不同意，也不要告诉小姐好不好？"

"哦？不能跟你家小姐说吗？"

"也不是……"婵儿小声说着，摇了摇头。一只手被宁毅握在手中，这让她微感安心，又想了一会儿，她方才决定开口，脸色倒是渐渐绯红起来。

"姑爷、姑爷可不可以……跟小姐说一下，说、说……今天晚上，不，或者明天晚上……哪天都可以……姑爷跟小姐，空一晚出来，不跟小姐住在一起好不好？"

她这话说得艰难，颇有歧义，而且以丫鬟的身份让两位主人晚上不住到一起，这一举动实在太过僭越。宁毅愣了愣。小婵应该也意识到这话的歧义，脸上一时间又红又白又是充满了焦急，平素单纯可爱的笑脸，这时候各种神情混杂在一起，被宁毅握住的左手一缩，想要抽回来，但宁毅手上用了力，抽不回，她便将右手碰了上去，低下头，身子在椅子上躬了起来。宁毅已经看不见她的脸色，只觉得她的肌肤像是要烧起来，不仅是手心，原本白皙的颈项也烧红了。

"姑爷只要陪小婵、陪小婵……姑爷只要陪小婵睡一晚就可以了。"

她用力将这话说完，额头抵到了宁毅的手上，船舷的阴影中，少女单薄的身子像是在宁毅跟前蜷缩成了一团。宁毅想了想，随后坐过去一点儿，将她的额头揽到自己的肩膀上，叹了口气："等过几天，过了门，不就可以了吗？"

远处有船只过来，若是看得仔细些，或许能看见这边的情况，不过宁毅不在乎。小婵在他的肩膀处微微摇了摇头："不、不过门了……"

说完这句，她将身子往后挪了挪，伸手抹了抹眼睛，稍稍抬头，露出一个勉强的笑容："小婵想过了，不过门了，小婵、小婵跟姑爷、姑爷那个了以后，当通房丫头就可以了，不要名分也可以的。"

宁毅看着她，没有说话。他的观念与此时的人不一样，名分、地位这些都是无所谓的，但对小婵等人来说，却不可能如此。就概念而言，侍寝的可以是通房丫头，也可以是妾，有了仪式，则多个名分，哪怕妾的身份也不高，但许多通房丫头所追求的，也不过是这个名分，对她们来说，也许有着某些重要的象征意义。

即便宁毅可以凭借自身的影响将这个家庭变得尽量和睦，尽量……古怪，但对小婵等人来说，总有些东西是不可能消除的。其实不仅仅是妾的身份，以宁毅与小婵的亲密程度，两人之间早就可以做出更多事情来，宁毅之所以不往前走，是因为知道，至少对小婵而言，那些仪式是有意义的。

她只是个丫鬟，但仍旧可以有一个仪式，这个仪式可能很小，可能只有家里的几个人参与，但至少在那个仪式里，她可以像一般女子一样受到重视，拜天地，敬茶，会有一次洞房花烛。这些在她的生命中会是有意义的，因此，宁毅希望她的这些经历可以完整起来，但她此时说只要有一个晚上就好，其中的心事可想而知。

宁毅一时间不知道该说什么才好。小婵目光带着乞求地望着他，这事她一个丫鬟不能跟小姐说，也是知道宁毅在家中有地位，才如此求宁毅出面说话。好半晌，她又补充道："我、我想了很久了……"

她尽量冷静下来，低声说着："我、我和娟儿原本不是跟着小姐的丫鬟，只有杏儿姐姐是一开始就跟着小姐，后来小姐说要两个帮忙做事的，我和娟儿才到的小姐身边。我们一直都是帮着小姐做事情的，若真的过了门，家里人的看法就不一样了，也许会说小婵是妾，不好再抛头露面，有些以前小婵管着的事情也不好管了，否则会被说不安分。我、我就算跟了姑爷，也是要跟着小姐做事的……"说到这里，她抬头看了看宁毅，"姑爷别乱想，我很喜欢、很喜欢姑爷，但是、但是……反正小婵是顾得过来的，也可以帮小姐，也可以服侍姑爷，没关系的……"她的声音低了下去，随即又恢复了正常，"还有、还有娟儿跟杏儿姐，我们都是丫鬟嘛，我若跟了姑爷，以后身份不一样了，相处起来，也许没以前那么好了……我跟娟儿关系很好，把杏儿姐也当成亲姐姐看，不想被疏远……"

话说到这里，她的勇气终于用完了。宁毅组织了一下说辞："我……不会跟你家小姐乱说，但以她的精明，我若是说就照你这样的想法处理，你觉得，她会想不到这是你的主意吗，还是说她会想不到你是怎样想的？"

"呃？"

"想一想，我转述以后，你家小姐会怎么样？"

"想不到……"

"她也许会找到你假装发脾气，但最后还是同一个结果……"宁毅把玩着她纤巧的手指，"有些事情算是这个时代决定的，不过对我来说，我确实……很喜欢你，不想放你离开。小婵……"他双手合十，将少女的手掌裹在其中，"一辈子的事情，你只想一件事就好，你想嫁吗？"

对宁毅的某些词，小婵明显听不太懂，不过还是微微红了脸："小婵、小婵本来就是姑爷跟小姐的，嫁不嫁都是的……不过我不想让小姐不开心……"

"既然这样说了，让我跟你家小姐来处理就行了，嗯？"不回答小婵的后半句，宁毅笑了笑，做出了决定。小婵愣了愣，随后点了点头，露出一个赧然的笑容。许多事情不见得有完美的解法，此时宁毅只是有些感动，却未必有具体的想法，当然，有些事情未必需要真正解决，让小婵感到有主心骨就够了。

上一世他曾经在那样一个圈子里走到最高点，周围的环境中，妻子要比情妇少见，一夜情往往比爱情实际得多，但金钱与权力带不来真正的感情，相反，物欲越多，周围的一切越扭曲。经历多了以后，他累了，会向往纯真的东西，但并不代表他会将这些东西完全理想化。

苏檀儿忽然涌上的心情，小婵惹人怜爱的委曲求全，皆是这纯真的一部分，两人之间产生的苦恼，则是这时代的一部分，在没有一夫一妻观念的此时，其实算不得多么严重的事情。

宁毅将这事包揽上身，安慰了几句，相信宁毅的小婵心情慢慢变得开朗起来。不过，她很快就忆起方才央求宁毅陪她睡一晚就好的事，又害羞起来，说了几句"天上的云跟鱼鳞一样了，好奇怪啊"之类的闲话就匆匆跑掉了。宁毅本想带着她下船看一帮大才子吟诗，结果怎么找也找不到她。

耽搁了些时间之后，宁毅发现，今天要到的众人基本已经到齐。小瀛洲本身是狭长的环形岛，此时虽然也有一座漂亮的水上园林，但还不到后世那般规模，岛上也没有可以让大批人聚集的地方。虽说是诗会，但由于来的人多，这时人们在林间走走坐坐欣赏景色，看起来与踏青会有些类似。

不过诗会当然还是有的。岸边停泊的大大小小的船只几乎连成一片，真正诗会的举行，首先其实不是在岸上，而是在停在岸边的几艘大船上。

"立秋还太热，这时举行诗会，不是惯例，是几年前在这边任知府的熊汝明开的先例。当时各处遭灾，杭州这边还没到秋收，但各种物资已经见了底——当然，说是这么说，其实问题是不大的。熊知府请了许多人来这岛上游玩，让大户们出些物资，让才子们写些诗，写一写大家共体时艰的精神，当时邀了钱希文钱公、穆伯长穆公、常余安常公这些人帮忙，以壮声势。如今常公已逝，但立秋时这诗会倒是保留下来了，若非如此，他们文人的聚会，也不至于请来如此多的商人来壮声势。"

见时间差不多了，在下面逛了一会儿的罗田也到了画舫上，准备接他的妻子过去赴会，顺口说起这立秋诗会的来由。宁毅想了想："怕不会非常融洽吧？"

"曾有清高之士借诗讽刺商人满身铜臭，不过也有人拿出当年的事情来反驳。那时也算有钱的出钱，有力的出力，为众人博了个好名声，而且请过来的，多少是有诗文背景的，如同拙荆，当年也是有些名气的才女，呵呵……其实如今这立秋诗会倒没有当初那般功利了，游园，写诗，到得傍晚，这边会有福庆楼大厨子精心准备的宴席，夜间放些水灯，以此祈福，还是蛮热闹的……"

罗田说完这些，领着妻子离开了。娟儿收拾茶碗果盘时，苏檀儿拉着宁毅走到一边，轻声道："方才看见婵儿眼睛红了，她是跟你说了什么吧？"

宁毅向她转述了婵儿所说的要求，苏檀儿沉默片刻，将额头抵在宁毅的肩膀上，没有说话。

第四章
想入非非胡乱出头　以一敌众犹占上风

　　天上的云层绵绵软软的，像是细碎的鱼鳞，下午的阳光自天际的云层中散开来时，鸟群飞过湖上的天空。西湖波平浪静，小瀛洲坐落其中，这是水上最为美丽的园林，环绕堤岸的树木葱郁苍翠，有凉亭曲桥坐落其中，四周堤岸上人群会聚，水里的莲荷正开得茂盛，朵朵粉红。

　　小瀛洲最中央是一座保宁寺，有人趁还有些时间，入内敬香礼佛。

　　这等格局后世已经看不到了。

　　一艘艘画舫楼船环抱在小瀛洲一侧，最中央的那艘大船上已经聚集了不少人。按照前几次的程序，申时左右，大家到船上入席，随后知府大人说说话，几位老人也说说话，接着大家展开交流——夕阳之中，福庆楼的厨子奉上精美的餐点，众人吃吃喝喝吟诗作赋，晚上则赏夜景，放花灯、水灯，基本就是这样的流程。

　　这时离大伙儿上船还有一段时间。申时是下午三点到五点，到大家正式就位，知府等人出来，通常要到申时两刻也就是下午四点钟以后，在这之前，像杭州知府陆推之、大儒钱希文、穆伯长、汤修玄等人，通常会互相拜会或是私下里见一些人，至于这其中有着怎样的利益来往，是深是浅，便不足为外人道了。

　　杭州城中这场始于武朝景翰三年大旱时的立秋诗会，一度决定了许多明面暗面上的事情。当然，今年才到杭州的宁毅夫妇等人，就算有再高的天分，也难知其中内容，在这之后，他们也没什么机会了解其中的内容到底为何。

　　不过，景翰九年的这场诗会并没有开到最后。

此后在这场诗会上发生的事情,以令人猝不及防的态势震动了整个东南大地,也令得许多事情没能发展到最后。当然,在眼下,所有人还是一如往常地做着他们的事情,期待着接下来的事件发生。堤岸上的树荫间,抚琴的女子滚指弹拨,轻柔低唱,让风将她的歌声在这片洲上传开。

钱家的船上,钱希文方才见过了常家的子侄,此刻向管家说了一些话,其间带了一两句有关宁毅夫妇的询问。他给了宁毅帖子,先前也旁敲侧击地向楼近临询问了有关苏家小姐和宁毅的事情,若宁毅此时来拜访他,他肯定是要见的,只是宁毅夫妇据说已经到了,但并没有直接登船求见,这让他心中生出几分异样情绪,不过当下只是笑笑,让钱愈出去叫另外一些人进来坐坐。

其实他好的是学问,平日里到处讲学,家族利益之上,求的是中庸的大道大势,旁人若是表现迫切,他固然能理解,心中却未必喜欢。

另一边,从钱家这边出去后,常氏如今的家主开始拜访穆伯长、汤修玄等人。路上有许多人打招呼,他也就一一应酬,倒是令得自己周围成了众人的中心点,几乎堵塞了堤岸上的堰道。

杭州几个真正的大家族,家主皆是学问精深之人,毕竟此时乃文人的天下,若不能诗文传家,也就成不了真正的气候。今年年初,常家的常余安过世,但由于底子打得好,常家在杭州倒并没有衰落,反倒由于此时的家主乃常余安的儿子,一干老人都以子侄待之,这次的诗会,只要是认识的,长辈们都免不了要对他嘘寒问暖,若是平辈晚辈,也都得回忆一番常公的功绩,唏嘘不已,待会儿的宴会上,知府大人口中,必然也免不了这样的主题,只要把握得好,常家很可能成为这场宴会的主角。

这边各种寒暄,放在文人眼中,大抵是些趋炎附势之徒。那边树荫之下,凉风之中,也早有衣冠翩然的书生学子摇着折扇,一面听着几位姑娘的琴曲,一面对着周围开始应景赋诗,偶有佳作,便在周围传扬开来。

停泊在众多船舫间,楼家的画舫中,楼近临送走了一位拜访的老者,满脸都是笑容,心中则在思考方才的一些事情。刚才在湖上,钱家的船主动靠了过来,钱希文亲切地邀他过去叙话,这事令得他现在还在疑惑。

钱家与楼家之前并没有太多来往,对方是诗书传家,盘踞一方的大地主,而楼家顶多是在官场有不少关系,因此才得以往上走的大家族。在旁人眼中,两家的地位或许只差一线,但他知道,这一线的距离,若没有一两代人的奋发和运气,恐怕是怎么都追赶不上的。钱希文的年纪比他大不了太多,但若是遇上了,楼近临还是得称呼对方一声"钱公"。

本来是没有太多来往的两家，对方忽然靠过来，杂七杂八地闲聊了一通，他虽然也是久经风浪之人，一时间却也难以弄清楚对方的想法是什么，到底算不算是亲近的暗示，还是因为常余安过世，那几个老人出于某些原因准备对常家动手？若到了某个时候，那些人真的发飙，楼家见机而行，这种模棱两可的暗示其实也够了，只是他怎么想都觉得不太可能。

钱希文闲聊之间也提到了宁毅、苏檀儿这对夫妇，只是在楼近临心中，自然不会认为是这样的理由。楼家与苏家的距离，其实跟钱家与楼家的状况类似，他当年说过让苏檀儿嫁给楼书恒，那纯粹是觉得苏檀儿可以成为次子的贤内助。尽管如此，他当时抱的也是屈就的心情，后来双方打了个哈哈作罢。

这次苏檀儿与宁毅过来，尽管楼家也曾热情地招待过一次，但其实没什么特殊的心情，只说当初的婚约是玩笑。楼近临这边，并不认为这对夫妇有什么奇特的，当然苏檀儿有些能力，但自家女儿也有，她们是闺密那也是她们的事情。宁毅是什么江宁第一才子，但就算是自家女婿宋知谦，若到了江宁，想必也能自称杭州第一才子，谁知道呢？到了他这个地位，才子已经不算是什么非常惊人的身份了。

以第一才子之名接近钱希文那个大儒，这没什么，但哪怕他真是第一才子，也不可能劳动钱希文亲自过来询问他们的关系，因此楼近临并没有将这些列入思考范围内。

而会场主船的侧厅，一干官员、学子正聚集于此，为首的自是现任杭州知府陆推之。这陆知府性子随和，至少他最喜欢表面上不羁之人，加上此时又不是多么正式的相处场合，大家便你一言我一语地说得开心。一大群男人聚在一起，说的不是足球，基本也就是政治了。

"北地烽烟一起，我欲投笔从戎，从军北上，随我王师驱逐鞑虏，收复燕云……"

"梁兄高义，只是金、辽已开战许久，京城却尚未传来确切的用兵消息，会不会……"

"子然多虑了，其实近日北地已经在整顿六军，如今又有秦相复起的消息，足见我皇当年深谋远虑，为此事已准备八年之久，绝不致虎头蛇尾。依我看，只须月余，便见分晓……"

"看起来，我朝动兵，该是故意选在秋收之前，动兵之后，便有新粮，不致令存粮供应不济……"

"我苏杭一带向来是鱼米之乡，想必负担的入仓、转运之责也是极重的，到时候，知府大人便要辛苦了。"

"可惜西南尚有匪患，而且近日似有愈演愈烈之象……"

"哎！陈兄此言差矣，方匪不过纤介之祸，依我看……"

一处一处的热闹，一处一处的思考与想法，这些只是插曲，诗会前夕一段一段并不出奇的小小插曲，汇成了小瀛洲上众人聚集的盛景。

同样的时刻，楼书恒正站在船舷平台上往下看。这艘花船二楼的平台比较高，从这里看下去，小瀛洲的围堰上皆是郁郁葱葱的树木，远远地可以看见坐落在那边的保宁寺。太阳从天空中照下来，阳光洒在他身上，有些热。也是因此，大部分人这时还是比较愿意在下方道路的阴凉中走一走。

楼书恒方才从一群人的恭维中脱身出来，这时候身边没人，忽然有了一份格外缱绻的心情，觉得眼下的事情挺无聊的。

其实他常有这样的心情，或许每个人都会有，不过他方才的心情主要是因为一件事——他刚才遇上了苏檀儿。

经过如下：

他跟一些朋友从那边过来，遇上大家在写诗，他当时诗兴勃发，便当场作了一首。诗作的风格相对狂放不羁，作出来也是一气呵成。他一贯被人称赞"有唐时遗风"，写了这么些年，眼下这首也堪称代表作之一了。不过主要的还不是诗本身，而是作诗时的神态、心情以及一气呵成的文采风流。得意之余，他也注意到，刚才作诗的时候，苏檀儿与另外一名女子也在旁边看，那女子应该是罗田的妻子文海莺，两人明显是对他大为佩服的样子。

然后他们打了招呼，对方就走了。

这是常态，而对楼书恒来说，写诗、被人仰慕也是常态，没什么出奇的。他当时心中没想什么，不过随后跑过来喝水，身边没人的时候，想法倒是一阵阵地涌了上来，主要是关于苏檀儿的样貌、笑容、商场上的能力、这些天她的东奔西跑，这样那样。他对苏檀儿原本称不上有多么动心，毕竟游戏花丛这么些年，苏檀儿是个美人，但比她美的人楼书恒也不是没见过，但她们都不似她这样独立，没有她这样的……气质。最重要的一点是，月余之前听父亲开玩笑说"这苏姑娘当初差点儿成了你的妻子"时的心情又浮了上来。

征服这样一个女人，跟征服其余姑娘的感觉是完全不同的，他只要想想，心里就免不了一番悸动。妹妹有时候开他的玩笑，他也不觉得当初可能有婚约是什么大事，但这些心情总免不了。

现在她看到自己作诗了，心里是什么想法呢？刚才她那认真的眼神，自己可是看到了的，仰慕肯定是有的。可惜啊，她已经嫁人了，还是个入赘的什么第一才子，就算有些才华，大家在气质、气势上全然不同，如何能比？

心中浮动着这些情绪，他忽然就懒得去跟那些人搅和了，方才一番表现，这时心中寂寥，大有"心如猛虎，细嗅蔷薇，盛宴过后，泪流满面"的感觉。随后，他信步而下。

他走在人群中，一时间，那些朋友都未过来，就算有人打个招呼，他也只是随意地微笑点头，不太想说话。快走到前方岔道时，他看见前方树下一名女子正在弹唱，旁边两名女子正在与她谈笑，周围围了一群人。那些女子他认识，早就捧过场，虽然还是清倌人，但这时候他心中没什么征服或是过去献殷勤的欲望，没什么好看的。

他将脑袋转向另一边，也都是行走的人，真是无聊……但随后，他看到了荷花池边的两道身影。

那两人也在听琴，由于这边人围得太多，他们站在了荷花池那边。在树下斜斜地望过去，其中一人正是宁立恒，另外一人，却是苏檀儿身边一名乖巧的丫鬟，楼书恒却不知道叫什么。

这时候可以过去打个招呼，不过他在这里看了一会儿，却微微皱起了眉头。那边主仆两人在说话，小丫鬟有时欢笑，有时沮丧，有时微嗔，有时娇憨，有时还跳一跳，往水池那边的抚琴女子望过去。宁立恒脸上也都是笑容，跟他与苏檀儿在一起时的保守模样有些不同。然后楼书恒发现，那宁立恒在某一刻甚至握住了小丫鬟的手，真是亲切……

他摇了摇扇子，笑了笑，随后朝周围看，心中想着：要是苏檀儿看到这一幕会怎么样呢？他是不屑告密的，但苏檀儿也没有出现在视野当中。心思百转间，他朝那边走过去，准备吓一吓他们，应该会蛮有趣的。

跟丫鬟搭上的赘婿，简直跟家里以前那个搞大了丫鬟肚子的马夫没什么两样嘛……

他是这样想的。随着他越走越近，心中的某些想法也忽如其来地发了芽，并且瞬间扩大。

他一向是风流不羁之人，想到了，顺手也就做了……

这边，宁毅与小婵的背影也是这个大舞台上的小插曲，却即将变成稍微大一点儿的中等插曲。

楼书恒走到两人背后，拍了拍宁毅的肩膀。

"宁立恒！"

宁毅回头的瞬间，他一拳打了过去……

立秋的诗会，大家汇聚一堂。当然，这样的聚会，从来都是有身份地位的人才能参与。在此时的小瀛洲上,虽然有不少人,但有资格参与宴会的人数,也不过为四分之一到五分之一。其余的皆是丫鬟小厮之类的下人,也有杭州府安排在周围维持秩序预防不测的官兵,这些人并不被算在与会的人数当中。

在宁毅这边,真正能够到大船上的,不过是他们夫妇与苏家兄弟一共四人,除此之外,三个丫鬟加上操船的船工与跟在后舱的车夫东柱,这五个人,在宴会进行的时候,只能在下方自家的画舫里等着。

因此,下了船去小瀛洲上走走看看时,宁毅与苏檀儿并未将娟儿、杏儿带上,只叫了小婵跟随,待会儿大船上若无须伺候,还是得让她回来。

方才宁毅与苏檀儿说了小婵的心事,以苏檀儿的性子,自然不会让这个情同姐妹的小丫鬟一直委委屈屈,但眼下人多,也不是适合说私房话的时候。不一会儿遇上了文海莺,苏檀儿便与文海莺一道走开了。宁毅与小婵一路游览,往湖心保宁寺去了一趟,还上了一炷香。由于人多,他只是让小婵站在旁边的位置拜了拜。

那时少女闭着眼睛,神色虔诚,口中念念有词,如丝的刘海在斜射而来的阳光里像是泛起光芒一般。宁毅见了,觉得心受到了净化,于是自己也双手合十地拜了一拜。

"姑爷刚才许什么愿了吗?"出了寺门,小婵跟在宁毅身边走,好奇地问道。

"你呢?"

小婵摇头:"不说,说出来就不灵了啊。"

"哦,原来你是想让我的愿望不灵……"宁毅笑了起来,看看小婵,"其实呢,我许愿是想让小婵长得……大一点儿。"

小婵身材还好,平日里出门衣服宽松臃肿,看着像是年画上的小姑娘,但相处这么久,他偶尔在家中见她穿着比较贴身的衣物时,却也是曲线玲珑颇为诱人。只是她样貌稚气,看起来倒是可爱,但老让宁毅觉得会不会她到了三四十岁还是这种样子……当然,这其实也是好事啦。宁毅拜神极少许愿,这时只是随口说说,小婵大概会错了意,不觉低了低头,嘟囔道:"小婵已经很大了……"

她如今已满十七岁,若在外面,这样的女子一般已经嫁人了,小婵大概是想着今天的事情,顿时有几分伤感,又不想自己的话里露出抱怨的语气,因此声音放得很小。宁毅听了,不由得笑了出来,伸手要拍拍她的脑袋,小婵久经考验,抱着脑袋小跑开了。

两人如此游览了一阵,不久之后在水边的树荫下停了下来。点点金黄从树隙间漏下来,飘在人的身上也像是金色的。周围是来往的人,水那边的树下有女子正在抚琴。先前苏檀儿在时,小婵有心事,而且也不好在小姐和姑爷两人面前表现得太活泼,那是丫鬟的本分,这时只跟宁毅在一起,倒是活泼了许多,跟宁毅讲述着那边那位姑娘的来历。

"她啊，听说叫作吕映彤，是杭州这边最有名的清倌人之一呢，跟许多官家小姐有来往。听说当年这位吕姑娘认识了一位穷书生，花尽了积蓄送那人上京赶考，到现在还在痴痴地等着那人高中回来。大家听了这事，就很感动，有的富家千金、官家小姐都去安慰她呢。你看，虽然好多人围着她，但她对那些人可都是不假辞色的……"

"哦、哦，真感动……"

"吕姑娘好漂亮。要是我也能弹琴弹得那么好，娟儿和杏儿姐一定羡慕死了。还有那个进京赶考的书生，将来要是回来了……"小婵捧着脸，眼睛里冒星星。

宁毅对这等故事并不感冒，但小婵对这些故事的喜欢是非常淳朴的心情，宁毅自不会去煞风景，笑道："那小婵也认识进京赶考没盘缠的书生吗？"

"不认识啊，小婵将来……呃，嫁给姑爷，姑爷若是要上京，小婵便把攒的钱拿出来，然后……最好姑爷把小婵也带去，到了京城若没钱了，小婵可以做生意赚回来的……"

"哦。"宁毅点头，小声道，"那攒了多少私房钱了？"

小婵前面是在开玩笑，这时红了红脸："其、其实也没多少钱……"

两人为着私房钱的事情说了一阵，宁毅本意是让她开心些，言语之中将她说得比那吕映彤厉害，小婵便急着摆手说："没有啦、没有啦。"不一会儿，她就将心事抛诸脑后，又蹦蹦跳跳地说一些最近打听到的杭州才子佳人的逸事。无论被苏檀儿训练成怎样的小女强人，她也好，家中的娟儿、杏儿也好，平日里喜欢议论的自还是这些八卦趣闻，偶尔想想自己如果成为某一段故事的女主角，或者将之与身边的事情对比一番。

"我觉得啊，姑爷跟小姐之间，比他们过得还……呃，还幸福呢。娟儿和杏儿也是这么觉得的……"

小婵红着脸将这话说完，后方陡然传来一个声音："宁立恒。"宁毅回过头，她也回过头，视野之中，手持折扇、一身白袍的楼书恒一拳袭在了宁毅的脸上……

苏檀儿与文海鸢在小瀛洲一边的凉亭里稍稍休息了一会儿。

周围树荫间的人基本是女子，大抵都是某家某户的夫人，方才也与两人打了招呼，但基本上关系还很陌生。

在杭州这边，罗田的夫人文海鸢算得上是地主。少女时期她是官家小姐，与杭州上层的这些女性也是认识的，只是她性子一贯柔弱，自嫁与罗田之后，由于是嫁到了商贾之家，与以往的姐妹也就断了联系，这几年的幽居生活过下来，她心情郁结，更是难与旁人有太多往来。眼下虽然大致解开了心结，但若论与人交谈，倒是旁边作陪的苏檀儿更加洒脱爽朗。

　　当然，在这么多性子柔弱的女性间，苏檀儿的气质虽然突出，但也算不得独一份。在文海鸳的介绍中，她认识的也有几名女子不仅性情贤惠，气质出众，相夫教子，得人称道，同时也在一干女性间长袖善舞，与苏檀儿算是同一类型的女性。

　　"这些年，也算是一直传下来的，杭州这边有个'红巾社'，意思是巾帼不让须眉呢，不过不算是严格的结社。成员都是女子，及笄前后，知道了，便加入进去，有时候在一起说说话做做女红之类的。我那时候还小，姐姐带我加入了，不过没能认识太多人，后来嫁了人，便没有聚过了。你看，那边树下的霞姐，她是汤修玄汤老爷子的孙女，人很和气的，不过我那时胆小，没怎么跟她说过话……"

　　文海鸳平日与人来往不多，这时候有了个信得过的姐妹，竟也颇为健谈，不停地述说少女时期的趣事等。她自觉当时性子闷，旁人大抵不会认识她，不过片刻之后，竟有两名女子过来打招呼。一名是如今杭州一位同知的儿媳，另一名是常家的孙媳妇，互相介绍之后，对方也不在乎苏檀儿是商家女，坐下在凉亭里聊天。

　　她们聊了一阵文海鸳少女时的记忆，然后说到了文海鸳的姐姐，又说到文海鸳当年的才女之名，跟着话题自然而然地转到了今天的聚会上。大家已为人妇，当然不可能谈论男人这么俗的话题，无非说说诗词。先前楼书恒那帮人写诗，这两名女子也在旁边，那些人意气风发地将诗词传出来，一干女子当然也会鉴赏。

　　"方才见苏姑娘也与那楼书恒说了些话，看来两家是认识的。老实说，楼公子的那首诗，作得确实极好，寥寥几句，便将小瀛洲这边的气象写了出来……哦，要说诗词，文妹妹的文采当年才是最好的，文妹妹觉得呢？"

　　文海鸳想了想："我这些年其实没怎么写了，不过……确实挺好的……"

　　待问到苏檀儿，苏檀儿自然也说好："其实我对诗文没有几位姐姐这样了解，不过听起来是很好。"其实在她来说，会作诗的人都很厉害。少女时期参加诗会，谁被人夸得最多，她便觉得谁是最好的，心中也为之倾倒不已，嫁给宁毅之后，那等心情才淡了许多，但若是要评判好坏，还是只能按照旁人的喝彩来说话。

　　她们又围绕诗词聊了几句，苏檀儿听着她们说诗词里的好处，认真点头，偶尔附和几句，不久之后想起些事，在交流间自然而然地说道："其实前些天，跟相公一块儿游湖时来这里，他也作了首诗，当时似乎是顺口说的，我也只记了几句，跟他们的诗作有些类似呢，我想想……"

　　她努力回忆了一阵："西湖环岸皆招提，楼阁晦明如卧披。保宁复在……最佳处，水光四合无端倪。车尘不来马足断，时有海月相因依……他当时说了四句，我只记得这三句了……"她抿了抿嘴，有些遗憾。

这其实是秦观写的《送僧归保宁》，全诗一共十句，一百四十字。这首长诗宁毅曾经看过，但回忆不全，只记得前面四句，后面断断续续记得几句。那些日子一家人到处游玩，宁毅免不了念两句记得的诗词抒发感慨，或者说说"要游西湖，晴湖不如雨湖，雨湖不如月湖，月湖不如雪湖"之类的议论，一家人倒也是和乐融融。

这首诗他念了四句，苏檀儿努力记只记住三句，但想来自家相公横竖才华横溢，念的该是好诗，因此说这话也有炫耀的成分在内。楼书恒若是见到这一幕，估计便会明白，苏檀儿对他那首诗根本没什么仰慕，与文海莺赞美几句，不过是出于礼貌罢了。

果然，虽是残诗，但她一说出来，其余三人讶然了半晌，然后问起苏檀儿相公的事情。苏檀儿暗自开心，口头上则谦虚了一番。文海莺心中反复咀嚼那诗作，随后才轻声道："难怪妹夫是江宁第一才子呢……"她许久未有社交，对宁毅的其余诗作倒是全然不知。另外两名妇人随后问起，方才讶然道："难道是《水调歌头》的宁立恒……""是《青玉案》的宁立恒？"又说起那几首词作，文海莺便吃惊地听着。苏檀儿炫耀得逞，开心地说起自己与相公来这边的前后。她自然不会提宁毅的入赘身份，反正那也不重要。

此时，小瀛洲的另一侧似乎有骚乱兴起。树影之中，有人朝那边看，随后有人朝那边赶过去，似乎闹出了什么大事，以至看热闹的众多。四名女子在凉亭里看了几眼，便也说说笑笑地朝那边赶了过去。

不久之后，她们隐约看见了那边人群中发生的事情……

时间回到片刻之前，楼书恒的一拳结结实实地印在了宁毅的脸上。

现在是相对和平的时期，纵然宁毅平日里锻炼身体，也每天坚持练陆红提留下的内功，但要说临场反应，在没有心理准备的情况下，还是不会比常人高出太多，楼书恒猝然间的一拳，他自然没躲过去。

这一拳将他的脸打得偏了一偏，楼书恒的身影映入眼帘，也令得他疑惑地皱起了眉头。

如果对方手中提的是刀子，这时候他大概会第一时间做出反应，正因为不是，因此首先在脑海里浮现的念头不是以牙还牙之类的事情，而是弄清楚到底发生了什么事，以他的性格，或许应该是思考自己"又干了什么伤天害理的事情"。

第一拳打得太正点了，这也许是一切悲剧的起点。

楼书恒性格风流不羁，但毕竟是个书生，家里也极有背景，亲自跟人动手的事情很难有。他这一拳，老实说对宁毅的杀伤力是不大的，但楼书恒自然不会是这种认知，他用力一拳打过去，正中宁毅的侧脸，这一拳打得极顺，太有手感，以至他接下来的动作几乎是未加思索，手一收，第二拳又打了出去，试图继续体验那种仿佛唐时遗风般的狂放感。

宁毅举手试图格挡，与此同时，侧后方的小婵也陡然扑了过来："你干什么？！"

平日里显得柔弱的小婵这时候像是陡然反应过来的母狼，家中三个丫鬟在训斥管理下人时或许就有这等气势。小婵挥着双手想要挡住楼书恒的行凶，然而她只是空有气势没有力量的女孩子，楼书恒对她也没什么好感，打过来的拳头变了变方向，只是稍微收了一点儿力，打在了小婵的肩膀上："走开！"

小婵啊地往后方摔过去，宁毅的一只手抓向她的手臂。

应该喊淫妇走开的……楼书恒心中闪过这个念头。这一拳打得其实不是很顺，但他气势仍盛，飞起一脚便朝宁毅踹过去，但就在目光往上移的片刻间，他看到了宁毅转变的眼神。宁毅的目光从小婵的方向转回来，那一瞬间，楼书恒的意识是空白的。

他像是看见了父亲最阴沉的目光。

那种目光他从小只看见过一次。几年前，家中与苏州陈家争斗，几乎闹到不死不休的局面，母亲当时也因此病逝了。那天傍晚他去父亲那边，院子里没有点灯，父亲一个人坐在房间里的太师椅上，几乎跟周围的黑暗凝成一体。不久后，陈家几乎是全家死光了。回想起来，他觉得那时的父亲像是盘踞在黑暗里的狮子。

他当时正是意气风发的年纪，又深得父亲喜爱，不但不害怕，甚至很憧憬，后来稍稍修心养性，替家中做一些事情，是因为他希望自己有一天也能有那样的气势，那种感觉很好。眼下不是傍晚，哪里都不黑暗，烈阳高挂在天空中，但刚才那一瞬间，他仿佛又看到了那种黑暗。

这一脚砰地踢在了宁毅的胸口上。

然后是啪的一声脆响，惊动了阳光与树叶。

两人的身形气势差不多，楼书恒没有武者那么结实，但也不显得孱弱，宁毅同样只是身材颀长的书生模样，楼书恒一脚踢在了宁毅的胸口上，宁毅的身体几乎动都没动，接着反手便是惊人的一个耳光。

楼书恒的身体在空中飞旋，看来简直像是踩着宁毅的胸口跳上去的，然后砰的一声坠入旁边的水池。

片刻的震惊之后，大概弄清楚发生了什么事情的众人都围了过来，宁毅将小婵揽在身侧，询问她的状况。水池当中，楼书恒还好懂水性，蒙了半晌之后开始在水里扑腾起来，又咳嗽了几声，口鼻之中都有鲜血流出来，他指着上方，手臂、嘴巴连带整张脸都在扭曲颤抖："你、你、你、你、你……"

"楼兄，你是不是搞错了什么事？"宁毅看着下方，一字一顿地问道。一个鞋印仍清晰地印在他的胸口。

随后，岸上有人挤过来，喊道："楼兄，怎么了？"

"楼兄，这小子惹事？"

"楼兄……"

喊声瞬间将这里淹没。宁毅吸了一口气，随后有些无聊地吐出来，他其实已经猜到了接下来会发生怎样的事情。然而，楼书恒接下来的反应令他有些错愕，却也顺便解答了他心中的疑惑。

毕竟绝大部分人认识楼书恒，配合他家的地位，很快，他那些好友都拥了过来。楼书恒此时也反应了过来，指着宁毅，大声喊道："抓住他！抓住他们！奸夫淫妇！这宁毅是别人家中入赘的夫婿，眼下竟与丫鬟勾勾搭搭！抓住他们！伤风败俗！抓住他们浸猪笼——"

"竟有此事！"

"可耻！"

"抓住他们！"

几名书生朝这边奔了过来。宁毅看了他们一眼，又看看楼书恒，沉声道："不准备谈谈？"他气势沉稳，话语之中自有威严，但也在此时，人群中一名老者横眉竖目地喊道："楼贤侄，竟有此事！你放心！来啊，把这对奸夫淫妇给我抓起来！"

小婵将身体缩在宁毅身侧，双手揪着他的衣服，快要哭出来了。一名书生伸手朝小婵抓过来，宁毅目光一沉，轰的一下，第一个人结结实实地倒在了地上。第二名书生朝宁毅一拳打来，宁毅顺手一带，将他扔进水池里。

骚乱扩展开去，情况陡然间失控。

堰道间、树荫下、远处的船舫间，由于先前的混乱与斥问，人们已经好奇地拥了过来。那边树下原本抚琴低唱交谈的几名女子也在楼书恒落水之时便被惊动，停止了弹奏，混在众人间朝这边张望。楼书恒的一干好友已经分开人群挤了过去，不久之后，便有人被打倒在地，随后另一人被猛地挥入水中。

呼喝声未停，第三个人冲了上去，亦在第一时间被狠狠地砸在地上，然后是第四个人……或许到这时候，众人才发现事情的发展与他们想象中理所当然的景象有些脱离。

杭州是大地方，东南一带首屈一指的行政都会，这次来小瀛洲的，都是有身份地位之人。楼书恒所在的楼家已经是杭州排在前列的几个家族之一，跟他来往的年轻人，身份地位通常不低。就算不是什么世家子、富家子，在这个以文事为主的世道，只要某人真有诗才，而又不是太过木讷不通世情，通常也能得到有家世之人的结交，变得意气风发起来。

文弱书生，手无缚鸡之力，固然有这样的说法，但年轻气盛之人，自视又高，在杭州这种精英扎堆的地方，磕磕碰碰并不少见，这次被邀请过来的几位颇有名气的清倌人更加明白这一点。青楼之中争风吃醋发生口角，说到想动手的情况时有发生，到克制不住时，或者是比比家世各自退却，或者就是动手开打。

书生之间互相群殴杀伤力基本不大，通常是打得彼此衣冠凌乱，气喘吁吁，流点儿鼻血，但若是许多人围殴一个，势单力孤之人难说会变成什么样子。此时在那树下，便是看起来二十岁出头的文弱书生一个，护着身边那个丫鬟打扮的柔弱少女。楼书恒的那一喊，更加决定了事情会去往的方向——与丫鬟勾搭的赘婿，这类人即便被围殴，恐怕也是不敢还手的。

然而，那老人说完话，众人冲将上去，第一人直接被打倒，第二人被挥进水池里，第三人则是被狠狠的一记肘击砸趴在地。护住少女的年轻书生只是将少女放开了些，仍是将她挡在身后，没有丝毫示弱，皱着眉头抓住了第四人的拳头，反手一拧，在那人的惨呼声中将人推开。众人陡然间被迎头痛击给打蒙了，一时间也有了些许胆怯之意。

当然，即便忽然认识到宁毅的不好惹，在这么多人的情况下，这些楼书恒的熟识与死党也不可能就此退却。先前发话那老者看得也瞪大了眼睛，他也是杭州城中有些名望的老儒生，自然比不过楼家或钱家的声望，但方才看见落水的竟是楼家二少，另一人又完全陌生，就果断地站了出来，此时须发皆张，手在空中挥动了几下："竖子、竖子敢尔！做错事情竟还敢肆意行凶，还不乖乖束手就擒！"

回应他的是一名冲上前的人被宁毅顺手推了回去，轰地摔在人群里。"退回去！"小婵被护在后方，地方不宽，宁毅顺着这一推朝前走了一步，沉声低喝。

"抓住他啊！"

楼书恒在水里大喊。宁毅方才暴怒出手，虽也忍住了未出全力，但楼书恒的半边脸已经肿了起来，此时口中溢血，面容扭曲。随着这声喊，又有几人一齐冲上来："揍他！"宁毅表现得再凶悍，眼下都是人海之局，而且在杭州一带，能够为了楼家二少出手，无论打得过打不过，总会有人趋之若鹜。这些人方才稍有迟疑，但也在瞬间想清楚了这一点。当先一人被宁毅直接放倒，旁边一人一拳打过来，宁毅顺手一格，随后一拳打在凶狠地冲来的第三人的面门上，将那人打得鼻血直流。

他打倒一人，再将旁边那人啪的一巴掌打进水里，已经又有人冲上来，躲避之间，有人一脚狠狠地扫在了他的腿上，他也一脚扫回去，将那人踢得凌空飞起。他还未站稳，一名五短身材的书生啊的一声大叫，冲了过来，狠狠地抱住了宁毅的腰，用力将宁毅往后推，宁毅后退了半步，单肘砸在那书生的背上。

那书生手上已经松了，却没有倒地，也不肯放开。宁毅抓住他的双肩啊地一挥，随着低喝声，这书生连同侧面冲来的一人一起摔进西湖里。就在宁毅转身的这一瞬，身体另一侧有人冲上来，一脚飞踢，狠狠地踢在了宁毅背后。宁毅未动，那人却像是踢到一堵墙壁，凌空砸在地上。

小婵啊地哭喊着冲了上来，又慌又怕，带着哭腔，挥舞着小拳头往那摔在地上的偷袭者头上打，其实她也怕被打，眯着眼睛乱挥拳，一下也没打到。摔在地上那人一时间也蒙了，胡乱挥手，在小婵手上打了一下，将小婵推得踉跄着退出去。那后方本就没有多少位置，小婵抱住树干，才没有掉进水里。

她哭着又要冲上来，宁毅抓住一个冲上来的人的手腕，回头喝道："小婵你躲好！"小婵也知道自己是累赘，这时候站在水边抹泪大哭："你们干什么啊？！干什么啊？！欺负人！欺负人……"

摔在地上的那人才想要爬起来，宁毅退后一步，一脚踩在那人的手背上。他穿的虽是布鞋，但那人已经惨叫起来，另一只手拼命拍打宁毅的脚后跟。宁毅挥拳格挡，胸口吃了两拳，脚下却动也不动，那人的惨叫便成了打斗之中持续的伴奏。

场面混乱而激烈，参与围殴的众人或许各有不同感想，外围围观的人群却已然目瞪口呆，或惊愕或赞叹，特别是那边树下抱着乐器的女子，看得出了神，呼吸都急促起来。

这年月，跑江湖靠武艺吃饭的莽汉武夫众人也是见过的，但宁毅的外形根本不似武者，他看上去二十出头，一袭青衫，也没有太多套路或是架子，出手快速而干脆。众人三三两两地冲上去，不是被打翻，就是被逼退，纵然双方看起来年龄相似，身形相似，但这群人在他面前简直像是一群孩子，一拥而上，就算偶尔打中了他，也不过弄乱弄脏他的衣袍。他护着身后那名哭泣的少女，竟是从头到尾没退过一步。

这时候受伤的已然有十余名，有人口鼻流血，有人身上挨了一下，或是捧着手臂或是歪着脖子在旁边呻吟，而骚动还在扩散，远远地还有人在聚过来，这期间，又有他们认识的人要冲过来出手。

要参与群殴的年轻人或许是被冲昏了头脑，难以分辨太多，但旁观的众人有许多相对清醒的。这期间，也有久经世情考验的商人和儒者已然看出一些事情，包括水池那边堰道间的一些青楼女子都能够看出来，这个被斥责为通奸的男子气质沉稳，面对这等状况举手投足间表现出来的那等气势，哪里是一般沉湎女色欺骗感情的轻浮书生可以比的，有这等气势的人会入赘，更无异于天方夜谭。

囿于楼书恒的身份，自然不会有人站出来说这些，但各种议论已然在人群里浮动起来，从一开始询问"到底发生了什么事"或是斥责"这对奸夫淫妇"，到现在已然变成了"这人是谁？"的疑问。人群中也有记起宁毅来的商人说出了他的赘婿身份，随后便有人说："绝不可能，或许是记错了人……"那人竟也点头表示赞同，随后陷入了沉思。对面树下，那几名青楼女子抱着古琴、古筝，也是交头接耳，叽叽喳喳，只是目光一刻都不离这边的战况。

若是一帮江湖人士互相打斗，便是打得再激烈，估计她们也只觉得是莽夫、愚夫，但眼下这一幕的确有着太多不同。

宁毅转眼间打伤了十几人。这场打斗持续的时间并不算久，那帮书生还在前赴后继，想要维持秩序的官兵已然在朝这边挤。首先冲上来的只有一人，他也不敢得罪在场的众人，过来得极慢。他才挤出人群，旁边一名身材高大正在四处寻找东西的书生猛地喊了一声："我杀了你——"说着，他唰的一下拔出了那官兵带着的单刀，冲向宁毅。

"当心——"

"别乱来！"

"啊——"

呼声四起。

那人是从侧面冲来的，宁毅看见那刀光，拧起眉头。他是自制之人，打斗中一直在留手，否则，凭着陆红提留下的内功的瞬间爆发力，配合他对人身弱点的了解，三拳两脚把这群书生打死几个根本不成问题。这时候，他脚下一踏，朝着那持刀之人走了过去。

两人的身影瞬间撞在一起。

那书生是纨绔子弟，一时间血气上涌怒而拔刀，但没有真的杀过人。见宁毅直冲过来，他一怔，刀虽然挥了出去，但对宁毅来说已然没有了杀伤力。他猛地贴向那人，施展空手入白刃。那人手臂被猛然反剪，发出一声惨叫。在众人眼中，两人只是身形一贴，下一刻，随着惨呼声响起，那身形高大的书生被推得站不住脚，踉跄猛退，随后轰的一声，撞在了湖边大树的树干上，一时间树干震颤，叶子簌簌下落。

后方又有人冲了上来，宁毅反手一巴掌将当先那人打了出去。然而，随后而来的两人试图制住他，宁毅此时左手还反剪着那高大书生持刀的右臂，将书生按在树干上，那两人猛地贴近，其中一人钳住了他的右手，另一人逼近时，突然传来砰的一声响。

一记猛烈的头槌，那人捂着鼻孔踉跄退出。宁毅右手一转，扣住另一人的手臂脉门，将那人挥得在原地转了两圈，随后揪住那人的耳垂，将那人撕得侧着弯下身子。鲜血顺着耳朵流下，那人不断惨呼，却不敢乱动。

"你们闹够了——还来？！"

目光扫过前方似乎还跃跃欲试的一干书生，宁毅喝了一句。他此时左手将那高大的书生按在树干上，制住那人的同时也控制了那把刀，另一只手揪住另一名书生的耳朵，已经撕开了一道口子。那书生躬着身子，只是惨叫，不敢挣扎。这一声之后，堰道上的众人看着他，逐渐安静下来，没有人再冲。宁毅的威势倒在其次，最主要的是那把刀，再弄下去，那就真的不可收拾了。

后方是小婵哭泣抹泪的身影。堰道上的人都在朝这边看，湖那边的女子们檀口微张，握着手，也不知道在说些什么。苏檀儿其实已经赶了过来，只是进不去，此时也站在侧面看着宁毅那边，不知道事态会往怎样的方向发展。

而人群里，稍早一点儿赶到的楼舒婉正将双手遮在嘴上，目瞪口呆地看着这一幕。她先前只觉得宁毅好武学每天在武馆外看看的事情不过儿戏，这年月，她见过的所谓好武的书生都是儿戏，从未想过，他真的动起手来，竟会出现这样一幕……

小瀛洲头发生的这场群殴，持续的时间其实算不得长。

当骚乱的消息传到主船上时，陆知府还在与一众学子友人谈论杭州附近的局势。他今年四十七岁，正是年富力强，官场上的黄金年龄，又是在杭州这等富庶之地当知府，这一任只要不出大的岔子，此后前途便不可限量。

如今的杭州府西南一带有方腊为祸，但对陆推之来说，问题并不大。杭州是商贸重地，靠水运发端，有武德军专门镇守，匪患再盛也会被拒于门户之外。

不过，对那些许久未出杭州府，不曾涉及险地的众人来说，方腊之祸，也并非像他们想象的那般平静。如今杭州西南的众多州县已经被席卷进去，匀富分地，杀官造反，连带着因一系列秩序崩溃而引起的饥荒，饿殍满地，这些事情，都是在杭州偏安的众人难以想象的，陆推之与场中数人固然有些消息，但自然无须跟众人说得太多。

这针对方腊起义，江南一带，南有陈士胜统领的武威军，北有康芳亭的武骤军，而武德军在杭州截其东路，至少在绝大部分人看来，匪患的扩散已经得到控制。而今最重要的还是针对金、辽两国开战，国内蓄势欲发的请战情绪，只要七月之后陆推之这边守住水运粮道，保证国内无后顾无忧，异日一战而定燕云，这千古功业便少不了他陆推之的一份。

"故此，康芳亭年初用兵，方腊之流遇之，无不望风而逃。此患虽非纤介，但可虑者确实不多。倒是秋收前后，那等大事，还须诸位助我一臂之力……"

陆推之说到这里时，便有兵丁进来，朝众人报告了外面发生的骚乱。这第一轮消息自是简单，一入赘夫婿与丫鬟勾勾搭搭，被人撞破之后竟然行凶伤人，如今已连伤十余儒生，而最重要的消息，还是楼家的次子楼书恒也被殴打，摔入湖中。

"竟有此等狂徒？"陆推之乃个性沉稳之人，手在身边的茶几上拍了一下，拧起眉头，"是哪家的人？"

"不知，似乎……并非我杭州人，乃自江宁过来的商户。"

那报信者说完这些，厅内众人都已愤然起身："竟有此事？"

"欺我杭州无人吗？"

"一入赘之人也敢撒野，陆大人，我出去看看！"

这些人义愤填膺，陆推之也皱着眉头起身："此人现在何处？出了这等事情，莫非安排在下方的军士竟不能制止？"

到得他这等地位，凡事已极少听信一时激愤的片面言语。那报信的军士是见情况不妙便过来了，对下一步的发展并不知情，只好说"已有人前去制止"。这时厅内已经有人愤然出去查看究竟，陆推之大步而行，也欲出去看看，便有另一中年男子进来，对他行了礼。这人是他身边的幕僚，名叫卓庆然，也在外面看了事情的大概经过。陆推之询问了一句："庆然，那狂徒如何了？可曾拿下？"

卓庆然将方才有人拔刀随后被制住的事情说了，随后微微压低了声音："其后袁副将赶到，与其交手，双方拼杀一记，此后对峙片刻那人方才……"

"那人竟与袁定奇拼杀对峙？"陆推之皱着眉头打断了对方的话。那袁定奇乃武德军中一名副将，据说武艺高强，陆推之也认识。卓庆然愣了愣，随后点头。

"只是一刀，未分胜负。对峙片刻后那书生方才弃刀，也是因其妻子赶到，而且人群之中楼舒婉也出来制止双方动手，似乎与这对夫妻认识。学生见此事或有蹊跷，因此来报告大人，不可轻忽。而且那人所持的乃钱公所发请柬。"

"钱公还是钱府？"

"钱公。"

"知道了，且去看看。"

陆推之点了点头。如今杭州几家，钱、穆、汤、常，数钱家声名最盛，但钱希文养望，平日走访讲学，平易近人，于各种牵涉利益的琐事却并不插手。数年前杭州大旱，立秋那场聚会是钱希文主导发起，那是因为大局。也是因为他、穆伯长、常余安等人的名望，时任知府的熊汝明才能将那场聚会办好，这也成为熊汝明日后升迁的最大政绩。

而当年大事过后，钱希文便不再为第二年的各种琐事操心，钱府的利益自然有钱氏宗族的众人为之维持。这样的情况下，钱希文亲自发出的帖子与钱府发出的帖子，当然有着不同的意义。

这边还未过去，大厅当中已经是一片吵嚷之声，众人都已经拥上主船了。若还是在船下，陆推之倒是可以下去，这时候却不必忙着现身了，他在侧面厅堂里等候了片刻，听着那边局势的发展。

众人方才愤怒的都是江宁人来杭州撒野这种事情，但想来行凶者、受伤者都已经上了船，又有方才的打斗事件，这时倒没什么人再冲动，而人群之中似乎也不是一面倒地倾向地域之争，犹有几名年轻人在与众人争吵，似乎是试图为那行凶者辩解。陆推之知道这几人都是钱家后辈，想来那人拿出请柬之后，钱家这几人虽然不知道内情，却也已经开始主动站队。

钱希文在杭州和钱家的声望都极高，但在陆推之看来，这一次钱家几名年轻人的站队恐怕没什么用。地域有别，那人毕竟是犯了众怒，自己只能偏袒杭州一方，而就算拥有钱希文发的请柬，双方也不见得真有多深厚的关系，以钱希文的名士性格，他在乡下讲学遇上悟性稍高之人，兴之所至发张名刺、请柬也不是难以想象之事，要说真有多大的利害关系，可能性却不大。

他现在一来疑惑钱希文的态度，二来对这事也感到稀奇。打了十多人，能与袁定奇对峙的，想来该是五大三粗的汉子，但听说只是一名书生，说是赘婿，随后传来的信息却道此人可能是江宁有名的才子。一时间他也有些好奇，想看看外面那人到底是怎样一副样子。

有热闹可看，众人往船上聚集的速度也极快，不多时，卓庆然进来说局面已经差不多了。陆推之起身出去，经过船舱时，看见钱家的大管家钱愈正被人引着往这边来。对这位老人，陆推之并不怠慢："老先生可是听说了方才发生的事情？不知钱公的意思如何？"

"主人待会儿便来。老朽怕府尊大人心有疑虑，因此先一步赶来。那宁立恒便是……"

他与陆推之小声说了几句，陆推之皱紧眉："此事……倒是有些难办了……"

"府尊大人秉公而行便是。老朽见过那宁立恒一次，此人颇有气度，并非鲁莽冲动之人，或许其中还有内情。当然，若他真是恃强行凶，犯了众怒，主人那边也绝不会姑息于他……"

陆推之点点头，对钱家的态度心中稍稍有数，但对事态拿捏倒觉得更加难办了。他一路出去，到得大厅，众人稍稍安静下来，也有几人陡然冲上来，要求他作为府尊严惩凶手，中间便有明显挨了打的伤者。

目光扫过一遍，陆推之将大厅内的局势看在眼里。

这厅堂内摆放的六列七行数十张圆桌旁边已经坐满了人。原本有安排座次，但眼下自然都是随意了。前排几张圆桌附近便是当事的众人，受了伤的书生、参与了事情并且明显站在楼家一方的书生足足占了四桌有余，大夫们正在为他们上药医治，伴随着一片呻吟之声，但看见知府到了，他们都强自忍住。

行凶者应该是坐在第三列前排圆桌边的一家人。他们只有四人，那气势沉稳站着的书生很年轻，很难想象这样年轻的人会有这种气质。他脸上应该是中了几拳，嘴角稍显乌青，破了皮，该有鲜血溢出，但是已经揩掉了。一袭青衫有些乱，但比之挨打的那些人，他受的伤轻得多。他身边的椅子上，一名表情沉静的女子正坐在那儿，牵着他的手，一只手上拿着手帕，在为他擦拭打人时拳上破皮的伤口。

相对那边一名大夫拿着药箱绷带的情景，这边桌子上只放了一盆清水——想也知道，发生了这种事情之后，不可能再有大夫敢给这边的书生医治，他的妻子想来也是拿不到药物和绷带的，只得以手巾蘸了清水先擦拭一下。

他的旁边是一名丫鬟打扮的少女，哭过，该是事件当中那名丫鬟了。另一名男子也是二十岁左右，并未被打，该是随这家人来的亲戚，似乎说那妻子有两名堂弟跟来，这该是其中一位。大厅桌子六列，他们只有四人，却坐在第三列的前方，并不是低调地缩到一边，这等气势倒是有些耐人寻味。

大厅前方，汤家的汤修玄已经到了，陆推之过去与他打招呼，这位老人道："府尊大人尽管秉公审理此事，此人若真的行止不端，相信钱公绝不会包庇狂徒。"

"自是如此。"

楼近临也已经到了，对次子脸如猪头一般的伤势，楼家这位家主明显极为愤怒，目光也显得阴沉。大厅前方，他竟然在与那伤人的赘婿对峙，情况……极为诡异。

双方的气势看起来竟有些不相上下。

楼近临是杭州出了名的狠辣之人，并非小混混的狠辣，楼家并没有钱、穆、汤、常几家的深厚底蕴，他的家族能到这一步，楼近临这人的手段在外界看来颇具霸气，给他一个枭雄的定位绝不为过。他有时喜怒不形于色，但若要动手，便极少给人后路。这名五十来岁须发半白的男子一旦发怒，一般人很难受得了那种压力，而在此时，几乎整个大厅的人都站在他背后，当他阴沉着脸过来时，就连钱家的几名年轻子弟一时间都住了口。

名叫宁立恒的年轻人正站在那儿，微笑地看着他。他的妻子则站起来，安静地朝楼近临行了一礼，打了招呼，随后不再开口。她站在夫君身侧靠后一点儿的位置，握住了夫君破皮的手背，这对夫妻却没有后退丝毫。

所谓对峙，谁占上风谁占下风向来难说，一般的年轻人会说自己即便面对谁谁谁也不会退后，但那不过咬牙硬撑，真实的气势上，从来不是后不后退、低不低头决定的胜负。以楼近临如今掌握的力量，在大厅内这种千夫所指的情况下，就算是年龄名望相似之人都难免气弱，年轻人更是不可避免地心虚，或是歇斯底里，或是强自昂着头，哪怕是敢在楼近临面前骂脏话，看在旁人眼中也不过如同小丑，神为之夺，但眼下并没有这样的事情，书生态度自然，微笑也看不出半分硬撑来。

老实说，当楼近临开口时，落在众人眼中，另一边还是有些势弱的，不过是一对二十出头的小夫妻，再怎么样都很难办。陆推之还没过去，那边楼近临隐约说了一句："我与伯庸相交，你与书恒本该是兄妹之情；而立恒，你们之间也该以兄弟相称，我不知书恒做了何等事情，你竟对他下如此重手……"

他这话含有严厉的指责，首先是对那名叫苏檀儿的女子发作，对入赘的书生，自也有几分轻视和怒意。苏檀儿抬起头要说话，旁边那书生举手拍了拍她的肩膀。这一举动轻描淡写，毫不刻意，但也是在这一下之后，那书生几乎是自然而然地接下了整个由楼近临制造的压力，似乎将楼近临发怒引起的整股阴沉气息都化作了儿戏。

他的回应简单诚恳："有关此事，还是去问问楼家世兄吧，不光是世伯，我也有些奇怪。"

楼书恒变成那副样子，他觉得奇怪……偏偏他整个人都显得理所当然。楼近临盯着宁毅，宁毅回望过去。楼近临目光渐变，好半响，他怒极笑了起来，露出两排牙齿："你，很好。"

宁毅仍旧只是看着他。楼近临方才的目光是对待小辈的狠辣，宁毅的眼神却也像是看着小辈。他微微皱着眉头，沉稳当中有着几分无聊。楼临近从未在面对一个二十岁的年轻人时遇到过这种应对，心间满满的都是怒气。

这时，陆推之已经朝这边过来了。

场面安静，气氛严肃。这样的情况下，无论在场有多少大人物，都要等到他这个知府到达，才能算是正式开始。

"府尊。"

"陆大人。"

"知府大人……"

各种行礼、称呼相继而来，随后，伤者那边变成了"求知府大人为学生做主"的纷乱之声。这些都是有些功名的学子，至少也是秀才身份，无须跪拜。陆推之也是以谦和闻名的，挥了挥手让众人坐下，目光转到宁毅这边时，看见对方也在打量他，随后宁毅也拱手行礼："陆知府。"

陆推之点了点头，而一旁立时便有人喝了出来："放肆！你一介入赘之人，见了知府大人岂能不跪！"

"无妨。"陆推之挥了挥手，"今日大家过来，为赴聚会，皆是本府贵客，此时大家虽有纠纷，但真相未明，本府不以官身待之。"

他这话说完，那边的楼临近眯了眯眼睛。陆推之的目光扫过楼临近，随后在宁毅面上停下："但若是待会儿查明，今日真有人恃强行凶，当负起责任。此事导致如此多人受伤,接下来,本府职责所在,便要与那人在衙门里见了!"

这话说得锋芒毕露,他话音落下,宁毅笑了笑,一旁的学子也是连声应和,有的扯动了伤口,龇牙咧嘴。楼近临拱手点头,朗声道:"楼某与江宁苏氏长辈本有交情,若只是两家晚辈的一点儿小误会,楼某宁愿揭过,怎奈此事闹得如此之大,波及如此多人,楼某无法包庇。小儿性格鲁直莽撞,不堪教导,楼某心想此事他必有错处,待会儿大人查清,请大人对其从重处罚!"

"爹!我没错……"楼近临话说完,楼书恒肿着脸站了起来,周围也是一片声援之声,这声浪蔓延开来,又将后方旁观之人都卷了进去,不少人为楼书恒说着公道话,场面一时间变得群情汹涌。过得好半晌,声浪渐息之时,楼近临才瞪着楼书恒,喝道:"孽子!坐下!这里岂有你回嘴的地方!"随后他又向陆推之告罪,才在附近的圆桌旁坐了下来。

楼舒婉此时也坐在附近的人群里,而作为楼家赘婿,宋知谦也已经赶来,找到了妻子,与她坐在一起。两人没有说话,宋知谦也没有注意到妻子微微蹙起的眉与闭上眼睛的动作。

父亲最疼爱的是二哥,楼舒婉心中其实明白这一点。在家中,父亲对大哥是严厉,对自己则多少有些气馁和无奈,只有对二哥算是溺爱。从方才看见父亲的表情的那一刻起,她就知道,父亲这次是动了真怒了。毕竟打从心眼里,父亲是看不起对方入赘的身份的,也是因为看不起,父亲才会怒意更盛。

若非如此,父亲不至于一开始就表现得这样尖锐,亲自去跟对方说话,跟知府做暗示并且三言两句挑起众人的逆反心。她不见得喜欢上了宁毅,但心中确实有欣赏,她见过许多出色的男人,但第一次看见这样出色又复杂的男人,可是也只能到这里了,宁立恒很难再有后路。她知道对方与钱希文有关系,一开始也很惊讶,但两个月内仅仅是去拜访过一次的关系,只能说认识,在父亲的全力打压下,钱希文不可能为他出头的。

另一方面,二哥似乎是真的对苏檀儿动心了。

她在这里想着这些事时,方才不在的苏文定拿了药箱过来——先前那些大夫不给,苏檀儿便让他回画舫上拿——陆续地,钱希文、穆伯长这些人也过来了。陆推之起身迎接、落座——他所等待的,也是钱希文的抵达。

从跟钱愈交流之后,陆推之心中其实已经有了一个轮廓和方向,楼近临方才的三言两语让他心中的想法更加清晰了:虽然有钱希文这一边的关系,但他还是要将这宁立恒定罪。

这是很难做的决定,但他若是偏帮宁立恒,显然有太多人不肯;若要将宁立恒定罪,则只需要说服钱希文一人,而眼前这群情激愤的大势,他是可以借的,一旦事不可为，钱希文也会理解。自己将这宁立恒定罪，然后私下里给个人情放他一条生路，如此便是三全齐美的结果了：卖楼近临以及所有杭州学子一个好，卖钱希文一个好，也卖宁立恒一个好。

这也是最为秉公的处理方式，那宁立恒毕竟真的打了这么多人，犯了众怒。

不久之后，他开始问话，片刻后，大厅当中，众人的情绪沸腾起来……

第五章
初来乍到先声夺人　地龙翻身不祥之兆

　　湖面上的风拂过连成一排的大船，官府主船的大厅里，数百人聚集一堂，前方数名官员、名人宿老坐在一起，询问着方才的打斗事件。

　　人群当中，坐在楼舒婉身边的宋知谦看着同样有着赘婿身份正被询问的宁立恒，多少有些兔死狐悲的心情，虽然……他那种淡定的神色让宋知谦觉得非常古怪，甚至有些不舒服。虽然自认识之后大家其实没什么深交，除了最初宁毅去楼家拜访时见过面，此后便只是在街头偶遇时打了一次招呼，但无论如何，宋知谦多少有些物伤其类的感觉。

　　他是不久之后才发现宁立恒与他根本算不上一类。

　　有关宁立恒打人、众人挨打的过程，其实很容易就能重现，其后片刻的重点便定在了宁毅的赘婿身份上。若放在宋知谦眼中，宁立恒这个人确实有点儿奇怪，问他赘婿的身份时，他直言不讳地点头说了"是"，问他打人的过程，他回答道："对面二三十人一起来，我只有一个人，背后还有一个女孩子，这样的情况，在下觉得，似乎不该叫作在下打人……"他将那丫鬟称作女孩子。

　　这个回答其实很不错，连陆知府也点了点头。问题只在一点——他交代了背后的女孩子，陆推之强调道："这么说，你确实是在保护身后的小婵姑娘？"见他点点头，宋知谦便觉得，这家伙是个傻子。

　　当陆推之问宁毅对这次事情到底谁对谁错的看法时，他想了一会儿，说："我觉得其实是场误会，没什么对错可言。"大厅里便是一片冷笑声。

"关于此事，其实是在下鲁莽了。"楼书恒起身，如此说道，"我楼家与苏家原就是世交，家父与檀儿妹子的父亲早就熟识。这宁立恒乃入赘之人，原本学生也以兄弟之礼待之，谁知他入赘身份，今日竟在光天化日之下与丫鬟拉拉扯扯！知府大人，若是一般的事情也就罢了，学生……学生亲眼见到两人在树下牵着手。忆及不久前才见过檀儿妹子，学生一时间怒气上涌，冲过去试图拉开他们予以质问。学生承认，当时确出手打人了，但他身为赘婿，与丫鬟勾搭，是怎么也跑不掉的。当时在旁边，应当不止我一人看见这个场面！"

话说到这里，有几人也站了出来，自称方才看到了，本以为两人是夫妻关系……

宋知谦看着知府肃容去问宁毅，得到的竟也是肯定答案，但下一句让他觉得有些听不懂。

"我与小婵两情相悦，几日之后，便将纳其为妾。"

这话说完，顿时一片哗然。陆推之皱起眉头，原本一直在那边垂着眼帘似乎什么都不管的钱希文也皱起了眉头。陆推之看了看一直保持安静的苏檀儿："苏氏，他……入赘到你家，对此事，你有何看法？"

"回禀大人，此事是妾身安排的。"原本一直安安静静地坐在那儿，什么话都不说，什么表情都没有的女子这时候才开口，望了宁毅一眼，轻轻笑了起来。

"赘婿、赘婿如何纳妾？"

"大武律也没说赘婿不能纳妾啊。"

她的声音柔和动人，回答得理所当然。众人神色古怪地看着这对不怎么看得懂的夫妻。宋知谦远远地望着，眨了眨眼睛，目瞪口呆，随后倒是反应过来："假话……她竟为这花心男人说这种假话……"然而苏檀儿已经往前走了一步，越过了宁毅，微微一福身。

"大人奇怪也有道理，宁郎确是入赘到妾身家里，但小婵也确是妾身做主嫁他的。妾身本是商家女，家中长辈曾与宁郎家中长辈有过指腹为婚之约，到妾身这代，家父只有妾身一个女儿，在商言利，妾身从小便管了家中生意。宁郎知我家中情况，怜我辛劳，因此才入赘过来……"

苏檀儿之前虽然为宁毅清洗伤口，但一直都很沉默，甚至有几分冷淡之色，看在众人眼中，还以为她正在生气，哪怕顾及大体，心情肯定也是极复杂的。她一开口，虽然也有人瞬间反应过来认为她在说谎，但苏檀儿一字一顿，柔软却诚恳地说了下去，一时间竟没有人能开口打断。

"妾身虽是出身商贾，但从小父母也请人教导诗文，读过《女书》《女训》。若非家中担子自小背了，不能放下，妾身宁愿是自己嫁了宁郎，而不是让宁郎入赘。此事妾身已经知道是自己自私，让宁郎……做出了太多牺牲，可惜已是有心难改……"

这番话极有说服力，虽然是商贾出身，但苏檀儿小时候的确受的是千金小姐般的教导，此时白衣白裙，容色端庄柔美，站在那儿，高挑优雅，说话之间，她看了宁毅一眼，眼圈已然红了。旁人恐怕都已经开始猜想，两人指腹为婚两小无猜，后来苏檀儿要接下家业，宁立恒竟愿意入赘，这等牺牲看起来虽然诡异，却实实在在地发生了……

"至于小婵，她与妾身自小一块儿长大，说是情同姐妹也不为过。宁郎性子谦和，与妾身成亲之后，待家中丫鬟、下人也都和善，此事与妾身同来杭州的众人都是知道的。当初我们成亲，妾身让小婵去伺候宁郎，宁郎待她也如妹妹一般，如今已有两年多了，此事家中众人也都知道的……"

"确是如此，姐夫一进苏家，便是小婵伺候他的。"苏文定举了举手，插了一句嘴。

苏檀儿一只手放在身前，另一只手伸回去，轻轻握了握宁毅的手，她仰起头，笑着吸了一口气。

"妾身虽然从小读过诗文，但于诗文一道其实并不太懂。宁郎是江宁有名的才子，妾身自来便仰慕他。他虽然入赘，但妾身敬他、爱他，从来与一般女子无异，他对妾身的怜惜、容让，妾身也一直记在心里，此心之诚，天地可鉴……"

她一字一顿地说着这些话，老实说，有些肉麻，这时人们本就保守，许多人大概一辈子都未想过这等场面，但女子站在那儿，那话语一声声回荡在这大厅之中，说得理所当然、坦坦荡荡，一时间，大船上静得落针可闻。

不少女子在初时的惊愕之后眼眶就有些红了。至于众多男人，包括宋知谦在内，都是持续目瞪口呆，心中也不知是怎样的滋味，羡慕嫉妒或者恨……楼舒婉抿着嘴，一只手托着下巴，扭头看了自己的夫婿一眼，片刻后，又木然地转了回去……

主船上，大厅中，唯有苏檀儿柔和却坚决的嗓音回荡其间。

两人站在大厅前方，双手悄然地牵在一起，俨然一对璧人。苏檀儿嘴角有怡然的笑意，她微红了眼眶，宁毅看着她，也是淡淡地笑了起来。

苏檀儿言语稍停，大厅里陷入了沉默，大部分人沉浸在一股稍微混乱的感动当中。不过这感动未能持续太久便被人打断。那边，肿了半边脸的楼书恒霍然站了起来："你、你竟为这种小人……做到这种程度？"

那楼近临皱着眉头，也是缓缓开了口："苏家伯庸贤弟一脉单传，檀儿侄女你要继承家业，只能招婿入赘。我知一夜夫妻百日恩，檀儿侄女你素来心软，可今日之事，牵涉如此之广，侄女你说这些话，固然用心良苦，但诸位大人都在，毕竟……有些过了……"

楼近临言语深沉，话音落下，旁边挨了打的那帮书生也反应过来，纷纷开口："这女人必是说谎……"

"为了救她那负心的赘婿，实在不值……"

"有谁会信呢？"

他们说得一阵，后方却不像方才一样有多人应和，反倒是先前钱家的几名子弟站起来吵嚷了几句，前方那帮大人、老者却没有丝毫表态，情况一时间变得有些微妙。

即便对楼书恒、楼近临、陆推之等人来说，这样的事情，也是一个出乎意料的转折。

其实，楼近临并不是没有料到苏檀儿会弃车保帅，压下私情，顾全大局，保住宁立恒。因为整件事说起来其实异常简单，引赘婿与丫鬟勾搭，众人义愤填膺，怒而出手。在这年月，有关风化之事，就算私下里真将两人浸了猪笼，弄出命案来，只要木已成舟，官府也是不管的。

事实上，即便是夫妻关系，大庭广众之下，牵手往往也是不合时宜的事情。当然，这个不严格，夫妻俩发生些肢体触碰，出门在外，总是难免，只要不是完全食古不化的老学究，也不会对年轻夫妻在街头的小亲昵有太多在意。

而此事放在宁毅身上，与小婵的牵手，其实已经可以坐实勾搭通奸之名了。陆推之问得并不详细，也没料到宁毅会回答得那样干脆。这样的情况下，唯一的破局可能，就在苏檀儿的态度上。

宁毅毕竟是入赘到苏家，她若是说小婵为宁毅侍寝她是清楚的，这固然是一个破局的口子，纵然一般人不怎么会相信。在楼家众人看来，苏檀儿即便如此表态，心中必定也不好过，这个时候只要咬死她是为了保下夫君而撒谎，接下来看的就是"情理"二字了。

这时审案本就不如后世严格，许多情况下，情理往往凌驾于法理之上。

对陆推之来说，只要坐实了赘婿与丫鬟间的私情，哪怕苏檀儿出来做证说"我知道"，他只要轻轻叹息一句"我知你心软"，再加上众人的推波助澜，也足以让众人无视她的这份证词。那么宁毅与丫鬟即便免了死罪，活罪也难逃，而群情激愤之下，钱希文只能选择妥协，他则保了宁毅一命，于是皆大欢喜。但眼下，楼家父子开口说话时，他却敏锐地发现无法附和了。

没人料到一直沉默的苏檀儿忽如其来的表达会是这样。

深刻也好，肉麻也罢，这本身是个含蓄的时代，才子佳人间诗文传情，曲词蕴意，含蓄的来往往往被传为佳话，大家即便说起来，也知道这是私密的事情。就算是公认的一对璧人，也顶多做些互相微笑眉目传情之类的小动作，落在旁人眼中，就已经觉得是神仙眷侣了，众人何曾见过一个大家闺秀在大庭广众下这样子说出对夫君的感情，而且在眼下的这一刻，而且那夫君还是个赘婿。偏偏苏檀儿说起来时竟无半点儿勉强，就算有些人会在口中说"不要脸"，心中竟也隐隐相信了。

仅仅出来表态，立刻就会被质疑，但说到这种出乎所有人意料的程度，称得上是以力破巧，她此时柔柔婉婉地表达出对宁毅的感觉，对楼氏父子来说，在谋略应对的层面上却是简单粗暴到了极致。仅仅是抓住一个看起来就先天不足别人甚至已经注意到的弱点，却投入了十倍的力，摧枯拉朽地破开整个局面，这已然不是在拼技巧，而是类似砸棋盘了。

就连宁毅都有些意外。他原本可以应对几句，但这时候也不说话，只握着妻子柔软的右手，静静地数手指。楼家父子说完之后，苏檀儿偏过头看了看他们，仍旧是浅浅地笑着，又开了口，这时已将"宁郎"这个称呼改为"夫君"。

"夫君与小婵之间的感情，旁人难知，此事原也怪不得别人，方才夫君说这事是场误会，妾身也这样觉得。楼家兄长也太过冲动，不问一词便那样打人，他固是心诚，大家义愤填膺，却不曾给人一个说话的机会，夫君也动了手，妾身也不知道此事该怪谁才好……"苏檀儿顿了顿，又道，"但妾身来说，方才看见夫君做的事情，心中只有感动。小婵在旁人眼中只是个丫鬟，可对妾身来说，却如同妹妹一般。夫君当时只有一个人，却能那样舍身护着她，即便被那么多人围攻也不曾退过，这让妾身觉得，将小婵嫁与夫君，是再正确不过的决定。妾身若是小婵，除此之外又能嫁给谁呢？"

苏檀儿望了望小婵，小婵原本害羞，见小姐这样看过来，也连忙红着脸点头，苏檀儿笑了起来，随后仰起头，红着眼圈回忆往事。

"去年在江宁，苏家遭逢大难，家父遇刺，妾身卧床不起，家中生意也是一落千丈，岌岌可危。当时便是夫君出手，撑住了那个家。可能没人相信，几个月后，他将家中的事情解决了，什么话都没说，便又回书院教书去了。他只在有事时才站在家人前面，以前是，现在也是。有些人，以为夫君入赘是图了什么，焉知夫君才学高出旁人百倍，他在江宁写的《水调歌头》《青玉案》，妾身来到杭州，也时时听人传唱……"

交头接耳的声音轰地响起来。她若先前说这些词作，恐怕只会给人留下一个江宁才子恃才傲物的印象，但此时点题——虽然迟早会被人议论——意义已经完全不同。楼书恒说宁毅是小人，楼近临说她用心良苦，都是暗示在场众人宁毅不过是个赘婿，没人会真为赘婿做到这种地步，但到得此时，苏檀儿一层层的倾诉编织起来，却足以将赘婿给人的违和感给轰散。

"今日之事，妾身也知道，如何处置令得各位大人为难。妾身身为女子，于大事上不知道太多,但妾身所说绝无虚言。夫君被人责难,妾身理应与夫君共进退,请各位大人明鉴。"

她说完这话,屈膝跪了下去。宁毅眉头一皱,伸手便挽住了她的手。苏檀儿只跪到一半被他拉住,偏头望了他一眼,随后还是低了头,盈盈跪倒。裙摆散在地上,像是白色的莲花。宁毅已然敛去笑容,偏过头,看了那边的楼近临一眼,随后一撩长袍下摆,也跪在了苏檀儿身边。他对于跪拜之事从不喜欢,但这次算是陪着妻子,倒是没有什么多余的想法。

从方才的对峙开始,双方便多次交锋,暗招迭出,苏檀儿连消带打,连此时的跪倒也算是谋算的一部分。不过,她是这个时代的女子,对在一群大人面前跪一跪从来觉得理所应当,若是宁毅,纵然明白其中的效果,也不会做到这一步。

宁毅一跪,前方便沉默了,只偶尔睁开眼睛的钱希文轻轻扶了扶拐杖,那拐杖砰地落在地面上,他轻声感叹道:"夫妻情深,莫过于此了。"

楼近临还想说话,却被这一声叹息一锤定音。楼书恒坐在那儿,额头上青筋偾张,口中喃喃道:"贱人,贱人……"

陆推之几乎没有迟疑:"两位请起……"他原想起身亲手去扶的,只是话音未落,宁毅便拉了苏檀儿起来。苏檀儿看了宁毅一眼,觉得自家夫君有些心急了,自己还想多跪一会儿,多跪一会儿效果才好,但既然宁毅做了决定,她也只好接受,轻轻福了福身:"谢过府尊大人……"

一边,穆伯长在桌子上轻轻拍了一下,皱眉道:"原来是这等情况……一帮人空有热血,却见事不明,枉读了圣贤之书。"几位老人之中,穆伯长脾气大,治学极严苛,他这时说话,听来像是自言自语,但那帮还想抗议的学子已经没人再敢说话。

若是一般情况,杭州主场,即便这边的学子理亏,也不可能出现这样的结果,但一来钱希文的态度实在举足轻重;二来苏檀儿一番话威力太大,便是钱希文,从某一方面来说,恐怕都要感叹有个好队友的帮助实在太妙。他原本一直在考虑到底要花多大的力气才能将这事稍稍挽回,谁知到头来,竟只用了简单的一句话。方才那个时机,仿佛是被宁毅夫妻完全堆砌好了推到他面前一般,这种精彩的设置,让他无法不表态。

这原本就是意外之事,他今天过来,本是想要看看被秦嗣源要求照顾的这位赘婿,还有宁毅这对夫妻,到底是怎样的状况。此时他一面为两人的感情而感动,一面眯着眼睛打量着不远处的两人,而在旁边,陆推之在微微沉默与示意之后开始圆场了。

楼近临坐在那儿,自宁毅望了他一眼后,一直沉默着……

砰的一下，茶杯摔在地上，瓷片飞溅。

"嗬，终日打雁，想不到今日反被麻雀啄了……"

船舫侧面的房间里，气氛有些凝重，稍显嘈杂的人声自不远的地方传来，楼近临坐在椅子上，看着方才扔出茶杯的那只手，好半晌方才笑了笑。

房间一侧，楼书恒正倚靠在一把竹椅上，由楼家的大夫为他敷药疗伤。房门紧闭，房间里再有的，也就是楼舒婉与宋知谦夫妇。楼家的一些亲朋、后辈只能在门外候着，他们显然能够听到茶杯摔破的声音，但楼近临并不在乎。

方才在那大厅当中，当苏檀儿做了那样强烈的表白之后，楼家这边的反驳一时间起不到任何作用。对比初时的严肃、众人心中的期待，整个事态显得有些高拿轻放，一瞬间就朝着另一个方向倒了下去，钱希文、穆伯长稍微表态之后，原本似乎倾向于帮助楼家给宁立恒定罪的陆推之没有太多犹豫，便给整件事情定下基调。

"楼书恒出手本是为了正当之事，但未免鲁莽；一干学子为此义愤填膺，正义感也颇值嘉奖，但也是失之冲动；而宁毅这方，虽然感情可佩，但大庭广众之下牵手，也是失之孟浪，况且打斗之中出手过重，不够谦和……"

当陆推之说了这些话以后，其余的形容再多也只是花哨的点缀而已。其后宁毅主动拱手道歉，那边挨打的众人当中有两名是穆伯长的学生，穆伯长生了气，他们连忙起身谦让。一个群体，一旦出现裂痕，其余人便是心有愤怒，也没有办法了。接下来，苏檀儿便假惺惺地说众人的疗伤费用将由苏家承担云云。

陆推之看起来是各打五十大板，但接下来已经不可能给任何人定罪，既然不能定罪，这就仍旧是聚会的模式了。虽然还有其他事情要说，但这么多人受伤，陆推之还是让一干大夫先给众人治疗。楼近临让大夫表示楼书恒伤势不轻，要了个房间暂时休息，随后，憋了一肚子的火气终于爆发开来。

这个时候，谁对谁错在他而言已经不重要了。苏家只是外来者，却在这样的场合给了他一记重重的耳光，甚至连钱希文、穆伯长都站在了他的对立面，这些事情，不可能轻易揭过。

楼书恒还在那边喃喃地骂"贱人"，声音不大，但房间里的人自然听得清楚，楼近临看了这个儿子一眼，转而望向女儿："今天的事情，我楼家不可能善了，舒婉，不管你有什么想法，以后不许再与那苏檀儿来往。我想问你，先前在船下打完架之后，你在现场？"

"嗯。"楼舒婉点了点头，以为父亲要怪她当时出面调停，但楼近临并没有问这个。

"当时大家打起来，说那宁立恒与丫鬟通奸，你出面之时，苏檀儿已经到了，对吧？"

"嗯。"

"她当时什么话都没说？"

"嗯……"第三次点头时，楼舒婉有些疑惑，望了望父亲。

楼近临将身体靠在了椅背上，偏头看看楼书恒。

"这个女人，当时就弄清楚了打架的缘由，从她出现到上船，整个过程里几乎一句话都没说。你们以为她是心中失望，连我都这样以为，可她若有心，早先在船下出现时，就已经可以告诉所有人那丫鬟与宁毅的关系，你们觉得，她为什么不说？"

楼书恒眨眨眼睛，想了想，反应过来，道："她……其实是假的，对吧？她根本没将那丫鬟许配给宁毅，所以在下面的时候才没说。一直到上了船，她才想通只有这样才能救下她那夫君？"

楼近临手掌在茶几上握成拳头，偏着头看着这个儿子，拳头几乎要砸在茶几上，好半响，他才克制着脾气轻轻放下手，一字一顿地道："你到底在想些什么，楼书恒？"他感到有些窒息，低吼出来，"你是被那女人迷得神魂颠倒了？！什么时候的事情？！"

"什、什么？没、没有啊……"

"呵呵，那女人从一开始就想清楚了，事情不能在下面解决，她若在下面便说出丫鬟已是许配给那宁立恒的小妾，待到了船上，大家必定不信！她从一开始就在等着后来那个说话的机会！呵呵，舒婉先前便说了那送一盒蚕的事情，可到头来，我还是低估了她。在心机谋算上，你们兄妹跟她比起来，也是差了一截。舒婉，这是我让你不要再跟她接触的理由，免得被她利用了你还不自知！"

父亲语气严厉，楼舒婉也只能低头沉默。不过片刻之后，楼近临笑了笑："也好，听说苏家的男儿不抵用，倒是出了个这么厉害的女子……"

"但是父亲，现在钱希文和穆伯长都站在他们那边，又是钱希文发的帖子，他们的关系……"

"无妨的。"楼近临挥了挥手，"这次毫无准备，事情仓促，钱希文可以不管我楼家的立场，当时也不过顺水推舟做个人情，一旦我楼家态度坚决，他清楚之后，又能为那宁立恒担起多少事情？今天不说这事了，你们先出去，我马上也过去……"

他朝女儿、女婿示意，楼舒婉与宋知谦一路出了门。途中楼舒婉神色平淡，不知道在想些什么。宋知谦也有心事，低头沉思着，实际上是在想方才苏檀儿说的那些话。他从未想过世界上居然有一对因入赘而结成的夫妻是那样过日子的。

他一路来到大厅，许多人正在调整落座的顺序，大厅前方，许多人已敷好了药，正一群一群地说话。先前发生的那些事，如果按照地域算起来，杭州人没占到便宜，难免有人心生不忿，但汤修玄正在与众人说着"男儿当心胸宽广，有错则改。这次大家虽然受了伤，但确实有过于鲁莽、见事不明之嫌，我杭州男儿有杭州男儿的气度，便不要放在心上"之类的话，有这些老人出面，情况很快得以缓解。

甚至有人走上前去，朝宁毅说："此事确实是我鲁莽，在此向宁兄告罪，宁兄不要放在心上。"

宁毅还礼道："此事是我出手过重，兄台何罪之有？"

"唉，我虽受伤，却是我咎由自取，但不瞒宁兄，方才我也朝宁兄身上打了两拳，对宁兄而言，却是无妄之灾，此事终是我的错。"那人如此说着，双方一笑泯恩仇，和乐融融。

其实敢这样做的，多半是不惧楼家威势有一定背景的人，如此表态，也能获得几分夸赞。随后也有人说宁毅夫妻间的感情，说说宁毅的诗才名声，这时候宁毅的手也已经包扎完毕，只听得前方钱希文笑着说话了。

"老实说，老夫虽然读了多年诗书，见过许多人事，但不得不说，对男子入赘之事，终究是有几分看薄的。唯有今日看见立恒此事，才不得不改变了一些想法。立恒，得妻若此，夫复何求，你须得好好珍惜才是。"

宁毅点头称是，苏檀儿则是笑着行了一礼，对老者的赞扬表示感谢："其实，能与宁郎成亲，是檀儿的幸事才对。"

钱希文笑着点头："你们二人情深，来日必为旁人津津乐道，也是彼此之幸，互相也该珍惜啊。只是，今日之事，实在令人叹息，立恒，男子入赘之事，终难免为世俗眼光所限，今日你能说清，他日却难免又被人误会。老夫认为，你们二人既然如此情深，是入赘还是娶妻已经不重要了，我看不妨这样，你们夫妻二人，不妨趁此机会将婚书改上一改。此事虽无太多先例，但老夫看来还是可以的。今日有陆知府，有老夫、穆老、汤老等人在，老夫自愿做个媒人，你们可将彼此的关系改为男娶女嫁。女方呢，且放下那张婚书，其后三媒六证，也是走个形式。这样一来，相信你二人的婚事必定会为人称赞传扬，以后也少了许多麻烦。立恒有才学，有抱负，是做大事之人，如此一来，会少去许多阻碍啊……"

他这话说完，大厅内安静了许久，旁人都在看着这对夫妻的反应。其实，若秦嗣源在场，必定会赞美钱希文果然知他心事，手段果决。

对秦嗣源来说，宁毅有才学却一直守着赘婿身份，从来都是他的一层心病。他在给钱希文的书信上不写宁毅的赘婿身份，其实也是觉得可以通过钱希文给宁毅一些压力。当然，秦嗣源不期待钱希文能改变宁毅这个死硬派，这只是一种玩笑般的心思。钱希文这次邀请宁毅，也是为了弄清楚他入赘到底是个什么情况。到得此时，他顺势想要纠正这对夫妻的身份，不愧是秦嗣源那等人精的好友。

几乎是钱希文才说完，苏檀儿就低头躬身："如此，妾身谢过诸位大人了，但听钱老与诸位做主。"

钱希文在上方呵呵笑着,众人也都呵呵笑着,楼舒婉等人在后头看着事情的发展。其实宁毅脸上也带着淡淡的笑容,他偏过头看了看身侧的妻子。苏檀儿低着头,看不全样貌,但发丝遮盖的侧脸上隐约是月牙般恭顺的笑。

"倒是……谢过钱老了。"

宁毅拱了拱手,所有人都在听他说话,以为这事成了,不过随即听得宁毅叹了口气:"不过,当年宁家潦倒,家徒四壁,连饭也吃不饱,只有苏家伸出援手,立恒……也是因此决定入赘。在下并不在意这入赘身份,如今的苏家,也无人因此等身份而轻慢于我,若是贸然改变,反倒会令许多人为难,依在下看,此事谢过钱老,但还是维持原状吧。"

钱希文皱起眉头,目光严肃地望着宁毅,宁毅只是拱手微笑。其实这事要说简单也简单,要说复杂也复杂,有杭州知府这等官员,有钱希文这等大儒,他们要做媒,要证婚,要将一些事情做得合情合理,只是简单的小事,但世情礼法也有其定规,两人身份一改,改婚书,再三媒六证,就算一切照旧,改了的还是改了。

在杭州一地,一时间或许无人说话,经过钱希文这些人的操作或许还会被人津津乐道,但礼法上还是等同于赘婿出户自立,与苏檀儿是二婚。

纵然还是一样的婚姻,但他们回到江宁,苏家会怎样看,旁人会怎样议论苏檀儿,难免会有些怪话。其实这一整场做下来,得到好处的都是他,而所有的失败跟付出都是苏檀儿的,这才是事情的关键。

这些好处,他打心眼里不在乎,而那些付出——他知道苏檀儿的性子,这个年代的女人没有多少东西可以争取和真正拥有,无论她多么喜欢自己,无论她笑得多开心,她对那些东西其实都是在乎的,这又何必呢?

其实,也是他内心有着自傲,背着赘婿的身份,做许多事情或许不方便,但反正他现在想做的事情也不多。而且,哪怕是背着赘婿的身份,要做什么事情也难不倒他,他压根就不在乎,甚至为此自负。要是因此事弄得家里人不开心的话,那就不用去做,根本不重要。

钱希文看了一阵,笑了起来,言辞依然温和:"呵呵,立恒顾念恩情,此事值得称赞。不过,背着赘婿之名,做事终究有些放不开手脚。男儿当有凌云之志,立恒又有才学,堪称文武双全,他日莫非不想报国?况且,入赘之身,难继宁氏香火……对这些事情,老夫相信,檀儿也是清楚的。"

这两段话绵里藏针,已然有些尖锐了。宁毅仍旧笑着回答:"其实,我与檀儿早就商量,将来生下孩子,让其一继承苏氏家业,其一继承宁家香火,这事倒并不为难……"

他说得轻松，但仍是在拒绝。苏檀儿为了他上一段拒绝的话已经要流泪了，却也知道再这样委实得罪人，连忙拉了拉宁毅的衣袖，笑道："其实、其实他、他太过顾及妾身……嗯，不过宁郎已经决定，不久之后便要上京，此事也与秦家爷爷约好了。他性子太拗，这些事情，妾身、妾身此后再劝劝他吧。钱爷爷，你、你别怪他啊，还有陆大人、穆爷爷……"

她先前坚忍自强，这时候变成了为着夫君而慌乱的女子形象，钱希文不由得哈哈大笑，一时间也生不起气了，只觉得宁毅为了这妻子真是执拗，两人之间还是有真情在，便挥手道："好吧、好吧，既然你们不久要上京，此事便交由秦相来办吧，老夫便不讨人厌了。"

旁人之中，只有陆推之知道宁毅与秦嗣源有些关系，另外的众人听苏檀儿说起与什么秦爷爷约好了上京，还在疑惑秦爷爷是谁，一听钱希文这样说，都深感惊悚，无法相信宁毅竟有这层关系。

陆推之先前听钱愈说起宁毅跟秦嗣源有关，但关系到底为何也不清楚，想着多半不是什么很深的联系，否则秦相上京，宁毅干吗只是随着妻子南下经商？这时候他也吓了一跳，将心中对宁毅的定位提了一提，随后也哈哈几句打了个圆场，又说起："先前便听说立恒乃江宁第一才子，那《水调歌头》《青玉案》等词我也听了，委实绝妙，想不到真是立恒所作……"

宁毅来到杭州之后没有写诗写词，旁人对他这方面的认知也不算清晰，最深刻的自然是他方才在下面一个打几十个，这时候陆推之发言，众人也就感兴趣起来，只听陆推之说道："立恒来杭州也有两个月了，没有佳作可说不过去，不妨作上一首诗词，与我杭州才子也比较比较，如何啊？"

他这话说完，众人笑了起来，都有些好奇。宁毅想了想，也是一笑。陆推之对在场众人道："今日聚会也是诗会，作诗本是应该，方才大家打架，便有些不好了。依本官看，我杭州才子，当心胸广博，只是于方才之事也不得不找回场子。诸位不妨拿出浑身解数来，且让立恒见见我杭州学子的威风，在本官的私心中，大家最好可以大大地奚落他一番。"

众人都大笑起来。陆推之继续道："不过，这诗题嘛，为免大家仍旧对方才之事耿耿于怀，以此事入题，咱们今日的比斗呢，最好还是不以此地为题了。来到我杭州两个月，立恒对杭州一地，想必已有些感触，大家都是杭州人，不妨写得大气些，以我杭州为题，大家觉得如何啊？"

方才的事情，弄得气氛有些僵，陆推之此时的行为还是有些讲究的。题目写得大些，相对容易写，容易调动气氛，一干杭州才子在杭州住久了，多半有料，甚至有精品。破题容易是对双方而言，于宁毅来说，也算是卖了个人情，反正大家都有诗词,到时候一比,一讨论,都不差,就能调动起气氛来。"

他这话说完,众人点了点头,都看着大厅前方的宁毅。楼舒婉知道宁毅是才子,只是从未见他写诗写词,还是有些好奇的。苏檀儿其实也未曾见过他参与这等正式文会的情况,扭头看着他。只见他笑了笑,欣然点头道:"也好,且拿纸笔来吧。"

这恐怕是他在大庭广众之下写诗写得最为干脆的一次了。众人交头接耳道:"必是他之前便作好的。""且看看如何。"这题目大,反正他们也有存货,俱是精品,也有人笑道:"我也有、我也有,且让我们比比。"随即便有人奉上纸笔来,一共奉上了四五份。也有许多人观望着,准备待会儿出手。

宣纸摊开,苏檀儿研墨,宁毅执起毛笔,对此有兴趣的众人在前方聚成数团,也有人探过头来探过头去。楼舒婉见过宁毅的暴力,从未见过诗才,这时候也靠了过去围观。不久之后,宁毅在圆桌上落下笔,写下字。

近处的人群很快沉默了,远处未过去凑热闹的人们仰起头,好奇地看着事情的变化。某一刻,有人悄然念出一个名字,那名字在片刻后传开,传到其他桌上,传给其他写诗作词的人,以知己知彼。那名字有三个字——《望海潮》。

"《望海潮》。""《望海潮》……""叫《望海潮》。""那边《望海潮》……"

望海潮望海潮望海潮望海潮望海潮……

"《望海潮》?那是什么?"有人轻声问道。

嗡嗡嗡嗡的声音,数百人的围观,古怪的氛围,这场立秋诗会,在开始的几个时辰里,发展委实有些一波三折。

从陆推之提议写诗开始,原本因那场群殴而来的冷清气氛其实已经在渐渐消除,能够在官场、名利场中混的,陆推之也好,可以主导大局的几位老人也好,活跃气氛的手腕都相当纯熟。当陆推之说出以"杭州"为题时,接下来的局面,可以想见必然是众人频出佳作,互相评论赏析,和乐融融,原本……该是没什么意外的。

结果,气氛却又开始变得古怪起来,不过,与之前充满了隔阂有些不同。

"东南形胜,三吴都会,钱塘自古繁华……这《望海潮》,大气啊,可是……"

"之前未曾见过……"

"这韵押的……"

议论的话语声不断响起。四十二张圆桌边,部分商户、书生,也有陪同夫家过来的女子,不断交头接耳,而在主船大厅前方,会聚在一起的书生们也在皱眉议论着,有的原本在写诗词,此时也禁不住停了下来。他们议论的东西……很奇怪。

楼舒婉与夫婿宋知谦朝着前方靠过去,这期间还与几位认识的平辈或长辈轻声打了招呼。

就在方才，宁毅在人群之中完成了他的词作——这是他在杭州作的第一首词——很干脆，也是大家审视他这江宁第一才子之名的标准，自他落笔的那一刻开始，他作的这首词，便由周围的人传出去，随后四处传开。按理说，一首词是好是坏，在这些有很高水准的书生眼中，应该很容易判断，但那种古怪的气氛，自那词作诞生起逐渐蔓延开来，写完半阕之时，整个大厅已经被窃窃私语声笼罩。

这宁毅的词作已经写完，但那样的气氛还在持续。楼舒婉夫妇虽然也断断续续地听了全词，但这时候还是忍不住去看个仔细。那边书生环绕当中，写有宁毅词作的那张宣纸已经被呈给忍不住过来的陆推之过目，陆推之看了，也是皱眉沉思，偶尔看看宁毅，口中不时说句："此词大气啊……《望海潮》……"但始终没有朗声评价，这与他试图调动氛围的初衷已然有些不合了。

宁毅写完之后说了一句："这首《望海潮》请诸位斧正。"这原本是句客套话，但眼下的气氛，倒真像是在被一群人斧正一般。

楼舒婉探头望过去，那宣纸仍旧放在桌上，字迹轻灵潇洒，但楼舒婉之前竟没有看过这样的字体，不过她并不细思这些，只看那内容。词名自然是"望海潮"三字，纸上的内容，这时候她才看得完整，喃喃念了出来。

"东南形胜，三吴都会，钱塘自古繁华。烟柳画桥，风帘翠幕，参差十万人家。云树绕堤沙，怒涛卷霜雪，天堑无涯。市列珠玑，户盈罗绮，竞豪奢。"

这首词作的大气与华美几乎从第一句开始就轰然入眼，随后而来的勾勒描绘，如同画卷一般，却绝不轻浮。只上半阕，便已将杭州风貌勾勒无遗，即便是一直居住在杭州的楼舒婉，一时间都为之神往。

她看看那边正牵着妻子的手往一边走去的宁立恒。之前由于好奇，她将对方作的那几首词反复看过许多遍，尽管早就对那大气的词功有深刻印象，这时候仍不禁因为这首词微微战栗。毕竟眼下她正在亲身经历这件事，但同时又对周围众人的沉吟神色感到有些奇怪，便去看下半阕。

"重湖叠巘清嘉，有三秋桂子，十里荷花。羌管弄晴，菱歌泛夜，嬉嬉钓叟莲娃。千骑拥高牙，乘醉听箫鼓，吟赏烟霞。异日图将好景，归去凤池夸。"

词作仍旧是极尽华美的笔调，如烟花如琥珀，她将词作轻声念完，看了看身边皱眉的夫婿。那边陆推之已经拿着宣纸往钱希文等人那边走去，其实几位老人已经在默念着什么东西，眼神复杂，甚至用手指在桌上有规律地敲打着。而在大厅一侧，有几位抱着琵琶、古琴的青楼女子也正往这边靠，她们有的伸长了脖子，迫切得如同天鹅一般——她们毕竟是贱籍，这样的情况下，不敢走得太前，只能等有人正式将词作抄一份拿过来。

"相公，那词挺好啊，到底怎么了？大家都这样……"

苏檀儿其实与楼舒婉有着同样的疑惑。宁毅拿出了词作，不代表立刻就会有极好的评价，毕竟诗会不是为他一个人开的，周围也有人在写，旁人会不会做出评价，那是他们的事情。苏檀儿对意思固然是明白的，但要评价顶级词作的高低就不行了。而且这是她第一次陪着夫婿参与这等聚会，也是宁毅第一次真正在她身边，且在众人面前表现才华，对仰慕渴望才子风流故事的她来说，心中也是非常期待的。宁毅将词作写完，她觉得，这些句子肯定是极好的，但众人的反应还是出乎她的意料。

随后，宁毅牵着低着头心中忐忑的她去一旁的圆桌边坐下。她的手还被宁毅握着，见周围的书生还没靠近，她才敢轻声道："怎……那首词怎么了啊？"侧后方的小婵也好奇地道："是啊、是啊，怎么了啊？写得不好吗？"宁毅看了两人一眼，随后却笑了起来，没有回答。苏檀儿皱眉抿嘴，满脸疑惑，一直跟过来的苏文定在一边的椅子上探过头来。

"二姐，你以前听说过《望海潮》这个词牌吗？"

"呃……好、好像没有，这又怎么了？"

苏文定一脸复杂地望着宁毅，也不知道是佩服还是感叹，轻声道："姐夫，那词牌是你自己新作的？"

宁毅看了他一眼，再看看苏檀儿，笑："嗯，以前没这个词牌名……"

"新作的词牌？"那边，楼舒婉也瞪大了眼睛，有些不敢相信从宋知谦口中说出的事情。宋知谦皱着眉头："是啊，他这首词作，华丽大气至极，韵押得……也是极好的，而且竟是他自己独创的词牌。他这一手，是想要压死人哪。就算这词牌是他之前为杭州所作，这时候拿出来，也是吓人的……"

这一时间，没有人敢评判这词到底是好还是不好，或者说，根本没有人愿意立刻做出评判。

这首以"东南形胜，三吴都会"起首的《望海潮》，原是柳永所创，这首之前，是没有《望海潮》这个词牌名的。

要说各种词牌名的来历、源起，其实多种多样，甚至可以追溯到汉朝，词牌就开始在各种乐府词曲中萌芽了。在唐朝，文人主流是作诗，各种歌曲只是小道，不受重视，但逐渐发展，到得武朝，也如宋朝一般形成了能与诗作分庭抗礼的规模。词作是对应歌曲的，长短、韵脚，放在歌女口中，便有固定唱式，当然，也有某人某次作了一个模式出来，一次定型。词牌的风格都是经过了千锤百炼，但有一点是肯定的，并不是你随手作一首歪诗，就能说这是自己独创的词牌。

词牌的句式长短、韵律规划，都必须经得起考验，大家能用固定的方式读出来，就如同歌曲，必须押韵、好听。那些歌女，即便没有曲谱，也能将这些词作唱出来，古代的诗词，最初就已经包含了吟唱的方式。

这也是为什么那些青楼女子会对这首词作如此敏感。

当场作出一个新的词牌，甚至哪怕不是当场，能够独创词牌，也必须是大师才能为之。众人原本觉得，书写杭州，顶级的诗词这边也不是没有，但宁毅忽然展露这样一手，在场没有人认为自己可以做到。

他们无法，也不愿意立刻评价这首词的好处，偏偏，他们根本找不出这个新词牌的错处，这才是最令人心情复杂的事情。

词稿传给钱希文，传给穆伯长、汤修玄，几位老人推敲着这个词牌的长短与韵脚，陆推之等人也在思考讨论这个词牌。其实陆推之是很喜欢的，他是杭州知府，宁毅以杭州为题，众人大加赞美，这等于也是他的成绩，一时间不由得感叹了一番，摇头低吟："千骑拥高牙，乘醉听箫鼓，吟赏烟霞。异日图将好景，归去凤池夸……"这几句最令他沉醉，但随后又有几分意外，而一旁的汤修玄低声笑了起来。

"异日图将好景，归去凤池夸……钱公，他方才拒绝你之提议，却想不到心中也是有此等志气的嘛。"

钱希文摇头失笑："若以词功论，这几句堪称完美，但他此时写下，未免有些做作了。"

穆伯长原本板着的脸上此时也满是微笑："他这也是故意让步，写给我杭州众才子看的，此词之后，足可一笑泯恩仇了吧……"

这词作当中，那"千骑拥高牙，乘醉听箫鼓，吟赏烟霞。异日图将好景，归去凤池夸"几句，大概是说上千名骑兵簇拥着长官，乘醉听吹箫击鼓，观赏、吟唱烟霞风光，异日画上美好景致，回京升官时向人们夸耀云云。这种书写，对那些胸怀抱负、孜孜钻营功名之道的书生和官员来说，自是最好的期待，但这样一来，宁毅刚才拒绝钱希文提议的行动就未免有几分虚伪。不过，众人细想了一下，觉得自然是宁毅不欲为此犯众怒，故而用这样的词句捧一捧大家，是互相和解的意思。

书生当中，不少人体会出了这样的含意，对着宁毅露出些许微笑，有的过来打招呼，赞美了几句："宁兄弟好才学，词作甚好，必为众人传唱……"毕竟在宁毅表现出了如此才华之后，与他交好一番，抬抬轿子，对自己也没有坏处。

于是在这片刻间，陆推之也笑着出来说话了，将宁毅的词作与其余几人的诗词并列，高下自然是判得出的，旁的大抵都是陪衬，但既然以文会友，而且这时候会友的氛围更足，也就不用那样迫切地分出高下来，反正心中有数的人总是能看出来，闷在心里就好。不过在这片刻间，另一股一般人难以察觉的诡异气氛流淌在众人当中，像是有人忽然反应过来什么事情一般，令得不少人愕然地将目光投向宁毅这边，随后又转开。

那种感觉最初是在杭州最著名的几名才子之间出现的。杭州这边,被称为第一才子的有贺启明,有俞蓝知,有耿惑然,这些人一般是并称,在不同的人心目中排名不同,另外还有什么第二、第三……这些人平日或许有文人相轻的毛病,偶尔比斗一番,但彼此之间私交还是有的,当知道了这首新词的分量,其中几人聚在一起,交流看法,互相评判。他们知道词的最后包含了那宁立恒与众人和解之意,一时间倒也不至于说出什么怪话来,也有人说:"这词牌韵律协调圆融,大气华丽而又余韵悠长,作词功力,我不如也。"

但也是在评论间,有人隐约意识到一件事,很难说是谁首先想到的,但看那目光,意识到这事的人不少,一时间,他们的头皮都是麻的。许多年后,当这些人已为老者,再度说起今日这件事时,便有人用了"头皮发麻"来形容……

那种认知若要概括一下,大抵是这样的:如果这个人是在一两个月之前自己创制出这种词牌,他这首词里,怎么会有后面这种表达和解含意的句子?

在场众人大多有对功名利禄的渴望,有名利之心,想要读圣贤书,做一番大事,因此他们很难相信世界上有不存在这种期待的年轻人,但宁毅方才拒绝钱老的提议,让他们不得不正视这一事实。

宁毅之前的几首词已经传遍了杭州,就在方才,这些顶尖的才子也已经拿出这些词审视了许多遍,大抵能了解他的一种风格。这样一个人,如果说这首词不是当场所作,是他一个月内或者几天前作的,他怎么可能写出"异日图将好景,归去凤池夸"来,眼下谁都能看出,这个人不可能在休闲的时候写这种充满功名期待的句子玩。

这是他当场作的……

在众人都想着把昔日精雕细琢的诗词拿出来时,这人当场写了这样一首词,能够圆融到这种程度,新的词牌,竟能圆融到这样惊人的高度来!无论词牌是他之前创的还是现在,这首词都是他现作的。他当时点头应下写词,甚至有些不假思索,连七步都没有走。意识到这一点,众人已经有些不愿意去想那词牌是他当时编的还是以前编的可能性了。

这已经不是天才的范畴,他到了这个程度,已经足以让人脊背发凉。

宁毅坐在那儿偏了偏头,用手指抠了抠脸,那里被人打了一下,如今贴着个小补丁,有些乌青。

没有什么人说出这样的想法和推测,但大家都是聪明人,逐渐便有人感觉出了这种不协调之处。过了好一阵,坐在远处的宋知谦才霍然抬头,瞪起眼睛望着大厅一边的那对夫妻:"不对,他、他……他的词是当场写的……"

楼舒婉扭头看向他。宋知谦满脸的难以置信,脸颊抽动了一下,随即又抽动了一下："他……难怪他根本不去写诗词，他不去参加诗会不是因为淡泊，根本是，那根本是……"根本是别人完全没办法跟他玩……宋知谦没有将后面的话语说出来，楼舒婉疑惑地看了几眼，又无聊地将目光转了回去。

在场许多人心中没办法预测，这次诗会的事情传出去后，宁毅的才名会到达怎样一个程度……

宁毅与苏檀儿坐在那儿，一只手在桌子下方握在一起，俨然一对神仙眷侣。偶尔也有人过来打招呼，甚至有几名清倌人怯生生地过来向宁毅讨教，模样看起来虔诚无比，不多时，乐声响起，她们唱了宁毅方才写的《望海潮》，才去唱其他的。

"今日之后，杭州的生意怕是不好做了……"

经历了这样的诗会，受到了各种赞誉，苏檀儿心中是很高兴的，当然啦，那可爱的虚荣心也得到了极大的满足。她在经历人生第一次真正属于"大才子夫人"的感动，心怦怦跳，脸上依然温柔安静地笑着，维持着一丝冷静，令她能说出一些题外话来。

宁毅也在笑，看着周围的一切："今日苦了你了，我对不住你。"

"我是你的妻子。"苏檀儿微笑着回答，望着那边一名抚琴的女子，"不过，也没必要跟楼家争什么了，他们的地方，我们不占便宜。今天回去，待我将杭州这边的生意做做收尾，我们便回江宁吧……然后妾身陪相公上京。"

"嗯，到时候咱们官商勾结，做一对抢钱夫妻，我帮你把这边损失的钱都赚回来。"

"哈哈。"苏檀儿开心地笑，"其实先前说话时我有个想法，只是想想相公你应该不会同意，所以作罢了。"

"嗯？"

"妾身想要告诉所有人，妾身怀了相公的骨肉。"

"真的？"

"假的啊，反正……现在还没有。我原本是想，待今天回到家，便安排一场意外，过几天对外说妾身因这次受气，孩子没了。这样一来，楼家便会背上逼死一个孩子的骂名，他们便不好动我们了。"说着这些，苏檀儿脸上的笑容收敛起来，冷艳如清霜，这算是她作为决策者的狠心模式了。

宁毅捏了捏她的掌心："没必要这样弄得大家都不开心。"

"嗯，妾身后来想想，也不开心这样做。不过，当时只是因为旁边有很多大夫而已。"苏檀儿甜甜地笑了起来。

那边主宾的位置，陆推之也逐渐意识到那首词作是宁毅当场作的可能性，向众人暗示了一下，朝宁毅那边看了好几眼，又对钱希文道："能有如此才学、心思，难怪秦相要邀他上京相助，而且文武双全……"才学自是指词作，心思则是指后面与杭州学子和解的句子了。

钱希文也笑了笑，简单应和道："老夫也不知道他到底是才学好还是武艺好，听说不久前在江宁，有辽国刺客行刺，便是他出手将秦相救下。"

"那是……救命之恩？"

"嗯啊，该是救命之恩。"

钱希文淡淡说完，不再多言。陆推之看了他一眼，背后又生出一股寒意。他先前准备放弃宁毅时，也知道宁毅与秦相有关系，但那时只以为是简单的关系，便以为有权衡的余地。钱希文既然知道宁毅对秦嗣源有救命之恩，估计一早就决定了会全力出手，但这位老人只是稍做提醒，却不多说，若自己真是朝将宁毅定罪的方向做下去，到时候……那真的会把人得罪惨了。得罪了此时的秦嗣源，无论自己之后政绩到什么程度，有多少功劳，恐怕都会吃不了兜着走……虽然他身为知府，但眼前这老人，根本就是在警告、敲打他。

和乐融融的气氛还在持续，没有人知道台面之下涌动的暗流。楼近临也过来了，与一些人欢笑交谈。作诗的还在作，但这片刻间，没人向宁毅提起挑战。夕阳西下，大船之上挂起灯笼，准备待会儿点亮，随后，福庆楼的菜肴也一盘盘地送了上来。

壮丽的霞光将西方的天际、云朵、湖水山色都染上了壮丽的橘红色彩，傍晚微带爽意的风自湖面上吹过，吹进这四面开敞的大厅当中，有人站起来，在这暖风与霞光里观望远处的山水之色；有人吟诗，纶巾白袍，风采翩然。一名杭州的才子走过来与宁毅说话，宁毅也站起来与对方闲聊。宴会即将正式开始，一些下人上了船顶，准备待会儿点亮灯笼。

壮丽、清爽、干净、和乐融融的傍晚，宁毅望向那片夕阳，一时间也被这样的景色迷住，陶醉在风中。

雁群在夕阳中飞过天空。

旁边那人说了一句什么话，宁毅微微皱起眉头，虽然注意力没放在对话上面，但要应对很简单。那人正在说下一句，宁毅却感到了什么东西，然而不好形容，或许是错觉，那些微的触动在心头挠，仿佛有蚁群爬过，又像是蚊子飞来飞去，那种感觉……渐渐由脚底升起来。

夕阳之下，周围仿佛经历了鸿蒙初开般安静的一瞬间，然后……

脚下陡然一动！

无数的桌脚吱地动了一下，宁毅抓住身边差点儿要倒地的书生，这一刻，他也不知道发生了什么。就在下一个呼吸中，大船漾了起来。

轰的一声响。

湖面上的这艘大船先是往左边颠了颠，随后轰然撞上旁边的船，木料碎裂的声音即刻响起。船工大概在上方点灯笼，一只灯笼轰然间化为火球，连带着啊的一声叫喊的工人，在众人的视线中朝一侧掉下去。

桌椅剧烈地摇摆着，苏檀儿抓住了宁毅，宁毅扔开那书生，抓住了苏檀儿与小婵的手腕。砰砰砰，那是碗筷掉在地上的声音。夕阳下的大厅里，许多人猝不及防地倒在了地上，一片慌乱，没有人知道发生了什么事情，只有船只在摇晃。有人在喊"怎么了怎么了"，也有各种古怪的声音，还有女子的猝然尖叫，原来琵琶断了弦，女子被割伤了手指。轰隆隆的声音从四面八方排山倒海而来。

"怎么了？"

"稳住——"

有人在外面仓促大喊，有人喊了一句，像是"弟弟"，但下一刻才发现是"地龙……"

然后，如同吹响警报的号角，有一声惶然的声音撕裂了那片夕阳。

"地——龙——"

"地龙翻身——"

"翻身了——"

船只还在摇，宁毅朝外面望去，视野在晃动，那并不是因为船只晃得太快，而是因为船只不够快的摇晃与外面更快的摇晃发生的画面差。轰隆隆轰隆隆隆轰隆隆隆，湖水在这片刻间像是被煮沸了，远处的山岭、城市，近处的小瀛洲此时都被笼罩在一片剧烈的震动当中。

夕阳如血，在这个有着壮丽夕阳的傍晚，由地底深处迸发出来的巨大力量化为实质的梦魇，挟着剧烈的震波袭向目力所及的天地乃至整个大陆板块……

武朝景翰九年立秋傍晚，杭州。

夕照残阳，一片凄惶，剧烈的震动之中，原本温柔的西湖水如同沸腾一般不断翻腾，远山近水皆被这忽如其来的天地伟力笼罩在无可名状的惶然当中。

"躲到桌子下去！躲到桌子下去！"

大船上，桌椅移动位置的声音、碗碟掉落摔碎的声音、慌乱躲避之声、惊叫声混在一起，有人摔倒，有人乱跑，众人撞成一团。在这片刻间，充斥在这个空间里的，皆是不知所措的惊慌。宁毅挽起苏檀儿与小婵的手，随即又将她们推向圆桌下方，一旁的苏文定、苏文方、罗田夫妇等人也反应过来，随之躲了进去。

不过，当众人躲到圆桌之下后，过得片刻就察觉了，船身的摇晃幅度其实算不得非常大。虽然这艘船只不是海船，抗震能力不够，但因为船身庞大，加上地震经过湖水的缓冲，晃动并不剧烈，除了一开始那惊人的威势，后来的摇晃都可以忍受。眼下刚至傍晚，船上还没有全面掌灯，或许这才是最为幸运的一件事。

随后，又是轰的一声响，另一边的船只晃过来，与这艘船撞在一起。

小瀛洲的泊船地本就不多，这么多船舫停在一起，考虑到西湖今天风不大，船只靠得本就密集，这时候水波将震动转化为摇摆力量，几乎整个小瀛洲上的船都在互相乱撞，船与船之间、船与码头之间相撞。尖叫声、大喊声远远地传来，混杂在地震的巨响中，此起彼伏。

宁毅愣了愣，仔细听着这些声音，苏檀儿捏住他的手掌："娟儿跟杏儿她们，娟儿跟杏儿她们……"她也意识到船上的震动并不算强烈，只是整片天地都充斥着这种嘈杂的声音而已。宁毅看了她一眼，然后拍拍她的手掌："没事的。"这样仓促的情形，他也没有多少应对经验，只知道这艘大船该是无事。事实上，地震时最主要的还是怕被东西砸伤，怕被倒塌的物体压住，好在此时没有摩天大楼。他只是稍微迟疑了一下，又道："我去甲板上看看。"

宁毅钻出桌子，前方已经有人在喊："不要慌乱，不要慌乱，没事的！"宁毅推开一个跑过来的人，指着旁边的桌子吼道："躲到桌子下面去！"他回头一看，苏檀儿、小婵竟也跑了出来，后面还跟着苏文定、苏文方。他本想大吼，但想着外面甲板或许比这里更安全，也就不多说，首先摇摇晃晃地朝外面奔去。

船舷甲板上也都是慌乱的人。宁毅朝周围看看，整个小瀛洲都在剧烈地震动，桥在塌，树在晃，远处的保宁寺不断地在夕阳中掉落瓦片，俨然解体一般，一边一座亭子的柱子倒了，然后整座亭子都开始倒下去，偶尔有水波扑上较低的围堰走道。

宁毅不停地张望，但四周都是船，他们那艘画舫太小，被挡住了，根本看不见。这艘大船与码头相连的板子轰隆隆地乱颤，好在这些东西原本就弄得非常气派，平时即便走马车都显得宽敞结实，这时候竟没有要散架的迹象。

陆地上的人比船上的人运气要差。有的兵丁在地势较低的地方已经掉进了水里，正拼命扑腾。保宁寺附近有几个和尚正在亡命奔逃，却不知道要跑去哪儿，一个和尚掉下水，随后又扑腾着爬了上去——他们长期居住在这儿，水性倒好。

宁毅的大脑也空白了一段时间，而在下一刻，苏檀儿陡然指着远方喊了起来："老吴！老吴……相公，你看！"她神色仓皇，透过无数颤抖的树木，宁毅看见了那边隐约露出的景象，那是自家画舫停泊的岸边，船工老吴在围堰上抱着一棵树，他的腿看起来已经受了伤，正在流血。这些操船人若是掉进水里反而不怕，但看起来显然是在地震发生的时候被什么东西磕到碰到。画舫应该就在那边，但一时间竟没有人下来帮他重新回到船上。

"我过去，你们不要来！这里安全！"宁毅干脆地吼完，朝着船舷的上下木板那边跑过去。大船又是一晃，他稳定了身形，过去仔细看了看，断定船与岸的连接木板暂时不会塌掉或断掉。宁毅吸了口气，猛地奔跑过去，已经跑上了那木板，才听得苏檀儿喊："我也去。"

"你……"宁毅回头伸手，夫妻俩跟跟跄跄地上了岸，几乎摔倒，此时脚下已经是剧烈颤抖的堰道地面，整个视野都已经花了，随即又听得断断续续的大喊："姑爷、小姐……"只见小婵已经跑了一半，她神色慌乱，快要到地面时，木板猛地一颤，她便往下摔去，宁毅伸手一抓，抓住了她胸前的衣襟，小婵也用双手抱住了他的手臂，被宁毅拉了过来，整张小脸都在视野里晃动。

这时候如果大船又被剧烈地撞一下，那宽达数米的上下木板说不定就要朝这边铲过来。宁毅拉了两个女人赶快走，却见苏文定、苏文方两人也在往下跑，苏文方差点儿摔倒，但被苏文定拉住了，他们两个大男人倒没出什么意外。宁毅眨了眨眼睛："你……妹哦……"他做决策者那么多年，每逢紧急大事则格外严厉，但此时也没心情说什么了。其实苏文定、苏文方跟过来总比苏檀儿、小婵适合帮忙，只是他们两人若过来，恐怕苏檀儿、小婵就更加不会留在大船上。

五人跟跟跄跄地往那边跑。其实宁毅倒不是为了救那名船工，只是船上留了人，船工受了伤，却没人出来搭理他，多半是船上还有其他问题发生。宁毅与苏檀儿心中焦急的主要还是娟儿与杏儿的安危。这种危急关头毕竟没人能博爱，若是娟儿与杏儿也在大船上，这边便是船工甚至一路跟来的车夫东柱等人都死了，宁毅等人恐怕也是不会下船冒险的。

到处都在摇晃，碰撞，巨大的声响，摇晃的视野，凄惨的尖叫，一艘艘船只，一个个掉进水里的人……五人刚跑过一个地方，那里便崩塌了，一棵大树和几乎半条道路坍进水里。小瀛洲这边毕竟都是由堰道堤坝围成，在这样的震动里，有的地方已经塌了。宁毅只是看了一眼，搀着人，反而跑得更快了。

他们到得那画舫所在处，小小的画舫倒还是靠在岸边，绳子甚至还绑在岸上。那船工的腿伤也难说到底严不严重，只是他被吓傻了，宁毅抓起他就往画舫上扔。人才扔上去，陡然间他见到那边船头，杏儿趴在甲板上，手往水里伸，也不知道是在干吗，东柱拿了一根竹竿，宁毅叫了一声："怎么了？"东柱回过头，杏儿也回过头，哭喊道："姑爷！姑爷！娟儿掉水里了……"杏儿、东柱是不会水的。

苏檀儿、小婵等人瞬间就蒙了。宁毅放开她们，跳上画舫的甲板，差点儿因为震动崴了一下，但随即朝着那头跑过去，看见那边水里还有一抹身影，砰地跳了进去。

在这样的水里游泳跟平日里在西湖中游泳感觉完全不同，无数的水花、泡沫、暗涌、沉闷的声响包裹着他，好在宁毅已经锻炼了许久，终于找到了娟儿的位置，拉住她的后背，将她抱出水面。

水波在周围激烈地跳动，平日里看起来不高的画舫船头这时候几乎遥不可及，上方的身影伸手也够不着，在喊些什么他也听不清楚。宁毅通常是从侧面稍矮一点儿的地方上船的，这时候念头才兴起，只见旁边一艘画舫如小山一般晃过来，与自家的小画舫轰地撞了一下。

宁毅在水里调整着身体，看了看被抱住的娟儿，她已经没什么挣扎的力气了，但眼睛还微微睁着，似乎还在动。这样就好，宁毅心想。他用力划了几下，再度靠近画舫船头，却见那船头在视野中陡然扩大。

水波推着画舫，朝这边撞了过来，砰的一下，船底撞在了宁毅的脑袋上。

一时间天旋地转，他整个人都有些蒙了，眼前是咕嘟嘟的水花、水波下猩红色颤抖的天，娟儿也因此再度沉了下去，他下意识地想抓住什么以稳住身形，但什么也没有抓到。片刻之后，他终于调整好身体，再度抱起娟儿往上浮。

他们破出水面，视野中，有人伸手下来，慌乱之中，双方都抓了好几下。那人是苏文定，他半个身体都悬在了船头的甲板外，后方大家拖着他。宁毅的脑袋似乎还在嗡嗡响，再反应过来时，他与娟儿已经被拉上了甲板，娟儿被抱在他的怀里，宁毅几乎箍着她。

恍惚了几秒之后，宁毅摇了摇头，才正式反应过来，去看娟儿。平日里相对文静寡言的小丫鬟脑袋偏在一边，已经没了声息，闭着眼睛，睫毛上挂着晶莹的水珠。宁毅拍了拍她的脸，但是没反应，随后又拍了几下，还是没反应。宁毅愣了愣，将人在甲板上放平，苏檀儿也在一边仔细查看她的动静。

没有多少迟疑的空间，宁毅趴下去将耳朵伏在娟儿的胸口上。现在本属夏天，娟儿穿的衣服也单薄，这时候紧紧地贴在娇小的身躯上，酥胸像是馒头一样隆起，但宁毅已经顾不了那么多，没有听到心跳，他交叉了双手，覆在娟儿的左胸房上用力按了几下，随后捏着她的鼻子，嘴对嘴地做人工呼吸，然后在胸口上继续按，如此来回数次，终于，小丫鬟的口中吐出几口水来。宁毅俯下身子，用耳朵继续听。

然而她依旧没有动静。

宁毅吸了一口气，继续按下去，吹气，按下去，吹气……周围的人没见过这类施救方法，但看着宁毅的神色，便多半知道他在做什么。某一刻，宁毅放开娟儿的鼻子，双手再在对方胸口上压了一下之后，才猛地发现，躺在甲板上的小丫鬟已经睁开了眼睛，正有些迷惘地望着他。

宁毅下意识地又按了一下。

娟儿仍然疑惑地看着他，只是身体随着这一下微微抽动了一下，两人对望了片刻，宁毅伸出一只手拍了拍她的脸颊，另一只手仍旧覆在她的胸口，又俯下身去贴上了那柔软的地方……其实从这个下午开始，他经历了太多事情，耗了许多心力，几乎是在焦急而机械地做着这些，一时间没能反应过来。苏檀儿俯下身去叫了一声："娟儿。"

"小姐……姑爷……喀……"

娟儿那张平日里就文静的小脸上表情委实有些茫然，似乎自己也弄不清楚具体的情况，对宁毅的手放在她的胸口上，耳朵贴在她的胸口上听，甚至她刚刚睁开眼睛时嘴对嘴吹气，她都觉得非常疑惑。宁毅倒是舒了口气，转身在她身边坐下，哈哈地笑了起来。他也是累得够呛了。

如释重负的疲倦笑声之中，他的左手仍旧放在对方的左胸上。此时，周围的山水仍旧处于剧烈而疯狂的震动中，宁毅方才被船底撞到的额头正在流出鲜血来，令得周围众人神色有些复杂，一时间不知道该提醒他拿开放在娟儿胸口上的咸猪手还是提醒他治疗额头的伤势，就连苏檀儿的表情都有些复杂和迟疑。

娟儿如同先前一般躺着，看着天空，木木地眨眼睛，刚刚苏醒的恍惚大概仍没有让她意识到这事的不妥，看表情或许只是在想：姑爷干吗一直将手放在我的那里呢？

她也只好一直躺着不动了……

船工已经在那头挣扎着收起了绳索。不远处，一艘船正在燃烧。不知道它是怎样燃起来的，但这时因为触到了易燃物而轰然爆开，小半边船体带着光点落入水中。有人从那儿跳下，有人掉进水里，有人在空中撞上旁边晃过来的船舷，随后掉进两艘将要撞在一起的船只当中，紧接着是轰的一声响。更远处，更多慌乱与意外还在发生。

这个夜晚，狂乱的交响曲就在这样的气氛中徐徐奏起……

太阳从天的一侧落下去，月亮与星辰自另一边升了起来。小瀛洲附近，火焰正在水面上熊熊燃烧。

大地已经停止了震动，昏暗间所能见到的一切都给人以狼藉之感。湖面上仍旧在熊熊燃烧的是一艘大船，上面已经没了人，整个框架烧得分崩离析。着火的残骸以那团烈焰为中心往四周散去，然后在水面上逐渐消失，湮没。

周围的游船也以火焰为中心，在黑暗间朝四处散去，像是散乱的雁群，船上的灯火斑斑点点。

苏家的小画舫也在黑暗的湖面上缓缓前行，不远处是那大船燃烧的画面，四周都是漂荡的残骸。稍远一点儿，有兵丁持了火把，在小瀛洲上救人善后。远远近近的水面上，还有些船只在寻觅救人，迷茫的光点间传来叫喊之声。宁毅站在船头，看着大大小小的船只轮廓渐渐远去。

地震已经平息，初时的慌乱过后，大部分船只在第一时间朝杭州的方向赶去。这个时代的西湖并非杭州中心，而是在郊外，远远望去，还能看见杭州城的轮廓。城市的光芒映上夜空，但看起来比往日微弱得多，纵然无法亲见，也能想到，此时的城内，必然也是哀鸿遍地，一片狼藉。

噼噼啪啪的火声、船篙在水里搅出的哗哗水声，都显得有些空。这小画舫上撑船的人不够，行得不是很快，东柱、苏文定、苏文方等人也去帮忙了。先前的混乱当中，这小画舫也被撞了好几下，但幸好船还算结实，并无大碍。

夜风朝这边吹来时，柔软的身体自背后贴了上来，苏檀儿抱住了宁毅，在他背后靠了一会儿，方才伸手去触摸他头上的绷带。

"没事吧？"

"没什么，好在人都没事。"

"嗯，不知道家里怎么样了。房子怕是都塌了吧，耿叔他们……"

"现在别多想了，应该没事的。"宁毅拍拍她的手，"房子也不见得都塌了，放松心情，晚上还长呢。"

"怎么会忽然地龙翻身了呢？"

"不知道啊，晚上可能还会有，但应该不会有这次这么厉害了。今晚回去我们要把东西疏散一下，人要睡在院子里，不能睡房里了。"

"相公连这个也知道？"

"知道。放心，没事的。"

苏檀儿靠在他背上，嗯了一声，沉默片刻后道："有你在真好。"这是他们平素在江宁小楼阳台上聊天时的气氛了。

"一样的。"

"我小时候觉得自己就算是个女孩子，一个人也什么都能干好，跟相公成亲之后，才渐渐觉得，有相公在身边的感觉跟一个人是不一样的。能跟相公在一起，是檀儿的福气。"

"还是一样的，我是入赘的嘛，都是你在养着……"

苏檀儿撞了他的后颈一下，好半响才轻声道："不一样的。"这只是陈述句，无须回答。两人在船头站了一阵子，苏檀儿道："我去后面看看。"宁毅点头后，她才走了。

夜风吹来，船快要到岸了，宁毅叹了口气，这忽如其来的地震的确是一件始料未及的事。他对地震毕竟不曾亲历，不清楚这等震级到底如何，想必是厉害的，也不知道这里算不算震中。地震之后又会出现大量流民，正值秋收之前，老秦上了京，怕是又要难做了。不过此时的城市里大抵都是平房，就算被震垮，掩埋的人数、深度也比后世更容易施救，而且地震之时正是傍晚，多数人应该还是能逃出来的。

"唉，抄诗遭天谴哪……"宁毅口中无聊地感叹了一句，心中则期待着杭州知府等人能反应及时——去年他那本赈灾册子应该已经被发遍全国，其中大部分是有关地震赈灾的应对。

唯一可虑的怕是西边不断壮大的方腊。这方面他的历史知识不够，不知道方腊有没有打来过杭州，他对梁山起义印象还比较深刻，但那是因为《水浒传》，而且无论书还是电视剧，他都没有看完。方腊起义比梁山规模要大，但杭州是重镇，方腊被镇压得快，在他想来应该不至于真打过来，而这地震他也没印象，否则当初也不至于同意与檀儿过来。

时空已变，不知道的事情想也无用了，这念头只是随意地在脑海中闪过，偏过头时，却见一道单薄的身影正站在侧面的船舷那边，宁毅望过去时，她也望了过来，那是娟儿。

此时的娟儿正踮着脚在那儿取一盏挂在顶棚上的小灯笼，已经取了下来，见宁毅望来，她的身子陡然一颤，紧张得像是缩小了一圈。她将那小灯笼抱在怀里，往前方走了两步，随即转身往后方走掉了。宁毅知道她方才在船舱里休息，本来好奇她身体怎么样了，这时候却有些担心她会不会被那灯笼烧着。

不过，他回想起先前救人时发生的事情，自己是真做得有些过了，无意间将手在对方的胸口上放了好一会儿，后来反应过来时，第一反应是觉得柔软，有没有捏一捏自己也不清楚。那时候头上流下鲜血来，他倒也是反应自然，意识到之后，轻描淡写地放了手，随后便去看周围的状况，檀儿等人表情古怪，但也没说什么。这事他也只能这样处理，对小女孩的伤害恐怕不小，但事急从权，而且眼下最重要的也不是解决这件事，以后的问题，只能以后再说了。

心肺复苏、人工呼吸，唉……

此后船只靠岸，岸边那专为游湖而设的驿站也是一片狼藉，他找到了自家马车，马却已经不见了，这时候也无法追究。一行人沿着道路朝杭州城过去，接近时，看见西侧的城墙坍圮了一道大口子，进入城门，火光延绵，哀鸿满地。

满城触目所及都是惊人的凄凉景象，城市中的房屋十有六七已经倒塌，呼喊、尖叫、哭泣声连绵成片。宁毅发现，自己先前所想的还是显得乐观了，又或者是因为他毕竟没有经历过这等超大规模死伤的场景，周围哭喊、救人、抢救财物，随时出现在视野当中的尸体、鲜血让他有几分不忍。

这主要是因为作为后世人的心境，而且眼下也不是想这些的时候，一行人穿过城市，朝着家赶去，途中经过一处水道时，才发现桥也塌了，只得绕道。四周无处不是残骸、废墟,甚至城中水路之中都能看见漂浮的尸体,也见到几名曾在小瀛洲上见过的富人,他们已经先一步赶了回来,这时候指挥着抢救财物、家人。举着火把的军士自城市中奔跑过去,有的伤者在自家废墟前哭着跪着呼救,有邻里之间相互帮助的,救了自家再去救别家,但在这等情况下,人手还是不够。

他们如此一路回到太平巷,已经过了半个多时辰。自家院子大部分已经塌了,废墟周围燃着火把,有死者有伤者。耿护院倒是没有受伤,这时候指挥着一些家人挖开倒塌的房屋。整个太平巷的景象差不太多,就算有几间房子仍然完好,瓦片也已经掉得差不多了,恐怕没什么人敢住。见苏檀儿、宁毅等人回来,一些人顿时迎了上来,有几名女子还在哭,是跟来的管事、账房的家人。废墟之中,自家此时仍有三个人被压在下面,而外面许多人受了伤,死了两人。

"救人吧。"这时候也没什么好说的,宁毅只是看了一眼,挥挥手,随后径直走向废墟,加入了搬运挖掘的行列。苏文定、苏文方在江宁或许比较娇气,但自从随了姐姐、姐夫过来,对姐夫是相当崇拜的,宁毅过去,他们便也跟了过去。

半个时辰后,第一次余震到来,将更多绝望降临在这座已成废墟的城市间,宁毅那边救出了两人,但更多仍旧没被救出来的掩埋者永久地失去了机会。

夜还漫长,在大地的震动带来的轰鸣巨响中,这座古代城池中一处处火焰较之方才燃烧得更为明亮,红光在颤动间燎亮了天际,鸟在夜里飞,有时候像是寒鸦的嚎叫。这天夜里发生了两次余震,后半夜,城市中开始出现劫掠事件,官兵暂时没有反应过来,有些地方犹如无主之地般凄惶,城东因部分亡命徒的劫掠燃起了大火,直到天明方才扑灭。

第二天,整座城市仍旧是以在废墟中救人、抢救财物为主要任务,各种消息也在陆续传来,有人因争夺财物而发生口角、打斗,一些身无长物的亡命徒、混混浑水摸鱼,趁机发财,官府试图恢复秩序,于是冲突渐起,有几人被抓,当场格杀。宁毅去打听了离开杭州的可能性,但运河上游坍塌,航道受阻,水路暂时停运了。

下午,钱希文派了管事过来查看他这边的安危,宁毅给了一封回信,随后让耿护院挑了家丁跟随去钱府,以马车运回大量粮食随后封存——钱希文是这边的大地主,家里的粮食是最多的,虽然地震恐怕震坏了不少储存仓库,但这时候自己过去求取一些不在话下。不过,毕竟是欠了人情,宁毅在书信中提出几点地震后的应对措施,但这些去年的赈灾条款里也有,若是杭州府做得好,自己终究是欠下一份人情,不过这时候也没有别的办法了。

这天夜里的城市又是火光映天,并非平日的灯火,而是废墟上的火光。不过,军队与杭州府的力量终于强行控制了部分秩序,大量尸体被运出城烧毁——现在仍是三伏天,再晚一些,恐怕便会暴发瘟疫。

随后到得第三天，大雨降下来了，在这夏秋之交的细密雨幕当中，杭州城内尽成泽国……

这天傍晚，徐州附近的驿道上，一匹奔马负着背上疲惫欲死的骑士仍在没命地奔跑，挟着骑士身上那封记录了东南天崩地裂的八百里加急文告，不断接近此时的武朝首都——汴京。

孤马疾奔，夕阳已沉下，夜色将临……

第六章
乔装入城浑水摸鱼　狭路相逢短兵相接

　　屋舍如林，檐角交叠，夜色里，城市房舍间的灯点聚成延伸的光带，在这夏末秋初的夜里，纵横交错勾勒出汴京城的景象。

　　吃饭的时间早已过了，纵然夜色已深，汴京城中的喧嚣也没有丝毫减退的迹象。经过了近两百年的传承，如今的汴京城是武朝不折不扣的心脏，会集天下商客，通达宇内四方。每日里通过这里前往南北的旅人商客多不胜数，每几年一次的科举会集天下才子英杰，这里聚集了天下权力最大的一批官员，他们环绕在帝王御座之下，主宰着天下的运转。

　　自隋唐以来，商业渐渐发达，取消了宵禁，即便到了凌晨最寂静的时候，都有一大片灯火在中心点亮。而此时正值尾伏，炎热的天气令得城市众人更无法早睡，道路边、小院里、青楼间、茶肆中，人们或宁静或喧闹地点缀其间，燥热之中是一片繁华却安宁的景象。

　　北方的战事并没有影响到这座城市的步调，朝廷或多或少的行动也没有在城市之中翻起太大的波澜。军队的调动、物资的转运，一切都在一种磅礴的气势下悄无声息地进行着，仿佛每个人都能感觉到那种行动，但又没有多少人真正了解其间内情，顶多只是给某些知情人增加了许多犹如亲见的谈资，聚集汴京的商户们偶尔会讨论北上行商的前景，但是不存在多少紧张或焦虑的气氛，青楼妓寨、酒馆茶肆一如往昔地热闹，文人才子聚会间的诗词也是承平激昂、阳光自信多少证明了这一点。

　　城市中心，皇城一侧，右相府的牌匾刚刚挂上。这是一座已有些年月的大宅子，并不显得张扬，但气象庄严，内蕴极深。这本就是秦家产业，八年前秦嗣源离任，宅子这八年间转手了两次，皆在当初与秦嗣源有些渊源的人手中。这次秦嗣源复起，升右相，回京之时，顺势将它买了回来，事实上，这所大宅的格局倒是未有丝毫变化。

秦家之前在京城为官，经营已有两代，八年前秦嗣源离开，遣散府中下人，这次回来，家中下人大半又被召回，足以证明秦嗣源当初人虽走茶却未凉的事实。当初府中的书卷、收藏未动，这次复起又多了一些，不过秦嗣源也不是在乎这些东西的人。相比当年，现在的秦府终究显得空荡了一些，当初住在这里的某些亲人、家人毕竟还是没能赶过来，这时候住在大宅子里的，只有秦嗣源与其一妻一妾，其余的，纵然灯火点得再亮，终究也都是下人。

这些日子里，秦嗣源公务繁忙，每日之中难得空闲。这时候朝堂之中地位最高的两人，李纲左相为首，主导大局，秦嗣源的右相则更加倾向于一些务实的事情。

说起来，他已经有八年未入汴京，纵然仍有许多门生故旧，但在这边的影响力、掌控力也是大减，特别是各种务实性的事情，一下子恐怕接手不了。李纲与他相熟，虽然大力支持他入相，初时也说过要为他分担大部分事情，不过，秦嗣源并没有将太多事情交由对方，而是在接手之初便一力承担，数日之内便将需要处理的各种事情大致规划清晰。

李纲性情慷慨，脾气相对耿直火暴，有凛然之气。他是这几年里求战声浪的最大推动者，但相对来说，这人更加严格地恪守儒家之道，纵然言辞激烈，处世反倒带有几分谦和。当然，这并非说他是什么老朽腐儒，只是他更加刚直而已，若非此时格外需要一个无比坚定的人来主导战事，他恐怕也是当不了左相的。

秦嗣源也是当代大儒，他文章做得好，外在性格反倒更加温和儒雅，话从不说死，有时候与人争论，慷慨激昂，掷地有声，却并不如李纲一般须发皆张，做起事情来，手段往往也端正温和，但以结果来说，却总是更具实效，以大势压人，如温水煮青蛙，当别人发现其中的杀机的时候，往往局面已经定下，无处可走了。

他上京后接下各种政务，首先是调和军需，以高超的手腕将备战之时各种军需物资的调动、聚集变得更加圆融无声，以至于此时京城的大多数人甚至未感到战前那股肃杀之气。上京不到两月的时间，他就已经展示出强大的魄力与手段，令得无人能轻视他这八年隐居压抑下来的气势。

当然，眼前这一切也是建立在高强度的工作上的，即便是他，能做到这些，也已经竭尽了全力。今天他很晚才从皇城中出来，回到家中刚刚扒了两口饭，便有三名旧日学生过来拜访，他也就一边吃饭一边接待了这三人。

此三人之中，年纪最小的三十八岁，名叫陈开，字彦堂，此时在工部任事，兼任文思院提辖官。第二大的已有四十二岁，姓赵名鼎臣，字承之，此时任开封府少尹，权力已是颇大。第三人今年已有四十八岁，名叫冯远，字道开，在御史台任事。他是秦嗣源的弟子，如今御史中丞秦桧又自称秦嗣源本家，因此他在御史台如鱼得水，颇受重视。

虽然是右相，但秦嗣源此时吃的只有简单的一碗鱼、一碗青菜，倒是让下人上了三碗冰镇的绿豆羹，又每人发了一把扇子，四人便在厅堂里随意地说起话来。既是师生关系，三人又清楚秦嗣源的性情，这时候自也不用唯唯诺诺地说话，故而显得随意。

八年的时间未在，这时候还能回来，在旁人看来，对秦嗣源固然是大幸之事了。不过八年不在，其实也有许多东西的发展是让他感到遗憾和无法把握的。

黑水之盟时，景翰帝周喆刚即位不久，秦嗣源当时算是半个帝师，虽然在许多事情上有帝师之实，但顶多只能说是肱骨之臣，并无帝师之名。当时的景翰帝虽是优柔寡断，但也有几分开拓之心，辽军打来时准备求和，此后又感到屈辱，秦嗣源当时虽然心灰意冷，却也不由得做了一件最为疯狂的事情——煽动景翰帝暗中准备，挑拨与扶持一切反辽势力，并且安慰周喆不过一时忍让，只要准备数年，必有翻盘时机。为了做成这件事，他当时虽然实行了一大批计划，却并无自信，谁知道这事变成了现实。

然而也是这件事，令得朝廷支出了大量钱财，景翰帝即位时本已听从众人看法废除前朝花石纲之类的事物，谁知过得一两年，朝廷支出太多，这些事情便又被重新弄了起来。

"这些事，太尉高俅那帮人，怕是插手颇多吧？"

"回禀老师，此事牵涉之人着实颇多。初时只是陛下说穷，便有人投其所好，出了各种办法。高太尉固是其一，但当初唐侍郎等人也都是支持的。学生当时曾据理力争，花石纲不可再启，但现在想来，朝廷当初缺钱，陛下便想着找些贴补，一开始还只是小范围内再启，但大家尝到甜头之后便顺势放开了。景翰四年底建园林、修宫闱乃至此后一系列的钱，都是由此而来……"冯远颦眉回答。

他口中的唐侍郎是当初的户部侍郎唐恪唐钦叟，此时已升任户部尚书。这段时间，唐恪是主和派，冯远等人自然随着老师主战，而此时的秦桧也是主战派，因此看唐恪并不顺眼。

秦嗣源只是吃着鱼："你们在汴京，我在江宁，都是富庶之地，只是耳闻，亲见却少。花石纲横征暴敛，苦了那些百姓，肥了那帮官员，跟在高俅手下的……唐钦叟倒不是什么贪财之人，只是背后跟了一大串吃饭的嘴而已，倒是李邦彦、吴敏，家大势大，为官者众……唉，如今想来，大概也是这样，开了头，便停不下了……倒是那帮道士算什么？陛下受蛊惑，这六七年时间，竟无一人敢上折参奏？除了一个唐克简。"

景翰帝周喆这些年信奉道玄之事,对道士荣宠有加,已然波及政事,这几年没人敢说话,除了秦嗣源口中的唐克简,就连御史中丞秦桧也不敢因这事开口,唐克简则在两年前被流放,死在了路上。秦嗣源想着便是一声叹息,不过片刻之后也就摇了摇筷子。

"罢了、罢了,今日不说这事了……承之,自兖州来的那批军粮可到了?"

"学生虽未参与,不过听说下午便已到了。"

"那就好……"

几人说了些琐碎政事,秦嗣源想到个问题,随意问起:"前天司天监那边传信,说东南发生地震,此事眼下还没有确切消息过来,你们知道吗?"

三人倒是略有耳闻,如今在工部的陈彦堂说道:"此事一时半会儿怕是得不到确切消息,那地动仪顶多是确定地震方位,远近或是震得有多厉害却无法测量,毕竟地动仪不会走,隔得太远,便是大地震,这边能测到的详细情况也少了。倒是上一任司天监于其安曾有个想法,与我工部商量,说是制造三个相同的地动仪,分别在相隔百里或者更大的三地放置,一旦地震,其方位、距离、强度便可早些计算出来。可地动仪本是精细之物,要说相同的三个,哪有可能。当时于大人又说设置三个不同的也无妨,只要测出一个数值,再收集数年或十数年的地震数值做出对比,此后再有地震,便仍能以此计算。不过这事后来也没有做成,毕竟地动仪放置多年后也有损耗……"

陈彦堂将地动仪的事情当成趣事来说,随即见到秦嗣源神色凝重,便道:"对此事老师无须太担心,弟子曾去问过,东南一线,平日里并无大地震出现,情况想必不会太严重。老师此时最重要的还是备战,对此事不要忧心太多了。"

秦嗣源点了点头:"我也已问过。只是地震一起,朝堂中的许多人怕又要借机做文章。嘿,此时是千载难逢的良机,这些人却只知道家中利益,要先讨方腊,先讨王庆,先讨田虎、宋江,只以为金、辽开战,我们大可优哉游哉地先解决内患,待外患两败俱伤,再坐收渔利。唉,朝堂上权谋用得多了,便以为国事上、战事上也只要权谋出色便行……"

来到汴京,秦嗣源遇上的最麻烦的,就是这些事情。大部分人并非不支持打仗,当然纯粹的和平主义者认为一打仗就民不聊生的也有,但终是少数,大部分人支持打仗,却质疑打仗的时机。

承平之时,这些人为了家中各种各样的利益,可以重启花石纲,横征暴敛,聚集大批财富,也将各种牵涉的利益变得硕大无朋。到此时许多地方民不聊生,各地起义,他们便首先要求朝廷用积蓄的力量平内乱,毕竟内乱才是实际的,是下面各种利益牵涉者都在嗷嗷叫的,至于什么收复燕云,在这些人看来,如今金、辽打成一团了，让他们两败俱伤，自己在这边利用两方的人……这些人在朝堂上权术玩得出神入化，甚至在国战上，也只觉得有权术足矣，却不知道，如果不能展示实力，阴谋玩再多，也只是徒惹人厌而已。但眼下也只能一路制衡他们，硬撑到发兵，战胜了，秦嗣源才可以松下一口气来对付想要对付的人。想着这些，他倒是想起离开江宁时与宁毅说的一些话。

当时宁毅给他一本乱七八糟的小册子，上面有些东西他看得也不是很懂。其中有几条是这样的，大概是以国家调控各种商业，使得大部分商业、农业与战争产业挂钩，将各种利益的重点导向战争，到时候，那些只思考家族利益的人就会放弃原来的立场，嗷嗷嗷地叫着要国家打仗，因为国家一打仗，他们就能卖粮食、卖军需。不过当时宁毅也只是随口说说。

"这些事情真要做到也需要一两年的时间，而且想要有意地平衡商业链，操作非常复杂。今年就要打起来，估计是用不上了……"

他当时是这样以开玩笑一般的方式说出来的。那年轻人总是有很多观念发人深省，不过如他所说，这种办法这时候已经用不上了，但那册子里仍有几点小手法，被老人用在了各种军需的调动上，并且生了效果。

想起宁毅，老人一面说话，一面将那年轻人与眼前几名学生微做对比，但一时间自然不好下结论。他们正聊着，门房从外面跑进来，报告李相爷来的事情。秦嗣源还未回答，视野那边，李纲李文纪未经通传已直接进了前院，看起来甚至还在整理衣冠。

此时的左相李纲已是七十余岁的高龄，容貌消瘦，须发皆白，但精神矍铄，身体也好。他目光严肃，紧抿双唇，一面走，一面已经在拱手："未经通报便已进来，嗣源见谅，实在事情紧急，且看过这篇公文……"他从衣袖中拿出一份公文来，"得马上入宫。"

几名弟子起身向李纲见礼，李纲只是挥了挥手。秦嗣源接过那公文看了几眼，脸色已经变了："怎会如此……这公文有多少人看过？"

"怕是已经压不住了，送信的骑士马失前蹄负伤，这封八百里加急恐怕已经有许多人知道，这个时候，说不定已经有人带着司天监曹令柔他们入宫……"如今的司天监主官曹令柔是吴敏的学生，不怎么坚定的攘内派之一。

"拿我的衣帽。"秦嗣源朝着一旁的屋檐下说了一句，随后举步出门，"我们快走。"

立秋傍晚，苏杭一带地裂，房舍损毁无数，死伤一时难计——这文告是自苏州那边发来的，大运河恐怕都已受损，江南一带，数那边最为富庶。马车驶向皇宫的过程里，秦嗣源想着这些，随后又想到什么，喃喃道："杭州、杭州……"

文告上说的主要是苏州,但杭州必然受到了波及,只是还不清楚状况。李纲皱眉问道:"杭州如何?"

秦嗣源叹了口气:"呵呵,只是记起了一位小友,他正好在那边,若是……"他是想到了宁毅那本赈灾册子,若是宁毅这时候在江南负起总责,说不定能将事情的影响减到最小。当然,他脑子里只是微微闪过这个念头而已,宁毅无功名、无背景,终究是不可能插手进去的。而且那册子已经发下,苏杭的官员也并不都是无能草包,此时只能寄望于他们了,而自己这边,则必须抵住朝堂上的重重压力。

皇城已经在眼前,他将这些念头抛诸脑后,开始将脑力放在接下来将要面临的问题上……

雨在下,云层带着些许青色,天像是只明了半边,大雨将院子里、废墟边、街巷间的黄泥卷成一股股浊流。夹杂在雨中的还是各种哐哐当当的清理声,一名名披着蓑衣的工人推着小车,拖着木筐,仍在清理一处处废墟,将需要丢弃的土石运走,整个街道巷院间都是这等景象。

太平巷内原本属于苏家的院落里已经搭起了许多棚子,在雨中,屋檐漏下的水滴结成了帘子,一道小小的身影戴着或者说举着斗笠跑过一小段雨幕,到了无雨的檐下之后,小小的身影才抱着斗笠朝一个房间里望去。这是个四五岁大的小女孩,头上受了伤,缠着绷带。

地震后不过几天,哪里的环境都不见得好,小女孩看向的房间里各种物件堆积,也有些凌乱,但从里面的柜子、大床、防水的状况来看,条件已经算相当不错了。她在门口怯生生地看了几眼,里面的男子看见了她,朝她招了招手。

"姑爷叔叔……"小女孩叫了一声,进到房间里。

男子随后替她检查了一下头上的绷带,用手点了一下:"还痛吗?"

"有点儿痛……"

"那就在房间里休息,不要乱跑了。"

"房间里谁都不在,好无聊。姑爷叔叔在做什么?小柔帮你好不好?"

"这个很危险,你还不能碰,头上又有伤,给你颗糖吃,坐在旁边看吧。"

被称为"姑爷叔叔"的男子自然便是宁毅,小姑娘是苏家一名账房的女儿,名叫陈寄柔。地震那天她被东西砸到脑袋,出了血,后来检查了一下伤势却不重,真是命大。没过两三天,她就已经到处活蹦乱跳了。

虽然下雨,但由于棚屋搭得结实,里面倒没什么漏水的地方,地面也干燥,几个木筐、筛子就放在房间的地上,大大小小的,有些拿板凳架了起来。这些容器里基本都是混合过的粉末,雨天,又是天气潮湿的秋初,这些粉末算不得十分干燥。宁毅取了一些，在旁边的地上摆成一条线。

"当心，躲远一点儿哦。"

他对小姑娘说完，拿起火折子往上面一碰，砰的一下，火焰轰地升起，随后化为烟雾散开。小姑娘陡然一惊，身子在旁边几乎缩小了一圈，眼睛倒是眨了好几下后瞪得大大的，想要将眼前的景象看清楚。

从门外进来的苏檀儿也吓了一跳。婵儿和娟儿跟着，婵儿好奇地探脑袋，娟儿则在苏檀儿身后调整着位置，似乎在努力让自己变得圆润起来，试图跟自家姑爷、小姐摆成一条线，最终目的是不让姑爷看见自己。

"相公，这是……火药？"

苏檀儿微微皱眉走过去，抱起小寄柔，看向她头上的绷带，但目光仍旧停留在宁毅那边。她与宁毅成亲之时是事事都会过问了解的性子，那是责任感使然，这时候对宁毅要做什么事，有什么出人意料的举动已经不多过问了。便是宁毅将房子炸了、烧了、拆了，她只要看见是宁毅干的，就不会生气，恐怕还会跟自己夫君一块儿研究怎么拆得快。不过，她自然还是有些好奇和犹豫的，毕竟火药显得危险。

"嗯，得空配了一些。这东西危险，待会儿收到后面去，让人看着，千万不能碰到火。"

宁毅将火药放进一个个的小木桶里，拿东西捶紧。小婵蹲在旁边看，随后过去帮忙。

"是相公前几天吩咐从钱家拖来的那一桶？"

"加了些东西。"宁毅看着苏檀儿，随后笑笑，"算是未雨绸缪，希望用不着。如果不是，这些其实也抵不了大用。"

之后家里几个人小心地将那些火药装入一个一个小桶，随后叫了人来，搬去后头可以储存东西的偏一点儿的房间收好。宁毅披了一件蓑衣往外面去，苏檀儿抱着小姑娘，婵儿、娟儿撑了伞跟上。院门外的道路边，身上湿了大半的杏儿正撑着伞在雨中指挥家中众人搬运废墟里的东西，有的扔掉，有的拿进去收起来，就连耿护院等人也听着她的指挥，让她看起来倒像是一个与苏檀儿有着类似领导者气质的少女。

见到宁毅等人，她拢了拢湿发，提着裙裾小跑过来。

街道之上也有太平巷中其他几家的人，推着车或提着筐在雨中经过，见了宁毅，都恭敬地叫他"苏家姑爷"或者"宁家姑爷"，也有叫"宁少爷""宁老爷"的，称呼挺乱，但也算是打过了招呼。

一切还得归结于地震那天晚上以及后来两三天发生的事情。宁毅对地震救灾，确切来说是没有具体的实施经验的，但是在后世，许多信息是耳濡目染，对许多基本措施总是明白的。他带领众人理清楚了自家的事情，随后就去太平巷中别的人家帮了忙。

　　初时他自然只是顺手一帮而已，但是在这等紧急的情况下，许多事情自然无法藏着掖着。宁毅指挥众人挖掘、救人，当他运筹指挥、掌控全局的能力一点点展露出来时，旁人便往往不由自主地听从了他的安排，整个场面运作起来也是十分流畅。到得救出不少人来，并且几次避免了因为鲁莽而产生的灾祸之后，大家自然就记住了他。

　　这不是什么可以剑走偏锋取巧的事情，也称不得十分惊人，一露出来就光芒万丈，而是长久处于决策层养成的气质。若到场的是一个宅男，便是给他领导者的位置，这人也难免心慌，没有底气，发布一道命令也会让人不由自主地不信任，觉得这人不靠谱。而宁毅即便是随口说一道"该这样做"的命令，旁人也会不由自主地觉得"这人心里有谱"，极少有人会在宁毅在紧急关头表现出来的那种气势下产生质疑，这也令得整个场面井井有条起来。

　　这是长期承担责任的人自然而然养成的一种自信，当他又真正掌握了一些基本要点，能令人遵守秩序之后，剩下来的事情就简单了。

　　宁毅指挥大家搬运东西、救人，呵斥搬动废墟的人不要造成二次垮塌，特别是在旁人的配合下，将废墟下的尸体第一时间搬离太平巷进行焚烧都没有遇上太大阻挠，而这在城市其他地方都是由兵丁强制执行，甚至几乎爆发大的冲突。

　　随后这巷中的数家人多多少少受到了宁毅、苏檀儿这对夫妻的影响。老实说，宁毅入赘苏家，原本是该称呼"苏家姑爷"的，但部分人知道他姓宁，便以宁姓作为称呼，"宁姑爷""宁老爷""宁少爷"不一而足。苏檀儿与三名丫鬟也出了大力，但她们是女子，并不熟悉的旁人自然不好冒昧开口说话。

　　地震后的第一天宁毅就叫人从钱家拖来足够的粮食储存好，顺便拜托钱家那边弄来两桶火药。今天是下雨的第三天，宁毅才得了空，将那一大桶火药做了进一步处理。这时候军中用的已经是黑火药，但在性能上不算最好，有的地方配备火器守城，就是拿着火药一桶一桶往下扔。宁毅将那黑火药的配料做了一定改动，加加减减的，虽然此时没有很精细的处理环境，但总能将性能增加一些，使其勉强可用。

　　有烟火药的性能再好，比之需要化学工序的无烟火药还是大大不足，宁毅热衷火药其实也是惯性思维使然——可以简单地当地雷、炸弹之类的事物用一用。其实这年月硫酸等物已经有了，他在江宁瞎捣鼓了一年多，如果是在那边，真要弄点儿无烟火药或者无烟火药的雏形硝化纤维等出来都是可以的，只是初期的无烟火药的确太危险，因此制作计划一直被搁置。他也不愿意将这些工艺交给别人去做，否则康贤那边大把人等着被炸死。这时候在杭州他只想应个急，也顾不到那么多了。

　　古代的经济体系、社会体系很难给宁毅足够的安全感，灾祸一起他首先囤粮便是为此，火药也是为了以防万一，并不是说真有什么事情要发生。这几天，杭州府已经初步控制了城内局势，但各种不太平的事情还是在不断发生，如因变乱导致一部分江湖人士铤而走险以及财物的争夺，还有尸体焚烧引起的各种冲突。太平巷这边的坊正在地震当中去世了，副坊正没了主心骨，这几天也找了宁毅，商量将太平巷附近的围墙修补起来，组织青壮巡逻的事情。

城市之中，一条街的人打另一条街的人这类事情也发生了好几件，通常是个人引起的小纠纷，或者是大家组织起来挖掘废墟引起的摩擦，到后来便迅速扩大，也有些没了家的乞丐、小偷，趁着夜色在废墟中四处寻找钱物。

下雨之前给了大家一天时间的缓冲，但城中相当一部分人家里的存粮、钱物还是来不及搬出。类似钱家这样的大户倒是有足够人手，整个杭州的存粮总体上不会受到太大损失，但由于小家小户的损失，这几天城内的粮价还是在飙升——纵然有灾情，在初步控制之后还是有人趁机开店，提高价格以牟取暴利。

大雨之中宁毅看过了自家的情况，不一会儿副坊正过来了，拉着宁毅要去看望巷内一些去世者的家人，宁毅便随着过去了。巷尾一家姓唐的富商，老母被垮塌的房子压死了，儿子后来被宁毅救出，这时候简单地弄了个灵堂，披麻戴孝，一边哭一边拉着宁毅表示感谢。那副坊正大概想要推举他来主事，随后提到与官府的各种联系，不免谈起他的入赘身份，他敷衍几句，心渐生厌，推了事情回去。被派出去打听城内事情的车夫东柱已经回来了，正将蓑衣脱下来，开始报告所见所闻。

"不知道怎么的，雨虽然下得大，但城外来的流民好像越来越多了。倒了的城墙已经在修了，武德营的军爷们封了城，若不是姑爷给的帖子，我恐怕进都进不来呢。那些流民进不来，在外面闹事，衙门的人虽然也在放粮赈灾，但城里的人都吃不饱，城外的流民更不用说了……"

宁毅让东柱出去，主要还是观察一下城外的情况。苏檀儿听了，叹了一口气。

"西边本来就在打仗，流民都往这边跑，这一下地震，十里八乡受灾的人就全过来了。"

宁毅想了想，笑道："以前咱们在江宁，有点儿小灾小祸的，附近的人也是往城里聚过来，是吧？"

他这话有些像是肯定，也有几分像是试探，毕竟他并不清楚往日的情况具体是什么样子。苏檀儿看了他一眼，想了想之后方才点头："是啊。其实城里总比乡下有富余，又有官府管着，为了饿死的人少些，总是要放粮的……相公在想什么？"

"稻子快熟了啊，顶多一月半月的，这一季的稻子就要割了。地震这事，说起来大，但除去倒了房子一次就被压死的人，剩下的，总能找些余粮挨过这段时间，怎么一下子来这么多……"

"相公觉得有问题？"

那边杏儿也瞪圆了眼睛："方、方腊？姑爷的意思是……"

宁毅笑着摇了摇头："不是，应该是我想多了。西边过来的流民本来就多，我们来这边不过两个月，也不知道以前的流民到底有多少，没有参照就说多也是不怎么负责任的，我现在这样想，可能是因为我们不是本地人，所以敏感一些。杭州府这边不缺厉害的人，对这些事情，应该会有考虑和预防。不过……可惜河道塌了，要不然我宁愿马上弄艘船，几天之后就回江宁，反正一开始也准备要走。现在流民四散，最好不要走陆路。对了，城里有什么事情吗？"

东柱想了想道："哦，钱家、穆家还有其他好几家今天上午开始卖粮了，价钱是以前的三倍，不过比起别人来还便宜多了。另外，雨下了几天了，城里挖来挖去，没有前几天那么急着把尸体烧掉，今天上午，城北那边有些人跟拖尸体的军爷打起来了，打得真厉害，听说当场被杀了一个，现在他们闹上府衙了……"

宁毅皱起了眉头。大地主开始平粮价，这个是可以预想到的，虽然大部分人将商人和地主看得十恶不赦，但这样混乱的杭州城也根本不符合他们的利益，最好的手法自然是在复苏的过程中进行新一轮的兼并和侵吞。不过，尸体的事情倒是……

"下这么大的雨，晚点儿埋掉，应该关系不大。"苏檀儿想着，笑了笑。她虽然也知道焚烧尸体的必要，但作为这个时代的人，对人死之后直接烧掉总有一定的排斥，相对来说，这场大雨倒是给了众人一个缓冲的机会。不过，看见宁毅在皱眉，她低声问道："相公？"

宁毅笑了笑，没有说话。

这天晚上，大雨似乎有减弱的趋势，夫妻俩站在棚屋的窗口边往外看。房间里点起了灯烛，房间简陋，但对苏檀儿来说，这份光亮委实温馨。屋外偶尔有人走过，或是传来细细碎碎的对话声。她累了一天，洗过澡后穿上单衣，握着宁毅的手："相公在想什么？"

"明天如果雨停了，我想去城门看看外面到底是什么样子。东柱说人多，我终究不知道人到底有多少。"

苏檀儿将下巴搁在他的肩上："我们一起去……相公还是觉得这里危险吗？"

"也谈不上。"宁毅揽着她的肩膀，"如果我是方腊，会趁机打杭州的主意，但武德营的实力、部署，杭州府对这边的掌控，乃至方腊那边的局面，我一点儿都不清楚，说这个一点儿根据都没有。理智上来说，农民军的领导力、速度、战斗力肯定都很成问题，杭州府这边不是没有人才，陆推之那些人也不是草包，他们以前就能挡住方腊，现在肯定也会提高警惕，所以从这些方面来说，我更倾向于杭州不会出事，纯粹是去看看而已……退一步说，如果方腊真准备拿下这里，反应应该也不会这么快……"

苏檀儿点了点头。她这时有些慵懒，在宁毅身边不想多想事情，于是只是安静地听他分析，随后听得宁毅说道："倒是尸体，很成问题。"

"怎么了？"

"如果我是陆推之，今天会抓人开刀，直接拉出去杀一批，再对外公布，这批人与方腊勾结，蓄意留下尸体，挑动矛盾，密谋在乱时夺城。这件事情公布之后，城内大家对尸体的处理就不会再有任何异议，以后会少很多麻烦……"

"但城里会乱的……"

"乱不了。没人相信方腊会不打杭州的主意，借着这次杀人的威势，名正言顺地加强对杭州内外的管制，做战备处理，一来在这种乱局下可以把城内的局面更快地控制住；二来防患于未然，杜绝真正动乱的可能。在这种局面下，高度集权、雷厉风行才是上策……"他随后又笑了起来，"当然，真要这样做，知府那边遇上的麻烦也多，官场钩心斗角，这种极端收束权力的办法肯定会遇上很大的阻力……我也是随便想一想罢了。"

苏檀儿嗯了一声，随后轻声道："倒是小婵的事情，又推迟了。还有诗会上的事，相公明明作了一首那么好的词，转眼间地震了……"

对这个，这位热爱夫君才子名声的妻子一直有些耿耿于怀。

同样是夜里，城市的另一端，也有人在黑暗中望着这片雨幕。雨幕那边有光芒，废墟之中，是草草扎起的灵堂草棚，灵堂却已塌了半边。

说话的有两个人。

"大雨看起来要停了，明日雨一停，杭州府必然不能再忽视那些还未被挖出来的尸体……哈哈，到时候恐怕臭味都要出来……"

"若一直天热，这时候尸体大概已经被挖得七七八八，眼下这大雨倒是助了我等一臂之力。这一急一缓，他们便心存侥幸了……不过明天应该不会停，还会下一天。"

"那正好，咱们准备更足。再缓一天，'佛帅'、辛兴宗、刘大彪那些人也该来了。凿石头的，你以前好像说过什么'天予不取，反受其咎'，是不是就是说的这个？哈哈，照我看，这杭州就该是老天给我们的……可惜啊，被震成这样了……"

"天予不取，反受其咎；时至不行，反受其殃……我们正准备来这边，它就发生了地震，大概真是天意……一旦拿下这里，师囊兄、道安兄他们在各处响应，东南之事，也该定下了。"

"哈哈，你总是文绉绉的。我说凿石头的，你这么好的学问，以前干吗老在山里凿石头啊，出来当个教书匠也好啊？"

"道不行，乘桴浮于海。我宁愿躲在山里凿我的石头，也不想出来教一帮小子读他们的书……"

"你有学问，我不懂。不过没关系，我石宝是个粗人，你说干吗我就干吗，你说杀谁我就杀谁。哈哈，到时候……像你说的，东南定下了，圣公当皇帝，让他给你个丞相当，我就当个大将军。到时候到妓院里，我还不是想嫖哪个就嫖哪个……啧，听说杭州这边漂亮姑娘多，希望都活下来，我可不欺负她们，我给钱，哈哈哈哈……"

笑声有些狂妄地远去了。站在窗前的黑影看着雨幕安静了一会儿，笑了起来："呵呵，要不是凿石头比教书赚钱，谁凿石头啊。问的好问题……"他叹了口气，将目光投得更远一些，犹如呓语。

"我就等着这一天呢……"

第二天，雨仍在下，只是稍微小了一些。吃过早饭，宁毅与苏檀儿、婵儿驾了马车，离开太平巷，朝着城门那边去了，准备亲眼看看城外的状况。

他们虽然说是去城门看看城外流民的情况，实际上，没有往日状况的对照，一时间也找不到真正了解这边情况的人，宁毅也不可能因为人数就归纳出一个结论来，这次出门，主要还是因为已经在太平巷里待了好几天，打算亲眼看看城内的状况。

作为一定意义上的外来者，此时城市内外的混乱景象，大部分情况下，宁毅都可以当成一部简单的灾难片来看。这年月，只要城市的秩序还存在，再累再苦其实都苦不了有一定家境的人，但另一方面，面对雨中许多凄凉的景象，即便是宁毅，也难免生出恻隐之心，就像看到去年江宁因水患封城时的情景。那一次多的是饥荒，这一次的状况则更加明显，满目皆是地震时受伤的人、失了家业的人、乞丐、流民。

在这等境况下，很大一部分受了伤的人看不起大夫，更抓不起药材。道路两侧还未清除的废墟间搭起一座座棚子，住在里面的人一个个都是神色凄凉，有些冒了雨去扒自己家的废墟，受了重伤或是断了手脚的人无家可归了，只能拥着席子躲在欲倾的矮檐之下，不知生死。这已经是地震后的第五天，早几天或许还能号叫，这时候，多数人已经被折腾得没了声息。

也有失了父母的孩子或者原本就是跟着父亲或母亲的乞儿，受了伤的，没受伤的，有的在雨里发抖，也有的躲在能够避雨的地方蜷缩起来，有的会哭，但也已经哭得声音哑了。饿极了的孩子偷偷去扒废墟，若能够弄到点儿吃的，不管是什么，都是第一时间往嘴里塞，但这原本就不是后世那种食物充裕的年代，谁的家里也不见得有多少吃食，更多的是被人看见追打出来。

男孩女孩在这样的情况下已经是一副样子了，谁也不萌，一点儿都不萌，生命和现实没办法在这里开那种浪漫的玩笑。流落在雨里的孩子只能像野狗一样活着。也有家境稍微富裕的人，处理了自家的情况，还能生出些恻隐之心，但在眼下的生产力的支持下，怎样的善心都是不够的，官府和钱家一类的大户也会施些粥饭，保住一些人不至于死掉，但也掩不住小部分人已经失去了未来的绝望。

这样的年月，如杭州、江宁，哪年冬天若是城外只冻死了几十人，那就是太平盛世了。宁毅基本可以理解，不过看到这些心中终究还是有几分沉重感，何况这还只是城内街道间可以看到的状况。倒是苏檀儿、小婵等人虽也有恻隐之心，但也是司空见惯了，心情反倒没有宁毅那么悲伤。

稍微掀开车窗看了一阵，见宁毅神色严肃，兴致不高，小婵轻声说了一句："小婵也是家里人快要饿死了才被卖掉的呢……"她只是想安慰宁毅，倒没有什么自怜的神色。宁毅笑了笑，苏檀儿将她揽到身边，让她将额头靠在自己的肩膀上，随后抚了抚她的头发。

城外的情景则无法细看，事实上，这几日增加的流民已经将杭州城的几处城门围了起来，而武德营的军人已经把住了城门。门倒是没关，但进出相当麻烦，宁毅这边有钱家给的凭证，但也没必要出去，他们的马车、装扮，一出城门恐怕就得被人围住。

宁毅在城门附近下了车，一个人去那边看了一会儿，随即就有警惕的军人过来询问。宁毅拿了钱家的名刺出来，那军人也就走开了。此时城门外环境恶劣，一片泥泞，有一部分军人在城外搭了棚子维持秩序，主要还是为了保持主干道的畅通。

城墙一侧坍塌的部分距离这边也不算远，大量工人正在劳作。这时候城内忙着自救，收拾各自家里的残局，要说能雇到的工人其实不多，有一半以上的人应该是在城外的流民中挑选的，都是有些力气的男人，有米粮发，管饭，因此他们在这边显得十分有干劲。

只是这样稍微看看，宁毅心中就明白了。

"不光是杭州，苏州那边也受了影响，受灾的人太多了，想走陆路的话，恐怕走出不远就要被抢，我们暂时只能待在这边等事态好起来了……"

回到马车中，宁毅叹了口气，正准备让马车回太平巷，却听得雨中城外有人声逐渐响起来，也不知道出了什么事情。宁毅侧耳听了一阵，隐约有人在喊："我们要见知府大人！我们要见知府大人……"许是外面的流民起了骚乱。

发生了这种事情，驻守在城墙附近的武德营却并不慌乱，宁毅探出车帘去看，只见一名将领在蒙蒙雨雾中上了城墙看了一会儿，同时，一队士兵过去看住了城墙工地，一队人仍然驻守城门，又有一队人赶出去负责安抚或是镇压。城门附近几个老人经过，宁毅听得他们说道："唉，又闹起来了。"

"他们也不好过啊……"

看起来，这种小骚动不是第一次发生。过了一阵，城外的骚乱声停了，宁毅没听到什么惨叫，大抵不是抓人杀人的血腥镇压。如此无聊地看了一阵，宁毅挥挥手，吩咐回去。

这天下午，接近傍晚的时候，雨已经停了下来。阴霾渐退，空气清新，天边出现了彩虹，太平巷中栽种的树木也变得越发青绿，似乎预示着这场灾难后人们终于得到了初步的喘息，接下来便是真正的善后与重建工作了。

既然了解了暂时非住在这里不可，宁毅就开始为一家人再在这边住上月余做计划。例如城门四闭，这段时间里，各种青菜的供应恐怕是要断了，不少人家的地窖恐怕也已经被震塌，这些事情不得不考虑。当然，苏家刚刚吞掉乌家三分之一的产业，正是财大气粗的时候，与楼家有了隔阂，苏檀儿便能直接扔下这边的生意，无论怎样的高价米、高价菜，他们都是吃得起的，问题不算大。

原本楼家的敌意也算是比较大的问题之一，但忽如其来的地震应该会打断对方的注意力，等到事情过后，就算对方真有什么不好的心思，宁毅这些人也可以托庇于钱家，他的火药也是考虑到楼家的问题所做的准备之一。

虽然本身经历过许多事情，也有足够的应急翻盘能力，但宁毅热衷的还是阳谋，例如大量情报的运筹，例如更高层次的力量，如同《银河英雄传说》里的杨威利：要不是兵力不够，谁喜欢用奇谋啊。在这里凭着自己手底下这点儿资源就傻傻地跟人死磕，那是真正的愣头青，如果对方真不甘心打算做点儿什么，他也无非上京之后通过老秦把楼家给办了，举手间就是平推的局面，无须细想。

下午宁毅与苏檀儿一块儿安排了家中的琐事，到得傍晚时分，杭州城内处处炊烟——这时候木料柴枝大都是湿的——落在夕阳与彩虹之中，像是一个繁华的大部落。一条狗在道路上追着彩虹又跑又吠的，显得活泼而有生气。

"其实呢，狗是色盲……它看不见彩虹的全部，只能感觉到部分色彩……"

几日以来首次出现阳光，家里人聚在院子内外等待吃饭，宁毅与小婵等人笑着说起狗的事情，几个孩子也靠了过来，好奇地提各种问题。苏檀儿也没什么形象地坐在旁边的废墟间，双手托着脸颊笑看着这一幕。这时候她也稍稍放下几日以来绷紧的心弦，收敛了女强人的气息，看起来就像是一个看着心爱夫君的单纯少女。

随后是一个安宁的夜晚，比下着雨的前几晚甚至显得更加安宁。家中由耿护院带着七名护院轮流守夜，疲倦了数日的城市就好像终于得到久违的安眠一般，前几日城市间无论白天黑夜都能感觉到的打打闹闹也收敛了，只是到半夜的时候，附近一条街闹了小偷，隐约传来喊声。

第二天，日头高高地升了起来。

一切都在照常进行，出了太阳的白天，大家干起活来都像是有了朝气，只是到得中午，炎热的日头初步蒸干了水汽，仿佛将季节自梅雨又拉回了盛夏。到得下午时分，忽然有一队军士朝太平巷这边来，远远看见是个年轻将领带的队。这时候宁毅正好与小婵在外面街边聊天，顺便看看周围的工作，那年轻将领似乎询问了街口的一两个人，然后就朝这边望了过来，远远地望到宁毅，他一昂头，手扶着刀柄要过来。

那该是楼书恒叫过来找麻烦的……只是一眼，宁毅大概就能确定这事，心中倒是有些叹息。在他原本的预想中，地震的最初两天，法制方面已经顾及不来了，如果是他，会干脆纠集一帮人，掩饰身份，直接过来把自己家的几十人杀上一通，做成抢东西的样子，就算不死人，也能斩成残废，事后还无从追究。但看起来楼家受损的情况也有些严重，他们一时间没能反应过来，这时候再要来，整个太平巷的人已经为了城内的乱局暂时联合起来，楼家就只得用其他方法了。

那年轻将领带领二十余人正要过来，街道那边，也有几匹战马飞奔而来，一共是五名骑士，拦在这队人前方。为首那人是个副将，那年轻将领职位较低，连忙行礼，双方说了几句话，年轻将领恨恨地朝宁毅这边看了一眼，带队走了，五名骑士才往这边来。为首那副将下了马，朝宁毅拱了拱手，却是前几日在小瀛洲与宁毅拼了一刀的那名军人，似乎叫作袁定奇。

大家打过招呼后，对方也不矫情，直接说道："楼家那位少爷已经在朋友当中扬言要找宁公子麻烦，不过公子无须为此事担心，钱公的宾客在杭州绝不会受到刁难。今日之事杜统领一听说，便着袁某为宁公子带来这块令牌，异日若再有军中之人过来刁难，宁公子只管拿出令牌来给人看便是。"

那袁定奇说着，将一块刻有"杜"字的令牌交给宁毅。这自然并非正式调动军队的令牌，而是专属于武德军如今统领的私人证明。那统领名叫杜鸿，字若飞，据说那杜统领懂些诗文，是名儒将，与钱希文有着师徒之情，连这字也是央着钱希文给取的。这时候武将不受重视，那将领能攀上个文人名分很不容易，颇以钱氏门生的身份为荣，这次虽不认识宁毅，却立刻差了人过来帮忙。

袁定奇上次与宁毅在小瀛洲上拼了一刀，也有些好奇这书生会武的事实。他上司那是武人学文，叫作附庸风雅，许多人做，但文人练武这样的事情不多。他口头上又询问了几句，随后笑着说他日有机会想要讨教一番云云，之后就带着人走了，也不怎么拖泥带水。

他有了这令牌，军队系统方面想要不由分说地找自己麻烦的可能性倒是不高了。宁毅心想。

这一天也就发生了这段小小的插曲，时间渐渐过去，夜幕降临，大概到得凌晨时分，有些事情猝不及防地发生了。

骚乱声响起时，宁毅也从床上醒了过来，檀儿在身边轻轻地抱着他不肯放。他分开妻子的手，过得一阵披上衣服出门，北面的城池已经烧得一片通红，看起来就像是地震当晚城市里的那场大火一般，烟雾遮蔽了夜空。

耿护院等人也在院子里看着，宁毅过去望了几眼："怎么了？"

"不知道怎么的就烧起来了。"

"这救火的声音真混乱……"

各种嘈杂的声响在夜空中蔓延开来，过得片刻，穿上了衣服的苏檀儿也出来了，婵儿揉着眼睛从隔壁房间出来："才下了雨，怎么烧得这么大呀？"

"希望只是起火……"宁毅皱着眉头说了一句。

然而那不只是起火。

天快亮时，杂乱的声音已经变得越发响亮了，然后陡然有人传来消息："打起来了，打起来了，城北的那些人跟武德营的人打起来了，听说死人了……"

昨天一天，宁毅并没有听到太多关于城里的消息，毕竟大雨刚停，大家都有种百废待兴的感觉。然而也是在昨天，军队再度开始收集尸体要做处理，毕竟天气热得太快，此后与在城北扎了灵堂的众人起了一些小摩擦。

然而晚上便起火了，几条街道好几个大小灵堂同时起火，数十具已经被放入棺木中的尸体被烧，而且火势蔓延开来，片刻间就已经无法阻止，有数十人就这样被烧死。这无法控制的火势令得所有人都蒙了，随后，当有人出来说看见武德营的军人放火时，几条街道的人瞬间便与过来的军人发生了冲突。

这边的人暂时还不知道那边的状况，只是听起来，随着天明，局势似乎愈演愈烈。随后但听锣声、号声都开始响起来，西边的城市也开始出现骚乱。宁毅等人在太平巷口架起简单的防御封锁街口时，副坊正匆匆赶了回来，气喘吁吁，随后便有十多名手持刀剑的江湖人自一侧的路口冲来，似乎想要直接杀进太平巷。

这事情突如其来，看起来像是一些原本想要浑水摸鱼的人这时又找到了机会。太平巷这边组织起来的力量以刘氏武馆为主，倒是没有与那十多人短兵相接。宁毅等人这时也没办法再多分辨，只是抓起石头砸了回去。两个人被砸得头破血流，对方便又闹哄哄地跑了。

"到底怎么了？"宁毅转头询问，那副坊正惊魂甫定："出事了、出事了，城北那边打起来，死人了……"

"早就知道死人了。怎么会这样？"

"死了大人物，情况收拾不了了，有一个、有一个副将过去安抚，不小心被杀了啊。那个副将，好像叫作衰、袁定奇，在人群里一不小心，听说脑袋被人一刀砍了啊……杀红眼了，这下要乱了……咱们赶快把路口守好，不要让人进来……"

"一刀……砍了？"

宁毅愣了半晌，回想起那袁定奇，他的武艺自己固然无法做评判，但对方的身手应该比自己高，据说也是很厉害的，这样的人，会因为一些平民闹事，混乱中一刀就被人砍了脑袋？

宁毅心中泛起不好的感觉，甚至忍不住笑了笑，这样的人……令得他颈间也感到微微的凉意。

随后，在一片混乱中，那感觉开始化为现实——城西门那边的流民趁机作乱的消息传来。那是真正的造反，却没有成功，上午时分就被有所准备的武德营堵在了城门外，但一股信息已经清晰地传了过来。

地震过后第七天，方腊的人手就初步完成了聚集，悍然杀至！

太阳升起来时，慌乱与躁动的气息已经笼罩了整座城池。

西面钱塘门附近的战斗声隐隐传来，城北的火势看来仍在蔓延，但依旧处于一片巨大的混乱当中，也不知是军队与城内闹事的民众在混战，还是军队与混入城内的方腊部下在混战，而由于这等混乱的蔓延，杭州城内各处都发生了大大小小的冲突，人心惶惶，无所依归。

作为江南之地最重要也是最具象征性的城市之一，杭州自武朝建立以来就未再遭受过战火。早先就算南方局势纷乱，方腊等人在歙州、婺州等地打来打去时，由于武德营在这边防守严密，大家也都明白杭州一地的意义重大，至少对世居苏杭一带的众人来说，战乱仿佛还离得很远。也是因此，当得知方腊的人马杀过来，噩梦一夜之间成为现实时，城内家家户户陡然间有些蒙了。

此时杭州富庶，镇守这边的禁军、厢军都有一定数量，但主要还是归武德营统制。这些日子由于地震，武德营的主要军力已经聚集过来，镇守城内城外的军队有三万左右。西面钱塘门的混乱一起，军队当即收缩，闭四面城门，发警报，拒敌，并且开始镇压城内的混乱。

军队并不是不够，而且镇守杭州的武德营装备精良，战力也是可以保证的。自早晨开始，位于太平巷的宁毅等人除了听着这混乱的发展，坚守自己这边的巷子之外，根本无法清晰地弄懂事情的走向。一条街道上的人都在惶惶地想要等到什么确切的消息，也有人过来询问宁毅这时候可以干吗，宁毅也只是挥了挥手，让自家的厨娘回去煮早饭。

兵凶战危，当这类事情近在眼前，手边又没有足够的资源的时候，宁毅也不见得能有多少主意，这时候城北那边又是大火蔓延。宁毅回想起袁定奇昨天过来时的样子，再想到他今早竟被人一刀斩首，必然是方腊的部属趁着混乱早早进了城，至于对方具体有多少人，难说得紧，这时候他也只能暂时相信武德营的战力，等待更多消息传来，让局势变明显。

当然，他需要做的自然不只是等待这么简单的事情，到得这个时候，自己到底能做些什么，也该归纳起来了。

早晨，各种声音还在从城市四面传来，嗡嗡嗡的扰得人心烦，宁毅与家里人坐在院子里吃着早餐，外面街道上还有人惶然来去，但这时候治安单位还是以街道为主，没什么人真敢出太平巷，毕竟谁也不知道会不会遇上方腊派进城里来的人。宁毅思考了一阵，便吩咐东柱去备起马车，一旁的众人被他这决定吓到，小婵瞪大眼睛："姑、姑爷，你要干什么啊？"

"没什么……"宁毅正要说明，副坊正就从院外进来了。原来，刚才便有武德营的军人过来，传令让每一条街道的人都严守家门，不要随意乱跑，此时有一部分方匪在城内煽动作乱，武德营正在围剿，免得被那些匪人抓住机会。

那副坊正又道，据武德营的来人说，西面钱塘门附近的作乱，这边早有准备，此时已然将敌人拒于门外，对方虽然想要冲击城墙的破口，但必然不会得逞，让城内的民众放心。听着早上那阵的声势，这事倒像是真的，毕竟杭州这边能人还是有的，城墙塌了不会丝毫防备都不做，看来官兵方面是故意露出破绽来，引人上钩，倒是入了城的那些匪人能弄出这么大的声势，恐怕才是他们没有料到的。

宁毅心下稍定，但不能尽信官兵，已经决定的事情还是要去做。他与副坊正说了待会儿要出去一趟的事情，拿出昨天那块武德营的统领令牌，又编了几句理由，对方才点头，随后去告知其他人太平巷要戒严的消息。

副坊正走后，小婵着急得像是要哭："姑爷，你到底要去哪儿啊？那些匪人都进城了，要是遇上了怎么办啊？"

宁毅轻声道："去拜访一下钱家的人，做些事情，然后看看我们能不能搞到船。北边走运河是不行了，但往东边走钱塘江的海船还是有的……"

"不行的啦，这个时候肯定不行的，而且外面有匪人啊……"

"搏一搏嘛，别忘了你家姑爷也是凶残的'血手人屠'，大家都是江湖人士，不怕的，我很快就会回来。"宁毅笑着安慰她，随后单手将她搂在身前，拍了拍她的肩膀。此时周围还有诸多家人，他这动作却做得理所当然，自然无比。小婵一时间也蒙了，只隐约听得宁毅自言自语地咕哝："搏一搏，单车变摩托……"

只是搂了一下，他便将小婵放开。苏檀儿在对面看着他，倒没有在意宁毅搂抱小婵，只是与宁毅走到一边，她才低声开口："小婵说得对，这时候海船怕是……"

"我知道。"宁毅点头，低声回答，"海船能出城，但肯定不多，这个时候我估计码头那边人已经满了，我们过去也没希望，但官府那边只要还有一点儿希望，就绝不会放船只离开，否则人心只会更乱，那肯定是留下来的后路。事情做好两手准备，如果真到了要逃跑的地步，我一定要想办法弄些名额出来，你、文方文定、婵儿娟儿杏儿……武德营有准备，城不会太快破，我必须趁早去找钱希文。不光是海船，我们还要做第三手准备。"

"那其他人……"

"我会尽力，但如果真的被方腊杀进来……"宁毅想了想道，"我只能优先顾你们。"

苏檀儿捏着他的手点了点头："相公快点儿回来，这边妾身看着。"

宁毅点头。之后东柱套好了马车，宁毅倒是没打算让他赶车，这时候外面遇上危险的可能性有，但估计不大。不过想了想，他又搬了两罐火药放到马车上，驾车离开了巷子。

他一路前行，沿途许多街巷已经被其中的民众守得严实，骚乱发生在城北大火蔓延的那一片，但远远感了一下，最主要的动乱还是被压了下来，此时似乎正化成小股往四周扩散。那边与这里隔得远，一时间应该延伸不过来。行了一阵之后，他发现有些街巷并非只固守，似乎是组织一定的护院、民壮持着武器出来了，要往哪里赶的样子，这样的人，片刻间他就遇上了好几批。宁毅在马车上低头沉思片刻，再遇上一批时，靠了过去，拿出令牌。

一个为首的人见了那令牌，一时间有些将信将疑，但看宁毅不像是什么匪人，道："先前有人通知我们守住自家街坊，但过了一段时间又有军爷来说让我们派些人帮忙守城，到熙春桥那边集合，不听的将来军法处置，这种事情你让我们听谁的啊？"

宁毅与这队人分开后，不一会儿，又遇上另一队方向似乎不太一样的人，说是有传令官让他们去古卯巷集合。那传令官浑身是血，话说得严厉，又持着衙门的令牌，这边的人自然不敢不听。宁毅吸了一口气，让这帮人回去再守住自家家门，这帮人应该是信了宁毅的话，开始往回赶。

类似的事情，此时在城内发生的恐怕还不少，宁毅虽然看出一些端倪，但这时也无暇去管，而是一路来到钱家。钱家的房子也倒了许多，大量的钱家护院、护卫都在监视附近的情况，不过，宁毅叫人通传之后，倒是第一时间受到了钱希文的接见。

钱家祖宅这边，钱希文原本居住的房子并没有被地震震垮，但此时也在院子里搭起了棚子。宁毅被人领着过去时，那位老人家正坐在棚屋里的椅子上喝茶。由于院墙被震垮了，从这边望出去可以看见北边天空中的烟尘。眼见宁毅过来，钱希文站起来笑了笑，随后把茶杯放在桌子上。看起来，老人家挺淡定，对宁毅此时过来找他也有几分赞许之意，吩咐下人倒茶过来。

"立恒，坐。地方简陋，不必客气。那边的房子虽然没倒，不过家中小辈一直担心，看着我这老头子只许住草棚。不过话说回来，墙塌了，晚上有风吹过来，还是蛮凉快的。你那边也不好过吧？"

宁毅朝他行了一礼："晚辈这次过来，是想问问守城之事，听听钱公的看法。"

钱希文点头："立秋诗会你得罪了楼家，后来虽然地震，但你未过来找我，说明心中有数。今日之事，你第一时间来了，则说明你并非单纯自傲。懂应对，知进退，有血性，这很好。"

这时候下人为宁毅奉上一杯茶，钱希文举起自己的茶杯朝北面示意了一下："老夫是文人，对今日之事也无从拿捏，不过，方才寻了人来问，得知对地震之后方匪趁机夺城，军中是有准备的。钱塘门那边方匪属猝然发难，但第一波攻势已经完全被打下去。立恒你若问我战事，我不能说，但我问过的人是有几分信心的，虽然……那大火也令得他们有些意外，而且此时城内诸多状况表明方匪确有不少人入城，不过，若城外攻势不济，举城皆敌的情况下，他们也是乱不了多久的。"

宁毅点头："这么说，军中有信心。"

钱希文喝了一口茶，等待了片刻："既然任事，就得负责，说话嘛，信心是谁都有的，只是若没有这地震，形势会好很多。"

"钱老也有信心？"

钱希文笑了起来，摇头："老夫说了，老夫是书生，不好说，也不能说。不过，立恒能问出这句话，冲着嗣源，有些事情，老夫就不避讳了。西面战事，武威、武骧两军与方匪互有胜负，有事便报以大捷，可军中政坛欺上瞒下，要说这人那人的说法有多少可信度，老夫还是得自己去看。老实说，武威、武骧虽未有大败，方匪那边也不见得伤筋动骨，声势反倒是越来越大了。这次方匪攻杭州，杭州是重镇，多年未经战乱，武德营能守住杭州，这个……老夫基本是信的，但人生数十载，见过许多事，若有万一……这是老夫不想去想的事情……"老人放低了声音，但并非为了什么机密，"武德营说是精锐，但多年未经战事，这次守城，未有先例，这是劣势。方腊那边也未必有多厉害，毕竟是些饭都吃不饱的人……老夫从未接触战事，倒是嗣源曾经感叹，就算看起来再厉害，也未必就是常胜之师……"

钱希文毕竟也不是好糊弄的人，围城之战，胜了也就罢了，败了便是无数人家破人亡，他虽然觉得应该会胜，但还是清醒的。宁毅听他说完，抬头道："晚辈冒昧了，南面海船港口，若有意外应该可以走吧？"

"嗯，军中既有准备，那些船是早早就扣下了，不过除非城破，否则是不会动的。海船不多，能走的人有限，一旦开始离开，港口那边必定哗变。"

"到时候，晚辈想要七个名额，此事必有厚报。"

"七个有些多。"钱希文笑了笑,"不过可以,待会儿老夫拿凭证给你。不过老夫是不会坐船走的,真到那时候,也可以随溃军杀出去。"

"谢谢。只是未雨绸缪,晚辈有家人在,钱公也有家人在,我们都不想让他们出事。哦,过来的时候,我发现一件事……"

宁毅将驾车来时遇上的情况跟钱希文说了,见钱希文皱起眉头,宁毅道:"虽然方腊一直在西边不远处为患,但这次地震一起,七天的时间,他们里应外合,开始攻城,我觉得是有些快的,那些过来的流民不是真正的流民,要慢慢聚集到这边,尽量不露马脚,大部分肯定还是事先挑选过的匪兵。而且城内传令也有自己的机制,要传假消息不是不行,但会有一定的难度,他们反应这么快,一面放火,一面在各处传不同的消息,我不知道城内还有没有其他事……"

"确实有人在凤凰门附近作乱,那边城墙也有坍塌,武德营派人重重把守,但外面并无攻城迹象。"钱希文插了一句,随后道,"立恒继续说。"

"那就是到处布疑兵了,配合城外攻势尽量让武德营疲于奔命。要遍地开花,进来的肯定都是好手,而且拿捏得这么好,我觉得他们肯定在地震以前就开始计划了。方腊往杭州来,必然是之前就做了准备,然后实施到中途遇上地震……"

钱希文愣了愣,随后感叹:"这样……得天时了啊……"

"此事望钱公尽早知会负责城内防务之人。策划这些事情的人很厉害,而且他肯定已经进了城,否则城内应变不足。如果能够揪出这人,也许能稍微减轻城内外的压力。"宁毅顿了顿,他对杭州城毕竟不熟悉,不过能提醒对方也够了,"另外,我希望钱公能给我要来一道令符。"

"什么令符?"

"我想去说服太平巷附近一带的豪商富户以及武馆镖局。这时候城内军人是足够的,应该不用立刻募集他们守城,但若有需要他们或大家都要逃的时候,我也许可以让情况变得好些。海船的事情,毕竟船少人多,我想做点儿力所能及的事情,留第三条路。"

钱希文看了他好一会儿,想了想,神色古怪地笑了起来:"能被秦公赏识的人不会简单我是知道的,不过,有句话我一直想问问立恒——立恒擅长之事,到底为何?"

宁毅想了想,片刻之后拱手说道:"去年的赈灾方略是我写的,其余的,倒不好说。"

钱希文听完,微微点头,随后打开抽屉,拿出一些符印来。

"这就可以了。"

事情谈妥，从钱家出来时，宁毅又往马车上搬了两桶炸药。这年月即便在军队中，炸药、竹筒枪之类的火器也不是主流，钱家自不可能常备，这两桶是上次宁毅派人来要火药时，钱家管事在军械监多拿的，宁毅问了一下，也就顺手带走了——他用于混合火药的配料还有一定剩余，正好拿回去配了。

　　这时候杭州城虽然也混入了不少方腊的人手，但基本还是控制在武德营手中，真要说危险、急迫，未必能算。他从钱希文的话里就能听出来，对这局势，大家还是有信心的，但鸡蛋不可能放在一个篮子里，宁毅要做的不是为守城做打算，而是做好万全的准备，未雨绸缪，钱希文那边也乐见其成。

　　如果由正式的朝廷部门让大家做好城破的准备，城中的居民难免更加人心惶惶，被通知的富户首先想的也不是同心抗敌，而是如何才能让自家幸免。但若是让宁毅首先作为一名大户去牵线，这样就显得大家是为自己的事情而操心，纵然有异心只顾着自己逃亡者肯定不少，那出力的程度也比军队牵头来得强。

　　与钱希文谈妥了事情的开端，宁毅心中稍稍放松了一些，驾车开始往回走。这时候城北蔓延的火势应该已经被控制住，在看来清朗的上午的天空，黑色的烟柱在视线那头随风飞散。如同小婵之前说的，才下了雨，若不是有人蓄意在各处不断点火，那些被大雨浸了四天的房屋木料根本不可能蔓延成早晨那般声势。

　　马车一路疾驰，尽管大部分民众只守在自己居住的街区，但这时候可供通行的街道上还是有些人的，或是跑出来探看情报的，或是拖家带口与亲戚会合，也有的大概是想要往南面港口去挤海船逃生，于是背着大小包裹，神色凄惶。过得片刻，城西钱塘门那边又有声浪传来。

　　隔了这么远，那边战斗的声浪其实已经听得不清晰了，然而就像是深夜里泛起的潮涌或是遥远天际的闷雷，声音并未响在耳边，却密集得犹如暴雨，将重重震撼与厮杀的压抑感传过来。宁毅驾车前行的过程中，那遥远城门处的厮杀一直在持续，愈演愈烈，未有停过。

　　然后，一些真正充满阴郁的混乱气息，也在去往太平巷的途中出现了——一些发生在城内的似远似近的厮杀、少量的伤兵。远远地，宁毅看见一支队伍从对面的街口冲过。似乎是早晨城北的闹事者在被冲散之后，一部分人被军队追着往这边过来。肃杀的气氛已经将附近笼罩起来，再往前走，大路上的人影越发少了，经过一处水道时，对面的街巷里传来厮杀呼喊之声，从这边望去，隐约可见几名乱匪冲入一座院子，砍杀了几名妇孺。那条街道靠水道这边的院墙、建筑都已倒塌，宁毅才能够看出个大概来。

　　这样的街巷虽然也如太平巷一般自行组织了青壮守卫，但急赶过来，未曾真正见血的年轻人却根本不是匪徒的对手，当先上前的被一刀劈了，其余的只能躲避，哭泣声、尖叫声、示警的锣声中，那七八名乱匪已经冲出一边的院子，到了人影乱窜的街道里。一名汉子拿了根巨大的木棒哐哐哐地过去厮杀，那气势一时间竟将匪人逼退了，但随即汉子便被几刀斩断了木棒，同时被逼得朝水边退来，随后被一名半身染血的乱匪砍翻在地。

那巷道间有妇孺也有青壮，却被七八名乱匪的气势完全压倒。有人尖叫，有人哭喊，但随着又要扑来的一名年轻人被砍翻之后，一时间竟没什么人能过来救下这倒地的汉子。那半身染血的乱匪持着刀步步逼近，地上的男子拼命往后爬，随即胸口上被劈了一刀，接着又是一刀，再一刀……一名抱着孩子的妇人就靠在约两米外的墙角拼命哭喊。地上的男子一直试图爬走，不一会儿鲜血便流满全身，他一直爬到水道边，便再也不能动弹了。那乱匪又狠狠劈了几刀，方才将尸体踢进水里，用方言骂道："来啊，再跟老子动手看！"

这时候军队赶过来的声音隐约传来，那匪人身如铁塔，半身鲜红，显得格外狰狞。一名同伴拍拍他的肩膀喊他走，他转身要走，下一刻陡然回转，却是看到了因为观战停在这边的宁毅的马车。他左右看看，想要抓起什么往这边扔，随后陡然朝不远处哭叫的妇人和孩子冲了过去。

这乱匪想要抢那妇人怀中的襁褓，妇人死死地抱着，拼命尖叫摇头，那乱匪抓了几下，从襁褓上撕下一块布来。下一刻，他举起钢刀，猛地劈了下去。他疯劈了几刀，血流满地。大家看着这一幕，街巷中当即便是喊声、哭声一片，宁毅在这边没有眨眼地看完了。那乱匪再走几步，从墙上掰下半块青砖，猛地掷了过来。

宁毅面前的不过是一条小水路，宽不过十余米，那人掷得也准，破风声直朝宁毅面门扑来。宁毅偏了偏头，馒头大小的青砖砰地砸在马车另一边的门框上，顺着棉布车帘掉了下来。乱匪用手中的钢刀朝这边指了指，狰狞地笑了起来，随后转身随同伴离开。

宁毅在那儿坐了两秒钟，举起鞭子正要赶车离开，下一刻却皱着眉头将马鞭放下，顺手抓起掉在车上的砖头，跳下马车，跑了两步，将那青砖用力扔了回去。这一下破风声巨大，青砖瞬间越过那水道，血光砰地爆开。那乱匪一怔，却是近两米外的一名同伴后脑被青砖砸开，往前扑倒在地，染血的砖头往更前方滚了过去。

没有打中，宁毅站在水边吸了一口气，双手合在脸上稍微挤了挤。对面那几名匪人望过来时，宁毅左右看了看身旁的地面，全是泥土、草皮，看不见称手的砖头。他转身上了马车，挥着鞭子离开。后方传来暴喝，随后又有人尖叫，大概那人迁怒，又挥刀杀了什么人，宁毅没有回头去看。

这城里的街巷之人并不都像方才那条街道般没有抵抗能力，大户家中的一些护院还是见过血的，或是有武馆、镖局的，抵抗力就能大大增加，但一般的青壮，除非是以众欺寡，否则能够起到的作用极其有限。方腊这次派入城的基本是好手，就如同方才那种杀人杀红眼收不住手的乱匪，普通的年轻人即便在武馆学了些武功，没有真正经历厮杀，遇上了恐怕也会被一刀撂倒。

看起来，早晨城北那场混乱之后，方腊这些部属四处冲杀，在城内分得极散。武德营虽说掌控了杭州城，但主要力量还是放在城墙附近，至于在城内缉凶的，就算也分散开来，一时半会儿也无法真正掌控全局，才出现眼下这些事情，但应该不会持续到中午。

不过，这片混乱已经将他暂时笼罩进来，他一时间也没办法躲避或回头。为了赶往太平巷那边，宁毅绕了几次道，到一条路口时，看见二十几名官兵在追杀两名匪人，将他们乱刀砍死在街口。为首的官兵是一个样貌彪悍的大胡子，提刀指着宁毅，走了过来："什么人？！"

宁毅拿出令牌，随后又拿出由钱家开具的一份文书，说明自己要回太平巷。那大胡子军官追杀匪徒追杀得气喘吁吁，模样凶神恶煞，但看了凭证，又看到宁毅的书生打扮，稍做检查之后，吼道："这边有匪人作乱，我们正要缉拿凶徒，你不能驾着马车过去，绕道！绕道！"虽然车上有火药，但宁毅带的凭证有着相当高的权限，加上那杜统领的令牌，这大胡子军官也不好多说什么。

这些人在做事，有自己的理由，宁毅不认为自己有横冲直撞的特权，只好绕道。如此又转了一圈，他到得一处岔道时，却见侧面的道路上红了一片，上百具尸体在那街道上朝远处延伸去，也不知这边经历了怎样的战斗，有官兵的尸体，有少量匪人的尸体，也有被波及的平民。周围的街巷静得像是死了一般，城市那边嗡嗡嗡的响声蔓延过来，远远的还传来钱塘门那边的厮杀声音。

宁毅掉转马头，朝另一边的道路驶去，转过两条街，一旁像是富人家的院落里有声音传过来，嗡嗡嗡嗡的。这次地震这户人家应该也倒了不少建筑，不过沿街的围墙还有好长一截矗立着，有的地方有缺口，却看不见里面的情况。宁毅听了片刻，里面的声音越来越响，似是有人朝这边冲过来。

宁毅才要加快速度，街道前方的一处缺口处，八九名全身杀红了的乱匪就冲上了街道，目光朝宁毅这边投来。宁毅想要掉转车头，朝后方一看，后方也有几人翻出围墙，当中一名手持钢鞭的男子朝这边喝道："那杀才，把车留下！几位兄弟，抢了他的车，点火撞死那帮狗官兵！"

在这人的喝声中，道路前方的几人已经朝这边冲来，当先一人手持铁锤，格外凶悍。宁毅朝着前方、后方看了好一阵，几乎控制不住乱动的马车，摔下车去。他慌张地爬起来，朝着另一边一座围墙上的缺口跑，跑出了二十几米，在那座房间已经倒塌的小院子里回头看去，后方道路上，有一人身手矫捷地冲上马车，抓起缰绳，吁的一下将躁动的马匹给单手拉住，英姿勃发。

宁毅后退着走了几步，看着那边皱起眉头，将衣袖捂在嘴边。

"你……"

车帘内，一点儿火光燃至终点，有人掀开帘子，光芒绽放开来。

轰的一声巨响，光焰冲天，将扭曲的人脸、马的嘶鸣全都吞没，有一具人体被炸上了天空，光焰升腾，气流飞舞，吹乱了宁毅的衣裳。几秒钟后，宁毅转身开始跑，还在嗡嗡叫的耳朵听到有人疯狂大喊："杀了他杀了他杀了他——"

未曾受伤的人朝着这边追过来。

轰的一声，宁毅冲破一扇摇摇欲坠的木门，木片飞舞中，他从长袍侧面拔出一把钢刀，一边跑，一边抽出布条，用手和嘴巴将刀柄固定在手上……

第七章

攻势如潮杭州失守　屡陷重围全身而退

　　半路上遇上方腊乱匪的情况还是出乎宁毅的预料的。此时的杭州城中，这些人虽然凭借地震的影响以及猝然发难所占的先机暂时得以肆虐，但持续的时间必然不可能很长，随着时间的推移，这些人会倾向于凭借城市的废墟进行躲避，逃得生机再考虑下一步的计划。

　　在考虑这些人肆虐的时间不会太长的同一时间，宁毅心中其实也在担忧太平巷那边的情况。眼见着那条街道上的惨象，而后竟会乍然遇上那十余名亡命之徒，宁毅也是愕了愕，但事到临头须放胆，他在第一时间做出了决断，而后持刀奔走。后方剩余的人片刻之后就呼喝着朝这边追赶过来。

　　附近几条街区的建筑本就不算好，此时已经被地震震得稀稀拉拉，有的地方围墙倒塌，有的房屋被地震震开，又经过了几日的雨水冲刷，这时候只剩下残破的梯柱与房梁，也有早先经历了火灾的，只剩下枯黑的断壁残垣。其实周围完好的人家也是有的，有的家里还有人，只是关了门不敢出来，也有的因为这边受灾较重，在早先几天以及今天的兵凶之中就已经逃掉。

　　十几名身体上下被鲜血染红的凶徒分了几路在这些废墟中追赶，奔跑在前方的宁毅一身书生袍，手上拿着一把刀，竟还用布条绑住，看起来实在有些不伦不类。但他冲势迅猛，早年经历了某些事情养成的这种持刀习惯也已定型，奔跑之中却也有一股一往无前的气势。

　　他穿过前方的废墟，转身上了街道，后方追赶的众人也都改变了方向，有的翻过轰然垮塌的矮墙,有的冲过乌黑的泥污。宁毅的跑速虽快,但这些人中竟有更快的,其中一名持单刀的高个子凶匪便明显在速度上超过了其他人,当宁毅意识到转弯的不明智,直接冲过前方一片废墟时,那人已经将与宁毅之间的距离足足缩短了一半,紧接着在冲过一堵矮墙时抓起一块砖头,轰地掷了过去。

这时候战场上的远程武器虽然以弓箭为主,但若是一般的争斗,还是随处可见的石头最为称手,简单方便,砸谁谁不好受,真正有些力气的人多少练过。宁毅正奔过一根柱子,砰的一下,那石头在柱子上爆开,飞溅的木屑与石块溅得面部隐隐生疼。他往侧后方一看,那道身影与他之间的距离再度拉近了。

再跑出十几米,穿过一间原本该是客栈大堂的房间时,后方的谩骂声陡然停了停,宁毅转身奋力挥刀,厚重的黑影也已经跃了起来,遮蔽了后方的日光。

砰的一声巨响,几乎在白日里都溅出火花来,大蓬鲜血从宁毅的身体上冲过,一道刀光几乎是贴着他的耳际飞过,噗的一下,半截刀锋扎进远处废弃的房屋木料里,随后是砰砰砰的声音。

宁毅的手臂被这一下震得生疼,连他自己都不太清楚具体发生了什么,也很难确定后方飞跃劈砍而来的男人到底有没有露出难以置信的眼神。他这把防身刀具是自江宁临走时托康贤找人给他打造的,造型有点儿像后世的军刀、砍刀,利于单纯劈砍。纯以质量而言,康贤能给他的刀,材质绝对是百炼以上的好钢,放在这年头也能算是宝刀一把。陆红提曾说过他那些单纯讲究悍勇的简单招式和风格在真正的高手眼中只是个笑话,但眼前这人不是什么高手,毫不花哨的一刀对撞,在陆红提留下的爆发气功的推动下,发挥出了惊人的威势。

在旁人的视野当中,后方追赶的那人跳起,猛地劈下,前方那书生也在奔跑中奋力转身,挥出一刀,随后便是剧烈的响动,跃起那人连人带刀被劈中,整个胸腔被劈裂大半,尸体伴随着触目惊心的鲜血,就像是从书生身边冲过的一桶泼墨,轰然倾泻。由于角度的问题,以这简单的一刀将对手劈开的书生身上竟连一滴鲜血都没有染上,他只是踉跄了几下,便转身继续奔跑起来。

这一刀简单粗暴,干净利落到宁毅自己都不敢相信的地步。也来不及细想,宁毅继续狂奔。后方的人群在微微安静之后依旧嘶吼着追杀他,几颗石头落在宁毅腿边,不过失了力道,只是单纯发泄罢了。跑到前方一条十字路口时,宁毅的脚步陡然间停了下来,他转过身体,后方追赶的人也急忙停下了脚步。

在侧面的街巷中,宁毅赫然已经见到两名士兵的身影。其中一人宁毅竟然认识,却是先前叱呵着让宁毅绕道的大胡子。这人与他后方跟随的士兵身上看起来都没什么伤,宁毅看见他们,感到大抵其余的士兵也在不远处,便举起刀对准了追来的乱匪,示意他们这边有人,但那大胡子看着宁毅在路口持刀的姿势,却陡然间愣住了。

一时间三方都安静下来，宁毅站在最中央的路口，士兵与乱匪都看不见对方，但见到这架势，自然能够确定大概是什么事。两名后来的乱匪冲上一旁堆积的瓦砾，在烈日下朝着那边巷道望过去。这时候，士兵与乱匪终于看见了彼此。

宁毅也向巷道里的大胡子将官与士兵。这两人呆了片刻，随后转身拔腿就跑。

瓦砾堆上的乱匪将目光朝宁毅转了回来，宁毅张开嘴叹了口气，转身继续飞奔。

宁毅奔向的是街尾一座开着门的民宅院子。这时候他已经感觉出来，陆红提教授的内功在强身健体、用于辅助奔跑上固然有一定效果，但最重要的还是能提升瞬间的极限爆发力，难怪陆红提说这算不得什么上乘内功，用多了伤身体。相对来说，身后这群人中就有好几人的速度要稍微强过他，虽然先前那人被他一刀砍死，但剩下的人已经渐渐追上来，在这类追逐中，无谓的转弯已经成为很傻的事情了。

冲过那无人的院落，宁毅猛地蹬了一下围墙边的一些杂乱物品，借力翻过后方的围墙，纵身跃下去的时候，才看见有两个人正站在街道对面侧前方看着他。这条街道上此时就这两个人，一男一女。站在前方的女子身材娇小，戴着斗笠，蒙了纱巾，身上穿的是如同少数民族一般花花绿绿的裙装，站在那里像个秀气的衣架子，目光显然是透过面纱看着忽然翻墙而来的宁毅。她后方那人是身材高大样貌粗犷的中年男人，看起来却像是少女的跟班，背后背了一只长长的木匣子，不知道里面装的是什么。

宁毅跃下墙来，踉跄几步方才站稳，手臂却是下意识地朝那两人挥了挥，喝了一声："快走！"不过他这一声并非因为下意识地想要救人，反倒是因为心中浮起来某些不祥的感觉。话一喊完，他朝着另外一个方向冲过去。余光一瞥中，那少女看着他，似乎微微偏了偏头，而在那几乎拖到地面的民族花裙中，少女裙下露出的一只绣鞋微微往后退了退，隐入裙中。她的裙子以蓝、绿、黄为主，只有那裙摆下的绣鞋上沾了鲜血。

宁毅跑远了，后方追赶的乱匪也过来了，他们的语气似乎也有些错愕，宁毅隐约听得他们在说："刘……头、头领……"

"刘大彪……"

不知道为什么，这个称呼让宁毅感到有些古怪，又说不出具体古怪在哪里。他回头看时，少女与中年男子正站在那几名乱匪当中朝这边望过来。这时候他跑到了这边的街角，朝旁边看了看，才真正松下一口气来——

上百名士兵在一名小将领的带领下，朝着这边抄过来了。

那边的众人朝这边望了几眼，随后，那身穿民族花裙的少女首先转过身，朝着一边的岔道走了过去……

宁毅再度回到太平巷时，时间已经是下午，城中各处的骚乱已经暂时被按下。宁毅的肩膀其实被飞出的断刀刀锋带了一下，有一道伤口，不过并不严重。太平巷今天并未受到乱匪的冲击，一切都好。让娟儿稍稍包扎过后，宁毅在耿护院等人的陪同下一道出门，一家一家开始拜访附近真正有实力的富商大户、镖局武馆。

这时候城外混战，城内状况如同暴风雨之中的小舟，大户人心惶惶，小家小户自然过得更为艰难。宁毅做的这些，并非为了救下这座城市，这已经超出他能做到的程度，他未雨绸缪，只是为了自己家人以及极少部分人的利益，当然，他也只能做到这些。口才与说服力，结合大势，原本就是他的强项，不到两天，他便与附近的许多人士做出了"密约"，城市若好，那便一切都好；城市若不好，这密约也就有了一定的作用。

这几天里，引导着城内城外战局的众人也是一刻都没有闲着。战端开启第二日，除了西南钱塘门的战事，原本防护最为疏忽的北门附近也陡然发生战争，已经潜伏在城内的某人也指挥一群乱匪不断制造混乱。到第三天，南边的码头有一名官员想要偷船逃跑，随即人群发生混乱，有官员想要逃跑的事情开始在城内传播，这件事情足以证明隐藏于城内的那名运筹帷幄者的厉害。

与此同时，更多属于方腊的流民、军队，开始在驱赶和调集下，朝着杭州这边聚集……

残阳如血。

狗已经累了，一瘸一拐地在血迹斑驳的土坡上绕了一圈，然后到土坡下方已经倾塌了半边的小院子里卧了下来，舔了舔瘸掉的后腿。主人就躺在它身边，转过头时，它看着主人身体上插着的长长的木杆，鼻子往前拱了拱，随后又呜地缩了回来。

狗、院子、尸体、箭杆，还有血，喧闹的声音自不算远的地方传来。

它是一条老狗了，老得恐怕已经没有多少年岁可过，一直以来它陪着同样年迈的主人住在靠近那堵大墙的小院子里，偶尔出去遛上一圈，累了便缓缓地回来，最喜欢的事情是趴在门槛边树下的青石板上晒太阳，眯起眼睛在太阳与蝉鸣里打盹。当老主人坐在旁边摸着它脖子上的硬筋絮絮叨叨时，它偶尔便会舒服地发出呜的一声。

直到前些天，它看到鸟都飞走了，然后大地动了，震垮了那堵大墙。接下来人来人往，发生的全是它无法理解的事情，大墙倒塌的地方连续好些天都是那些人的嘶喊声。到那天，密密麻麻的人从那破口处蜂拥而进，又有无数人从不同的地方拥出来，那些人对撞在一起，老主人站在院子的破口后面看着那边的动静，口中又絮絮叨叨地说着一些它也不懂的话时，却突然毫无征兆地倒了下去。

它看见了老主人身上支起的木杆，嗅到了不祥的血的味道。它快步跑过去，对着老主人又嗅又拖，试图让老主人再动一下，但已经年迈的老人只是睁开眼睛微微看了它一眼，随后那眼神便永远凝固了。

血还在流出来，它跑到街上，爬到后方的土坡上叫。有些身上染了血的人冲过来，它叫着冲过去撕咬，但它也已经老了，被刀柄打断了腿，只能呜咽着躲到一边。有些人冲进了院子，后来又冲了出去。过了许久，大量的人又自破口处被赶了出去，那边在沸腾，这边的小院子却冷清了下来，只有老狗在这边缓缓地走来走去。

随后，那堵大墙上的破口时时有人冲进来，也有许多人在那边倒下。它已经几天没有吃东西了，偶尔在那土堆上朝外看一看，拖着被打瘸的腿，能叫的时候便叫上几声，叫得累了又回到院子里，看着老主人的尸体上生出的苍蝇。

天气炎热，如血的残阳终于在滚滚云涛与群山之间沉了下去，院外有一株红枫树，上面皱了一半的叶子在傍晚的热浪与臭气里晃动。天将黑的时候，老狗又爬上土坡，身影与土坡在橘红的颜色里融成一抹孤单的剪影，探头朝远方望去，无数箭影飞蝗般升上天空。

其中一支箭矢唰地射穿了老狗的身体，尸体滚下去，散碎的几支箭矢噗噗噗地落在土坡上，然后，城池之外，有一个人在喊："圣公——"

又有人喊道："是法平等！无有高下！圣公到了——"

"圣公到了——

无数的声音汇成一片，轰隆隆地朝着这边压过来。

这又是一个沉闷的傍晚。杭州城内外的骚乱几乎已经成为日常的一部分。太平巷里，宁毅坐在未塌的木楼顶上，朝着不远处的夕阳与城市望去。太平巷附近的水脉是大运河的一小条支流，由于上游堵塞，加之这些天兵凶战危，河水也变得浑浊了。

地震以来多日的乱局导致内忧外患，城市之中空气流通不畅，此时隐隐散发着一股腐烂的臭气。

有几个人骑马自太平巷外过来时，宁毅才从楼上下去。过来的几人中，为首一人名叫钱海屏,乃钱希文的一名侄子。他已近四十岁,在杭州府任一文职,颇有实权。这次方腊攻城,他负责了城内的许多事情,前几日便与宁毅有了一定的交集。

他这两日已经来过太平巷几次,守住巷口的人基本都认识他,便放了进去。一见宁毅,这位显得风尘仆仆的中年人也没有太多客套,拱了拱手,从身上拿出一张字条:"宁贤侄无须多礼。今日上午,城西安大人家遇乱匪偷袭,起了火,死了十余人。我们其后得到这些消息……"他压低了声音,"眼下已经能初步确定主谋了……"

"但钱世叔还没把握吧。"宁毅看了看那张字条,微微皱眉,随后伸手邀请对方几人进屋。苏檀儿在不远处的屋檐下敛衽行了一礼,并没有过来。

这几天,宁毅第一次拿出了拼命的力气,纠合了附近数条街区所有能说服、动用的力量,算是为了自己所做的活动。再次见到钱希文时,他曾随口说了一些想法:对方在杭州城里显然已经活动了一段时间,现在运筹策划的显然又是一个高手,想要在防御城外攻势的同时地毯式地把人揪出来,这个计划并不靠谱,但对方既然来到城里,有了了解,就必定会确认一些真正适合下手的地方。谋略攻心,最怕的反而是那种毫无征兆兴之所至的疯子,例如那次宁毅被顾燕桢请人绑架,就真的是心血来潮,之前毫无端倪。如果对方也掌握了大量情报,能选择的范围往往会小很多,一下子揪不出来时,反倒可以示敌以弱,请君入瓮。

在哪些地方动手,可以让目前的杭州城更乱,对这事,宁毅知道的,也就是南边的港口,至于更细致的准备,还是得让熟悉杭州的人来做。让他们去破坏,甚至引诱他们去破坏,这边先准备好足够的善后手段,并且在这个过程里抓住对方的行事规则。宁毅说完这些后例举了几个简单的计划,故意让城南码头乱一次也是其中之一。他说的时候已经是战事的第三天,而就在当天下午,城南码头果然就被人挑起了混乱——一名官员想要跑路,藏在人群里的乱匪趁机发难,而藏在人群里的密探也第一次地揪住了对方的尾巴。

这条线索在一个时辰之后便断掉了,但善后得当,终究没有引起大的乱子。而后钱海屏也在钱希文的叮嘱之下来寻找宁毅,将一些想法、情报交由宁毅过上一遍。宁毅眼下只于大局上有经验,对要结合本地地形、民俗等的计划极端谨慎,并不乱开口,许多时候还会与苏檀儿讨论一番。钱海屏以及手下的人经历了几次,不免对这对夫妻感到佩服。

宁毅看完那字条上的消息,也让妻子过来看了看。苏檀儿只是默默点头,看完后交还钱海屏。几天以来,钱海屏的手下在城内布下的是一张大网,眼下已经收缩到一定程度,能够确定几个主谋者的信息了。

"这些人几乎都是以前有名的绿林高手,那石宝一手大刀极其厉害。眼下已经能确定,当初城北的大火中,一刀将袁副将杀死的便是他。早两天在城中见到的那身材高瘦、长发披肩、舞大枪的该是王寅,这人心狠手辣,武艺不在石宝之下。而且王寅谋略出众,我们现在怀疑,这时候坐镇城内领头的便是他。不过,另一个人也有可能——方腊手下方七佛,人称'佛帅',乃乱军之中地位仅次方腊之人,甚至有人说他学识渊博,能通古今,是诸葛亮般的人物。可惜还没能确定他到底在不在城内,否则若能揪出,一网打尽,便等于断了方腊一臂。"

钱海屏如此说着,进了房间坐下,当苏檀儿亲自端上茶水时,他点头道谢:"倒是那刘大彪子,让人觉得有些奇怪。这人在西南绿林原本颇有威名,人称'霸刀',但我这里有一份消息,说这刘大彪子在数年以前便已去世,还说刘大彪子性格粗犷豪迈,满脸络腮胡,还有个怪脾气,常以其胸毛凛凛为傲,无论冬夏都穿一身短打装扮。立恒贤侄那日虽然看见了对方,但那四十多岁的汉子并无络腮胡。而且以他的身份,他加入了乱军,还以一名少女为主,这少女莫非是方腊的女儿?若能如此,将她抓来杀了,也是一份大功。"

房间里的桌子上已经摆了好些情报,宁毅已经看了许多次,这时候将字条也放入其中:"怕是还得一两天。狡兔三窟,这时候城内太乱了,他们的聚集点只能确定一个,贸然行事,多半会无功而返。"

"嗯,这些人皆是高手,此时无万全之计,动手怕是也会被他们走脱。"钱海屏也点头,随后想起件事,笑了起来,"哦,对了,听说立恒与楼家之人有些过节儿,今日有空,我便叫人过去敲打了一下,哈哈,砸了他家的大门,且为贤侄出一口气。"

宁毅皱了皱眉,看看笑得开心的钱海屏:"些许小事,恩怨不大,此时正要齐心对外,世叔这样做,怕是会……"

"哎,无妨、无妨。"钱海屏挥了挥手,"他们楼家说是有些势力,可在我钱家人眼里,不过鸡犬一般。立恒受辱之事,叔叔之前不知道,现在知道了,便是我的事,他若有怨,那也行,叔叔趁机帮你抹了他!我知立恒仁厚,呵呵,但此事无须操心,眼下立恒之事便是我钱家之事……好了,今日别无他事,我便走了,希望明日便能听得捷报。"

他笑着起身,在宁毅的陪同下走出房去。这时候残阳如血,只听得城内西方传出的喊声,在那遥远的天际沸腾了起来。

"又来了……"钱海屏摇了摇头,叹气后,无聊地离开了。

宁毅望着那天色,皱起眉头来。

"圣公到了,看起来,这一两日便能破城!"有人在说话,夕阳下,一座相对完整的院子里，石宝冲进来，大声笑道。

王寅一头长发，正坐在井边擦洗着钢枪，不知道先前在想些什么，这时候望望西面，仔细听了听风声，并不显得高兴："我原本以为，这两日便该破了，想不到竟拖到了今日。这几日城里的行事，我总觉得有些蹊跷。"

"蹊跷？哪有蹊跷？"石宝愣了愣，随后在王寅身边坐下来，拍了拍他的肩膀，"哎，凿石头的，你总是这样，想多啦。这几日咱们杀得如此开心，城内乱成一片，我觉得靠谱。佛帅先前说过，你们读书人就是想太多，所以书生造反，十年不成哪。哦，我可不是说你……"

王寅笑了笑，把钢枪挥出去，呈一条直线，枪上的水滴悉数溅开，甚至空气中都响起砰的一声："乱成一片了吗？我觉得有些不对……乱得还不够。虽然每次行事都没什么问题，但我觉得，得到的结果总是不甚清晰。就像是打在了棉团里，力道是出去了，但总有人能把破口大概补上，让我觉得也有人在暗中看着我们……"

"不会吧，凿石头的，你确定？"

"呵，许是我想多了，我原想在圣公到之前便里应外合地破城，不过既然圣公已至，破城也就更简单了，接下来……对了，徐方、苟正、刘大彪他们呢？"

"在赶过来的途中吧，消息都送到了。"

几人正说话间，有人打开门，匆忙过来。这人名叫徐方，与石宝、王寅两人颇为熟悉。进了院子之后，他神色凝重地道："要走了。"

"什么事？"

"刘大彪那边被人认出、跟踪，抓住了一名官府的探子，事情……有些严重。"

石宝与王寅同时站了起来，随后抓起武器，一面伪装一面朝着门外走去。一行人出了院子，穿过废墟、街道、行人，转过两条街后，街上也陆陆续续开始掌灯，有些没了家人的民众在路边生火煮食，孩子们奔来跑去。他们进入另一座院落，夕阳落下后，院子有些黑，一边屋檐下的长廊边，穿着蓝色碎花裙、戴了黑纱斗笠的少女正抱着膝盖安安静静地在黑影里坐着。另一边，背着长木盒的大汉正在井边洗手，鲜血浸入草地里。正面一个房间点着豆点般的油灯，房间的地上有血。

王寅首先走进那房里，看见一具已经残破的尸体，回过头时，见洗完手的中年大汉也已经走了过来，一边拍打手掌，一边小声地说着话。王寅逐渐皱起眉头，许久之后又笑起来，夜晚的风里隐约能听见他们的声音。

"宁立恒……"

"入赘的……哈……"

"杭州竟也有这等人……"

"真想去会会他……"

过了片刻，石宝将手中的宝刀扔起，又接住。

"嘿，今晚怎么样？"

武景翰九年七月初三夜，杭州。

云似白纱，变如苍狗。浩瀚晶莹的星海之下，城池附近皆是滔天兵焰，人群被分割成一片一片，各种旗帜混在一起，大地上燃起火焰，一道道黑色的烟尘冲上夜空，红色、黑色与城市里点点的灯光汇集在一起。

太平巷里，灯火斑斑点点地亮着。夜已经深了，小棚屋里，苏檀儿穿着薄绸的睡衣睡裤坐在桌前，一面挥着小团扇，一面与夫君宁毅整理这几日以来的情报。小婵端了水盆自窗外经过时，宁毅便叮嘱了一句，让大家早些去睡。

"傍晚的时候方腊也已经到了，没法在这之前将城内这些人抓住，总觉得棋差一着。相公，我虽然之前没有处理过这些事，但也觉得，在这等关头，他们做事的水平太差了。人家放开手脚全无顾忌，我们这边就瞻前顾后，实在让人有些泄气……"

桌上满满的都是记录了信息的纸片，夫妻俩手中还有一些。宁毅闻言摇了摇头。

"放出诱饵示敌以弱的想法，本身就要付出代价。杭州城里不是没有会做事的人，偏偏这些聪明人太多了，一个一个纠缠起来，真想做事者往往也只能不求有功但求无过。现在想的已经是相对稳妥的办法，有可能抓住人，这边也不至于损失得太厉害，就是这样。估计钱海屏那边也受了很大的压力，若不是钱希文，恐怕他早就压不下来了，光是那天码头的混乱就够他受的。"

苏檀儿偏着头将一张纸片放上去，微微顿了顿："我不太喜欢这钱海屏，他今天没事去找楼家麻烦，总让我觉得……"

"不怀好意？"宁毅笑了笑，将两张纸片拼在一起，点了点，"以钱海屏的势力动不了楼家，楼家也找不了钱家的麻烦，到最后事情还是得压到我们头上来。钱海屏未必没有帮我们出气的心思，而且出气之后，楼家的压力压到我们头上来，我们只能更加倾向于钱家的保护，对他来说，何乐而不为呢？他做这种事，也是顺水推舟罢了。"

"相公倒是豁达，我却舒心不下来。"苏檀儿噘了噘嘴，"不过也罢了，杭州这仗打完，我们便立刻回江宁，然后上京，反正跟楼家、钱家什么的都没什么来往了……那楼书恒也真是莫名其妙。"

"是喜欢你吧……"

"相公别开这玩笑，我听着便不舒服……"

"呵呵，他也真可怜。"

夫妻俩在这房间里叙话之时，城南附近一条街巷中的楼家老宅里也有些状况正在发生。

这几日虽然又是地震又是兵凶，但作为杭州几个大家族之一，楼家并未受到大的冲击，唯有今日出了些意外——几拨武德营的军人、衙门的公人以及各种官员先后进出楼家，弄得一团吵嚷。外人并不清楚问题到底出在什么地方，但都能看出，楼家被砸了好些东西，一些人是来找碴的，另外一些人则是过来说情的，不过眼下看来，找碴的人比较强势。几趟下来，他们要么是以缉拿反贼的借口，要么是以征用物品的借口，将楼家的门厅和外堂砸得一塌糊涂。

这样的混乱已经持续了大半天，人陆陆续续地来，又陆陆续续地走，不知道楼家的人抱持着怎样的想法。

已至夜深，又一拨过来闹事的人离开了。巷道外一棵柳树下，两道身影出现在那里，朝楼家大门的方向望去，为首那人正是一头长发的王寅。

地震过后的影响未消，白日里不少居民在看楼家的热闹，到得这个时候，街道上还可见噼噼啪啪的火堆，人倒是少了。还未睡下的人仍在街道上兴致勃勃地说着楼家这件事情，猜测楼家到底是被谁找了麻烦。王寅身后的汉子名叫徐方，看了一阵，低声说道："王大哥，我们为何要来这里？我原还想与石宝他们去见见那书生呢。"

"书生有什么好看的。"王寅笑了起来，盯着楼家门前收拾着残局的楼家家仆们，"都长一个样。"

"入赘的可不同，王大哥，会不会搞错了？"

"东南形胜，三吴都会，钱塘自古繁华。烟柳画桥，风帘翠幕，参差十万人家……若不是这地震，这词也已名扬天下，错不了。那边的话，谁去看都是看，我们不妨做些实际点儿的事。他对我们布局，我们也可以借着他反布新局。今晚来看看，这事倒真是天助我也……徐兄弟，这楼近临我们以前便查过，虽然善隐忍，但那性子，真不是什么善类，你看他对今日之事一点儿表示都没有，只能证明他把火气都憋到肚子里去了……"

王寅笑了起来："眼下有这等好事，如果还拿捏不住，真是枉为人了。徐兄弟，我们再瞧上一瞧，待会儿若真无人再来，你便过去替我说一声，就说……方腊座下，王寅求见……"

噗的一下，油灯里豆点般的灯火跳了跳。宁毅挑了挑灯芯，看看时间，已经到了临睡之时。

　　之前处理城内的情报，对夫妻俩来说，并不算正式的事情，眼下苏檀儿拿了幅刺绣坐在床上并不熟练地刺来刺去，对她来说，大抵也算是排遣忧虑的一种方式。宁毅点了小灯笼出了门，准备再巡视一遍。这个时间点，作为妻子的她是不睡的，通常都等到宁毅回来再一同睡下。

　　他出得门去，院子里已经显得相对安静了，外面的街道上倒仍有人在巡视，耿护院等人则负责院内的安全。宁毅前前后后走了一圈，到得侧面的围墙边时，听到了声音。

　　那声音是乍然出现的。

　　霎时在隔壁那家院子里的破风声噗噗噗噗地响起，一瞬间也不知道斩裂了多少东西，有人呀地喊了一声，但声音刚出口就断了。他乍听起来，简直像是陡然间有一座风车在舞，轰的一下，那是实木被斩断的声响，然后砰的一声脆响撕裂了夜空，有一名女子惨叫着被轰出了院门，夜色里亮起刀兵相接的火光。然后轰隆隆的，原本摇摇欲坠的半栋房屋开始倒塌⋯⋯

　　宁毅所处的位置与那边院落隔了一堵墙，但墙已经残破，这一系列忽如其来的声响持续不过数秒钟的时间，房子的倒塌宣告了这个夜晚宁静的逝去，远远近近的人被惊动了，自家院落这边，耿护院等人也被惊醒。宁毅挥灭了小小的灯笼，朝着旁边靠过去。小半栋房屋倒塌，灰尘腾起，但并不厚，灰尘之中，宁毅看见一道身影站在那边临街的院门处，而院门在刚才已经被人撞烂了。

　　街道上，一名身材高壮的女子躺在那里，正在咳血，手中的刀断了。她是街角刘氏武馆的当家之一，虽然丈夫才是馆主，但她的功夫也不错，这次太平巷有事，武馆的人自然参与其中。院落里，五六具残破的尸体横七竖八地躺着，鲜血横流，显然方才那一系列的响声，便是这些人被杀所致。

　　短短几秒钟，连斩了五六人，将刘氏武馆的女子一刀砍飞出了院子，造成这一切的人这时候安安静静地站在院门口。黑纱斗笠，蓝碎花裙，那是宁毅曾经看到过一次的，穿着少数民族衣裙的姑娘。这时候她身上仍旧没有沾上任何血渍，唯一与上次不同的是，她的右手反手拖了一把惊人的大刀，看起来足有一米三四长，被这女子拖着，有一种格外不协调的感觉，但隐约之中，似乎也有一种特别的张力蕴含其中，仿佛那柄被反手拖在地上的大刀随时可能咆哮起来，如方才一般舞成风车，夺人性命。

　　"霸、霸刀⋯⋯"刘氏武馆的高壮女子捂着胸口，直勾勾地望着夜色中将她一刀劈飞的少女，低声说话，"你、你是谁？"

　　这话听起来却有几分耐人寻味了。宁毅此时才记起来，这刘氏武馆教授刀法，原来就说是有名的使刀世家的某一支远房亲戚,现在看来,竟与最近一段时间困扰宁毅等人的霸刀刘大彪子有关系。

远远近近的活动声都已经朝这边围过来,那拖着巨刃的少女却不为所动,只是站在那儿,过了好一会儿方才开口,声音在夜色中冷冷的:"爹爹被官府害死了,端明姨,好久不见。我报仇,你莫拦我。"

那端明姨皱起眉头,终于想起了什么:"你、你是……西瓜?你怎么……"

那少女名叫西瓜,也许叫作刘西瓜,宁毅有些想笑,随即悄然隐没了身形。锣声、呼喝声都已经响得激烈,自家的人已经赶出来了,耿护院等人将他们护住。某一刻,只听咚的一声,夜空中传出巨响,院外的马路上竟有人悍然杀出,一锤便将那敲锣之人连人带锣都给砸飞,随后便响起激烈的惨叫声。在这个夜晚悍然杀至的人一个两个三个四个地出现,此时防卫着太平巷的人中高手不多,有人蹿上了围墙、屋顶。宁毅朝护住一干家人的耿护院等人做了个手势,让他们按照预订的计划逃,接着便听见有声音在夜空中响起。

"哈哈哈哈,起床了!别睡了!洒家听说这里有个叫作宁立恒的,虽然是入赘身份,却极有本事,厉害非常,是谁啊?带种的站出来给老子看看——"

场面混乱,耿护院等人一时间也被阻住了去路。他们喊话时,杀人的攻击便暂时止住,宁毅要冲过去不是不行,但恐怕有些困难。他将这局面看了半晌,站在屋顶上的一人其实也已经盯上了他。他深吸了一口气,望着距离不算远,一时间几乎包围了街道与院落的这帮人,皱了皱眉头。

"在下就是。可不可以问个问题,怎么会找到我的?"

这些人既然过来,自然是因为自己为钱海屏出谋划策的事情,只是有些事情他实在想不通:自己在这件事里始终未入核心,故意将自己淡化,在毫无端倪的情况下,这帮人竟然就了解到了自己的存在,真是太过奇怪了。他是这样想的,随后的答复也是干脆简单,街道上有人哈哈大笑。

"抓了个你们的探子,拷问了一番,便什么都问出来了,所以今晚才来找你啊,哈哈哈哈!你有什么遗言要留的吗?"

"是石宝吧?"宁毅笑了笑,随后微微低下头,心情复杂地舔了舔嘴唇,好半响,方才感叹出声,"我就知道这事情不靠谱。帮他们布了四五天的局,还没揪出你们的底来,你们抓了一个人,就直接把我供出来了。这世界上最可怕的果然不是神一样的对手,而是猪一样的同伴!"

他心有所感,语气听来好笑,却也有几分咬牙切齿的味道。这时候太平巷中众人惶惶不安,只听到宁毅淡定的回答,不知道具体发生的事情。那边石宝举起一把铜锤直接砸开了院墙,不远处,耿护院护着苏檀儿等人从侧面试图离开,小婵等人似乎有些犹豫，被苏檀儿狠狠揪住了衣领，拖着往后走。随后，这一拨人被发现了。

"走得了吗？"

站在楼上那人喝了出来，只是这句话还没说完，宁毅就朝他望了过去，目光冷厉如刀："该问这句话的，是我吧！"

他说这话时威势惊人，一句话让几乎整个院落的气氛都凝固起来，所有的目光都投在了宁毅身上。这些人原本为宁毅而来，方才猝然杀到，艺高人胆大，只觉得已经占尽了上风，但宁毅喝出这句话后，一时间竟没一个人敢嘲笑那是假的，都愕然了一瞬。

"你说什么？！"石宝凶狠地笑了起来。

城市的夜，沉闷中带着些许躁动不安，由于方才太平巷中众人的示警，此时警报已经透过一条条街道朝着远处传播过去。那些锣声远远传开，军队还得一阵才有可能赶到，至少在此时的太平巷里，场面安静，气氛肃杀，除了这边形成的对峙局面，一时间竟没有多少人敢开口说话。

对峙双方看起来实力悬殊，一方仅有宁毅这书生一人，另一方以那石宝为首，来的都是绿林高手。他们能被方腊派来城里四处作乱，本身就是艺业惊人，人虽然算不上多，但方才那名叫刘西瓜的少女的出手，加上石宝等人的随意厮杀，此时整个太平巷组织起来的力量，在他们面前没有丝毫抵抗能力。宁毅此时等于是用一句话将这一批人的注意力生生地拉在了自己身上。

他之前在太平巷里已经建立了足够的威信，而他暗中设局操纵的事情也已经被众人知晓。这短短片刻间，看着他穿着书生服赤手空拳地站在那儿，神色严肃，大家竟也下意识地觉得他很危险。特别是太平巷中的人，或许已经在期待眼前这苏家姑爷陡然出手，反过来摆平这帮匪人的一幕。

"我想说，既然已经来了，你们也许就不用回去了……"深吸了一口气，宁毅面色阴沉，一面叹息，一面开口，随后抬起头，微微拱手，笑了起来，"太平巷的大家……"

那声音在夜空里响起来。

对宁毅来说，眼前的事情实在是有些出乎意料，委实让人生气，也令人气馁。

一直以来，他帮助杭州应付眼下的危局，是出于在这种情况下自保的原则，能多做一些不妨多做一些。他是诚心诚意地帮这些忙，当然，由于本身不入官场，对官场内部的运作，他是不会多指手画脚的。即便是这样，第一个就被人出卖了，也实在荒谬，必须承认，他之前并没有想过会发生这样的情况。

不过，应付眼下的状况的措施并不是没有，虽然……不到万不得已他本不想用。

"在这里住得不久，但是……很感谢大家一直以来的照顾，能够跟大家和睦相处，这一点很难得，如果有可能，我希望能一直在大家眼里保持很好的形象。不过，今天晚上的事情，我之前并没有想到过，所以，接下来，我也许会有些过分……"

宁毅一面笑着一面缓缓说着这些话。那一边，一干苏家人试图撤走，自然引起了石宝这边的人的注意，也有人交换了眼神，想要过去将那些人截住，然而随着宁毅的话语说出，一丝丝带着压迫感的不祥气息凝聚起来，若究其根由，无非因为宁毅的态度充满了说服力。在这方面，无论真假，宁毅都绝对是一个最富有说服力的演员。

当宁毅说到这里，人群之中，隐隐地躁动起来，不远处名叫刘西瓜的少女目光朝这边望来，石宝等人也皱起了眉头，宁毅微微躬身，行了一礼。

"实在很抱歉，但没有其他的办法了，大家快逃，便……自求多福吧。"

"抓住他！"

宁毅话音落下，那边，石宝已经大喝着发足冲来。无论宁毅到底为什么说这番话，总之先将他拿下。同一时刻，前方、后方、屋顶上的几人也陡然有了行动，包括那名叫刘西瓜的少女也猛地挥刀，如暴风般卷来！

那一边，相对靠近苏家人的方向上，也有两人陡然发力冲过去。夜色中，几座院子里，人影由静转动，发力疾奔，交错会集。

方腊这边来的人不多，但都是高手，彼此相隔都不过十几二十米，一旦奔跑起来，转瞬即至。宁毅自然也没有坐以待毙，反手拔刀，朝着一旁奔去，跑了不过两三米就转了方向，随后，轰然巨响震动着所有人的鼓膜。

地面爆开了，巨大的轰鸣声响起，那是院落一侧距离所有人都比较远的一处地方，但爆炸引起的光芒与震动还是第一时间引起了众人的注意，如同巨大的烟花般散开。

这烟花还在飞溅，只听得轰轰又是两声，接着轰轰轰轰的爆炸延绵开去。

那爆炸的位置并不确定，有的在这边院子，有的在几座院落之外，有的甚至在街上爆开，但这仅仅是一个开端。身处其中，巨大的冲击转眼间便笼罩全身，光焰、泥土、杂物充斥眼前，声音震动鼓膜。最接近宁毅的一人在距离宁毅仅有几米的地方被炸飞，那爆炸气流激扬着宁毅的衣袍。石宝眼前闪过亮光，连声音都传不出去，看见那书生朝着这边随意地挥了挥手，他几乎是下意识地站住了，火焰在他前方不远的地方爆开了。

刘家少女挥舞的巨刃朝着宁毅那边席卷，那威势简直不像是人在舞刀，而是一把疯狂的大刀依靠惯性在带着少女飞旋。她第一时间迫近，宁毅已经冲进旁边的草棚里，就在少女斩裂棚屋侧壁的瞬间，光焰从草棚里激射出来，宁毅则从另一边的窗户跃出……

"当——心——"

炸起的烟火在这一刻几乎推慢了时间，令得言语的传播都变得缓慢，街道之上已经嘶喊、混乱起来，几名要接近苏家人的方腊手下开始退却。

老实说，爆炸虽然是从这边开始，但片刻间几乎蔓延到整条长街。对宁毅来说，这些爆炸当然算不得威力强大，比不得后世的地雷阵或是炮火覆盖，但对眼下这个年代的人来说，这些陡然间亮起的光焰在夜色里盛开成一曲死亡的交响乐，它们威力强大，位置随机——其实宁毅先前有过规划，他以及苏家人撤退路线的周围，便是爆炸最为密集的地方。爆炸一下接一下，若不是事先就知道大概范围，此时贸然冲过去，谁也不知道什么时候就从脚下或是身侧的杂物堆中升起一团光芒来。

即便是身经百战的绿林豪雄，一时之间也蒙了，有的停住脚步，有的下意识地想要奔逃，也有的仍在朝宁毅冲去。外面道路上的爆炸虽然少，但一时间也受到了波及，就在方才，一名绿林匪人朝着当地居民冲过去，以为跟着这些住在本地的人便能幸免，结果连同两三名居民在爆炸中一齐被掀飞。

若不是遇上今夜这般坑爹的情况，宁毅是绝不愿意动用到这一记伏笔的。他在这里做这类埋伏，原本就不是为了预防身份暴露，而是假设方腊破城，才有可能用上的一记后招。这年头没有什么人热衷于像他这样大规模地用火药设伏，若让其他人来，真要应付一些事情，当然也有更多方法，不过宁毅这几日帮助钱海屏，动用一些火药资源比先前要容易得多，他也就顺手布下埋伏，想不到在这个时候发挥了作用。

这样大量的火药，星星点点地几乎埋足整条街，就为了对付几个人，当然称不上经济，但石宝本身是方腊麾下数一数二的高手，便是他率领的这些人，若单打独斗，宁毅恐怕一个都打不过，这时候若不出手，今天恐怕就是满门死光的下场。

作为一个现代人，宁毅固然有恻隐之心，看见贫民受苦会不忍，看见饥民挨饿会皱眉，若有机会，他也愿意出手去救一些人，做一些力所能及的事，但他毕竟是经历了残酷打拼的枭雄，真到了要做取舍的时候，此时太平巷中的居民就不再被他列入优先考虑的范围。当然，行走的院子里、逃跑的路线上布下的火药是最多的，外面的街道便好一些，但伤亡当然有，这时候一片混乱，不可避免。

石宝已经被围困在一片光焰之中，他的侧身也受到一次爆炸的冲击，血迹斑斑。不远处，宁毅行走在一片危险的焰火中，还回过头来朝他看了一眼，那目光冷得像冰，轻蔑且毫无人性，如果是在平时，这就是最为激烈的挑衅，但这个时候连石宝都有些蒙了。

一道人影被爆炸伤到，跟跟跄跄地落在宁毅身侧不远的地方，却是随着石宝过来的苟正。他同样是方腊颇为倚重的高手，武艺不弱，但他的运气不如石宝那样好，这时候胸口、背后被炸了两次，血肉模糊，兵器已经没了，不过人似乎还清醒，看见宁毅过来，挥拳便要冲上。宁毅左手抓住他的胸口，将他拉过来，朝另一边顺手一推。

"过去……站好！"

爆炸声中，似乎有冷漠的声音传出来。

"蹲下！"

宁毅随手一刀劈在对方的大腿上，鲜血飙射，苟正跟跄倒地，宁毅一刻不停地从他身边走了过去。随后，在众人的视线中，苟正的身体倒下，就在胸口将要触地的瞬间，光芒自下方绽放出来，那身体被炸飞出去，四分五裂。

"宁立恒——"石宝双目充血，目眦欲裂，"我杀你全家啊——"

在此起彼伏的光焰中，宁毅在那边用力挥手，干干脆脆地喝出声来："那就来啊——"

从天空中看下去，只能看到斑斑点点闪烁的光。

太平巷中，爆炸冲出了气流，引起震动，街道上众人的呼喊奔走声汇集成一片，将整个场面渲染得格外混乱。但老实说，自方才爆炸开始到现在，也不过十几秒的时间，谁也没有真正将时间浪费。

各人奔走、追杀，做出自己的判断，挥舞霸刀的少女席卷而来，宁毅自棚屋间冲进冲出。有的人被爆炸挡住，苟正与那跃入人群中的聪明人大概是最为倒霉的两人，前者正好被炸了两下，后者也被炸飞。石宝被发生在身侧的爆炸波及、震慑，迟疑了一瞬，也就在这片刻间，宁毅已经快要冲出这边的院子。他抓住浑身鲜血的苟正，推出去就是简单的一刀："站好！蹲下！"

当苟正被炸飞时，他也已经再度跑到了几米之外。

自这边的院落到太平巷那头的运河岸，大概有两百米的距离。从一开始，由耿护院等人护住的苏家人就没有往太平巷外跑，而是一路撤往那边的运河支流。区区二十余人的阵容，当中的大人孩子在苏檀儿强自压抑心情后的简单呼喝下一路行动迅速，秩序井然，就算方腊那边的人想要冲来，第一拨也被耿护院等人挡下，随后被那爆炸震慑得不敢乱来。

这边的宁毅更是在短短片刻间就吸引了绝大部分目光。凭心而论，这些爆炸虽然一时之间响得激烈，但覆盖这么大的范围，还要持续爆炸，每一刻引起的杀伤其实是不多的。即便宁毅在先前已经可以调动大量的军队资源，也不至于真到能将整条街埋满炸药的程度。

那爆炸的地方主要还是在逃亡的路线周边，至于街道上、隔得远的地方自然会少一些，主要还是为了提防敌人从远一点儿的地方绕道包抄。宁毅顶多也只能预测到最初几秒的爆炸范围，更久一点儿，哪一堆火药什么时候可能爆炸，就连他也只能靠猜，不可能做到类似小棚屋里那种冲过去就爆炸的惊险动作。

但这片刻间爆发的战斗，还是以攻心为主。宁毅在布大局时谨慎沉稳，真的事到临头，下起手来却比任何人都果决凶狠，一旦做出取舍，立即就决定放弃太平巷中的其他人。他最初奔跑的方向并不算固定，但一开始就想要冲过来对他下手的人，一个两个都被爆炸拦下，他完全是以自身为饵，给所有人一个下马威。当他像对待一条狗一样将苟正劈倒在地，让苟正被炸得四分五裂之后，火光之中，几乎所有人的气势都被他压倒。

这些人在西南绿林中也都是有名的豪雄，当年刀口舐血，加入叛乱之后更是杀人无数。宁毅的武艺算不得高，若是单打独斗，石宝这种人恐怕几个照面就能将他打死，但这时他一人面对这十余名方才还凶神恶煞的匪人，在众人眼中，一时间他几乎变得如山岳一般恐怖。当石宝喊出那句"杀你全家"时，他只是一挥手，说"那就来啊——"，旁人在那瞬间几乎都有些后怕。

当然，虽然宁毅在片刻间就营造出掌控了全局的巨大威慑力，但不代表这边石宝等人就是会因此胆怯的菜鸟。越是与厉害的人敌对，便越要有危机感，当宁毅快步冲过一座院子时，这边的石宝也终于狂喝一声，发足疾奔，他已经是急红眼了，而在侧面，也有一道身影包抄而来。

爆炸几乎是在身侧响起，火光舞动，飞窜的石子划过侧脸，拉出血痕来。宁毅走得虽快，却也有些踉踉跄跄，但这时候他也没法找更好的路走，否则必然是死路一条。

这场爆炸基本是从几个点开始的树状连锁反应，每一条线、每一次爆炸之间的间隔，他无法精确控制，在这样巨大的混乱里，仅仅依靠爆炸点的先后做推测，难度也是相当大的。他一面奔走，手指一面在身侧下意识地轻弹，辅助记忆和计算。后方，石宝等人沿着他走过的路线疾奔而来，侧面闪过刀光，在宁毅低头的瞬间，那些人从他身侧冲了过去。

兵刃交错，宁毅在爆炸与火焰中翻过一堵院墙，冲过先前炸出的弹坑，后方跟着的人紧追不舍。对方现在也已经有了经验，只要追在宁毅已经走过的地方，总是不会有问题的。

如此在那火光中奔逃片刻，当对方又是一刀劈来时，宁毅纵身跃出，在地上一滚，站起来时对方又已经逼近。两把钢刀在光芒里撞在一起，宁毅踉跄着退了几步，陡然站定，一副等着对方过来的态度。那人手上兵器一挥，待要再次冲上时，陡然迟疑了一瞬，看了看脚下。

也是宁毅的威慑力太大，忽如其来的诡异神情让人无法忽视。那人几乎是站在原地下意识地与宁毅对峙了两秒，才反应过来，想要猛扑过去，脚下却轰然炸开。那巨大的冲击力将宁毅也推得踉跄着后退了几步，他手往地上撑了撑，口中喃喃说着"还好"，才转身发力继续跑。

那一头，苏家众人已经抵达运河支流的岸边，有人掀开一层蒙布，露出下方一艘简单结实的大木筏，大家陆续上船。在这边，就在宁毅身后，破风声呼啸而来。

石宝已经从后方杀至，宁毅一咬牙，朝着前方发力疾冲而去，这一次，他取的几乎是直线。石宝猛地冲上，一刀斩出，爆炸声轰然响起，升腾的光焰将两人淹没。

"走、走错了……"不远处的木筏上，苏檀儿直勾勾地看着这一幕，低喃了一声"相公"便要冲出去，却被耿护院、小婵等人挡在了筏子上。那光焰之中倒也不是没有动静，石宝的大刀还在挥斩，只是在光影之中变得模糊，原本立在小片废墟中的一根柱子被斩断了，火焰吞没了一切。宁毅冲进那废墟之中，随后又是两起爆炸，遮蔽了视线，爆炸的冲击里，两道人影不断交错。后方，名叫刘西瓜的少女已经冲了过来，然而看见那样的爆炸，她终究拄着那巨刃停了下来。她的帽子早被掀飞，气浪之中她裙摆飞扬，像是一抹黑色的剪影。

几秒钟后，浑身鲜血的石宝被掀飞出去，他狂吼几声，想要站起来，但一时间踉踉跄跄竟没有站稳，又坐了回去。他身上都是因爆炸而形成的伤口，刀伤只有一处，许是宁毅趁乱一劈，却并不严重。宁毅的身影自另一边朝木筏跑过来，他身体的一侧明显也染了鲜血，不过比之石宝好得多了。目睹了这一幕，名叫刘西瓜的少女再度疾冲过去。

爆炸的火光升起时，那少女从旁边绕了一个小小的弯。宁毅扑上木筏，见苏檀儿等人要冲过来，低喝了一声"退开"，从怀里掏出几样东西。后方的岸上，少女拖刀疾奔，猛地跃起。宁毅一咬牙，在木筏上转过身，手中的东西对准了凌空的少女。

砰的一声响，像是有一团火光在他手中亮起。

少女的身影在空中旋转了好几圈，摔在岸边的地上。

木筏驶离岸边，朝着对岸行去，有人支起了木质的屏障，防备那边有石头或是箭矢之类的东西飞过来。众人的视野中，少女在地上摇了摇头，一只手握刀，一只手撑着地面，也缓缓地朝这边抬起了头，黑暗之中看不见她的容貌，只有那双眼睛显得清澈。她没什么愤怒的表情，看来甚至有几分好奇和迷惘。宁毅瘫坐在木筏上，恶搞地挥了挥手，随后左手往受伤的右臂探过去，咬牙用力，将扎在那里的一小块也不知是木屑还是铁片的东西拔了出来，扔进水里。

"在下'血手人屠'宁立恒……"

距离渐远，他坐在那儿喃喃说出这句话，再没有大声喊的力气。他心感无趣，最后躺倒在木筏上，檀儿的脸、小婵的脸、娟儿的脸、杏儿的脸、耿护院等人的脸在视野里晃动着，视野的一角有一道烟柱，中心是浩瀚的星海。身体能够感受到的，是城市四周在夜晚仍旧激烈的战鼓，但至少在太平巷这边，军队开始赶过来了，接下来是该他们头痛的时候了……

他准备这艘木筏，原本就不是为了出城，城门外的运河流域应该也已经被方腊的人占据，走运河毫无意义，木筏本就是为了渡过河道能多一个选择而已。无论这次的无妄之灾是谁引起的，太平巷那边，自己这家人都肯定是回不去了。

河道不算宽，木筏接近对岸时，这边岸上，穿着蓝色碎花裙的少女还站着，一向跟在她身边的中年人已经过来接过了那把巨刃："茜茜小姐，该走了。"

"他好厉害。"少女偏了偏头，"我要他……当军师。"

比这边街巷地势高一点儿的一处屋顶上，有两道人影正在黑暗中看着这边，其中一人轻轻拍打着大腿，发出的是与那少女类似的感叹："好厉害啊……好厉害……"

"佛帅，那个人……要不要想办法……"

"无所谓，无所谓了……"名叫方七佛的中年人摇了摇头，目光望向钱塘门那边，感受着战斗的激烈情况，"厉害的人哪里都有，忽然遇上一个，是让人刮目相看，不过……无所谓了，大局在城外，这人虽然厉害，但在大局已定的情况下，做不成什么事了……我们走吧。"

围城数日，城内局势混乱，然而并没有多少人能够真正把握住杭州局势的全貌。就连宁毅，在对战争并不熟悉的情况下，也难以把握住城外战局到底是一种怎样的状态。在钱希文等人眼中，武德营的士兵终是精锐，在传来的情报中，战场之上犬牙交错，互有胜负，方腊那边入过几次城，但在武德营这边原有准备的情况下，又被强大的攻势压了出去。

在无从把握那边的情况下，宁毅也只能将心思全放在城内的状况上，试图利用此时的官僚体系在一两日后抓住城内的方七佛等人，将这些捣乱者一网打尽。如果没有这天晚上的这场状况，或许一两日后就能真正收获成果。不过这时候抱怨也无用，他们只能开始收拾心情，准备与钱海屏等人进行下一轮反扑。然而出乎所有人意料的是，第二天早上，一切都化为泡影。

　　武朝景翰九年七月初四的清晨，杭州钱塘门在方腊军队的攻势下正式告破，武德营守势溃散，开始收缩，随后为杭州城内众人的举城逃亡争取了一天左右的时间——其实这也未必是他们主动争取的，据参与者的事后回忆，只是方腊军队在追，他们在逃，不得已发生了一场场战斗。一天之后，杭州陷落。

　　农历七夕的早晨，有人八百里加急将这一消息传入汴京，成为压垮骆驼的最后一根稻草……

第八章
东南倾京师齐震动　谋夫病仍思退敌策

七月初七，乞巧节。

这一天，对武朝这个繁华的国家来说，是最为重要的节日之一。姑娘家们穿针布宴，向织女星祈求智慧和巧手，祈求来日姻缘。大户人家以及皇宫中，也有各种奢华的饮宴，有这样那样的热闹节目，通宵达旦地庆祝。

这天上午，喜庆的气氛已经在汴京城里洋溢起来，及至傍晚时分，灯火渐渐亮起，一辆辆青楼花车在锣鼓喧天中沿主街道撒花巡行，象征着这个晚上的庆祝正式开始。穿着华丽的男男女女，公子书生丫鬟小姐，将这个含蓄却又盛大的古代节日，点缀得充满了书香与文墨气息。

皇宫之中照惯例张灯结彩，但那些喜庆的气氛并未传至宫外。后宫之中，公主、后妃、宫女们也已经准备好了乞巧的喜宴，这等宴席与聚会通常由皇后主持，皇上每次也会过来，但今日至入夜，皇上还没有过来，几名皇室和亲王家的小公主、小郡主已经在宴会中央比赛穿针，喜庆气氛一如往日般令人沉醉，只在偶尔间，会有某些消息灵通的人，下意识地望向那沉默的皇宫正殿的方向，随后收回目光，看着宴会中央的活动，笑着鼓起掌来，说几句吉祥话。

皇宫正殿其实并非如她们想象的那般沉默，偏西一点儿，处理大事的紫宸殿里，其实吵闹已经持续了一整天，这时候那吵闹渐渐散了，参与的官员应该也已经离宫回家，但皇帝没有过来，就足以看出事态的严重性。

杭州沦陷，在许多人眼中，或许也意味着江南半壁已倾。

秦嗣源是自皇宫中走出的最后一批人，与他同行的还有李纲。就在先前不久，皇廷之中做出了决议：三日之后，由童贯领十五万禁军精锐南下镇压方腊之患，而由王禀、杨可世率军十万北上伐辽。童贯已经回去了，一向懂进退的秦嗣源却执拗地想要再说服皇帝一次，李纲陪他留下。景翰帝周喆对这左、右二相甚是敬重，留他们用膳，但用膳完毕，其实还是没什么结果。

先不说周喆本人的看法，在这等情况下，已经做出的决议，即便皇帝反悔，也是没什么办法逆转的。

这些日子以来，南方各种消息如雪片般飞来，皆是坏消息：杭州被围，试图南下救援的武骧军被挡在途中；苏州石生，湖州归安陆行儿，婺州兰溪朱言、吴邦，永康方岩山陈十四，处州缙云霍成富、陈箍桶，台州仙居吕师囊，越州剡县仇道人，衢州郑魔王先后揭竿……这些人有的早已是官府榜上有名的逆匪，有的之前寂寂无名，但仅从这些日子的情况看来，早在正式攻杭州之前，方腊或许便已在暗中四处联系，等待着这一日状况的到来。

这些造反的情报在东南一带此起彼伏，规模有大有小，有效地阻止了杭州附近的军队派往杭州的救援。在杭州已成孤军的这几日里，朝堂里的情况每日都在变，攘外派、安内派、主战派、主和派各自拿出了底牌，不断向彼此、向皇帝发动攻势。

如今这朝堂之中，唐恪、李邦彦、吴敏等人算是安内派的代表，他们不在乎伐辽，但周围大多数人的利益在江南，在乎的是打仗的顺序。如今南方变成这样，后方不稳，如何攻伐辽国，自然要早早平叛。这些话，听起来是很有道理的。

在这些安内派里有一部分主和派，他们原本就不愿意与辽国启衅，于是与安内派站在了一起，全力支持镇压方腊。如此时并不在汴京的西北老帅种师道，这时候便通过急信进了镇压方腊的谏言，引起了许多官员的附和。

作为左相的李纲秉承正道，原本是极其强硬的主战派，但这次杭州之祸传来，他其实有些动摇，大抵是觉得，若江南不稳，武朝即便伐辽成功，也难免伤了元气，这几日的动作便有些保守。

而这几日里，坚决要求首先伐辽的朝中大人物，却不是以秦嗣源为首。他毕竟离开政坛太多年，这时候纵有势力，也谈不上最大了。此时伐辽态度最为坚决，动用力量也最大的，是这时被称为"武朝第一名将"，时任枢密使，执掌兵权的童贯童道夫。

不过，待到今日杭州沦陷的消息到来，童贯也终于知道了事不可为，最终抵挡不住巨大的压力，领受了率军南下的命令。也只有秦嗣源，即便在最后关头，也一直坚持北上的策略不变，而当童贯推荐王禀、杨可世率军北上伐辽之时，几名秦嗣源的亲信也表示了反对，最后又在军中安插了几名将领。此后会散，童贯等人当即回家，探讨下一步的策略，秦嗣源与李纲则留了一会儿，到此时才离开皇城。

晚风吹来，城外御街之上火树银花，两名此时朝中权力最高的老人走在路上。

"一夜鱼龙舞……"秦嗣源微微叹了口气，"种帅是个明白人啊……"

"种彝叔？"李纲皱了皱眉，今天一整天虽然也有人将种师道的想法拿出来当筹码，但此时的汴京当中，种师道的影响还是不大的，"嗣源为何忽然说起他？"

"若不能伐辽，便干脆议和，如此一来，辽比金，该好相与一些。"

"江南一地太过重要，平心而论，我也是认为该首先南下。嗣源前几日不也说，杭州若失，我武朝便要元气大伤啊。"

秦嗣源笑了笑："纪翁莫非也以为我今日是为抢功而失了理智吗？"这几天以来，时常有人以此对他进行攻讦。秦嗣源这次复起，最主要的还是因为北方的局势，旁人便说，他是为了自己的事情不顾全局。当然，这话说完，李纲就苦笑着摇了摇头："相交多年，我知嗣源一向光明磊落，论做事，我不如远矣，但今日之事，实在是大局所迫啊，你我也是毫无办法了……"

两人走在街上，后方马车与下人都跟着，秦嗣源沉默片刻，叹了口气："我何尝不知江南重要，只是如今北地更为凶险。真要分兵南下，我宁愿是童道夫率军北上，至于何人率军南下，那都行……"

"如今军中真能打仗的，除了西北种帅，也只有童道夫了……"

"不是能打仗，是敢不敢打。纪翁，今日我为何要反对王禀、杨可世为帅，这其中原因，你是知道的吧？"

李纲笑了笑："终究……还是因为童道夫吧。"

"是啊。"秦嗣源点了点头，压低了声音，"道夫此人一力主战，原因你我都明白，说得不好听些，他是阉人。他拿够了钱，想要名垂青史……他贪墨，这没什么，一旦想要名垂青史，他必定奋勇作战，伐辽一事，便是他成就英名的最佳时机，可一旦这时机给了别人，呵……王禀、杨可世，都是他童家军的人哪，投过帖子的……"

李纲点了点头："如此一来，便有十万军队北上，伐辽也暂成泡影了。"

"只是徒耗钱粮。"秦嗣源接了一句。

两位老人又走得一阵，前方一座府门前正在放烟火，很是漂亮。那是户部尚书唐恪的府邸，显然里面也正在进行热闹的宴会，加上唐恪等人今日在朝堂上的胜利，该算是喜上加喜了。

"钦叟的二孙女要许人了。"李纲说了一句。

"是许给了吴敏的族侄吧，吴家人高攀了。"

"呵……"

如此说了两句，两人走过那府邸。有一位过来的年轻官员认出了他们，近前来打招呼，李纲回了礼，随后笑着挥了挥手，那人离开之后，秦嗣源道："纪翁也是觉得我对伐辽太过坚决了吧，那纪翁觉得我武朝这歌舞升平如何？"

"自是极好的，你我如此，不就是想要保住这歌舞升平吗？"

秦嗣源叹了口气："可想要歌舞升平，便失了爪牙啊……我在江宁之时，有个年轻人跟我议论，人与人之间，从无区别，武人也好，辽人也好，金人也好，都是一样。我武朝升平多年，敢拼命之人也就少了；辽人初起之时，耶律阿保机何等雄才大略，到得此时，其实也已经在承平之势中渐失锐气，只是我们失得更多；而女真人，他们从冰天雪地白山黑水中拼杀出来，锐气正盛，如饥饿的虎狼一般。女真满万无可敌，将我们放过去也是一样的。"

李纲没有说话，秦嗣源便继续说下去："这等人最看重的是什么？不是什么谈判、阴谋，只有最简单的力量，才能让他们平等地看你。纪翁，朝中之人皆言女真人少，难以攻伐我武朝，可若是让他们占了辽人那一大片土地，要军队还不容易吗？我们原本就连契丹人都打不过的，何用女真人？

"所以我说，种师道是个明白人，他一早便怕，赶了辽人，却让女真人在卧榻之侧扎根。钦叟等人不是这样想的，他们权谋用多了，只以为让女真人与契丹人杀个两败俱伤，我武朝便能坐山观虎斗，捡个大便宜。权谋啊权谋，用在战场上，有何用途？

"纪翁，那年轻人说得对啊，我们挑动两国交战，能拿到的不是一个便宜，只是一个机会，便宜还是要伸手去捡的。此次机会当中，我武朝若能趁着辽人疲惫，大胜几场，女真人自然也会对我武朝心生敬畏。若我武人无能，只是在旁边打打秋风还败了，一旦女真人取代契丹，我们所面临的，便从一匹年迈的狼变成了一头年轻的老虎……纪翁，到时候我怕我们真要成千古罪人了。我们哪，该想想对策喽……"

烟火升腾，火树银花。李纲沉默了片刻道："那年轻人是谁啊？"

"无意间认识的一位棋友。"秦嗣源笑了笑，"不过……他如今也陷在杭州了……"

马车回到秦家府邸，府中也在举行七夕的宴饮，由秦夫人与芸娘两人一同操办。虽然如今的秦氏门庭刚刚复苏，诸多亲人未至，但在京城之中，右相府要邀宴，赶着要来的人自不会少。门生故旧、近戚远亲，早在前几日便已经接了邀约准备过来，就算是未得邀约的，若能有些关系，也都是挖空了心思想要进来见见某些大人物。

一个大的门庭会有一套大的运作系统，身处其间或身处其外的人或许都难窥全貌，来往、进出、写怎样的字，送怎样的礼，递怎样的帖子，说怎样的话，走怎样的路，与怎样的人交谈，桩桩件件，都有其规矩。这时候的右相府，便在热烈的气氛当中，一层一层，繁复而又有条不紊地运行着，宾客们在大厅里饮宴谈笑，丫鬟、管家、小厮、门子、厨师……在府中各处忙碌地各行其是。当然，规矩形成之后，也有某些人是不需要在意这些的。

秦嗣源下了马车，自正门进入，与大厅内众人打过招呼，稍稍说了几句话后朝着后院走去，管事、下人们跟在他身边，报告事情，听从吩咐。那些规矩缠绕过来，像是无数无形的丝线，随着他朝府邸后方过去，虽然在进入书房之时，他伸手挥退了身边的众人，那些人稍微散开了，但规矩还在。书房里早已亮了灯，关上门，四周安静下来，他打开书架上的一个暗格，拿出两个薄薄的纸包来。

这房间之中用于归档的暗格还有好些，每一个他都记得清清楚楚。将纸包放在桌上，老人将其打开在油灯下看了一阵，都是些卷宗，也不知记载了一些怎样的事情。大致看过一遍之后，老人自己磨了墨，拿出纸张，坐下开始写信。

窗外隐约传来大厅那边宴席的动静。老人的手很稳，思路也清晰。信一共写了两封，其间老人几乎没有多少停顿，写完之后放入信封封上。他本来要起身，但想了想之后又坐下写了一封。将这三封信放入衣袖，拿起两包卷宗，他走出房门，管事与下人又赶了过来。

"其先跟语白过来了吗？"

"两位公子都已在偏厅等候。"

"不要让闲杂人等靠近。"

"是，老爷。"

一行人去往相府一侧，转过一处回廊时，正好看见正厅里的灯火，热闹的笑声传了过来。侧厅那边显得相对安静，老人走进去时，两名年轻人站了起来。其中一人身穿文士袍，另一人则穿了将官服，那军服意味着这人乃一地的都指挥使，平日权掌一军，是地方军队如武烈、武德军这类的最高长官，想必是叙职或其他一些原因，此时恰巧回到京城。

"秦师。"

"秦师……"

"坐，不必多礼。"一文一武的两人起身行礼，秦嗣源挥了挥手，"其先、语白，今日的事情，都已经知道了吧？"

年轻的名叫方语白的文士首先点了点头："杭州陷落了，今日朝堂之中的争论，学生也已听说，这些人鼠目寸光……"

他的话没说完，那边名叫陈其先的都指挥使也皱着眉头开了口："听说以王禀、杨可世为将北上，童枢密南下，他们迟早会后悔的……"

"后悔的事以后再说，重要的是如何应付。我已举荐你们二人随军，明日公函便会下来，另外还有汤思宪、于锐、沈七鹏、姬海芳他们，你们互相是认识的。如今王禀为指挥,杨可世监军,思宪为副将,接下来便是其先你,语白可辅佐你,你们这些人能起的作用也不容小觑,虽然一定会很麻烦。"秦嗣源说着,皱了皱眉,"为师不用去查也可以想见,此时童贯已经招了麾下心腹入府,开始敲打王禀与杨可世了。以他的性子,必然是说他为了北伐之事寄望颇多,此事乃为国为民的不世功业,为国为民最重要,他虽然……暂时不能北上,但大家仍须努力为国征战,收复幽燕,待功成之日,他当与诸君共饮,为将士请功……"

同一时刻,童大将军府中,如预期一般军将聚集,童贯皱着眉头,正在说话。

虽然是众所周知的阉人,但童贯此人与一般的阉人形象完全不同,身材魁梧,皮肤黝黑,看起来不仅挺拔,而且铜皮铁骨,给人的感觉极其刚硬,开口说话中气十足。能够以太监的身份爬到如今掌天下兵马的地位,他举手投足间都有一份霸气在其中。这时候他便是为了今日朝中之事向大家训话。

"方腊匪患,杭州之祸,已是迫在眉睫。要平外患,只能先除内乱,圣上派我南下,正是对此事的重视!但是……如今我武朝,平匪患不是最重要的事。燕云十六州丢失近两百年,我武朝失去北地屏障,我等身为臣子、军人,当每日皆有紧迫之感!联女真伐契丹,此事我已经营数年有余,当此绝佳时机,正是男儿成就千秋功业,名垂青史之时。诸位北上,当尽心辅佐王、杨二帅,收复北地,我当尽快平叛北上。此时虽不能与诸位同行,但建功杀敌之心,与诸位同在……"

"王禀、杨可世不在这里,但他这样说了,那两人就知道该怎么做了,此次北伐,必定诸多延误,徒耗粮饷。因为他们知道,此次若占了童枢密的功,就算一时风光,日后也必然被童贯报复,凄惨难言。"

秦府中,秦嗣源说着,将两份卷宗、三封信件拿了出来。

"但此次北上,圣上也寄有厚望,他们蝇营狗苟,毫无成绩,或许童贯之后会补偿两人,但天子一怒,他们当时也必须接下来。"

秦嗣源把东西放到桌上,脸冷了下来:"童贯会帮他们说些话,若只有圣上,一时当可保他们周全,但若是圣上之下,再加上我与李相,接不接得下,他们就得想想了……我这里有他们的一些罪证,他们张扬跋扈吃拿卡要、他们的家人为祸乡里欺男霸女,我不在乎,单凭这些治不了他们的罪,就算治了也只是一些小打小闹的惩罚,但若再加上北伐之事……"

"你们北上之后,这封信,可交由思宪等人看看,说说我的想法。如今虽然南方动荡,但大部分地方已值秋收,我会在后方保证所有粮草、军资供应,军中想要的所有东西都可以有,咬紧牙也要保证把这场仗打好。我会安排人去边境到处挑拨生事,你们也可伺机出手，仗，一定要打起来，不可错过时机。"老人顿了顿，继续道，"打起来之后，或者在之前王禀与杨可世有什么问题，这两份东西、两封信，给他们看，然后告诉他们，我要胜仗，要在女真人面前打胜仗，代价怎样都可以，险胜、惨胜也都没关系，要那种能决定局势的胜仗。他们胜了，我、李相乃至当今圣上都力保他们无事，保他们名垂青史一世富贵。我秦嗣源不说假话，但他们若不打，若敢败，你们也告诉那两人，我与李相必不惜一切代价，让他们九族之内鸡犬难留，以便……告诫下一个接他们职位之人……"

那话语之声不算大，但斩钉截铁。两名学生又与老人说了一会儿话，领命去了。老人在那偏厅里坐了一会儿，有人掌灯过来，却是一身盛装的秦夫人，她手中端了一只小碗。两人做了数十年夫妻，看见秦嗣源这等神情，老妇人就明白了事情的严重性，不过，她只是将那小碗放在桌上。

"方才在前厅见你的神情，怕是又没吃饭。我方才抽空出来，问了下，听说其先、语白已经走了，才过来看看。都是你喜欢吃的，这鹌鹑蛋做得挺好，先吃几个吧。"

老人点点头，拿起筷子："倒是让夫人操心了。"

偏厅里安静下来，老人吃了几口菜肴，想起些事情，偏头说道："杭州陷了……"

老妇人眨了眨眼睛："啊……那钱希文，还有立恒那孩子，此时都在吧……"

"是啊，本来以为杭州武德营也是精兵，纵然之前遭了地震，但对手只是一帮乱民，总该能守住才是，谁知道……两边援军未至，它倒先陷落了。唉，方腊每破一地，对官绅富户几近杀绝，如今杭州城破，周遭又满是乱军，只望……他们能逃出来，平安无事吧……"

他叹了口气，望向偏厅之外。院墙外，千里外的星空同样悬挂在汴京的天上，一朵烟花在视野中升起来，爆开了。

同样的七夕，千里外的江宁城中也是一片热闹喜庆的气氛。秦淮河上，楼船旗帜招展，街头巷尾花车巡行。稍显偏僻的河湾边的一栋小楼上，凉爽的风正吹过挂着几盏灯笼的露台，露台上有各种各样的果品。两名女子正在举行小小的乞巧宴会，白衣白裙、长发流泻的是聂云竹，另一边穿着鹅黄衣裙，此时双手合十如蛇一般往上嬉笑舞动的是元锦儿。

不远的地方有城市繁华的灯光，这边的河岸道路上偶尔也有人、车经过，天空中银辉流泻间，元锦儿的舞蹈与周围橘黄的灯光汇在一起，融成无比赏心悦目的景象。聂云竹微笑着看着，随意弹拨着身侧的古琴，聊作凑趣。只是她那笑容总显得有几分勉强疏离，明显这心已经不在这里了。

元锦儿自然也明白这些，数日以来，杭州地震、方腊匪患的消息或多或少也传到了江宁，只要有心的人，总能打听到。云竹姐整日都在关心这些事，一开始虽然表面上不动声色，但心里已然惶恐起来，此时就连那惶恐都已经压抑不住，完全挂在脸上了。若不是因为她也知道担心无用，恐怕早就收拾包袱离家，直奔杭州了。

便是因此，元锦儿每日都尽量欢笑，试图逗得姐姐开心一些，效果自然有限，但眼下除此之外也是无法可想。另一方面，她心中也有几分恨那在杭州没了音信的入赘书生，若是没有他，云竹姐没有遇见她，一切岂非一了百了，大家都毫无挂碍了？

这小小的宴会，两人是主角，元锦儿的丫鬟扣儿则负责端来各种东西。宴会进行到一半时，聂云竹那已经嫁人的丫鬟胡桃也过来了。胡桃看起来有些心事，在外面忙碌时与扣儿说了说，随后如常地参加了聚会。元锦儿却看出了胡桃的不妥，待到上厕所时，她在外面拉住扣儿询问。

扣儿皱着眉头道："胡桃说、胡桃说……她家二牛方才听到个消息，是东南一带商旅带来的，说是……东南那边全乱啦，杭州被攻破了，周围到处都是匪患，好多匪人揭竿而起了，那边、那边没人逃得出来……"

"什么？"元锦儿瞪大了眼睛，一时间也不知道是怎样一种心情。她还没来得及反应，后方传来聂云竹的声音："你说……什么？"

元锦儿回过头去，聂云竹正站在那边门口看着主仆两人，她的脸色白得像纸，单薄的身体微微摇晃着，看起来那白衣白裙竟像是微微发着光，令她都显得有些透明，似乎随时可能从这世上蒸发飘走。

那自然是错觉，就在元锦儿心中生出这观感的下一刻，聂云竹提着裙裾就冲了出去。元锦儿啊地尖叫一声，猛地箍住了对方的腰，脑袋拼命压着她的身体，口中叫道："扣儿！备车！备车！备车啊——云竹姐我陪你去，我陪你一起去——啊啊啊啊啊——"

不久之后，马车驶过城市街道，在成国公主府门前停了下来，两名女子下了车就往门里冲，随后被侍卫拦下。当先那穿白色衣裙的美丽女子身体微微发抖，一面哭，一面合十拜托，后方的女子也跟了上来，如此等了一阵，有人走出府门，将两名女子迎了进去。她们在偏厅见到了康贤。一见到这位老人，聂云竹便跑过去哭着跪了下了，紧跟其后的元锦儿随着跪下来。康贤连忙过去，将两人扶起……

与此同时，杭州附近没有喜庆的光。

银河横亘天际，延绵的山路之中，只有些许火把照亮周围的路，远远看来如萤火虫一般，只有距离近了，才能听见人声、脚步声、车马声，许许多多人便在这平时并无太多人走的蜿蜒山道上拥挤成群，延绵向黑暗中的远方。

马蹄自不远处的黑暗中跑过时，宁毅手上抱着一名孩子，挽了苏檀儿的手，正在这逃亡人群的中段朝前方走着，周围几乎都是苏家的人。他在太平巷的战斗中受了些轻伤，但都已经包扎好，并无大碍，此时除了仿佛无止境的行走，就只有右臂上的伤口随着脉搏跳动隐隐传来一丝一丝的疼痛感。

此时的杭州附近到处都是流民——杭州城破之时溃散的、被方腊驱赶过来的。秩序之类的东西已经荡然无存，随处可见屠戮、厮杀，他们这一队人算是最多的一拨逃亡者，其中有军队，有宁毅纠集起来的富商豪绅及护院等，多数有恒产者都加入了这支队伍。他们也是方腊军队"照顾"的重点，后方估计有数支军队正借着破城的威势朝这边追来。路途之中，他们已经被发现了一次，小小地打了一仗，一些老弱妇孺在逃亡中被落下，现在或许已经死了。

星夜渐沉，乌云渐渐又遮蔽了七夕的夜空。不一会儿，有骑着马、持着火把的骑士过来，奉命邀宁毅去队伍前方议事，宁毅便点了点头，拉着妻子，朝那边过去。夜风吹来时，他觉得有些冷，可能连日劳心劳力，感冒了。

清晨的光芒微微亮起来时，宁毅走出了帐篷，在山坡上坐下来，周围是喧闹的争吵声。

触目所及，满山满谷都是逃难的人群，各种各样的服饰，大大小小的包袱，马匹、骡子，甚至有牛，马车在这样的山道间已经行不了了，因此没有马车。

有些人趁着天刚蒙蒙亮在溪边打水，有的人就着凉水吃些干粮，也有背着大包小包的人，害怕一会儿上路时被落下，这时候成群结队地朝前方赶过去，这些人多是老弱妇孺，衣衫褴褛，看起来很可怜。

自杭州城破，出逃时开始，那些凄然的混乱场景到此时已经掺入些许木然，三天的时间，这支最大的逃亡队伍已经经过了几次转折，眼下谁也不知道他们该去往哪里，甚至连队伍的带领者们都不知道。

自城破后，知府陆推之等人第一时间乘船离开，原本表态不会乘船走的钱希文等人大概在家人的护持下也上了船，出钱塘江口逃了。杭州城南的海船码头原本在王寅等人的捣乱下就受到过一次冲击，城破的混乱当中，又有无数居民拥过去被煽动。当然，总有些船是走得掉的，但宁毅没能凑上这热闹。他按照原本的计划与会合的富商豪绅们往城北杀出，又与溃散的军队、无数杭州居民会合，往北方逃去。

一路之上，这支最初毫无秩序的溃散队伍自然也经过了各种分散聚合，有时候分出一支、两支往不同的方向逃了，有时候又能遇上一些溃散逃亡的民众。渐渐形成领导团队之后，昨日清晨，他们又与一支方腊的乱军相遇，双方发生了冲突，但对方并非为追赶而来，人数也不多，最终双方都选择了休战，往不同方向跑了。

这时候恐怕有许许多多队伍在这个范围内往不同方向逃离那座陷落的城市，这支队伍里有着许多富商豪绅、大户人家，都携带着大量财富，如银票文契、金银珠宝，纵然路上已经扔掉了一些，余下的数量也相当可观。

这些人不敢脱队落入方腊乱匪手中。苏杭一地的人早已知晓，方腊军队每下一城，但凡地主、豪绅、官员家庭，几乎被屠杀得干干净净，一家之中，男子被虐杀屠戮，女子被强暴侮辱，凄惨难言。即便是家无恒产之人，在这等外界秩序已经完全消失的情况下，也不敢离开这支队伍——虽然方腊打的口号是"是法平等无有高下"，但没有任何靠山之人，在这等情况下若落了单，谁能保证自己不会像猪羊一样被那些乱军杀掉？

在最初的混乱逃亡之中，虽然陆推之、钱希文等杭州首脑人物乘船逃走，但大部分世家子弟并没有这样好的待遇，如今这队伍里，钱、穆、汤、常几家的子弟也有不少，甚至汤家的家主汤修玄也在队伍当中，而钱家的钱海屏，也因为当时正在处理方七佛、王寅、石宝等人的事情，没有搭上海船。他当初在杭州府中执掌衙役官差，也与军队打交道，与武德营溃军当中的大部分将领认识，昨天开始考虑接下来的去处时，他将宁毅夫妇请了过去。

天刚拂晓，宁毅坐在那儿朝下方看了一会儿。不远处有两拨人大概是因为些许口角互相殴打起来，周围的人都木然地看着。若是往日在街市上发生这等事情，大家必定是兴致勃勃，围观者无数，这时候大家连八卦的心思都没了。旁边的小帐篷里，娟儿顶着一颗蓬松的头出来，手上提了两个小木桶，看了宁毅一眼，似乎微微被吓到，片刻后低头往远处的溪流那边过去了。

这丫头，不过被他按了一下胸而已，这时候还怕，你家小姐的我都不知道按多少次了……

宁毅坐在那儿微微腹诽几句，随后觉得这心态倒有些像整天调戏丫鬟的二世祖了，不由得笑了笑。那溪流边原本就有好些人在打水，娟儿过去时，却见上游有些人推推搡搡地打骂起来。却是因为上游那边有些年轻人在水里洗脚或者干脆跳了进去，这时候便爆发了口角，那几个年轻人看起来也颇有背景，此时心情烦闷，毫不相让，场面顿时激烈起来。娟儿在下方看了看，提着木桶绕往上游。

那边一时间几乎要打起来，娟儿终于走到更上游的地方，蹲在溪边打水。也就在此时，不远处那吵嚷人群中的一人吼了起来："我就这样你们能把我怎么样？我家里是……来啊！有种咱们单挑！动手……老子的哥哥在军中已经为抵挡方匪死了，但老子家里人可没死绝，有种来啊……就不许你打水了，喂，那边的，你们去上面干吗？到下面去！"

　　这人家里大概有些军队方面的关系，说话间跑了过来，将一个人手上拿着的桶扔了出去，随后又推倒一人。接下来便是娟儿。小丫头看那身材高大之人凶神恶煞地跑近，提着木桶想要起身逃跑，一时间用力太过，坐在地上，一桶水也打翻了。那人已经走到距离娟儿不到一丈的地方，伸出手来一指："你……"话还没说完，整个人陡然飞了起来。

　　砰的一下，溪流之中溅起巨大的水花。将那人摔入水里的是一名方才径直走来的书生，看起来还没有那人高，只是走过来，径直反剪了对方伸出的左手，另一只手按住他的后脑，将他推起来，轰地按进溪水里。

　　看起来简单干脆到极点的动作，落在娟儿眼中。来人自然是自家姑爷宁毅，旁人看来却不过是一名似乎有些单薄的逃难书生，然而，宁毅一只手捏住对方的左手手腕，反剪住那人的左臂，另一只手直接按死了那人的头，将他的上半身整个浸入溪流里，那人在溪水中拼命挣扎，却无论如何都无法动弹。

　　人群那边，与这人一道的众人反应过来，朝这边冲来。与此同时，原本在一旁木然地看着热闹的一小队军人也冲了过来："干什么？干什么？"却是帮着宁毅将那帮人挡了下来。为首那名部将认识宁毅，让手下将其他人挡了，方才回头看这边的宁毅，拱手唤了一声："宁先生。"

　　这人在军中也有职务，虽不高，但昨天也见了过去议事的宁毅夫妇，原也以为宁毅只是普普通通的书生，这时候却见他将那人按在水里，眼睛都没眨一下。那人整个脑袋都已经入了水，正在奋力挣扎，没被制住的右手到处乱拍，试图抓住宁毅。宁毅咳了几声，将膝盖顶在他的背上，捏住的左臂往右侧一拧，只听咔的一声，那人的左手估计是断了，眼睛在水里蓦地睁开，无数气泡从他的口鼻之中如沸腾一般涌出来。

　　如此按了片刻，宁毅才将那人自水里揪出来扔到一边，那人身体微微抽动着，看起来快死了。这时候宁毅才跟那军官打了个招呼："刘部将，失礼了。"

　　那部将愣了愣："宁先生竟然知道在下的姓名？"以他的级别不足以参与那样的会议，只是在旁边陪衬了一下就走人了，想不到对方竟知道他。

　　宁毅只是笑笑，并不回答。他也只是昨晚在帐篷里众人说话时无意间听到，当时固然没放在心上，但要留个印象记起来自也不难。稍微客套了几句，宁毅道："逃难途中，大家都不容易，或许接下来还会有战斗，能齐心协力总比所有人都离心，惶惶不安来得强。有这等事情，若能管，还是管一管比较好。"

　　他说了这话，对方当即做出受教的表示。宁毅也无所谓他是心悦诚服还是做做样子，不在其位，话说出来就已经够了。略略应付了这队兵将，宁毅才回身捡起一个小木桶，打了一桶水。他本来是想两桶水都自己提回去，但娟儿恪守丫鬟本分，另一个桶无论如何也不肯交给宁毅，只是抿嘴摇头。

两人提着水桶往回走，宁毅看看娟儿，笑了笑："别人逃命，不是带些金银珠宝就是带些吃的，你们几个丫头倒好，好多东西没带，带两个桶一个盆，谁出的主意啊？"

"带了吃的的……"娟儿在后方蚊子一般回答。

"洗漱有这么重要吗？"

"给小姐的啊……"娟儿理所当然地回了一句嘴，当然仍旧很小声，"怎么能让小姐在别人面前洗漱……"

"弄块布，弄副帘子，怎么都行啦，而且我看你家小姐也没金贵到这种时候还讲究那些的程度。"

"跑的时候忘记了，当时旁边有两个小桶，又不重，然后我们就把盆也带上了。"

"呵……"宁毅忍不住笑了起来。娟儿跟着走了一阵，小声问道："姑爷，我们接下来是去哪里啊？"

"还不知道，也许是湖州。"

"呀？不是嘉兴吗？"

"听谁说的？"宁毅微微苦笑，"当然现在还说不定，可能是嘉兴，但运河沿岸最富庶，方腊既然拿了杭州，下一步也许就是夺嘉兴……不过现在往湖州往嘉兴都不安全，路上的匪人大概都跟着起义凑热闹了，到哪边都要拐来拐去，我们现在这帮人啊……这么多有钱人……"

"姑爷担心方腊会派人追上来？"

"应该会派。"宁毅顿了顿道，"不过杭州富庶天下闻名，这次虽然遭了地震，但大量的钱物粮食都没被带走，他们既然占了，杀人清算、搜刮钱财应该要好一阵子。在那边捞不到油水的可能会眼红这边——方腊的人或者路上的匪人。这条路不好走，不过现在也只能走下去了，如果能尽早到湖州，那就万事大吉。"

宁毅说完，冲着娟儿笑了笑，口中虽然是说着这些内容，但语气之中并不给人绝望之感。过得片刻，快到山腰帐篷处了，宁毅咳了一声，娟儿道："姑爷，你是不是染了风寒啊？"

"嗯？"

"小姐好像也染风寒了，昨天……啊，姑爷你看，小姐……"

娟儿说着，将手往一边指去。宁毅朝那边看去，只见自己与苏檀儿住的帐篷旁不远处的一棵树下，妻子正扶着树干，似乎有些不舒服的样子，婵儿跟在旁边拍她的后背。宁毅与娟儿走过去时，苏檀儿看来已经恢复了，朝他微微一笑："许是这一路上不好生火，吃了生冷食物，坏了肠胃……富家女子就是这样，经不起风浪，让相公担心了……"

宁毅看了她好一会儿，忽而笑起来："我去找个大夫来。"

他将小木桶交给婵儿，转身下坡。走了几步，风吹过来，眼前的画面陡然间颤了一颤，有些眩晕，他站在那儿扶着额头好一会儿才恢复过来。他伸手触碰右臂上包扎着的伤口时，那里反馈回来尖锐的痛楚感。

"相公，怎么了？"苏檀儿等人着急地小跑而来，宁毅回过头挥了挥手："没事，我马上找个大夫过来。"

他又碰了碰右臂，心中已经有了猜测。不久之后，大夫来了，给苏檀儿把脉之后，证实苏檀儿怀孕了。在逃难途中证实这一消息，委实让所有人都心情复杂，大家愣了好一会之后才有些犹豫地笑，倒是宁毅欣慰地笑了出来。苏檀儿握着他的手，只是抿着嘴笑，流下的眼泪怎样也止不住。

然后医生重新给宁毅检查了伤口，结果几乎让所有人都有了陷入深渊的感觉。只有宁毅在之前有过推测——几日以来，他微微有感冒的症状，从昨天开始变得严重起来，咳嗽，脑袋有些发热，微感无力，可能是他练了内功延缓了这些症状的出现，但今天看来，伤口已经有些化脓。在此时，这叫作外邪入体；在后世，这叫作伤口感染。

初八，接近正午。

酷热的阳光自天空中照射下来时，山道之中寂静无声。

大量人群走过的印记清晰地印在了这山路之中——木筐、鞋、衣服、包裹、旗帜甚至是大大小小的木制家具，人的脚印与各种牲口的脚印无序地散布延伸开去，压低了草丛，弄乱了灌木，山风从树荫下微微吹起来时，碎布片在空中打着旋儿飞起来。

两道人影自树荫中走出来，看了一阵，方才互做手势，朝着山谷之中走去，查看人群行走的方向。

风停了下来，两人的身体暴露在阳光里，可以清晰地看见，这两人身上各负兵刃，其中一人背后背弓，一人背后背弩。由于天气炎热，两人身上穿的都是单衣，即便这样，他们身上的衣饰看起来也颇有拼凑而成的零碎感，从灵敏的身手来看，有些像是山野间的猎户。

他们自然不是猎户。

山谷之中零零碎碎的遗留场景，是杭州兵祸之后的逃亡者们所留，由于人多又没有足够的秩序，要想辨认出大概的方向其实很简单。其中一人往前方走去，另一人则在杂乱的草丛与众人丢弃的杂物间寻找着东西，不时俯身捡起来，旋即又扔掉。

待到前方那人上了那边的山腰，在阳光下朝前方望去时，这边草丛中的人也发现了什么，猛然俯身捡起那个东西看了看，还在衣袖上擦了擦。不远处，同伴看完了前方的痕迹自山坡上回过头来，这人也挥着手，举起了手上的东西，日光之下，那看起来竟是一串名贵的珠链。

这人挥完手，又俯身在草丛里翻找，但再找得一阵，也没有发现其他值钱的东西。他站起身来，看着正走过来的同伴，陡然间身体震了震，一根箭矢斜斜地刺进他的胸膛，尾羽在空中颤抖着，视野前方，刺眼的阳光下，他那同伴猛地飞扑了出去，另一支箭矢化作黑影划过……这是他看见的最后画面。

山谷中手持珠链那人摇晃几下后倒了下去，草丛之中，另一道人影爬起来飞速逃窜。唰地又是一支箭矢射来，一侧树林里，两道身影疾冲而出，一面奔跑一面张弓。随后又是一箭划过那人的身侧，带出一抹血花。

逃跑那人回身还了一箭，奔入树林，这边两人中的一人追了过去，另一人则奔向山谷里的那具尸体。他将那尸体翻了一下，然后小心翼翼地掰开尸体的手指，取出珠链，左右看了看，又将尸体搜索了一番，获了些碎银子，口中谩骂了一句，接着在旁边的草丛灌木里翻找，如此大概找出几丈远，追入树林的同伴返回。两人一同看了看那珠链，然后同样在这山谷中勘察了一阵，似乎又找到两件值钱的器物后，方才朝着另一个方向隐去。

不久之后，酷热的阳光之下，黑压压的身影出现在这山谷的谷口。人群往这边走来，并没有多少秩序，为首的几人骑马，后面的皆是步行。当先有人有气无力地举着旗帜，大一点儿的上面写着"方"字，证明这是随着方腊起义的一支军队，小一点儿的旗帜则显得五花八门，什么"厉"啊，"陆"啊的。

这些人的服装也并不规整，只是大都在头上裹了脏兮兮的红布，有的人走得累了，便将红布拿下来擦汗，每个人携带一两样武器，五花八门，刀枪剑戟固然有，锄头耙子却也不少，多数人没什么士气。要说他们是土匪，那大概只有其中的少数人有传说中土匪的悍勇之气，多数人给人的感觉只是农民，瘦弱不堪，在这烈日炎炎下拖着武器，汗流浃背、有气无力地走着。宁毅当初见过的在杭州城内作乱杀人的那帮方腊麾下的悍匪，这帮人是远远比不上的。

一百人、两百人、三百人……当前面的众人进入山谷时，后方的队伍还在谷外延绵。他们显然也是循着逃亡的痕迹追来的，为首骑马的几人看着山谷之中的痕迹，指指点点，交头接耳，后方队伍走过去时，会下意识地往周围草丛里踢一踢，翻找一下，随后便被后方的同伴推推搡搡地往前行。当走过大半山谷时，前方一人才回头将马鞭朝一旁的树林指了指，一些人往树林里走去。

过了片刻，那树林之中陡然传来呼喊声，很快呐喊之声飙到最高，仿佛有数千人躲在树林里正朝外面拥来。谷中黑压压的队伍霎时间有些慌乱，但有人大喊，有人指挥，马匹上的人擎出长柄兵器，队伍之中有弓箭的人也各自搭弓，对准了树林。首先狼狈逃出的是先前进入树林的同伴，紧接着，黑压压的人群拥了出来，服饰也是五花八门，看起来很寒酸，头巾是土黄色的，不少人搭着弓居高临下地对着这边。出奇的是，从树林中冲出的这帮人，举着的主要旗帜上赫然也是一个"方"字，只是其余副旗之上写的是"司""姚"等字。

谷中为首的汉子持着一柄大刀，此时在队伍前方举起了手中的兵器，做了个安抚身后手下的动作。他看着上方众人，沉默片刻，方才开口："姚义，你干什么？！我们往日无冤近日无仇，同是奉佛帅之命北上，你竟敢在此埋伏我？！"

林间的人群涌动了一下，片刻后，有一队人分开人群走出。为首那人身材干瘦，下巴有些尖。他仰着头看着下方，做藐视状，随后指了指一边的旗帜："埋伏你，陆鞘，老子真要埋伏你，根本就不打这旗，你现在已经死了！"

那姚义的声音也有些尖，他一面说，一面还挥手跳了一下："老子今天不杀你！我姚义，'义'字当先，老子干不来暗中偷袭友军的下作龌龊事！可今天人你要给我交出来！你们中到底是谁卑鄙偷袭，杀我斥候——"

谷中那名叫陆鞘的汉子愣了一愣，操着方言骂道："姚义，你脑壳里有屎！都不晓得你在说什么！你'义'字当先，你改名义姚才'义'字当先，你现在是'义'字在后头！什么卑鄙偷袭，杀你斥候，老子半点儿都不晓得……"

"我去你的！姓陆的，这附近就你们的人离得最近。告诉你，我的人可没死光，逃回来一个，他说了就是你们的人！而且他说完话就毒发死了，用蛇毒，就是你们那边的人最厉害，老子冤枉你了吗——"

双方破口大骂，不一会儿逼得越来越近，烈日之下，形势看起来已经剑拔弩张。一侧的山麓间，有两只眼睛一闪而过。距离这边几里的树林间，有另外一支军队正在休憩，预备过了这最炎热的一刻方才起身，往北方赶过去……

同一时刻，距离这边几十里的树林中，两个人抬着担架，一个人牵着马匹，正沿着一条穿过林间的水道飞快前行，担架上睡着一人，正是宁毅。苏檀儿跟在旁边走，一面走，一面为宁毅挥着扇子，试图为他驱走炎热。牵马而行的是耿护院，一直劝说苏檀儿已经有了身孕，最好上马，但苏檀儿只是无声地摇头拒绝。

早晨和上午时分，他们在后方的营地间停留得久了一些，此时已经被队伍抛下了。

对他们来说，那实在是一个让人感受复杂的清晨，苏檀儿怀了身孕的消息被确认，随后便是宁毅伤口被感染的消息，弄得大家几乎手足无措。这种伤常见于战场刀伤，致死率在这年头甚至超过百分之五十，常年受伤的军士都扛不住，何况宁毅还在逃亡当中，根本没有静养的时间。

原本家中有宁毅在，大家便基本有了主心骨，就算他早上对娟儿将局势说得危急，娟儿等人也不至于太过担心，因为家中这姑爷实在太厉害了，给人的感觉甚至没有他做不到的事情。然而眼前这忽如其来的转折，一时间几乎令苏檀儿都不知道该怎么办才好。但也是宁毅，在知道伤情之后不过片刻，就冷静地做出了指示。

他让那疗伤的大夫准备药物，划开伤口，刮除烂肉，让家里人准备酒精、针线……事实上，对伤口感染，在没有青霉素的现在，中医在处理方面也并非全然空白，总有些药物、方法能起到一定的疗效。难民流中还是有医生带了药材，宁毅通过钱海屏那边将药物集齐，就地熬药，同时让大夫第二次处理伤口，消毒。以针线缝合伤口之类的事情他怕大夫不太会做，便让苏檀儿以及几个丫鬟在旁边等着——事实上，他也没有看见最后到底是谁为他缝合了伤口，没有麻药的情况下，手术做到一小半，他便放弃抵抗，让自己晕了过去。

由于处理伤口，队伍再度起程时，他们没能跟着走。苏檀儿这时候已经恢复果决，只留下了三名护院两匹马，其中一匹给为宁毅处理伤口的大夫，让那大夫随后可以迅速跟上队伍，此后就连婵儿、娟儿、杏儿，都被她无比坚决地安排进了先走的行列。知道自己怀孕的消息后，她有了双倍的坚定决心，家中的旁人根本无法反驳。就这样，疗好伤，熬好药，她又给昏迷中的宁毅嘴对嘴地喂了一些，几人方才抬着担架起程。由于天气炎热，路上苏檀儿便一直给宁毅扇扇子。

午后的阳光透过树隙一直洒下来，渐渐地有微微的风，蝉鸣声一路上响个不停。苏家的几名护院比一般士兵的素质还好些，此时两人抬着担架依然健步如飞。感受到凉风，耿护院方才再度试图劝说苏檀儿上马，苏檀儿摇了摇头："没事的。"她停顿片刻，也不知想到什么，又道，"方腊的人没这么快追上来……"

"可是……小姐，你肚子里有孩子了，你想想姑爷，他也不想……"

"我宁愿不想这孩子！"她猛地偏头回了一句，一只手颤抖地握着担架上宁毅的手，眼中微微闪过泪光，随着担架快步疾行，"我现在……只想他好起来！我，我没这么矜贵，耿叔你别担心……"

"但是……"耿护院话还没说完，另一个声音倒是响了起来："啊……我老婆没这么矜贵，我知道的……"

宁毅反握了苏檀儿的手，在担架上缓缓睁开了眼睛，随后深吸了一口气。乍从担架上醒来，他用的是现代的称呼，但此时自然无人深究，众人一阵激动。又前行一阵，宁毅才在担架上挥了挥手："停下来……停一下……"

早晨，娟儿只以为他有些感冒，其余的都还好，但手术时晕过去自然吓了众人一跳，这时起来，初时虽然艰难，随后他却打了个哈欠，渐渐恢复过来："这一觉睡

179

得很好，谢谢大家了……"

如此说完，宁毅走出树林，去旁边的河水旁洗了个脸。苏檀儿跟上去，抚摸他的额头，发现额头仍然发烫。宁毅抱了抱苏檀儿，将耳朵附在她的小腹上。苏檀儿哭了起来，摇着头："没多久呢，没多久呢，我好好的。"

"我知道……早上要硬扛也可以扛下来，不过我是故意晕过去的，休息了一下，现在精神恢复了。我知道你身体好，所以我们现在要快点儿追上队伍，然后做些事情，好吗？"他笑着说完这些话，舒了口气，"你肚子里有我的孩子了，不管怎么样，我都要让你们安全。"

"你没事吧？大夫说……大夫说……"

"暂时没事，我有分寸，放心。"

他如此回答着，与苏檀儿一同骑上那匹马，嘱咐耿护院等人快点儿跟上来之后，朝着逃亡的队伍追赶过去。

在没有足够的卫生条件的情况下，军人受伤后伤口感染，致死率高达百分之五十，但即便没有青霉素的时候，类似南丁格尔医疗队的良好护理仍然可以将伤口感染的可能性降低到百分之二以下。当然，已经感染的，就算刮除创口，再有良好的护理，也不在此列，他仍将面临极高致死率的威胁，只能利用此时的中药以及本身的身体素质硬扛过去。

他仍然会发烧，此后可能会陷入昏迷，但眼下不是坐以待毙的时候，眼下他仍然可以做一些事情，至少可以将遭遇兵祸的致死率降到最低。

他其实不在乎孩子，但现在更加在乎妻子以及这些家人了。

无论用怎样的办法，他都要将他们送回去！

马匹以照顾孕妇的中等速度奔跑出树林，朝着前方的逃亡队伍追赶过去……

下午时分，陈兴都骑马走上山坡，打开地图，看着下方蜿蜒的队伍，等待着一拨拨斥候的归来。

他今年三十四岁，人还年轻，看起来不似多有威严的样子。他并非武德营中最高一级的将领，甚至连副的都不算，一直处于一个不高不低的位置，为人也不算长袖善舞，没什么外露的霸气或者天生的领袖能力，到得现在，却阴错阳差地成了这支近万人的溃散队伍的军方指挥，这对他来说是个巨大的压力，当然他也明白，这也是一个巨大的机会。

武德营守杭州不足半月而溃，待到秋后算账时，从高级到中级将领，通通会被清算一遍，而他正在其中。眼下这支队伍，集合了杭州近半数的有钱、有权者，只要能带着他们走出去，让这些人记下这份人情，日后他即便不能一步登天成为都指挥使,一个副都指挥使的职衔也绝对少不了,前途难以限量。但问题在于,这支队伍必将成为方腊军队的重点追踪对象,在去往湖州、嘉兴的路上,仍有匪人作乱。在前无去路后有追兵的情况下,如何走过去,他也不知道,这方面,他原本就不在行。

有一拨放得比较远的斥候不久前已经回来。方腊的军队已经有数股开始北上,目标可能是湖州,斥候所见的情况,是那支队途中追杀了一拨逃亡的居民,人几乎被杀得干干净净,匪军抢掠了便于携带的财物后继续杀上来,沿途似乎还在寻找不同的逃亡痕迹。这两天大家分析方腊最有可能直取嘉兴,如今竟有几股军队往湖州来,令得陈兴都一时间有些蒙了。

"陈将军。"尊敬的称呼声自旁边传来,同样骑马而上的是钱家的钱海屏。陈兴都行了一礼:"钱兄折杀小弟了,我哪里是什么将军。哦,钱先生之前说去劝说那些人捐出一些财物以做疑兵之计,不知道谈得如何了?"

如此大规模的队伍浩浩荡荡地往前走,留下的信息也极多,甚至偶尔还会有人掉队。钱海屏猜测方腊军队必然会追踪携带财物较多的队伍,因此想要劝说队伍中的大户捐出部分累赘,不过看起来似乎没有什么成果。

"虽然大家暂时都答应下来,但随后为了每家的份额争论不休。遭逢此事这些人竟还如此短视,真是……唉,这当中很大一部分人是当初由立恒说服,一同出城的,可惜此时立恒不在,否则应该好解决一些,现在……晚一点儿当有结果。"

陈兴都点了点头,随后轻声说起斥候带回来的情报:"那位宁公子当初说方腊当拿嘉兴,但现在看来,竟是拿湖州……如此一来,我们可是走在死路上了,前方不远处有一座清风寨、一座小洛镇,听说也已被反叛的匪人占领,但我们很难再绕远路……"

钱海屏想了想道:"他们劫掠财物,如此悠闲……不对,若真是为下湖州,必然由方腊军中大将带领,哪会一拨一拨松散至此。他们是真的要拿嘉兴,这几支队伍必然是去骚扰湖州,阻其救援的!而且杭州城内劫掠的资格被瓜分之后,放出来的这些人,一方面扰乱,另一方面也为追踪我们而来。这下糟了,我们还能转往哪里?他们取嘉兴,乱湖州,我们要往更西北的方向走才行……"

"如今哪里能再往西北,若再转向,恐怕途中便被扑过来的方匪包围了……"

"得立刻为此商议一番了。"

这时候跟随着的自然也有大量堪做幕僚出谋划策之人,钱海屏说完,转身要去叫这些人,陈兴都点了点头:"劳烦钱先生了。对了,那宁公子夫妇呢?"

"他在太平巷与石宝、刘大彪子等人一战之后受了轻伤,今早伤口化脓,外邪入体,虽然请了大夫诊治,但早晨却被落下了,唉……"

陈兴都微微愣了愣:"其实先前听过钱先生介绍,但我未曾细听,那宁氏夫妇不过二十出头，如此年轻，莫非真的……与那石宝、刘大彪子正面交过手？"

钱海屏想了想道："我原也不相信，但……当时若城外能多抵挡两日，说不定这些人便被揪出来一网打尽了。其实我们当时认为，方七佛也在城内。那宁立恒与石宝等人交手也是真的，当日几乎连石宝也要死在他手下。据我所知，有一个名叫苟正的乱匪头目当场就被他杀了，其余的还不能确定……当时没什么时间了……"

"哦。"陈兴都想了好一会儿，方才点头表示知道了。钱海屏扬起缰绳才要前行，却眯起眼睛看向了队伍后方。一匹奔马穿过人群，朝前方飞驰而来，马背上的人也看到了山坡上的几人。一路上来，宁毅夫妇在马背上行了礼。看见宁毅回来，钱海屏颇为高兴，陈兴都也更加认真地打量起这对夫妻。先前几日情况混乱，他对这等年轻人没有那么重视，就算宁毅提出什么想法和推测，也是经过了旁人的讨论才能被人接受。

当然，这时候也不是说荣幸或其他什么的时候，钱海屏过去叫人，陈兴都则简单说了说此时的情况。事实上，由杭州到湖州或者嘉兴，走直线都不过一百五十余里的路程，但江南一地水路纵横，极容易被挡住去路，没有船只，只能在一定的地方走桥梁渡河。此时前方有匪人作乱挡路，后方方腊的军队又已跟了上来，这支队伍行动速度不快，可供腾挪的空间其实已经越来越小了。

他们倒也不指望宁毅就有力量改变这等状况，不过现在已经大大地重视起他的意见来。

宁毅皱起眉头，过了好一阵，方才向陈兴都谨慎地开了口。

"我想……请陈将军给我安排几名老兵或是清楚方腊军中情况的斥候，在下想要询问他们一些问题。另外，我要附近的地图，也要几个真正熟悉附近地况之人，也许……"他微微顿了顿，又道，"我也许可以让情况变得稍微好一点儿……"他还在发烧，并且有更厉害的趋势，说话的语调并不高亢，只是低缓、平平淡淡地说出这些话。

陈兴都看了他一会儿，点了点头。

苏檀儿坐在宁毅身前，低头抱着他受伤的那条手臂，安安静静的。日光照下来，有些炫目……

黑夜里，鸟展翅飞过夜空，半轮明月之下，山岭起伏延伸，水道在这星光之下像是错落于大地间的微白色带子，又如须发、树根，随地势蔓延。人类在这黑暗中留下的痕迹只有斑斑点点的火光，有时聚集，有时零落。

初九凌晨，距离杭州沦陷近五天，这场大乱带来的初期混乱终于形成了相对明确的轨迹——夜间的灯点以杭州为中心，在沦陷之后朝周围冲泄出去。最初躁动而密集,到得此时,那轨迹渐渐化为一股一股,而杭州城内的火光,在初时的灿烂之后,此时也渐渐趋向平稳。

流血、杀戮、死亡,在前面四天的时间里鲜血几乎将这座城池的街道都染红了。不过,当最初的那段疯狂过后,一切总会平静下来,到了冲洗血迹的时候。四天的杀戮抢掠当中有过多少鲜血无法细述,未及逃出城去的诸多富商、豪绅、官员几乎被追捕虐杀屠戮殆尽,而即便是平民,也未见得就能逃过一劫,不知道有多少人在"疑似"的反抗中被杀死,不知有多少女子被侮辱。最初的反抗者被杀尽之后,幸存者们开始变得木然,任由从不同地方过来的"义军"占了一处又一处地盘。

只有少数有家底的人成了例外。

距离杭州府衙不远处的一所大宅,原本是杭州四大家中常家的宅子,地震之中虽也受了灾,但并不严重,此后又修修补补。此时午夜过了不久,宅子内外灯火通明,一场宴会正到得尾声,宅院大门处主人家送了一大群人来到街头,一个一个打过招呼并且送行。

通常来说,在混乱的杭州城中开得了宴会的,基本都是入了城的义军头目,但此时参与的并非义军,宾客们一个两个看起来衣衫简朴,唯唯诺诺。作为主人家的中年人以及身边的侍从们倒是颇有气度,这中年人便是如今杭州城中最为方腊器重的兄弟,人称"佛帅"的方七佛,而他送走的这些人,大都是原本杭州城中的豪绅富商以及一些投靠了方腊的官员,人群中赫然也有楼家家主楼近临的身影。

作为杭州的大家族之一,楼家之前其实并未与方腊有联系,方七佛在破城前一晚才找到他。因为楼家的生意五花八门,接触的三教九流也多,对方找了些关系,动之以情,他当时的回答不算坚决,但由于先前被钱海屏的人骚扰,他心中有气,倒也没有拒绝。

因此到第二日城破,他协同并不熟悉状况的方腊军队清点杭州的各种物资,此后成为方腊军中的座上宾,在钱、穆、汤、常四家都已离去的现在,若方腊真能坐稳杭州,他楼家几乎保留了所有资本,隐隐成了此时杭州的第一世家。

当然,方腊坐杭州,未必能稳,日后如何,其实并不乐观,但在此时,他也只能以这样的理由聊以自慰。

眼下幸存的这批人,其实多少互相认识或是听过名字。他们有的是一开始就与方腊暗中勾结,有的是后来被游说加入。在方腊的新政权中,他们或许将成为第一批原生的贵族,但除非是一开始便坚定地加入了方腊阵营的那批人,其余人多少有些忐忑,彼此也没说话,不随意交谈,只恭敬地与方七佛道别之后各自离去。

对这批人,方七佛的态度显得温文和蔼。他今年年近四十,身材高大,身手极好,为将之时杀敌不知凡几,但为谋士时,又有稳重内敛的一面。方腊军系当中,性格桀骜之人无数，类似石宝本身癫狂，邓元觉有几分疯劲，厉天闰沉稳但高傲，司行方凶戾，这些人各有艺业，在方七佛面前却都极为恭顺，就连那个喜怒无常自称刘大彪的少女和同样文武双全心机深沉的王寅，在面对他时，通常也会听令行事，不会有太多话说。

他送走了参与宴会的众人，转身往回走时，身后一名随侍的年轻男子跟了过来："老师，你如此看重他们，但依我看，他们可未必会喜欢，其中好些人是郁郁寡欢的，怕是觉得咱们这趟生意做不长呢。照我看，那些原本就不是真心归顺我们的人，杀了也就杀了……又能大捞一笔。"

或许是对这弟子的这等语气已经习以为常，方七佛只是淡淡地看了他一眼，倒也不甚生气，反而微微一笑："陈凡，咱们现在已占了杭州，你要把这等山匪习气改一改了，什么这趟生意，又什么大捞一笔。圣公将称帝，你将来起码也是个大将军，莫总贪些小便宜。"

"啧，老师，总是小便宜贪起来有趣一些，那些皇帝啊将军什么的，想起来都头疼……"

名叫陈凡的年轻人看来有些怠懒，方七佛倒也不在意，只是一面走，一面说道："杭州一地是江南要冲，圣公称帝，杭州便是京城，这等重要的地方，不能真的全打烂了。如今将要秋收，要割稻子了，要有人手，以后这城里要建起来，要有规矩，要有生意，而且要称帝，也要有人撑起场面来。这些东西，跟我们进城的大伙都不在行，他们只会烧啊抢啊，现在这是我们自己的家了，该收敛一点儿了。"

方七佛叹了口气："我们不懂的那些，这些人懂，现在不高兴没关系，只要他们肯做事，我给他们地位，给他们权力，他们会喜欢的……既然拿下了杭州，这几日我便要起身攻嘉兴了，在这之前，我要把这些事情安排好。过几日我离开了，你在这里，要保住他们不被骚扰，这事可记住了？"

"老师，我想随你去攻嘉兴，这些事情我不懂啊，要不然你把王将军或者安惜福留下来，把我换出去也行啊，我去湖州也没关系……"

"你不是不懂，是懒得去想，否则哪会开口就说'他们'……眼下王寅要掌南方形势，安惜福北去湖州，你留下来最好。你是我的弟子，又够不讲理。"

"我没有不讲理，我觉得我可以把安惜福换回来，退一步说，那个霸刀家的小妞做起事来不是比我更不讲理吗？我也可以换她回来。"

"北去湖州的那些人，乱糟糟一团，良莠不齐，打发他们过去，一方面是让他们扰乱湖州，另一方面不过给他们一个劫掠的机会罢了。惜福跟过去，是为了在必要的时候统御这帮人。你可知今日中午时分，陆鞘与姚义差点儿打起来，多亏安惜福带着黑翎卫及时赶到，才令这事平息，过去的若是你，恐怕早就乱上添乱了吧……至于霸刀，她这几日去哪儿了？"

陈凡偏着头挠了挠眉毛："前几天……城里杀得乱哄哄的时候，她在街上敦亲睦邻，给那些人发馒头，还不许咱们杀人。昨天也往北去了，听说跟她的手下在找一个叫宁立恒的人，就是把她和石将军都给摆了一道，杀了苟正他们的那人？反正我觉得这小妞是挺闲的……"

方七佛皱眉想了想道："当日破城，往北逃去的人最多，听说那宁立恒曾在事前联系过许多人，一同往北杀出，今日姚义等人似乎也盯上了一支逃亡队伍，当中莫非有他？"

"老师，要不要我追上去，警告一下他们？显然那宁立恒很厉害。顺便我把刘大彪他们换回来？"

"有什么好警告的？那逃亡人群中便有军队，也已成破胆疲兵。那宁立恒当日得逞一时而已，一人之力，在这等局面中又能如何？至于你要换回刘大彪，自己去跟她说啊，只要你能跟她说清，让她回来维持城中局面，我便许你北上又如何。"

"老师，那你得给她发个命令才行啊……"陈凡偏着头说道，但前方方七佛挥了挥手，步伐不停。他等了好一阵，才气急败坏地嚷道："但我也维持不了城中局面啊，你……老师你这不是强人所难吗？我想打仗啊！"

一堆堆篝火渐渐熄灭，营地已经进入休息阶段了。

位于山头上的这个小营地扎得并不规整，没有围栏，没有太多警戒巡逻，其中的帐篷也少，抱着良莠不齐的兵器的疲惫士兵们就在野地里围着篝火睡下，虽然有各种蚊虫叮咬，却俱已睡得昏昏沉沉了。

陆鞘正在帐篷里睡觉——其实并没有睡着，他躺在床上啃着半只烧鸡，望着棚顶，偶尔吐出骨头，心中不爽的，还是白天中午时分受到的无名之气——自家的兄弟被打了好几人，就那样在山谷里受了埋伏，而那姚义，竟然还咬定自己偷袭了他！

真是欲加之罪何患无辞，他太不舒服了……

他们这次北上，虽说主要职责是扰乱湖州，令湖州无法顾及嘉兴及杭州，但主要任务其实并不重。真正能够救援湖州或嘉兴的，是原本属于康芳亭的武骡营，但自方腊取杭州开始，武骡营就已经被方腊的妹妹方百花牵制在西北一带，只要方百花不败，湖州那点儿兵力对两面就都无能为力。

这等杀人抢劫的轻松任务中遇上此等无妄之灾，他原本心想无论如何都得还击一下，但后来没能成功。那支黑色的军法队到后，两边就都哑了火。

方腊军虽然大都是由无家可归的灾民组成的部队，有的连武器也凑不齐，例如他陆鞘，就是从家乡桐县拉的队伍，随后加入圣公军便有了山头和编制，但还是有几支真正精良的军队的。

方七佛等人手下的军队姑且不论,为了避免战场之上溃逃的情况太严重,那支由方百花建立起来的军法队确实是不折不扣的精英。其组成者身穿黑衣,都是杀人如麻的狠辣之人,有几次战斗当中,前排一溃败,后方人头便一批批地往下掉。如今这支队伍的执掌者是个名叫安惜福的年轻人,有一股沉默寡言的书生气,但陆鞘见了他就有些心虚。

不得不说,如今的起义军中,大部分还是混山头的感觉,谁的拳头大大家就怕谁。陆鞘自然惹不起邓元觉、石宝、司行方,也惹不起黑翎卫,但他跟的是厉天闰,司行方手下的姚义还是惹得起的,今日心中自是不爽,这时睡不着觉,心中谩骂了一阵。

他心中正自发泄,陡然听得营帐外传来一阵细小的骚动,他心中一惊,暗道莫非姚义又来捣乱,操了大刀便挑帘出去。只是他才出帐篷,便见一行人穿过营地,朝他这边过来。当先一人身材娇小,却是个穿着裙子、戴着黑纱斗笠的少女。跟在她后方的一人身材高大,背了一个匣子。再接下去,一队依稀可见轮廓的人走来,这些人的脚步惊乱了途中的篝火,火光斑斑点点地飘洒在空中。陆鞘想了想眼前这行人到底什么来头,反应过来时却愣住了。

那少女拿出一块令牌晃了晃,陆鞘连忙行礼,还没来得及说话,后方背着匣子的中年人首先开了口:"陆将军不必多礼,我们来寻找一位名叫宁立恒的书生,可能在往北的逃亡队伍中,陆将军可曾听说?"

陆鞘愣了愣:"不、不知道啊……"

"你一路过来,必定也抓了几个路途之中落单的人,他们被押在哪里?带我们去问问,可好?"

逃难的人来自各个方向,一路过来他们肯定会抓住一些人,有的被杀了,东西被抢了;也有的被抓了审问。陆鞘连忙点头,随后带着这队人过去。远远望去,群山中黑影幢幢,似乎还埋伏了更多人手。把人带到之后,少女等人不必他在旁边守着,他便折了回来,坐在篝火旁往那边看。

眼前这队人,他以前毫不熟悉,只是听说过,乃西南武林有名的刘大彪子率领的霸刀营。这刘大彪子本是武林豪雄,并非山匪,只是与方腊有交情,在方腊起事时揭竿呼应,与黑翎卫同是义军精锐。

当然,相对于黑翎卫一直杀头杀出来的名气,这霸刀营的名气则可以归结为刘大彪子本身大名鼎鼎。据说这人一手霸刀,在江南武林罕有敌手,乃一名身高八尺,腰围也是八尺,胸毛凛凛的英雄好汉,义军之中难有几人能与之比肩。

陆鞘加入义军听闻此事后对这刘大彪子极为佩服,但随着他在义军之中地位见长,才发现,虽然偶尔能够得见霸刀营中的士兵,却未曾见过刘大彪子本人。这人似乎不参与义军之中各种争权夺利抢山头的活动,为人神秘,做事霸气。到得后来,陆鞘才隐隐听说,那刘大彪早几年便死了,如今代替他发号施令的是他的女儿,却也执拗地让人叫她刘大彪子,似乎想要让乃父的名号因此传下去。他初时听说,有些好笑,后来才发现气氛有些不对。

据说这刘大彪的女儿虽然性子古怪,但武艺极高,这时的义军高层,几乎没什么人敢拿"刘大彪子"四个字来取笑她,皆因她已为此与高层众人打了好些架。那女子身体单薄,御使家中刚猛的霸刀却是另辟蹊径,听说就连军中武艺最高的石宝、王寅等人都未必打得过她,方七佛手下的弟子陈凡,据说甚至有倒拔垂杨柳之力,战阵之上犹如修罗,但听说与这刘大彪交手也是平局。

这其中有没有其他因由陆鞘不太清楚,不过这些打平局的人还能活着,而军队当中有好些人,据说是被那刘大彪杀掉了。此后旁人虽然很少见到那女子,却也不敢用"刘大彪"以外的称呼来说她,久而久之就传得神乎其神。他今日第一次见到这位少女,虽然未曾从她身上感觉出多少外露的霸气,但也没有表现出什么不恭敬的样子来。

如此过得一阵,那边大概是审问完了,他们又朝这边走来。少女朝他微微点头示谢,他连忙回礼,后方中年男子道:"事情问过了,没什么结果。我们才从薛斗南薛将军那边过来,姚将军应该也在这附近,不知可曾看见?"

这队人其实还是蛮有礼貌的,陆鞘听得那问题,才知道少女一行人竟是沿着北上的队伍一队一队地问过来的,当下连忙点头:"自然看见了,姚义嘛,他们的队伍应该就在山那头,往西去就是了。哦,还有黑翎卫,由安先生率领的,大概已经往前头去了。"

"多谢。"这些人听了,转身离开,朝黑暗中走去。走得几步,陆鞘看见那少女回过头来,开了口,这是他第一次听见对方的声音,有些冷,听来却也悦耳:"我们在寻一个叫宁立恒的人,陆将军明日若再遇上逃亡之人,烦请帮忙问问,谢谢了。"

"呃……自然、自然,没有问题。"

陆鞘说完,看着那些人在黑暗里远去了,微微舒了一口气。他感觉这些人倒也挺好相与的,旋即又觉得,这或许就是厉害之人身上的气势,要是到了姚义那边发飙,把姚义等人收拾一顿,那就最好了……

同一时刻,我们的视线再往北推,诸多逃亡者驻营的谷地当中,一些篝火正在燃烧。一边的黑暗间,婵儿正抱着双膝坐在草地上,目光有些悲伤地望着远处篝火旁的那道身影,而另一道女子的身影正端着一杯水朝那边走过去。

有些东西，她并不明白，即便微微明白，到此时也变得有些不理解了。

　　早上，姑爷被诊出手上的伤病危急，大夫进行了急救。她跟娟儿、杏儿姐等人被小姐强行赶进起程队伍里去时，她伤心得几乎要号啕大哭，但当时不是哭的时候，她因此忍住了。

　　下午，姑爷与小姐都赶了上来，她也因此很高兴，但在路途之中她便打听了，姑爷的伤是很严重的，可是一到这边，姑爷便开始做事，各种事情，奔走劝说那些富商拿出金银珠宝当诱饵啦，召集了老兵、猎户询问各种各样的情况啦，一直到夜晚都没有停过。姑爷一直在篝火边询问，偶尔想一想，走一走，多数时间是配合地图在纸上写写画画。

　　伤病的情况会让人的思考变慢，姑爷的情形似乎也不太理想，但从头到尾他都没有停下来，偶尔询问小姐的看法，直到那些被询问的人都已经睡了，他还在一直写、思考。

　　她倒也不是完全不能明白姑爷做这些事情的意图，但某些东西一直在心中敲打她：姑爷的伤太重了，姑爷会撑不住的啊……

　　她想要过去劝说几句，但一直没能鼓起这勇气来。小姐这次也没有劝说姑爷，而是在旁边跟着，在旁边看着，多数时间安安静静的，那或许便是夫唱妇随。她很羡慕小姐与姑爷之间的知心，可……姑爷会撑不下去的啊……

　　方才她端了一杯水想要过去，想要鼓起勇气僭越丫鬟的本分，开口劝说姑爷先停一停，不过经过的小姐将那水杯接了过去。或许是看见她脸上的神情，小姐还微微摇头，抱了抱她，然后替她端了水杯过去。她回到这边来，无心睡下，看见那边小姐与姑爷并排坐在一起的样子，她抱着双膝，将双唇压在膝头，低声、压抑地哭了起来……

　　火光爆鸣，升起一片光尘，光芒中，宁毅仰起脸仔细想了想，随后又俯下头，继续在纸上写画起来，夜，或许还很长……

第九章
威逼利诱重振军心　主动投诚一朝得势

这天晚上，宁毅最终还是睡了一觉，第二天起来之后，便又继续昨日的计划与推演。难民拔营、转向，他在马上继续着思考，有时候与苏檀儿商议，将想的东西交给苏檀儿过目，一路之上又询问了这样那样的人。直到傍晚时分，他才将一份大致的计划书交给了陈兴都。其中一些细节还需要真正知兵的人去做修改，或许到最后也无法被接受，但眼下，他只能做到这个程度了。

一部分人在刚刚扎起的营帐中商议时，宁毅与苏檀儿骑了一匹马，朝着附近的山坡过去。山坡那边是一条蜿蜒的水路，夕阳西下，阳光在山上、水上洒下金黄色的光芒，山下波光粼粼，山坡上开着漂亮的野花。

宁毅下了马，伸手去接苏檀儿下来，随后，虽然抱住了妻子，但他踉跄地退了几步，两人摔倒在草坡上。宁毅此时力道还是有些的，虽然摔倒，但也不至于让苏檀儿受到太大震动，随后两人躺在那儿轻笑了起来。

他们仰头望去，初九傍晚，天空中有雁群飞过，这一天的云层很好，像是纯白的棉絮一般。宁毅张开双臂，苏檀儿将手轻轻地捂在肚子上，像是两个孩子。

两个孩子在那里躺了好一会儿，方才有人开口说话，说的是小时候的事情。

"那时候，娘亲很不喜欢我，因为我是女娃。"望着那片天空，苏檀儿笑过之后轻声开了口，"她一直希望……以后能给爹爹生个男娃，爹爹也是这样想的。不过爹爹至少对我热络一点儿，他说我聪明，将来有个弟弟肯定也会更聪明。爹爹总从我身上看将来弟弟的样子，娘亲就连看都不想看。那时候我老去黏娘亲，可娘亲不理我，有时候我做错什么，惹得她烦了，她也不打我，只是挥手让奶娘把我抱走。相公，这世上最大的瞧不起就是这种了吧……到后来我知道娘亲老想要个弟弟，一开始我甚至都有些恨弟弟了，不明白女娃有什么不同……"

山坡上的野花开得斑斑点点的，苏檀儿将手搁在小腹上，看傍晚的白云流散。宁毅原本闭上眼睛笑了笑，这时候睁开眼："没事，她不喜欢我们，我们也不喜欢她。"

"呵，我可以不喜欢娘亲，相公不行呢，否则会被人戳脊梁骨的，说女婿不孝顺。"

宁毅偏过头来，看了她一会儿，一本正经地说道："他们骂不过我。"

"噗……"苏檀儿忍不住掩住了嘴，片刻后方才望着那天空，再度开口。

"我在女孩子中算是比较奇怪的，后来念了些书，没有像那些大家闺秀一样觉得这是人之常情，而是觉得爹爹和娘亲没有对我好，一点儿也不公平。我在那大宅子里随着奶娘长大，一方面觉得自己要当个让爹爹和娘亲后悔的男孩子，要把家里的生意接下来；另一方面又觉得自己是个女孩子，一定要把女孩子该学的东西都学好，要不然不就证明自己其实羡慕那些男孩，这样不就输了吗？"

宁毅伸手替她拈走一根沾在发端的草茎。苏檀儿的声音悠悠的："在那样的家里长大，小时候奶娘对我好，总是说，我们是大户人家，我是大家闺秀，人家都羡慕，可是到我懂事的时候我才觉得，没什么好羡慕的，爹爹不喜欢我，娘亲也不喜欢，若是小家小户，便没有这等苦恼。其实我也明白，若不是那个家实在太大，若是我上面有一个哥哥，爹爹和娘亲没有那样大的压力，我也不至于被冷落，我、我不喜欢爹爹跟娘亲的那些时间里，后来发现，我也成了跟他们一样的人，那个家里……没有人情味……

"我……妾身，不是一个大家闺秀，只是跟着旁人学来学去，其实也不像。妾身……喜欢诗词，可自己作得不好，也不太会看，就告诉自己，那时候要学的生意上的东西太多啦，根本没时间……其实也不是的，妾身根本就不喜欢诗词，只是喜欢那种被人追捧的感觉……有时候想到这些，看到爹爹娘亲的样子，妾身就想，以后也不要生孩子了，若是生了孩子，养不好，她也像我一样，怪我这个做娘亲的，可怎么办？"

"标准太高了，谁也不会纯粹喜欢诗词……你会是个好娘亲的。"宁毅插了一句。

苏檀儿摇头笑了笑："到了十四十五岁的时候，妾身不想成亲，就一直拖啊拖啊，然后到真的拖不下去的时候，才选了相公。"

她偏了头，看着躺在旁边的宁毅："可那会儿也不是真心的。妾身让小婵去照顾相公，成亲那天跑掉了，好几天以后才回来，到后面虽然住在一块儿，对相公也没有太敬重、太上心……"

"不是已经很好了吗？"

苏檀儿摇头，表情已经变得平静，只带着些许自然的笑容："不是的……"说这话时，她的声音已经微微哽咽，"不是很好，那只是……妾身在装，装得像是大家闺秀，装得很识大体，就跟装得很像喜欢诗词一样。妾身……只是想着自己，想着稳住相公，让这个家……看起来像个家，不被别人戳脊梁骨，也就够了，妾身没想过相公……"

"女人真麻烦……"

"可现在想了。"

两个人的声音同时响起，宁毅是无聊地嘟囔，苏檀儿是微微哽咽的低语。说完之后，她忍不住为这话轻笑起来，宁毅闭着眼睛将手掌横过去，手指几乎碰到苏檀儿的脸颊，苏檀儿偏了偏头，微闭着眼睛，将脸颊靠在他的手上，感受着手指的触碰。

两人素来都是果决之人，不喜矫情，在一起的时候虽然有小楼夜话那等在这年代看来浪漫的交谈，但实际上，苏檀儿精明练达，当初在小楼之上的交心，也是以尽量自然的态度说话，甜言蜜语是不多的。后来苏家遭逢大祸，两人的感情突飞猛进，再到苏檀儿烧楼、圆房，虽然偶尔会有几句甜言蜜语，但那也基本是在床笫之间。苏檀儿的小女儿娇态并不多见，两人都是厉害的人，就算打情骂俏，她也是点到即止。这两天，得知自己怀有身孕，再知道宁毅的伤情之后，她一直默默陪在宁毅身边没怎么说废话，到得此时，才真正开口将这些她原本认为无须在意的东西发泄出来。

"妾身现在知道相公将那时的事情都看在心里，妾身心中想的那些弯弯绕绕估计也瞒不过相公，想起来真是难堪……那时候妾身就当相公是个傻书生，读几本呆书，不会想事情，待人接物也不行，就想着……只要能控制住相公就行了，相公这等傻书生，哪里会是妾身的对手啊……"

宁毅笑了笑："现在不也是？"

"相公心中豁达，或许觉得那也是人之常情，可妾身现在想，要是这些能重来就好了，妾身一定好好对相公，妾身……想要变成真正的大家闺秀，想要相夫教子。妾身不想十八岁才嫁给相公，让别人说，相公娶了个泼辣的老姑娘。要是十四岁、十五岁的时候就嫁给了相公那就好了，那样一来……那样一来……所有事情都不同，妾身就不会任性地拉着相公来杭州了……"

苏檀儿说着前面那些话时尽管有些哽咽，但也还算冷静，说到最后一句时，才真正哭了出来。她双手捏起拳头放在身侧，微微颤抖，哭得厉害。这女子一贯高傲,虽然都掩藏在温婉的表象之下,但平素纵横商场,养成的风格也如宁毅一般锋利如刀,事情一旦发生,首先便只求解决之道,后悔的情绪顶多只能叫作归纳或反省,但在这时,知道路途艰难,丈夫的伤势也很可能因长途跋涉而加重,她竟内疚起来。

宁毅叹了口气,往妻子那边靠过去。苏檀儿揪住他的衣服,咬牙饮泣着。

"我们会回去的,还有机会。"宁毅说了一句。

苏檀儿哭着道:"我现在想为相公生孩子了,想要相夫教子了,不想再逞强了,不想再做生意了,我已经不想自己了……可我现在又想,要是现在……没有这个孩子就好了,现在没有,以后有就行了。我这两天看见相公做那些事情,拼命想怎么出去,知道相公被责任压着,虽然没有孩子的责任相公也会这样,可我真的害怕了……大夫说相公的伤势需要安心,需要静养,然后靠自己的身体撑过去,可相公你为了逃跑的事情这样子劳心劳力,身体怎么撑得过去啊?我想劝,可我知道根本劝不了……"

她在宁毅身边哭得厉害,压抑得厉害,因此身体颤抖得也厉害:"这两天,相公在问那些人事情,在计划那些东西,我在相公身边……我在相公身边忍着不说话,心里一直有个声音在告诉我,说了也没用,说了也没用,只是让你更烦心,不能让你一边烦心做事还一边烦心我。可我又想,要是我像那些普通的女子就好了,就只哭着喊着不许你做这些,然后就什么事情都不用管了……"

宁毅拍了拍她的肩膀:"你也知道说了没用的……"

"到忍不住的时候……"苏檀儿吸了吸鼻子,"到忍不住的时候,我就到帐篷里躲起来,坐一会儿,忍住不让自己哭。婵儿她们都哭过好几遍了,她们想要过来劝你,我都把她们挡下来了。我不想让你还要费力跟她们说话,还要劝她们,我也不跟你说没用的话,连说话的体力也不想你耗掉……我本来也不想跟你说这些的……"

她说完这些,低声哭着,但比之方才,终究是好了一些。宁毅等了一会儿,说道:"我会好起来的。"

苏檀儿抹了抹眼泪,但泪珠还是一直在掉。她靠在他的胸口上,点头道:"一定要好起来。若你好不起来,我也遇不上这样的相公了,孩子我也不要了,家也不要了……我原本就不是个好娘亲,弄得别人家破人亡的事情我也做过……相公你给我记着,我肚子里有你的孩子了,你现在很累了也不能喊累,还得撑过去,但撑不过去也没关系,我们就下去找你……"

她睁着眼睛盯着宁毅,温婉的瓜子脸上樱唇紧抿。她以女子之身在商场上纵横,从来都是润物无声的风格,因为本身样貌精致,又只是二十出头的少女,不似那等杀伐果决的商人，但此时，那哭过的大眼睛里流露出长期在商场上养成的却一直收敛的执拗脾气，与那温婉的面容混杂在一起，却给眼前人传递出一个更暖心的信息：这是你的女人。

宁毅笑了笑："别小看你家相公，不管怎么样，我都会活下来。这孩子你生定了。"

苏檀儿摸着小腹，随后往宁毅怀中靠了靠，另一只手揪着宁毅的衣襟，闭了眼睛，口中似乎念念有词，似乎在祈祷什么，但山风吹过，宁毅听不清具体的言辞。

天空之中绵云流转，夕阳霞火烧遍了天际与山脉水流，夜晚降临，逃亡者的营地当中，军队忙碌起来。第二天再度拔营时，后方的追兵距离这边其实已经不算远，到得这天中午逼近时，追兵从落单的难民口中得到一个消息：就在他们前方，那支最大的逃亡队伍，开始内讧了……

天空中的乌云缓缓地、一丝一丝地在前方聚集起来。

由杭州到湖州的路上，大家一路都在逃亡。

若回顾这段时日，初四时杭州城破，众人惶然无计地自那里逃离。此后，许多人选择去嘉兴。那时候，方腊的军队尚在各种围追堵截，不少人因此被留下了。到后来，这一大批一大批被杀散的人再在路上聚集，恢复起些许秩序来，已经是初六、初七了。

这时候，自西面往杭州聚集的方腊义军已趋近饱和，开始往四面扩张，再度聚集起来的逃难者们各自痛苦地选择着去往的方向，在杭州周围虽然山岭不深但水路纵横的大地上聚集又分散，有的被义军追上后围杀，也有被一批一批俘虏之后送回杭州的。

数月以来方腊兴兵之后的声势以此时为最盛。方百花在西北拒康芳亭的武骧营，南方陈十胜的武威军被邓元觉、司行方夹击在中途，方腊与方七佛等人重兵拿下杭州，此后遍地都是与之呼应的起义浪潮。杭州四面的道路上，那些懵懵懂懂的逃亡者才反应过来，就发现，以杭州为始，无论往哪个方向，几乎都成了危险遍布的雷区。

只有化整为零地在山区、村庄中躲避的人们最后才侥幸逃过一劫，真正以大部队的形式安全逃离杭州地界的例子不多。这些从杭州城中被赶出来，流离失所的人，最终大都成了此后方腊建立的"永乐朝"的祭品或是最初的臣民。属于武朝的影响力，在江南这片土地上，一时间被压到最低。当然，若要从中寻找细小的亮点，自然也是有的。

它的整个过程只发生在杭州、湖州交界的一隅。当时由杭州出来，聚集了大量富商豪绅的最大一支逃亡队伍七弯八绕地行至此地，整个准备工作只发生在初十凌晨到十一上午不到两天的时间里。

从战略层面上来说，一天半的时间很难完成太过复杂的操作，当时跟在队伍后方已然逼近的义军一共五支，分别由方腊军中姚义、陆鞘、薛斗南、米泉、沈柱城五名将领率领，少数黑翎卫以及当时由刘大彪率领的部分霸刀营士兵还并未被算入其中。这五支队伍的兵力加起来一共六千余人，士气正旺，而逃亡队伍中一共有三千残兵，众多富商豪绅门下的护院保镖也才一千余人，而且战场不同打架，这一千余人的战力并不可靠。

事后看来，这几支队伍在方圆不到四十里的范围里只是发生了一次简单的接触与心战，而后彼此就开始将军，其后的结果却有些出人意料。当然，在事情一开始发生时，觉得出乎意料的，不只是方腊麾下的军队，就连逃亡队伍本身，都是无比错愕后方才反应过来。

聚集的阴云、燥热的天气、蜿蜒的河道边，队伍随之朝远处延伸出去。这支往前行去的队伍一共近万人，这时候在队伍的尾端，正酝酿着一次吵嚷与内讧，而在前段和中段，一些骑着马的军人和师爷正在前后奔跑。他们大都拿着纸笔，准备散入这支残兵的每一个小队伍中，记录需要记录的东西。

在逃亡途中做这类统计显得有些仓促，但这事从早上就开始了，上面传下来的意思也简单，领队的陈兴都以汤修玄为首的士绅们仔细谈过。队伍只要去到湖州，每一名军人都会是护送的功臣，为了将来论功行赏，这时候将记录下每一个人的姓名与籍贯，无论是军官还是士兵，每一个人都不会被落下，而这些人若是有在杭州去世或失散的家人，每一位还将有额外的抚恤金，这是大家护送了这些"大人物"后应得的报酬。

杭州城破之后，武德营的军队再难保持编制，这支队伍里虽然有三千余军人，但所属的队伍相当杂乱，大都也失去了打仗的心思。陈兴都之所以能成为这支队伍军事上的领导者，是因为此时他麾下的人最多，足有七百余人。其余的人虽然也听从调遣，但运作起来相当麻烦。

武德营说起来是精锐，其实实战经验算不上很多，这次大败之后，若只说要再建编制，恐怕不少人会心生畏惧。倒是这道命令下达之后，为了方便记录，这些人都自动聚集起来，按照当初的军营分布临时推举了军官，虽然看起来就像是各自占山头，但总算是建立起了更加紧密的编制。这期间，陈兴都自然也安插了一名名心腹发展势力，令命令可以更加迅速地下达。

统计军队人数时，一些流言开始在军人和平民当中流传起来。这其中自然有负面的消息，包括身后已经逼近的追兵，包括前方被挡住的去路，都已经暗中流传出来，被传到所有人耳中。而后，倒也有另一些消息在众人的耳语中传开。

"汤先生他们已经有办法了……"

"听说汤家有人跟清风寨的叛贼有交情，咱们现在有三千多武德营过去，清风寨会让开路……"

"不是，听说有个叫宁立恒的人出了个计谋，什么都算到了，陈将军他们如获至宝。我表弟在大营那边，昨晚看到的……"

"宁立恒是谁？"

"嘿，你们不知道了吧。此人看起来是一介书生，却有'十步一算'的称号，而且身负极高的武艺。当初在杭州，方腊那帮人在城里作乱，他帮助出谋划策，后来，那什么石宝、方七佛等人亲自去杀他，反被他算计，他杀了好几人后扬长而去，弄得石宝、方七佛灰头土脸。唉，可惜当时城破太早，若能再坚持几天，听说方七佛就要被他干掉了……"

"我听说他在江湖上也有个名号，可不是'十步一算'，人家叫他'血手人屠'，这次肯定可以过去……"

宁毅一时间被说得神乎其神，包括当初在太平巷的作为、他的外号等也都被传扬了出来。

当然，这并不能缓解大部分人心中已经兴起的焦虑情绪，前后都有敌人的情况下，没有多少人相信一个以前没什么名气的愣头青，就算这边将他塑造成诸葛亮转世，也未必能给人多少信心。

不过，逃亡队伍里，军人、富商、豪绅、地主、官员之类其实是没多少选择的，方腊麾下军队一旦追上来，他们必然没有侥幸的可能，只能是死路一条。在这个时候，他们也只能相信眼前能相信的一些东西，但队伍之中那些一穷二白或是没有太多身家的人不同，他们原本就随着大流在走，原本觉得这队伍安全才跟着，这时候忽然听到眼下的消息，顿时便变得忐忑起来。这支队伍秩序不强，原本就有各种矛盾，只是一开始被众人齐心按压着，但这些绝望的消息传来之后，矛盾便立即激化。

对这些平民来说，就算被追上，他们也能选择投降，或者化整为零，缩进山沟、村子里，只要方腊的军队不把杭州周围全杀光，自然就有躲过去的可能。到得初十这天下午，在队伍高层的肆意放纵下，队伍自附近一个名叫石桥滨的地方渡过了一条河道支流后，逃亡的队伍便以一场小规模的斗殴为导火索，分裂成七千以及近三千人两股。

近三千人那支队伍转向东北，试图朝嘉兴行进，途中要绕过前方的清风寨与小洛镇。这些人多是由平民组成，也有自作聪明混入其中的富商、官员。在这些人看来,后方追来的乱军主要为求财,如果将那七千人当作诱饵,他们多少能得到一线生机,也有自觉前方危险的,干脆离队,以平民身份朝周围区域散去。

这个时候,跟在后方的追兵当中也开始出现一些难以决断的问题,随着他们越来越逼近这支最大的逃亡队伍,驳杂的信息也忽如其来地出现在眼前。

自落单的难民口中,他们可以轻易地询问出各种信息:这支队伍的规模、队伍中出现的内讧、队伍中传得神乎其神的谣言,什么"十步一算""血手人屠",让石宝、方七佛、刘大彪灰头土脸,然后是有的人离开队伍单走的传闻,或者某某大富商跟某某官员知道情况紧急,开始脱离队伍往山里逃亡的情报。

一万人的逃难队伍,留下的线索其实是比较清晰的,但在这时出现了一系列干扰判断的东西,散落在逃难途中,大多是往不同方向延伸的财物。五支军队的斥候都在往前赶,也在不同方向上与武德营的斥候发生了碰撞。姚义这些人一路北上,原本就不算齐心,在分配猎物、战利品上自然也会有一番争吵,最后为了暂时保持和平,五支队伍各自隔了一段距离,选择了方向朝着前方推进。由于选择的方向是同一个,姚义、陆鞘两拨人甚至又争吵了一番。这个时候,众人并没有担心打输的问题——三千多残兵,在七千人的包围下,也翻不起什么花样来了。

这天傍晚,逃亡队伍主力的七千余人自原本渡河的石桥滨一带再度折回,与往北面追来的姚义的队伍几乎是擦肩而过,队伍趁夜南下数里,在地势凶险的河湾边扎了营。河道在这边像是一个钩子,他们南下折返,原本一路上就有各种痕迹,这时候东面、南面又有河道挡路,这个河湾像是口袋般将人们兜了起来,如果姚义等人往南边折回,这里几乎就是死地,但眼下姚义等人急着往北方追过去,一时间没有再来探查。

这天晚上,五支队伍从不同的路径朝北方行去,其中薛斗南、米泉两人率领的数千人甚至是从众人扎营的河湾对岸过去,并在与这边相隔了十余里的不同区域暂时扎营。这天晚上,河道边的营地中安静得几乎窒息,只要明天那五队追兵拔营北上,他们将获得第一次机会,到时才有可能再做其他运作。

没有人敢生火,没有人敢点灯,知道事态严重的众人在生死存亡的关头几乎都自觉地屏住了呼吸,一时间说话都不敢大声,但夜晚与姚义的军队擦肩而过的那记回马枪却在众人口中扩散开来,虽然只是个小手段,但众人都需要一些自信作为支撑。

如此到得第二天,天空中乌云汇聚起来,武德营放出了最精锐的几名探子,注意着北面几支军队的动静:姚义的军队开始拔营,薛斗南、米泉的军队开始拔营,沈柱城的军队开始拔营,陆鞘的队伍落在最后方,沿着姚义的路线往石桥渡方向过去,然后,在这天中午将要过河的前夕停了下来……

他开始折返了。

正午，北面的一座山头上，名叫安惜福的男子骑在马上，带领着黑翎卫朝北方赶去。

他的任务与姚义等人不同，与那随着性子就过来找人的刘大彪也不同。要扰得湖州一地不能救援嘉兴，看起来很简单，姚义等人也当成散心、发财一般来玩，但他得负责大局。

一路上追杀逃亡的人，这是收割战利品，可以马虎一点儿，但湖州毕竟还是有自己的军队的，因此他率领黑翎卫一行迅速北行，早已超过了众人的进度。清风寨、小洛镇这些忽然揭竿的地方，由于事先与方腊那边并没有联系，此时也得由安惜福过去给他们一个名号，并且让他们在战斗中真正出力。

此时他们已经接近前方的小洛镇，留在后方观察姚义等人的动静的一名斥候也骑马回来了，照例告诉他那五人每一天的进度。看着那斥候带回来的情报，这名黑衣男子顺手在地图上点了点，皱了皱眉，将地图放到一边。他觉得这帮人太过怠懒，速度太慢，打仗的速度慢，连抢钱的速度都慢，真是无可救药。至于那支逃亡的队伍，倒是有些古怪，但这念头只是闪过脑海，他并没有认真去想。

待到一刻钟后，一行人下了山，某些东西在脑海中逐渐清晰起来，他愣了几次，然后拿起那地图来看，片刻之后皱起了眉头："不可能吧……"

他挥了挥手，让队伍停下来，随后叫来斥候一则则地报告从昨日开始听到的信息。在这个过程里，他又想起石宝等人在杭州的遭遇，想起刘家女子这次过来的目的。虽然他还不能确定，但回过头去想的时候，某些不祥的感觉似乎自南面灰暗的天空中压了过来。

"宁立恒……"他想了想，"希望……不会是这样……"

天色昏暗，营地之中，陈兴都坐在帐篷里，与两名心腹推演着宁毅拿来的那份计划书，当斥候的消息传来时，他整张脸都白了。

"怎么、怎么会这样的？不应该啊……"

他下意识地去看宁毅的那份计划，计划有些复杂，但很有说服力。到目前这一步，其实才只能算是开始。说起来，眼下这支军队还有数千人，真的要突破清风寨、小洛镇那边北上湖州并不是不可能，但偏偏后方的追兵已经近了，战况只要稍微拖延，就会被近万人包饺子，而在这些将兵战意全无的现在，要说战况会顺利，那根本就不可能。

激化矛盾，以那三千人为饵，自己这拨人快速折回，躲在他们不太可能搜查的绝地当中，只要寻到些许空隙，就能再度改道，获取更多运作空间。关于这一点的可行性，宁毅给过许多分析——追兵那些头领的心性，如何用金银、攻心之计将他们之间的距离稍微拉大，并且安排了好些应变之法，几乎每一种情况他都预想了。当宁毅安排一些士兵故布疑阵让追兵起了些许嫌隙，然后分散开来的时候，陈兴都对宁毅其实有了不少信心，更何况旁边还有个钱海屏，他说宁毅当初对付石宝等人的策划与如今类似，相当有效果。

队伍之中再度统计起士兵的编制，方法也是由宁毅给出，而后队伍中的谣言、分裂几乎都印证了计划的一部分，他们果然也在这边躲避了一晚，却没有想到，在这个最关键的时刻，对方竟还是发现了他们，折回来了。

这个计划以各种方式笃定了对方会被迷惑，以复杂的言辞确定了可行性，而在这之后，各种计划也是极为诱人，却唯独没有说清楚这时候该怎么办。当初似乎也有人提出过这个可能，宁毅那时候病恹恹的，只是说："你们看看发展，再决定是否要这样做，可好？"

众人之前何曾见过如此详细且有说服力的计划，甚至汤修玄也说："总得冒冒险。"他以当时表现出来的强大自信以及在其他方面的复杂布置暂时压倒了质疑者，但事情第二天就在几乎致命的地方被搞砸了。

愣了半晌之后，陈兴都抓起那份计划就走了出去。天气闷热阴沉，众人还不清楚这个消息，只是安静地等待着。他一路去到苏家那边的帐篷，这时候宁毅刚刚从睡梦中醒来。自初九傍晚以来，他头上发热越来越严重了，这时候得苏檀儿搀扶着才能从床上坐起来。高热也暂时影响了他的思考，陈兴都进来时，他有着些许迷惘，然后摇了摇脑袋。陈兴都看了他一阵，压抑着颤抖的语气道："出事了……"

宁毅揉了揉脑袋："姚义……不，陆鞘……应该是陆鞘……"

他话没说完，跪坐在一旁为他整理衣衫的苏檀儿开了口："陈将军，陆鞘到哪里了？"

陈兴都微微愣了愣，看着这对夫妻，随后扔下那份计划书，抓过来一张地图，画了一个点："他在石桥渡，开始折返了！他发现我们了！"

宁毅想了想道："其他人呢？"

陈兴都唰唰唰唰又画了四个点，地图上的五个点如同一个扇形，已经将这边包围起来，有的远些，有的近些。宁毅看了地图半晌，闭上眼睛："那你还等什么？"

"你……"

"陆鞘那支军队只有一千多人，我们有四千，他们现在分散了，被河道隔开，接着就会陆续发现我们。陈将军,现在是各个击破的最好时机,我能做的只有这么多了,你在等什么?"陈兴都面前,那书生有些吃力地站起来,看着他,声音并不高,"他们彼此钩心斗角,隔得都远,救援不及,这些人被打溃之后,湖州之围尽解,陈将军,将来加官进爵、封妻荫子一定会有你一份,你知道的。"

陈兴都迟疑片刻,咬牙道:"你在消遣我……你知道的,兵败如山倒,这些人根本就打不了了,哪怕敌人只有一千多人……"

"但现在不是为别人打仗了,从昨天开始我们就把事情的严重性告诉他们了。空一点儿的地方,他们可以脱掉军服,躲进山里,现在没有可能。我们后面什么退路都没有,破釜沉舟,现在是哀兵,不往前走就是死路一条。"

"若是、若是打不胜,你可知道……"

"那份计划你也信?!"宁毅微微抬高了声调,咬着牙指着被陈兴都扔在地上的计划,"那都是骗人的,就到这里为止!我又不是神仙,怎么可能算到那么多?陈将军,我只能控制这一天的时间,他们一直是追兵,太轻敌,暂时被冲昏了头脑,一下子反应不过来,若这次反扑不成,他们冷静下来,我们什么机会都不会有了。"

"路可以别人指,但命得自己挣!这种形势下,没有耍耍小手段就能活着的好办法了。"他看着陈兴都,"我娘子有身孕,四千打一千若打不胜,我们都得死在这里,就这样……"

景翰九年七月十一,湖州、杭州交界之处。

午时过后,天空中弥漫的阴云像是将世界笼罩成了下午,雷雨正在酝酿。营地之中,武德营的数千残兵开始朝着空地聚集。

不安的情绪在人群间弥漫,主营帐那边,如今能参与到逃亡队伍高层的将领、士绅在这阴沉的气氛中激烈地争吵,也有性格相对暴烈的,看起来想要动手,随后又被周围的人拦下。

不光是这里,有关陆鞘军队发现了众人躲避的方向,此时正朝这边奔来的消息已经渐渐散布到了军队当中,平民此时也有了些许耳闻,但骚乱一时间并没有起来,因为如果事情是真的,众人现在甚至连鲁莽的决定都没办法做出来。往后是即将下雨的河流湖泊,往前是自投罗网,谁也不知道该往哪里逃。

有的人在确认事情真实与否,有人在寻找自己认识的人询问对策。主营帐这边则被各种各样的人投注了最多的关注目光。汤修玄、钱海屏、陈兴都、那病恹恹的年轻书生宁立恒,乃至更多曾经在杭州有才名、有官名的人,都被大家密切注视着。

宁毅偶尔会跟一些人简单地说话，说得最多的，大概是那边的汤修玄。作为四大家的家主之一，这位老人目前仍旧有着最高的地位，有着最多的关系。武朝重文轻武已有多年，即便是陈兴都，这时也没办法怠慢真正的士绅。汤修玄与宁毅说了很久，某一刻终于皱着眉头深深地看了宁毅一眼，点了点头。

"在杭州之时，希文公很看重你吧……事到如今，也只好听你的了。去吧，保重身体。"

他说的时候，一名将官正要愤怒地朝宁毅冲过来，随后被人隔开了。汤修玄看了一眼，摇摇头，拄着拐杖转身离去。那将领在骂骂咧咧中被拉开了，宁毅没有看他，由苏檀儿搀扶着往另一边走去。虽然已经很累了，但他还有一些事情要做。

这时，姚义带领的队伍正一刻不停地往他们所在的南边过来，更北面的地方，黑翎卫掉转了方向，朝着这边飞速赶来。天空之下，这片大战场的东北面，名叫刘茜茜，小名刘西瓜的女子，正带领一队霸刀营朝着石桥渡的北面包抄过去。她并不着急，只是等待着陆鞘等人在北面某地打败了那支逃亡队伍，然后去接收她看上的军师。

当宁毅强忍着头晕，去往武德营士兵聚集的那片空地时，远远地已经传来过好几次声响了，隐约间，陈兴都正在说话，将面临的整个情况一五一十地告诉了在场的士兵。

那是一片草地，此时看起来已经像是一座小小的校场，前方扎了个简单的台子。风不大，宁毅从侧面上去时，半数人朝他望去。苏檀儿没有跟上去，这样的地方，她并不适合上去搀扶。台上不只陈兴都，也有汤修玄、钱海屏以及一些杭州的官员、士绅，看着这时候有些弱不禁风的宁毅，他们多少有些怨气，但并没有表现太多，只是有的盯着他看，有的转过了头。

那大台子上有块简单的幕布，标出了众人所处的位置以及面临的五股敌人。

"各位兄弟，我们已经没有退路了，人家要逼死我们！我们只能往前走！我们有三千人，他们只有一千，而且都已分散，来不及互相救援……他们如今轻敌，我们才会有这样的机会，若让他们清醒过来，我们什么机会都不会有了……几日以来，我们费尽力气才将他们的距离拉开，路，可以别人指，但命得自己挣！还有血性的人，就给我拿起刀，杀出一条血路来——"

陈兴都本人也是有武艺的，这时候大声说话，全场皆闻，但他算不得口齿灵活之人，重复的基本也是宁毅的那番话。待到他说完，宁毅走过去，将拿着的一大摞卷册交给汤修玄，随后到陈兴都身边："我没什么力气了，陈将军可以帮我传言吗？"

陈兴都点了点头。宁毅扫视着这三千余人组成的黑压压的一大片队伍，低声、缓慢地说话："中途折返，陷于死地，是我——宁立恒故意设下的陷阱，你们都被我算计了。但除了置之死地而后生，我们没有第二条路可以走。"

陈兴都先是愣了愣，随后方才开口，将他的话大声转述出去，顿时军队之中又是一片嗡嗡之声，宁毅等待了片刻。

"前无去路，后有追兵，近万人的队伍掩盖不了行进的痕迹，在杭州这一片地方，不管怎么走，时间一长，我们都只有死路一条。我们的前面有将近六千敌人，但杭州一战，方匪的队伍已经开始轻敌，昨天石桥渡往回，我们那样简单地骗过了他们就是明证。我们还有唯一的胜算，那就是，我们是武德营……是军中精锐。"

宁毅看了看他们，但这样的奉承话其实并没有什么效果。

"杭州一战，因为天时，我们败了一仗，败得我们自己都有些莫名其妙。今天走在这里的还有三千人，我不知道大家有没有开始怕，但方腊那边的人已经觉得我们是土鸡瓦狗了。他们派了五支军队来，每一支都只有一千多人，这些人互相争吵，不愿意其他人占了太多利益，至于怎么打败我们，抢走我们的东西，他们没有去想。他们像大家一样，觉得这已经不用去想了，可我们还有三千人，那边，那些护院、镖师也有近千人。现在的情况已经画在后面的图上，他们一千多人气势汹汹地过来，我们四千多人只想着逃跑，他们一千，我们四千。

"我对打仗并不了解，不知道我们能不能胜，可到了现在，我们的情况，大家都已经清楚，跟以前不一样。这次你们每个人都清楚，我们要怎样打，你们也清楚，我只能帮你们做其他的一些事情。"

他挥了挥手，有人将大大小小的箱子抬上来。

"从昨天开始，我们记录下各位兄弟的姓名、籍贯，今天在这里的，以汤老为首，我刚才已经将卷册全部交给了他。如今这支队伍，大家都在一条船上，如果可以回到湖州，你们看看台上，看看那边，所有人，都欠你们一份人情，你们每一个人，都可以升官发财。"

那些箱子被打开，金银的光芒射了出来。

"这里的都不是忘恩负义之人。大家戍卫杭州一地，我知道你们有许多亲人、兄弟也在杭州，他们有的也在这支队伍里，有的已经在杭州去世，或者出不来了……方腊杀了他们，烧了大家的房子……也有女人……"宁毅顿了顿，然后指了指后面那块幕布，"他们跟当初攻杭州的那批精锐不一样，他们是一些农民，连刀枪都没配全，手上拿着耙子木棒跟我们打仗！到了现在，他们一千多人就气势汹汹地过来了！我们可以想想怎么逃，比如现在脱光衣服跳进河里，从这边游过去！也可以现在过去踩死他们！你们已经看到了，他们五支军队都已经分散，我们吃掉陆鞘的这支，再吃掉姚义的这支，其余的都还赶不过来，我们据河以战，绕一圈再吃掉薛斗南。要下雨了，这是天助我们……这一仗怎么打、有没有可能打赢，你们可以自己想！

"打赢了，你们可以为杭州死去的亲人兄弟报仇！你们可以分走这些金银！你们可以去到湖州，加官进爵！你们是这场杭州大战唯一打胜的军队！你们每一个人的名字都清清楚楚地记在汤老手上那份卷册里，卷册到湖州，你们每一个人都不会被落下。就算你们回不去，你们的家人也会拿到他们该拿到的东西，活着的人对你们的家人必如至亲般奉养！"

汤老点了点头："老朽可为此事负责，天地可鉴。"有人便将他的话传了出去。

宁毅笑了笑："若不胜，那就什么都没有了。各位兄弟，我的娘子如今已经有了身孕，她就在后面站着。如果这样也能败，大家都会死在这里，这些金银也会被他们全部抢走，你们在杭州被他们破了城，毁了家，杀了至亲之人，这些仇就再也没有可能报了。这时勠力向前，那就还有希望活下来，什么都有；这时候往后，大家就都报不了仇，死路一条……他们是一群连兵器都不全的乱民，没有操练没有秩序，就为了抢掠杀人到了这里，他们只有一千人，大家会输吗？把所有东西都输给他们，还是拿回来什么？"

他将话说完，全场都陷入了沉默，黑压压的云层下，大家看着那块大幕布，怔了半晌，有人终于说道："可以报仇……"

"怎么可能输——"

"踩死他们——"

这声浪渐渐汇集到一起，也在此时，陡然有人冲了出来："别听他的，他妖言惑众，就是他让我们陷在这里的！"却是之前寻宁毅麻烦的将领。这人姓夏，名叫夏七，宁毅在初九清晨将一名阻人取水的闹事者弄得半死，那人便是他的堂弟。这几日以来，他对宁毅唱了几次反调，这时候跑出来，令得一干士兵的情绪陡然一滞，紧接着，他便开始说那计划是宁毅一人所为。

台上的众人也都愣了愣。陈兴都原本看着将兵的情绪都已经被调动起来还在高兴，这时候指着那人："夏七！为了你堂弟与宁公子的私怨，你这几日无理取闹得还不够吗，竟在此时惑乱军心？"

万人的队伍，说大也大，说小也小，那天宁毅与这夏七的堂弟结下梁子，部分军士也是明白的。夏七仰头道："陈将军，我说的都是实情，若不是这宁立恒……"

他话没说完，台上的宁毅已经朝旁边走出几步，抓起旁边一名士兵背上的弩，用力地上了弦，直接指向那夏七。夏七愣了愣，随后双手一张："你敢——"

下一刻，嘭的一下，血光飙射出去，弩箭直接射在了他的脑门上。这人睁着眼睛，保持张开双臂的姿势倒在了地上。宁毅另一只手抓住旁边一名士兵手上的长枪，努力让自己站稳："啰啰唆唆！婆婆妈妈！叽叽歪歪！你不是男人！"

他原本已经处于虚弱的状态，这时候却是强用蛮力，那声音说出来，全场皆闻。一时间，不光是下方的士兵，就连台上的汤修玄等人，都愕然地望着这平日里病恹恹的书生，心下惊怵。他们也听说了宁毅心狠手辣与石宝等人交过手的传闻，但平日里没见过，这时候才见他如此干脆地动手杀人。

"路只有两条：往前，往后！你们选好了，就走过去，为自己挣命！与我有私仇的，事后要找我，杀我，我随时奉陪，但这时要惑乱军心的，都是大家的死敌！你们尽管选择听不听他们的！"

宁毅说完这些，手和身体都剧烈地抖动起来，但仍旧站在那儿。那夏七的手下原本也有些人，初时错愕过后，这时便有人喊了起来："竟敢当众行凶，兄弟们……"这话还没喊完，陡然听见砰的一声，后方有人猛地拔刀朝他砍过去，那人也机警，挡了一刀，退后几步，只听那出手之人喊道："谁是你兄弟！"却是素来与他有嫌隙的一人。

人群中又有人唰地拔出了刀，指向这边："这人不安好心！"

"宰了他！"又有人狂喊起来。

这人持刀退后了几步，那边喊声已经此起彼伏，不少人被刚才的鲜血激红了眼睛。此时找宁毅麻烦根本无济于事，这是所有人都能想到的问题。呼喊声中，那人腰肋之间猛地被身边人劈了一刀，鲜血飙射出来，他错愕地睁着眼睛将刀子往四周挥，士兵群中一名大汉直冲过来，唰的一刀往他的肚子里捅去："老子宰了你这孬种——"

一刀之后又是一刀，四周的士兵已经围成一个圈子，刀光唰唰唰地往那人身上劈，鲜血四处飞洒，直到有人一刀劈了那人的脑袋，周围的地面都已经被鲜血染红。当先那大汉举起手中的钢刀，朝向北面："兄弟们，杀光那帮杂碎！报仇——"

"杀了他们！"

"杀光那群农民——"

"我要报仇！"

片刻之间，几乎所有人都被这杀戮激红了眼睛，刀兵如火，声浪沸腾起来。这时候的军队不见得会有多好的指挥，但人在绝处时的血性已经被激了出来。

宁毅站在那儿，拄着长枪，看着这一切，眨了眨眼睛，然后，黑暗包围了过来。身体冰凉，视野开始倾斜，他吸了一口气，隐约听见有人喊："宁公子——"

"宁公子……"

意识开始远离……

半刻钟后，阴沉的天空下，就在北方不到两里外的一片丘陵的坡上，陆鞘率领的将士将他们这次追杀的目标纳入视野，如狼群一般朝着那边疾冲而去。双方很快进入箭矢所能及的距离，这边不多的箭矢飞了过去，但似乎并没有起到效果。

陆鞘还在疑惑双方交战为何会如此之快，那边的数千武德营士兵红着眼睛，挥舞着刀枪，如同海潮一般淹没过来，呐喊声震天。

冲在最前方的一名陆鞘麾下的士兵察觉到有些不对，几乎是下意识地停了一下，却被后方的同伴推倒在地，踩了过去。随后，前方却有更多人下意识地放慢速度或是停下。这发展与他们原本想象的不一样，与早几天里经历过的类似事情也不一样。

这上千人的错愕并没有持续太长时间，片刻之后，他们被眼前这毫无章法仅凭着血气的简单冲锋一次推平，数千人的怒潮在数里长的战线上轰然席卷，冲向北方。

没有鏖战，没有章法，没有更多围追堵截，兵锋过后，红色的地毯一次铺开，满地尸骸……

宁毅只觉得昏昏沉沉，无日无夜。

他忽睡忽醒间，有时候会看到一些东西：昏暗的天、人的脸、颠簸的路途、哗啦啦的雨、摇晃的景物。

脑子暂时已经不太适合思考，甚至连难受的感觉反馈上来的也不多。脑中偶尔会浮现这样那样的画面，有属于上一世的，也有属于这一世的宁立恒的，小时候的破碎的记忆，这时候也会浮现出来，身体像是处于一片混沌之中，任记忆来去。

曾经做过的许多事情，在他的生命中占去了太多时间的阴谋算计、钩心斗角……属于那个时代的战争没有太多硝烟，但藏在暗面之下的，同样是鲜血淋漓，他在裹挟了太多人以及太多人的利益往前走的过程中，手底欠下的，有各种各样的人命，杀死一个一个人，破坏一个一个家庭，有的他意识到了，有的没有。

那样一个一个的决策，一次一次的博弈，随之牵动的无数局面，事情的起因或是结果，艰难地成功或是失败……在这些熟悉得仿佛呼吸的画面里，也有一些小小的碎片。

那个还算不得熟悉的古色古香的时代，夏日里下着大雨的庭院，傍晚挂着灯笼的园林，农田阡陌处的小桥流水人家，那个安闲地抚琴的白衣如素的女子，她从桥的那边转过来，冲他温暖一笑；初见时高傲如玫瑰却又不得不认命的妻子，后来的相处，小楼上的夜话，病弱中的坚强，她站在小楼后方，拿着火把，朝他投来愕然的目光，然后就把小楼给点燃了……

那些画面，细细碎碎的，偶尔才在夹缝中显露出来。他稍微清醒时，也有些其他的碎片隐隐约约从外界艰难地渗进来。

"宁先生，胜了……我们胜了……"

"相公……"

"姑爷、姑爷……姑爷掉下来了……"

"快走、快走、快走……"

"宁公子，他们不敢再来了……"

"宁公子，他们想抓你……"

"姑爷……"

"姑爷、姑爷……"

"姑爷、姑爷、姑爷……"

那些声音像是一刻都不愿停歇般反反复复地叫着，他分不清其中的含义，只是在更清醒一点儿的时候，感觉度过了许多时间，走过了许多路。

某一刻，他从睡梦中醒来……

时间回到七月十一的傍晚。

灰云，黑地，狂风暴雨。

石桥渡。

水流冲洗着最后的鲜血，地面上是折断的兵器、倾倒的战旗，一具又一具尸体浸泡在水里。闪电在天空中划过，在河边的草地上勾勒出延绵的黑色轮廓，近处都是静止的尸体，远处，人影从那边过来，为首数人骑在马上，众人皆是黑衣。

安惜福，黑翎卫。

穿着黑衣的众人在这片犹如屠宰场一般的草地上分散开来，搜寻着可以获得的线索，片刻之后又在雨中聚集。

队伍朝前方的尸体缓缓推过去，某一刻，为首数人停了下来。前方不远处也是一具一具散乱的尸体，只是这些尸身的装备相对较好，其中一具身着铠甲，被环绕其间。这具尸体的头已经被砍去，好几把刀枪嵌在尸体上，都是从铠甲的缝隙处砍杀进去的，尸体的血此时恐怕都已经被放干。

通常来说，战场之上很难出现这类纯发泄的事情，但是从眼前这一幕足以看出当初围上来乱刀砍过来的那些人的那种狂热。这个将领或许本身有不凡艺业，然而在这种情况下，也只能被那些疯狂围过来的兵将乱刀砍死，削了人头。

马上的黑衣将领看了一眼，偏过了头。

"姚义……"低喃声在暴风雨里响起，他望了望南边，"太快了……"

不久之后，黑衣将领在雨中聚拢了部下，安排好之后挥了挥手，这支不到两百人的队伍就分成两股，朝着南面、北面两个不同的方向飞驰而去。

这一天午时过后，陆鞘所率队伍被第一个冲散，成为那些狂热的武德军手下的第一轮祭品。当天傍晚之前，武德军败姚义，姚义本人被杀。随后，安惜福率领的黑翎卫才赶到战场。一个时辰后，方腊麾下的薛斗南部与武德营交兵，再度溃败。此后，武德营如同一记凌厉到极点的回马枪，朝着北面直插过去……

事后想来，七月初十到十一，发生在苏州、湖州交界之处的那场算计中，被算计得最多的，或许并非方腊麾下的几支军队。仅从战略意图上而言，无论是在路上扔下金银，以仅剩的精锐斥候扰乱对方视线，还是散布大量谣言，归根结底，其实只是在短时间里迷惑对方，目的不过是让南追而来的五支军队暂时拉开距离。

如同宁毅本人所说，一旦给了对方反应的时间，这样大的一支逃亡队伍，在杭州附近的丘陵水路间根本不可能瞒过方腊那边的探查。能够短时间内达到这种效果，倚仗的不光是各种谋算，最主要的还是姚义等人的轻敌，宁毅利用他们的心理惯性，在这等微妙的情势中获得些许喘息之机。

被算计得最多的，其实是逃亡队伍中的那些武德营军人。

一次性将所有人拖进后无退路的死地，以生死为要挟，以金银权势为饵，再辅以屈辱、仇恨，让这样一群人再没有任何取舍的可能，此后再不断重复四千人与一千人的差别，宁毅那番演说一开始看似极具说服力，到得后来其实已经近乎煽动。当然，若没有那种身处绝地不如放手一搏的压力，这番煽动也起不了多大作用。

事实上，若不是身上原就有伤，宁毅说不定还要好好感谢那夏七一番。宁毅当时那一箭已经近乎胡来，但整支军队原就没有了退路，再加上汤修玄等人对宁毅的默许和支持，令得对夏七以及他那名部下的杀戮几乎变成了祭旗。余人或许会觉得宁毅当时只是鲁莽，误打误撞，但其他人必然不会有宁毅那种果决与一切事情都做得理所当然的气势。特别是那句"啰啰唆唆！婆婆妈妈！叽叽歪歪！你不是男人"，在此后小范围内甚至决定了战局走向。

原武德营军人已经是残兵，就算一时间将众人心中的热血最大限度地鼓舞起来，在第一场与陆鞘的战斗中，将官的作用其实也称不上是指挥，这支队伍不过是被热血与绝望同时推动，跟陆鞘的队伍拼命而已。在四千人对一千人的情况下，这种心境产生的破坏力近乎恐怖。在这次战斗大胜，几乎将陆鞘的军队全歼之后，陈兴都等人才算是在这支恢复了自信心的军队里真正建立了领导力。

其后他们北上奔袭，斩杀姚义，虽然整个过程也很轻松，但破坏程度反倒不如第一次那般恐怖。盖因已然脱离险地，至少有一小部分人已经稍稍恢复了清醒。当半天之内的两场战斗过后，军人们固然沉浸在杀戮、复仇、扬眉吐气的快感之中，但体力的消耗已经极其严重，接下来该怎样，众人有过短暂的商量，当时就有人说出这事，认为不该再连续打第三仗，否则恐怕会将队伍拖垮，结果便有人直接骂出来："啰啰唆唆！婆婆妈妈！叽叽歪歪！你不是男人！"这事传出之后，军队中但凡有退意的，俱被这样奚落。

在事后看来，若不是他们当时选择了一天之内连战三场，令得安惜福无法及时统御剩下的三支军队，这一战的结果恐怕仍旧是徒劳无功。当安惜福的黑翎卫往南接触沈柱城，往北联系上米泉时，薛斗南的一部已经被杀败，安惜福能聚集的，只有不到三千人的两支队伍，而且被当时盛气凌人的武德营南北隔开，难以呼应。

当时的武德营其实也已成疲兵，然而刚刚以各个击破的策略连续胜了三仗，在这等情况下，无论是安惜福还是其后赶来的刘大彪，都不敢再让剩余的两支军队对其分兵夹击，却也因此失去了击败武德营的最佳时机。

不过安惜福也并非庸手。在确认薛斗南已败的情况下，他首先让北方的米泉与武德营保持距离，南面则让沈柱城在石桥渡另一侧继续南下。这并非为了战斗，而是让沈柱城的队伍直接搜寻在南面落单的逃难者。因为武德营虽然进军神速，随在其后的逃难者却不可能这样，必然是留在了石桥渡以南，他便抓住这个弱点，狠狠地咬了上来。

此后武德营全速折回。托赖留在营地里的上千护院、武师，安惜福、沈柱城并不敢贸然袭营。这之后，安惜福统合了沈柱城与米泉的两队，同时收拾残兵，并且通知清风寨、小洛镇那边配合，开始扑杀这支逃亡队。而武德营也因为这几战养出了凶性，于是在湖州以南的这片丘陵之中，暂时谁也没能奈何谁。逃亡队放弃鏖战之后，开始一路北上。

而安惜福却已经抓住了军队需要保护这队难民的弱点，一路骚扰，寻衅截击。陈兴都等人指挥能力虽然有，但战略战术上的功底终究不够，他们原本指望的宁毅也已经陷入昏迷之中，一路上偶尔醒来一次，也无法思考太多事情，队伍一时间只能保守抵抗，于七月十五这天抵达福州，接受了属于英雄的盛大欢迎仪式。

唯有其中功绩最大的宁毅，在七月十三那晚安惜福袭营的一次混乱当中，由于被一队精锐士兵重重保护，吸引了更多火力，被冲散在这一夜的火焰与人群里最终，不知所终……

在此后很长一段时间里，他没有再出现在众人面前。在对武德营的这队残兵进行过大量宣传与奖励之后，"宁立恒"这个名字如同一现的昙花，在一段时间内充斥了众人的眼帘，而在童贯童道夫抵达江南之后，便迅速被大量战报、战绩掩埋，消失在大部分人的记忆里，只有一小部分人仍旧记得他的名字，并且在默默地寻找他的踪迹……

武朝景翰九年八月，秋初，江南，杭州。

湖光潋滟，山水初平。

方腊的军队接手杭州这座东南重镇已经半个月了。远远望去，当初地震与兵祸之中坍圮的城墙正在重建，城内一处处楼阁院坊、街市巷道也有了些许百废待兴的模样。

半月前的兵祸令得整个杭州城充满了令人畏惧的血腥与混乱，但最近，这里又渐渐变得热闹起来。自四面八方聚集过来的，除了原本就散落在各地的方腊麾下的兵将，也有一名名、一群群看起来如农民、如小商贩一般的旅人，衣着褴褛，有的还拖家带口。这也成为最近这段时间里通往杭州的道路上最容易看见的景象。

以往在通往杭州的一条条驿道上的衣着华丽的商贩、官员，意气风发的富家公子、书生，如今自然是看不到了，此时会集在这些道路上的，绝大部分是因为圣公将要称帝，家里有人在军中任职而拖家带口地过来的农户，而在这其中，那些衣着褴褛的小商贩、容貌古怪的三五大汉，大群小群的戏班、卖艺人，却与往日所能见到的有些不同。

这些人或是神色倨傲，或是猥琐低调，却有不少人随身带了各种武器，金、木、铁、石，各种材质的都有。旅途之中，有的寻常人会发现，这些人中的某些往往就在见面之后互相打招呼、抱拳，说些稀奇古怪的话。再有真正懂行的人，便会知道，这些三教九流的人聚集起来，名字就叫江湖，这些人也就是一般人说的"江湖人"。

说起来，这两年自圣公起事，江南绿林便一直有不少人起事呼应。有的是从一开始就有心，积极联络的；有的是圣公军队到了之后，见有机可乘，于是起兵追随。

当然，江湖跟绿林未必就是同一样事物，这些起兵追随的绿林豪杰，多半原本就是山匪强贼，既然有人造反，声势浩大，就顺势追随了。更多的江湖人是那种藏在山中、市井间的练家子，或者有些古怪技艺，他们分属三教九流，平日里并不犯法，做着小生意，过着小日子，或许过得还不算好，但由于本身便有艺业，与那些绿林人士也未必没有来往。

方腊起事之时依靠的是摩尼教的声势，在这些身处灰色地带的江湖人中名声本就不小。但造反毕竟是杀头的事，就算他拼命号召，会主动聚集到他身边的人自然也有一个限度，但这一次在方七佛的策划下，圣公军队取了杭州，随后石生、陆行儿、吕师囊等一干原本就有不少声望的人于各地呼应，一下子震惊东南。待到方腊欲称帝，广纳天下贤才的消息相继传出，不少原本还持观望态度的人终于动了心思。

这些江湖人平素过得便不算好，这次虽然晚了些，但方腊称帝，接下来与朝廷作对自然需要大量人才，一旦成功，他们总能有个开国之臣的名声。于是这次聚往杭州的，除了托庇军中家人发财的诸多流民，便是各种各样的奇人异士。在方腊将要建国的前后，整个杭州俨然有了一丝曾经只在书里见过的武林大会的味道。

形势繁乱，鱼龙混杂。在破城对杭州进行大清洗以后，兵乱之下，可以说杭州绝大部分土地、财物都已成为无主之物。虽然破城后的利益如何分配在这之前就协商过，但人心无限，一个震后的杭州城其实是不够大的。退一步说，一个新秩序的形成，十天半个月的时间真是太少了。

吃进肚里的金银可以再掏出来，到了某些人手中的地产自然也能再到其他人手上去。此时的杭州城，要说秩序，仍然只是在比谁的拳头更大而已。上司吃下属的事情姑且不论，杭州城破之后，根据方腊"义军"的自称，杭州城内仍旧有一些幸存的居民能够合法地保有他们不多的财产。

这些人毫无依靠，二十多天来自然就成了谁都能来踩一脚的香饽饽，而香饽饽谁都想吃，一旦有支军队的人过来欺负他们，便会有另一支军队的人来"保护"他们，只是价格不菲而已。当彼此的利益产生冲突，这些日子以来，杭州城内一名名"义军"头目把军队拉到大街上或是城外叫阵的事情就屡见不鲜了。

杭州是要称帝的地方，不能乱得太厉害，这是一开始就定下的基调。于是方腊下了令，城内一拨拨执法队开始做事。领头的是方七佛的弟子，名叫陈凡，战阵之上是很厉害的，就是人太年轻。他抓了几拨人，也不审问，拿着双方的头领在街上每人打了几拳，多数被活活打死了。这其中有大将张威的堂侄、郭世广的表弟等，据说一帮人闹上"皇宫"，闹到方腊跟前，然后彼此就要捉对厮杀。方腊也头痛，最近忧心北面嘉兴的战事，也忙着称帝的事情，恨不能大吼"吵什么吵，没看见人家这里忙着当皇帝吗"，然后拔刀将几拨人全都砍死，便只不痛不痒地处理了一下，接着不了了之。

兵乱的余波未消，大量的七大姑八大姨进了城，然后一群群奇人异士进了城，见有利益，都想要分一笔。住的地方没有，那就去抢啊，老子为圣公立下汗马功劳，如今家人来了没地方住，还得在街上打地铺……如此种种状况发生。陈凡继续领着执法队在街上打人，逮住一个不顺眼的就打死一个。杭州城内，终于有一些店铺在这样的情况下开了张，而各种于城市比较关键的水路漕运、陆路运输也在这种胡搅蛮缠的情况下艰难地运作起来，维持着这座城市的基本运作，开始准备秋收。

这座城市就像是一辆无比破烂的马车，没了顶棚，朽了横梁，腐了框架，掉了铆钉，在最后一批瘦马的驮负下，开始艰难地往前走，等待有人及时过来，在它完全散掉之前，慢慢修好这一切。

当然，有人的地方，秩序总是会重新形成的……

"却说那'血手人屠'宁立恒，身高八尺，腰围也是八尺……"

通常来说，这类形容某人为疑似圆柱体的开头，意味着接下来的故事大都是假的，即便如此，每一次有人大声说起，周围愿意听一听的人还是很多。眼下便是在杭州城内一座尚算完好的茶楼之上，一个人一面做压低声音状，一面向周围众人说着不久前发生的事情。

"当日在湖州石桥渡，这人整理一支疲兵，置之死地而后生，以当年西楚霸王破釜沉舟哀兵必胜之策，先让己方数千人居于死地，然后……接着在石桥渡附近两度来回，连破陆鞘、姚义、薛斗南三位将军的围堵，若非有安惜福安将军的黑翎卫从中周旋，恐怕米泉、沈柱城这两位也没了性命……这人简直是妖怪……"

在此时杭州的茶馆里宣扬朝廷的人有多厉害，从某种意义上来说属于大逆不道，但这时的杭州城，一来没什么这方面的管制，二来敢明目张胆地说这些事情的，多少也有些背景。方才一群人提起的其实是嘉兴那边仍然胶着的战事，随后才说起方腊军前段时间在湖州一带的失败，这人大概是军中某位将领的亲戚，这时候便故作神秘地说起来。当然，大部分人还是不信的，什么"血手人屠"宁立恒，江南武林这边没听说过有这么傻的名字嘛。一时间，有人耻笑，有人反驳，也有人拿着烟枪，嘿嘿笑了几声，数起皇历。

"什么'血手人屠'……若论天下武林，我颜齐最了解不过。江南一地，自以圣公为首，这之后，有当初霸刀庄的刘大彪子，有一向独来独往的'莫愁剑'白莫言，王寅王将军的锁魂枪也有鬼神莫测之能，佛帅十八般武器皆能使，但主要长于拳法，他的弟子陈凡，据闻能力拔垂柳！另外还有邓元觉'邓如来'、'疯人'石宝、厉天闰、司行方等人，个个都是好手，如今大都到了圣公帐下听命。若论计谋，除佛帅之外，安惜福也是高人，如今听说北方梁山有一位名唤'智多星'吴用的。至于什么'血手人屠'，还说是个二十出头的书生，你这后生真是扯淡……"

茶楼中说说闹闹，一片乌烟瘴气，比之先前方腊军队未至时杭州的繁荣、茶馆中的悠闲情景，此时这店铺中，就算来的人说自己多么多么有背景，表现出来的，也尽是一股市井之气。这时的茶馆一侧，便有一名贵公子打扮的人站起来，低声说了一句"扯淡"，朝外面走去。

这贵公子说话声音不大,但大厅那边好些人已听到。他们多是混江湖之人,到了一地,眼观六路耳听八方的本领总是有的。这贵公子先前虽然坐在角落里,却也异常显眼。有的人眉头一皱便要发作,但再一看,随着那贵公子站起来,周围桌旁也有数人站了起来,看来都是练家子,护在了那贵公子身侧,一同出门,想来这贵公子也颇有身份,这才按捺下来。

待到这贵公子出门了,大厅另一边才有人随意地说起他的身份:"这家伙名叫楼书恒,嘿,就是原本杭州那楼家,投了圣公之后,可风光得很呢。他背后有佛帅撑腰,不少人吃他楼家的饭。前些日子他倒是战战兢兢,这几日已经学会作威作福了,听说还抢了几个女人……你们少去惹他……"

自茶楼中出去的,正是楼书恒。杭州沦陷之后,为了维持城市的运作,楼家如今已经成为方七佛等人最为倚重的家族之一,不过二十来天的时间里,他们负担起了越来越重的担子,同时也有了越来越大的权力。跟这些起义军其实很好打交道,至少方七佛不在的时候,人家需要的只是不垮台而已,你可以大肆捞利益,却无须做到完美,他们只能倚重你,给你各种权力,这样的感觉,几乎从一开始,楼书恒就意识到了。

无论是被逼也好,自愿也好,楼家此时其实已经没有多少退路了,再说不干,没可能了,跟方腊已经撇不清了。若是方腊败了,楼家恐怕也只有死路一条。楼书恒是个很聪明的人,最初,看着城里那些士兵杀人,将官员、富商拉出去活埋、开膛破肚,他吓得不行,但同样的事情并没有降临到他们头上,反而有人在方七佛的授意下投靠他们,保护他们,帮他们做事。

他在那些天看着那些杀人的场面,而他被保护着可以到处走。十多天以前,他看见一群士兵打算强暴一个二十多岁的妇人,他只是经过,几名士兵骂了他几句,随后被跟在他身边的护卫打得不成人形,那妇人半裸着身子跪在地上对他千恩万谢。那几天他都想着这事,几天以后,他与护卫暗中到街上,把一个女人抢回了家中……

最初,他告诉自己是为了试探方七佛到底给了自家多少特权,但这类事情真的很刺激,他把女人关起来,几天之后,那女人被他失手弄死了……第一次总是不太娴熟……但人就是这样,有些闸门一旦被打开,就再也关不上了。在那个武朝,他体会不到这样赤裸裸的权力的快感,虽然当时他家中也是有权有势,但如今这种感觉真的是太不一样。又过了几天,他特地去找到那个差点儿被强暴的妇人,做完了那些士兵没能做完的事……

不过如此……

他沉浸在这种感觉里,觉得如今的杭州城真是太有趣了,但今天出来,忽然听到那个他不怎么喜欢听到的名字,真是让人不爽。这让他感到一种落差:当自己在杭州城里做这些事情的时候,那个家伙居然在湖州那边将方腊麾下的几名将军打得跟狗一样。

那他如今掌握的这些算什么?

他们的距离瞬间就被拉开了。

如果那家伙还在杭州,一定要让他死!就像那些二十天前在杭州这个地狱里被杀掉的官员、富商一样,死得苦不堪言……

带着几名护卫走过此时显得颓废的杭州街头时,他是这样想的。

接着,几天之后,他真的见到了宁立恒。

第十章
困孤岛相依讨生活　操旧业无辜遭奚落

梦里天色阴沉，雨伴着雷声。

雷雨之中，那个女孩子在拼命地奔跑，比雷声更大的是滚滚而来的马蹄声。女孩子摔倒在地，雨中满身泥泞，但她爬了起来，继续奔跑。朦胧的光影里，铁骑与硝烟如月牙般自黑暗深处环绕过来。

于是小屋里的他陡然坐了起来。他本该看不见小屋前方的景象，但这时视线是俯瞰的，浑身泥泞的少女还在往这边跑，后方人潮推进。他听见了马蹄声，摸索着刀枪。小屋后方的窗户开着，透过那窗户，他看见了远处惊骇欲绝的妻子。妻子试图奔跑过来，随即被跟在身边的护卫打晕过去。

他坐在窗户前，挥了挥手，然后便是一片破碎的记忆：哭泣着站在小屋前张开双手的少女，那奔袭而来如山一般立起的铁骑，被他推开的门，狂风暴雨里亮起的光芒与声响，轰地划出的光线，挥来的刀枪、拳头，从侧面斩舞过来的巨大刀锋，那挥着刀锋头戴面纱的少女，被斩裂在空中的战马躯体，喷洒的鲜血，激烈的争吵……

他睁开眼睛时，外面还是黑暗的光景。

他躺在那儿，自梦里的喧嚣中挣扎出来，静静地感受着这片刻之间的宁静。屏风那边，躺在窄床上的小婵翻动了身体。屋外有天明之前的虫鸣声，城市的脉动也是断断续续的。这里是……杭州。

几日以来，这是他第一次梦到前些天发生的事情。

七月十三那晚的混乱当中，他以及他身边的众多护卫被袭营的军队冲散，此后走走逃逃，意识也是浑浑噩噩。几日之后他稍稍清醒过来，算是捡回一条性命，但伤口感染对身体的伤害极大，随之而来的仍旧是极其虚弱的身体状况。事实上，若非他之前已经将身体锻炼得不错，这次的伤势恐怕就挺不过来了。

这期间，原本还随在他身边的几名士兵也已经散去，真正在脱了队之后还在跟着他的，就只有妻子苏檀儿、丫鬟小婵、娟儿与一直忠心保护自家小姐的耿护院。杏儿在那一晚没能跟上，应该是随着大部队回了福州，算是不幸中的大幸。

而他们未能回到湖州，在附近的地域躲避时终于被发现，小婵与他没能躲起来，终于只能与敌人正面相对。而那时由于妻子与娟儿等人在屋后，发现了敌人之后，耿护院打晕了苏檀儿，带着她与娟儿赶快逃走了。

事后想来，若赶来的方腊军队锲而不舍，继续往前扫一片，耿护院等人应该是没有机会逃掉的，但那些人在见到他之后便停了下来，吵成一片，有人要来杀他，也有人似乎要保他。混乱了好一阵之后，双方几乎交起手来，随后那名叫刘西瓜的少女出现了，挥舞着巨刃冷冷地拦下了所有人。他当时也是身体虚弱，只是放了一枪，看完这些之后，最终与小婵一道被抓住，醒来时，人已经在杭州了。

闷热过后便是一阵暴雨，让整个杭州的清晨陷入一片青色的阴霾之中。自城门进出的行人、士兵、商贩戴了斗笠，披了蓑衣，将大战之后稍稍热闹起来的城市又带回安闲的氛围里。

不多的船只在城南附近钱塘江的码头靠了岸，船工们上上下下地运卸货物，民夫们在士兵的陪同下出城，开始收割今年的稻米，之前受灾比较严重的地方，一间间房屋、木棚正在建起来。在稍微热闹的街市上，女兵、工人们正在搭建为登基大典的游行而设的架子、各种装饰。

如今的杭州城，以作乱的士兵以及诸多兵将为特权阶级而建立起来的新秩序是统治的基础，生活的方式与之前自然大有不同。少数几个热闹的地方热闹得不成样子，其余大多数位置则处于一片混乱与低迷当中。所谓的安静，当然也有，但众人心里其实都还没有底，谁也无法真正踏实下来。

城市一侧的一座小院子里传来杂乱的读书声，混在大雨之中，渺渺蒙蒙。

这是一家书院，书院内外树木葱郁，隔壁是一家医馆，再隔壁则是不知道被哪里的士兵占去的破烂院落。医馆很热闹，时常有将兵骂骂咧咧的声音传过来。

方腊兴兵作乱，性质上终究是农民起义，起义之初，他们最直白的行为是杀死所有特权阶级——官员、地主、富商以及那些看不起他们的读书人，但另一方面，他们也希望成为特权阶级，例如成为官员，成为地主，成为富商，这些不好说出来，但其中最光明的，自然还是成为读书人。

他们攻进每一个地方，遇上对他们不爽、不与他们站在一块儿的书生，自然骂着这帮家伙手无缚鸡之力，顺手杀了，可若是有远见、有想法的，当他们有了那样的条件，终究还是希望自家能出现读书人，有出息。这是上千年来儒家统治带来的价值观，人们总是认为只有那些读了书的人才能真正做大事。

也是因此，纵然兵乱过后哀鸿遍野，也有一些握有权力者保护了一些儒生，让他们或是成为幕僚，或是成为家中弟子的师长。如眼前这家，便是这些日子以来杭州城内唯一一家书院，背后据说有数名军中将领做靠山。城破之后粮食供应极为拮据，一些原本就无权无势，不像四大家那样"素有恶迹"，但有些学问的儒生侥幸活了下来，被安排在这里担任先生。

此时书院中的弟子还不算多，学生家中多少有些背景，但并不算高，若真到了石宝、王寅那等地位，要为家中弟子找老师，自然是把某某大儒直接抓过去就是。

学生虽不多，先生倒是挺多的，其中一部分是以前就在方腊军中的，这类已经适应了情况，进城之后被安排在这儿，多半趾高气扬。他们先前便与军中将领有些关系，能拿到的好处也多，已经不会被人迫害。另一部分自然是原本属于杭州城内的儒生，这批人算是"战败者"，无论学问如何，这时候都只得低头做人，看着形势过活。他们能拿到的薪俸不多，每日仅够糊口。当然，在这时的杭州，这已经算是一份好工作，偶尔被人挑衅，考虑到家中妻儿以及需要照顾的人，也只得本着一点儿文人风骨板着脸忍了。

"喀……上课，我姓宁，给大家讲《史记》……"

屋檐下雨织成帘子，遮蔽了外面的世界，上午学生们还在桌椅间拍打着湿衣交头接耳的时候，略显年轻的男子在讲台上坐下来，用教鞭敲了敲桌子，稍带病态地开了口，话语简短而平淡。

下方的人吵吵嚷嚷说说笑笑，上方的年轻先生自顾自地说着他的课程。年轻的先生文弱不堪，甚至看来有病在身，下方的学生多半也难有敬畏之心。其中几个身材壮硕的孩子甚至在争吵间打断了先生的话，直接问："喂，你说杭州这边最好玩的是哪里？"那先生便笑着说了几处可以去看看的地点，这便是书院中那宁先生到来第一天的情况。

这算是如今杭州混乱的一个写照。大半个上午过后，学生们便欢天喜地地作鸟兽散了，讲过一课的年轻人回到教员所在的房间，与其中几个人打了个招呼。这时候在这里的先生们算得上龙蛇混杂，先前就在方腊军中的人大都有自己的事做，原本属于杭州的众人则多半忧心忡忡，安安分分地教书，并不多问多言。

其中有一个人认出他来，道了一声："宁立恒……"拱拱手，却也没有多说什么，大抵是心照不宣的意思。时局维艰，大家都不容易，没什么心情寒暄杂事。

雨还在哗啦啦地下，半天的课程过后，书院里安静了些。绕过这边有些漏水的屋檐，宁毅从书院的管理人那儿拿了小半袋糙米和一把蔫蔫的青菜，便算是今天的报酬。一众书生在灰蒙蒙的雨幕中朝外散去时，宁毅便朝书院的后方走去。

那书院后方的院墙坍圮了好一部分，与隔壁的医馆、后方一座简单的小院落连了起来。小院落如今只有两三个单间能用，其中一个房间的房门处，小婵怯生生地倚在那儿，翘首等待他回来，看见他的身影时，她便撑起一把破伞，跑进雨里……

对宁毅而言，情况会怎样，连他自己也说不清楚。

他被带回杭州的时候，身体虚弱到了一定程度，随后便被安排在前方的医馆里，但接下来，除了两名一直在附近看着他的背刀侍卫使他显得像个囚犯之外，没有其他人再来发落处置过他，仿佛那个将他保护下来的人就这样将他带回杭州，然后……就将他给忘记了。

小婵是一直跟随在他身边照顾他的，小丫鬟自从同他一起被抓来杭州之后没有离开过他身边，还将自己打扮得丑丑的，自宁毅真正清醒，她才变得稍微安定。据她说，苏檀儿与娟儿等人应该没有被抓住，但湖州一地当时很混乱，在耿护院的保护下，这些人到底能不能回到湖州，此时也难以确定，苏檀儿又是性子倔强之人，后来他们到底怎样了，成为这些时日里宁毅最为惦念的事情，但惦念归惦念，人在这里，跑不掉了，他也只能随遇而安，至少身边还有小婵需要照顾。

这些时日渐渐养好伤势后，他与小婵便被安排在医馆后方的小院落里住下，一主一仆并没有明确地被限制行动，但这时候没什么背景的人出去乱晃，所能见到的，大抵也不是什么令人心怡的情景。杭州最近物资不足，两人作为阶下囚，每日里是两顿给养，自己拿了自己煮。

不知道小院子以前是谁的，多半家什都已经没了，留下的大都有些破旧，自地震过后，部分房屋坍圮，并不好住，但小婵还是挺高兴地整理了几番。前几日，那老大夫过来问了一句宁毅以前是干吗的，宁毅想了想，回答教书，于是这一天便被叫去了书院，算是物尽其用，重操旧业。

轰的一下，响如雷声。

人影被击入雨幕，飞过街道，撞烂了街道那边的一张破木桌，无数水花在如帘的雨幕里哗地溅开，那人影滚倒在地，鲜血已经染红了地上的水流。阴沉的长街上、雨幕中，原本是两拨对峙的人群，眼见这一幕发生，其中一边的人跑了过来，试图将伤者扶起，另一边的十几人却冷眼看着一旁的酒楼中的情况，毫无动静。

地上的伤者被扶起来时，已经是奄奄一息。这边还未发作，酒楼当中又是轰的几声，木片飞溅，一名中年男子捂着胸口踉踉跄跄地退出来，连退了十几步才被人扶住。这人眼瞳充血，目眦欲裂，似是憋了一口气，好久方才吼出来："陈凡……你好……"

酒楼之中，打斗声还在响起。

那本就是一栋在地震中受了灾的旧楼，这时候楼里隐约可见身影腾挪，也不知什么人打得很激烈。那旧楼壁侧受到猛烈撞击时，便能看见一些灰尘木片簌簌而下。到得某一刻，只听得楼内有人啊的一声吼，随后便是巨响爆开，酒楼侧面的墙壁上，一截海碗碗口粗的柱子轰然冲出，土石飞散，那柱子大抵是房屋中的某根梁柱，此时竟被人硬生生地抡了起来。

柱子在墙外的雨中嵌了片刻，酒楼里仍旧是打斗不停，然后那柱子又轰地被抡了回去，只在墙壁上留下一个巨大的豁口。几次呼吸之后，那柱子砸破了酒楼仅剩的几扇门，飞到街道上。楼内有人狂喝："陈凡，我要你的命——"

"好！"一个年轻的声音大赞，"好！好！好！"

两边的大喝声中，交手的声音响起，先是砰的一下，随后又是砰的一下，巨响如雷，街道上都清晰可闻，然后又是一道身影砸破了侧面的墙壁，倒在大片砖瓦与雨水当中，楼内年轻人在大笑。

"好！哈哈哈哈！就是这样！痛快！久闻樟山奔雷劲发力无穷，果然名不虚传。我只是小败，来、来、来，我们再来！"

随着那笑声，一道半身染血的张狂身影自那破口大踏步地走出。这人身材看起来只是匀称，不是什么身高八尺腰围也是八尺的壮硕大汉，面容也并不怎么粗犷，只是方才一番打斗，一头长发完全乱掉，配合此时的气势、带血的大笑，颇有一种癫狂的感觉。这便是最近半个多月以来令杭州城里许多人为之头痛的陈凡。

他一路过去，哈哈几声，双手揪起地上那人的衣服，让对方在雨里站起来。他朝后走了两步，手一指："我们再来！"转身一个马步扎好，右拳挥出，破风碎雨。他这一拳几乎将周围的暴雨都卷了起来，看起来如同一条鞭子。然而拳风还未到，前方那人已经如同稻草人一般再度倒了下去，拳风卷过那人头顶的空气，然后有些尴尬地停住。

年轻人愣了半晌，然后收了拳势，站直了，抓抓头发："呃，你不要这个样子啊……"

他过去将人的衣襟揪起来，看了几眼，然后拍拍对方的脸颊，探探对方的鼻息，发觉这样的雨天里探不到什么鼻息之后，才又捶捶对方的胸口。倒下去那人显然也是街道上一拨人的统领，此时却没有人敢上去，就那样呆呆地看着年轻人在雨里把那人的尸体折腾了一番。

"太可惜了……"

终于确定那人已经没气时，年轻人有些惋惜地站起来说了一句，然后转过头，望向街道上的人。其中比较安静，秩序也比较好的十几人原本就是他带着的，另一拨人面上容色则各有不安。双方对望了一会儿，陈凡身侧不远，那原本就摇摇欲坠的旧楼在雨中轰然倒塌。灰尘被雨雾压下去，陈凡转头看了一眼，又转了回来。

"我早就说过，我人笨，不会当官，脾气又不好，你们这帮杀才不要闹事，闹了事也不要跟我吵。这下好了。"他回头看看废墟里的死人，"不过……我跟陈师父今天是公平切磋。他现在受了伤，我也受了伤，以后没必要再计较。好了，我去疗伤了，你们也把陈师父背去看看大夫吧，要快。各位樟山的好汉，陈凡告辞，以后不要再闹事……不要跟我吵……"

说完这话，年轻人带着手下转身离开。至于废墟中的那陈师父，方才在楼内拼斗时已经耗尽心力，其实已然死透了。略略走了几步，陈凡回头看看街道另一头，一辆马车在那边已经停了许久，显然是看到了打斗全过程的。他看了一会儿，又走回去，到马车旁时，里面的人掀开了帘子。

"继新。"

"祖先生。"

继新是陈凡的字。马车之中是一名身材微胖、笑容和蔼的中年人。这人也算是陈凡的旧识了，准确来说，该算是方七佛的旧识。他名叫祖士远，并非武将，谋略也是平平，不过长于内政。虽说起义军不太讲究什么内政，到一处地方无非抢了就跑，但如果完全不讲究，自然也不可能。军中这类人才不多，祖士远颇受器重，方腊称帝就在最近几日，现在自然也是他最为忙碌的时候。陈凡对此感同身受，因此言语之中也就相对恭敬。

"樟山陈大木……你又是这样乱来，当心佛帅回来后说你。"

"祖先生你也看到了，大家都是江湖人，性子不好，起了几句口角就收不住手，我也受伤了啊……老师他知道我的性格，把我放在这里就料到了，要不然……祖先生你随便指个人替一替我吧，湖州那边已经没什么事了，把安惜福叫回来……"

"哈哈哈哈。"微胖的中年人笑了起来，顺手递出来一件蓑衣，"雨大。你身上的血都是别人的，哪里受了伤？说起来，杭州这些天乱成一片，能整理好，我是要谢谢你的。陈大木他们是包道乙的人，这些天吃相确实是太差了，搜刮地产金银倒还罢了，阻了水运，到处收银子，再这样下去，杭州就维持不住了。只不过你做得太激烈，总是给自己树敌，陈大木死了就死了，但包道乙这人心机深沉，你还是要注意一下的。"

陈凡将蓑衣穿在身上："啊？是这样吗？"

"呵，此事你心中有数便成。为着这事，楼家的大公子楼书望找了我多次，说包道乙等人若再这样下去，他们也快维持不住了。听说他去找过你，吃了闭门羹，呵呵，这几日你做的这些事，我想他必定承情。楼家家主与这位大公子都颇有能力，那楼书望与你同样年纪，你若有心，到时候也不妨结交一番。"

陈凡看了对方一眼，有些无趣地点了点头。

那祖士远还有事，说完这些，准备离开，只是马车行得几步又停了下来："哦，对了，前些日子，有关那宁立恒的事情，此时如何了？"

"祖先生对这事也感兴趣？"

祖士远笑了起来："听说那人搅了湖州战局，我虽然未见，倒也有些佩服。前些日子你们在殿前打成一片，事情是暂时压下去了，可要杀他的人还是很多，各处都在找门路，我如今管着杭州这些琐事，自然也有人打听到我这边来。早几日厉天佑厉将军还专程找我，说他们厉家兄弟必杀此人……"

"那就等着被那疯婆娘找上门吧……"陈凡咕哝了一句，随后道，"前些天殿前打架，我又没参与进去，我自己还有架要打呢。若让我说，那人心机深沉，重病之中还能将安惜福他们耍得团团转，竟然才二十岁出头，自然是早杀早好，我最讨厌聪明人。祖先生为何要来问我？"

"呵，虽然前些天那宁立恒之事继新你并未参与，可殿前众人谁不知道继新你与刘家那位姑娘的关系。此等大事，刘家姑娘既然要拦下来，虽说主要还是说服了圣公，但若说你毫不知情，我是……"

祖士远话还没说完，那边陈凡已经瞪起了眼睛："我、我、我……我跟那个女人的关系？祖先生，祖公，你开什么玩笑？我跟她打过好几架了，要不是我手下留情……不对，我跟她什么关系都没有啊……"

祖士远看了他半晌："不是说圣公有意做媒……"

"老人家都这样，我喜欢贤惠的，那女人是个疯子……"

"不过我与令师都觉得……继新与刘姑娘挺般配……"

"是啊，两个疯子，过不了日子。"陈凡撇了撇嘴，此时众人已经朝前方走了一阵，或许是想起些什么，他朝一侧望了望，随后示意道，"好吧，那宁立恒的事情，我确实知道，祖先生你既然在，又已经问起了……喏，那就是了……"

时间是下午，雨幕蒙蒙，祖士远顺着陈凡的目光望去，只见不远处的一处院落当中，有人披着蓑衣，正在屋顶上拿着一块砖头敲打着什么。想必是屋顶漏了，他上去修补。雨中隐约传来小姑娘的喊声："姑爷、姑爷，你下来啊……"

屋顶上那人看起来倒是年轻，身材似乎也有些消瘦。祖士远本想问莫非这人便是宁立恒，以做确认，但是再看一眼，却见院门的屋檐下坐着一名汉子，看起来像是很无聊地守在门外,背后背刀。他望过去时,那名汉子目光一冷,也望了过来,随后又垂下眼帘。祖士远想了想,这人他是认识的,那自号"刘大彪子"的姑娘手下有八名厉害的刀手,这人是其中之一,这人既然在,想必周围就有更多人在。

刘家姑娘性情古怪,常人难测。有关宁立恒的事情,他也只是随便问问,不愿过多涉足,想不到陈凡就这样说了,他也就点了点头。也在此时,只听那边传来轰的一声,然后有女孩子的尖叫声响起。两人朝那院子的方向看去,却见那边屋顶上塌了一个大洞,正在修补屋顶的宁毅看来是从屋顶上掉了下去。背刀的侍卫立刻推门进去,两人看了半晌,有些目瞪口呆。

"喀,一介书生,纵然通晓谋略,过来为工匠之事也难免如此……"马车渐渐驶过,祖士远随口说了句,然后压低了声音,"之前我在圣公那边,看见佛帅遣人送来信息,嘉兴战局激烈,近期内胜负怕是难言,听说刘家姑娘负了伤,这几日恐怕会回来,不知道她究竟会如何安置这人……哦,这事继新知道了吧?"

"受伤?"陈凡皱起眉头,看了对方一眼,片刻之后,方才望向前方,将这件事作为一个事实给消化了,"她也会受伤?"

话分两头,当陈凡与祖士远两人走过大雨中的街道时,宁毅并不知道自己的问题曾经引起过方腊军队高层的一次群架。

他不是坐以待毙的人,但事情既然没有什么转机,暂时只得随遇而安。一两个时辰以前,他便在为漏雨的房间而苦恼头疼。水是从早上就开始漏的,他去前方的书院教了半天书,小丫鬟唯一做的事便是在房间里找了各种破破烂烂的器皿接水,然后忙忙碌碌地将雨水倒出去。待到宁毅回来,她才找到了主心骨,两人在那儿检查了各种漏水的地方,宁毅自告奋勇地上去补漏,然后,发生了"悲剧"。

能够指导许多人协作建起摩天大楼的工程师不见得是一个出色的泥瓦匠,宁毅此时身体本就没有痊愈,何况那房子原也已经朽了,修补到一半,房梁垮塌,破出一个大洞来。宁毅倒是没什么事,小婵的床却已经完全被弄湿了,好在修补的成果至少保住了一小半地方,他们将另一张床挪了挪,以保住相对干爽的半个房间。

然后整个下午,宁毅拿着大铲子,小婵拿着小铲子,在房间里如同过家家一般砌出一条小堤坝与排水沟来,让从破洞漏下的雨水能够从那边排出去。

本身便是随意安排的房间,房间里摆设不多,只有两张床、一个柜子、一张小板凳,这时候就变得更小了。外面的屋檐处处漏雨,隔壁的隔壁倒有半间厨房可以用,便成了两人此时能活动的狭窄天地。修那小堤坝的途中,两人还去厨房抢救了一下可以用的干柴和湿柴。

临近傍晚时分,雨没有停,浓烟的烟柱从雨中升起,然后被水滴不断地分解,压下来，厨房里传来两人手忙脚乱地生火做饭的声音——由于很无聊，宁毅便也过去帮了忙。说起来，对煮饭做菜，小婵虽然懂，但其实是算不上擅长的。

随后，火光升了起来，夜幕随着大雨悄然降临了。偌大的杭州城中，这座只有一个半房间的小院落，在小小火把的照耀下，仿佛被分割成了随时会被淹没的孤岛，在大雨之中被整个世界包围起来。

雨幕勾勒出街巷错落的城市，黑夜中，点点光斑蔓延开来。

噼啪的声音响起来，一团火星飞过短短的屋檐，在坠落的大雨中归于黑暗。檐下滴雨成帘，水声在黑暗的院子里肆意流转。雨水与黑暗是这个夜晚的主题，墙上的火把是这片小小空间里唯一的光源，在风雨之中照亮了些许地方。

大雨之中，除了那雨声，一切都显得很安静。没有月光与秋初的虫子，侧面医馆、书院的轮廓都已经看不清楚。

之前的夜里，那医馆之中总显得嘈杂，大夫与伙计来去忙碌的声音、小厨房里熬药的声音、各种伤病导致的呻吟的声音、骂骂咧咧的声音汇成一片。另一边院门外的路上会有行人来去，此时敢走夜路的，多半是士兵或者江湖人，喝醉了酒或是打输了架，满口胡话，由远而近，之后又渐渐远去。

倒是在今天夜里，一切都被隔离开去。

少女在屋檐下换了一根火把。

新的火把嵌进了墙上，那被烧得只剩下小半截的火把掉在了地上。光影之中，少女的身影有几分忙乱，随后将那火把踢进雨里。火光晃动，随后在水流中旋转着消失了。

那房屋墙壁是破的，火把嵌在破口处，照亮了屋外，也照亮了屋内。穿着书生袍的年轻人在屋内看书，偶尔抬起头来说话，少女走过屋檐，有时候在门槛上托着下巴坐下。这是个简单的雨夜，房屋破了一半，主仆俩偶尔也只有简单的交谈。

"刚才洗了碗。"小婵掰着手指头，"然后洗了衣服，没地方挂了……"

"嗯？"

"所以还放在盆里……明天还会不会下这么大的雨呢？"

"……"

"前几天，医馆的刘家爷爷说有种草药茶对姑爷你的伤有好处……"小婵坐在门槛上，忽然想起来。

"草药茶？"

嗯嗯，当时没注意，明天去跟刘家爷爷要，我也去医馆帮忙……"小丫鬟点头。

"……"

"姑爷，昨天医馆里进了好多断手断脚的人，你说是不是嘉兴那边运回来的伤兵啊?"小婵压低了声音。

"应该不是吧,太远了。"

"哦,要是那边的就好了。"小婵仰起头,"这仗要打到什么时候啊……"

…………

时间就这样过去了,让人掐不准,夜或许早已经深了,又或许还有许久才到深夜。小婵或许并不是真有说话的欲望于是开的口,只是借着声响,确认自己与宁毅还以某种形式在一起而已。

当然往日的夜里主仆俩有事没事也会扯一堆很寻常的事情,今天晚上则不一样,小婵想要说,但出口的话语又微微显得勉强,给人没话找话却又不敢真的多说话的感觉。更多的时候,她还是坐在那门槛上看着宁毅,或者看着那破了一个大洞,雨滴不断落下的屋顶,或者自己去找些事情做。作为一个丫鬟,她是不好打扰宁毅看书的。也不知过了多久,宁毅抬起头,看见那边少女正望着自己,如此对望了片刻,才听见她轻声说道:"姑爷,你想小姐她们吗?"

在这样的局势、环境下相处,许多时候其实是一件极其压抑的事情。战乱之中,人如蝼蚁,自被抓住,小婵就一直与宁毅在一起,最初几日,甚至连睡觉的时候都得握住宁毅的手才能安下心来。她心中甚至想过,不论任何事情,若有人要将她与姑爷分开,她或许就只能去死了。

这样的事情没有发生,但周围有大夫,有伤者,也有那两名侍卫始终看着,暗地里或许还有这样那样的人盯梢。纵然互相说过一些安慰的话语,但两人并没有真正为了眼前的局势谈太多,免得被别人看出两人的想法或是了解到心中的怯弱。小婵只是告诉自己,能跟姑爷在一起就好了,别的不该多问,问也无用,姑爷若有办法,需要自己的时候就会开口,反之,自己不过是让姑爷惹上烦恼而已。

咫尺之内,人尽敌国。在仿佛随时都有人看着的气氛之中,两人都下意识地保持着安静,尽量如同往日一般养伤、做事、生活,如此一来,或许才不至于崩溃。也是在今天晚上这种仿佛整个世界都被暂时隔离开的安全氛围中,小婵才能够小声地问问这种问题。

宁毅看了她好一会儿,合上书本:"我也想啊,不知道她们怎么样了。"

"小姐跟娟儿、杏儿姐她们应该回去湖州了吧?"

"你家小姐脾气太犟了,不过……"宁毅想了想,"她也是知道事情的轻重缓急的,不出意外的话,我想还是没事。"

小婵点了点头,抱住双膝,将下巴搁在膝盖上,好半晌,才又望过来,轻声道:"姑爷,我们……还能回去吗?"

她这句话或许是憋了好久,知道问了也没多大意义,但女孩子终究还是希望有个主心骨的。宁毅点了点头，如上个问题一样，不愿敷衍："有一个机会。他们抓了我们，没有处置，机会总是有的，另外……"宁毅顿了顿，随后只是点了点头，"放心吧，就跟我们逃走的路上一样，机会总会有，说不定什么时候就会让我逮到破绽，狠狠咬他们一口。"

小婵抿了抿嘴："那姑爷你可别再受伤了……"

"呵……"宁毅笑了起来，目光却冷了下来，"其实我们被抓，可能不只是方腊这边的人厉害，我们那边的人，也够厉害的。"

"嗯？"小婵瞪圆了眼睛。

"照小婵你说的，我们被冲散之前，就隐约有了方腊军想要抓我的消息。那时候我昏迷不醒，不知道这件事，可那时武德营的军队已经重整旗鼓，他们一路上又总是挨打，但还是派了一大队人来保护我，后来竟然又被发现了，可能是汤修玄，也可能是陈兴都，这些人是把我当成诱饵了……"

"什、什么？"听到宁毅淡淡地说起这些，婵儿顿时握紧了小拳头，站了起来，"他们、他们怎么能这样？姑爷你都救了他们所有人了……"

宁毅看着她义愤填膺的样子，笑着放下书，伸过手去握住小婵的一只手，将她拉过来，方才还在发怒的小丫鬟顿时涨红了脸。宁毅并没有就这样停止，他原本坐在房间里唯一一张凳子上，这时候让小婵坐在了自己的大腿上，那动作太过自然，小婵缩了缩身子，不敢反抗，只听得宁毅在旁边说话。

"没什么奇怪的，一来，这些人弄权一辈子，我的功劳太大，或许只能突出这帮人的无能，这中间的情况很复杂；二来，要抓我的那个刘大彪子背景应该很深厚，他们锲而不舍地追过来，这边压力也大，把我当诱饵，也许只是一个未雨绸缪的想法，会成真，也是我倒霉了……我当时若没有病倒，是该提防的。"宁毅笑了笑，"当然话说回来，如果我没病，他们也不敢顺手做出这样的事情。呵，那样的情况下，弄出一小队人来保护我，又不与军队在一起，一旦敌人冲杀过来，能有什么意义？他们现在回去，我不在，功劳便都是汤修玄、陈兴都这些人的，又免去了与我对比的可能，这才是真正的两全其美、皆大欢喜。这几天听你说起那时候的情况，我就大概明白了。"

小婵压抑着脸红："他们这样……要是我们回去了，要是回去了……"

"回去之后的事情，等回去之后再说，现在生气也没用。我其实有些担心你家小姐与她肚子里的孩子。这几天应该会有人来找我聊天，我会向他询问，应该……会有结果。其实我已经觉得有些晚了，但晚一点儿也好一点儿。如果有可能，小婵，我会送你回去，但现在还不好说，更可能的是，我们大概要在这里待上很长一段时间了……"

宁毅这番话说得有些乱，小婵被他抱着，脑袋乱糟糟的，很难分析什么聊天啊，早啊晚啊的问题，但最后一句总是能听懂的："我、我……姑爷在哪里，小婵就在哪里……"

"嗯。"宁毅点了点头，"那么，时间不早了，该睡觉了。"

"呃……"小婵身体猛地一紧，"但是……"

她话没说完，宁毅已经将她抱了起来。小婵的脑袋瞬间蒙了，几乎要在宁毅的臂弯里缩成一团，但她僵着不敢乱动，雨在外面下着。

房间里只有一张床，她被放在了床上。

其实有些事情未必真是毫无准备，对两个人来说，都是如此，自下午宁毅从房顶上掉下，她的小床不能再睡，小丫鬟或许就已经想到了某些事情。

一整个晚上，小婵没话找话却又不敢真的乱说话的情绪，大抵都是由此而来。她一个女孩子，不好跟宁毅说起这些事，提也不敢提。到后来宁毅说起他的想法，包括在这边应该不会有事，有一些机会，包括可能在这边长住，包括自己被抓其实是受到了算计，要么让她的心神安定下来，要么让她想到其他事情，成功地分散了注意力，到了此时，他才有些强迫也有些自然地将她放在了床上。

如果按照宁毅当初的想法，该有一个正式的迎娶仪式，有个正式的婚礼，但如今没有这样的条件了。

他们在这样的情况下相依为命，前方如何，根本无法看清。类似的凶险情况，宁毅以前遇到过，但人力有时而穷，指的就是这样的状况，毅力、心性、谋算只能增加一定的存活率，但大局不可控，什么都说不好。他在这样的情况下有时也难免焦虑，更别说是这样一个少女。

其实他们会有更多机会。

虽然眼下他不知道外界太多情况——方腊军中对他的看法，将他看管在这里的用意，但在他的设计之下，湖州的局势被他弄得一塌糊涂，数千人因他而死，其中义军中有关系的将领也不知道死了几个，这样的情况下，他没有被杀，而是以这样的形式被安置在这里，说明必然有人保他。

有一点是重要的：若杀他，义军之中，可能会有一致的意见；若保他，则必然产生冲突。一定会有主张杀他的人，甚至多于半数。这样的情况下，若没有小婵，他的选择空间其实会大很多，包括在熟悉情况后挑拨双方，在某一个类似的雨夜找个空子出城逃亡都能列入考虑范围，但加上小婵，这些事情就没有多少考虑的必要，他暂时只能等待对方先出牌。

当然，这些事情无须让小婵知道，她这些天来心中害怕，却又不敢说，只能努力忍耐的情况，宁毅都看在眼里，到得现在，有些事情不需要再考虑旁枝末节了。

而对小婵来说，整个晚上，包括现在，最该维持的一个念头或许只有：反正我是姑爷的。

于是不久之后，宁毅去到床上时，便看到已过豆蔻年华的少女闭着眼睛，直挺挺地、紧张地躺在那儿。小婵已经是十七岁的年纪，在这个时代算是成年许久，她的容貌虽偏向稚气，身体却已然长开，这时候双手叠在小腹上，修长的双腿并得紧紧的。

不久之后，雨仍在下，床上的少女被除去了衣物。这个晚上，在这城市的一角，在无数复杂的事情如洪流般在生命里压过来的时候，两人在这仅得些许喘息机会的缝隙间印下相依为命的记号……

雨在夜深的时候悄无声息地停下了。

睁开眼睛的时候，宁毅看见清辉从房屋的破口处洒下来，雨后的空气浸在光里，像是青色的琥珀，从那巨大的破口望出去，可以看见在天空中流转的星河。

无论在哪个年代，或许只有这片星河是恒久不变的东西，他已经看过许多次了，不同地方，月光、星光洒下来，他有着不同的身份，不同的地位，不同的心境，有一些画面出现，有高楼大厦、飞机轮船，然后在脑海里变成那些古朴的建筑，一座座院落。

"姑爷、姑爷……"

"姑爷、姑爷，小婵……"

"我叫小婵……"

像是回忆起第一次听到这声音时的心情，然后思绪如潮水般压过来，他搂紧了怀里的少女。

他来到这里，有两年半了……

农历八月，正是秋收时节。杭州城外，未被战火波及的稻田一片片已成金黄色，农夫、士兵、流民在白日里一拨拨地忙碌，纵使到了夜里，城池外围的热烈景象也未得安宁，一批批士兵扎营在这田野之间，看管巡视。

这些将收的稻田早已在攻城时被诸多部队瓜分，说起来粮食都已成为义军共有财产，实际上自然还是按照各自的力量来分配，目前属于方腊小朝廷的占得大头，其余人自然是按照各自的拳头硬度来分配。至于某些仍该属于杭州当地某些良民的田地，到得这时，其实也都已经有了另外的归属。

如果只是为了收割，安排的人手自然越多越好，但既然是各自瓜分利益，参与者便未必是多多益善。这些人白日里难免争斗摩擦，到得夜间，也常有连夜抢收以免被别的军队或平民偷偷收割的情况,每到这时,水地里、田埂上便是火把蔓延喊杀震天的情况,星星点点的火光点缀着杭州城市外围的圈子,扰得人彻夜难眠。

城外有城外的秩序与利益分配,城内众人也有各自的事情。圣公登基在即,城内大街小巷都已经热闹起来,这时候最为血腥混乱的情况已经结束,新的秩序逐渐有了些许轮廓,只要有关系的,都在为自身的利益而奔走忙碌。

有的店铺开了门,曾经走街串巷和拦路劫道的江湖人士开起了英雄大会,酒楼茶肆之中常可以见到不同身份、不同气质的众人会集一片,各自比拼吹嘘的情景。有关系、有本领的人们在一个个将军麾下谋了一官半职,略识文字曾经怀才不遇的书生儒士开始试探性地投出名帖,以求得庇护或是谋取大小差事。

人总是很多,有许多不看好方腊这边前途的人,自然也会有存了封侯之志,愿意冒一冒险的人。社会这种东西就是这样,只要有了交流,有了一定的趋势,一个框架就会自然而然地搭起来。属于方腊的这个小社会,就这样拼拼凑凑有了它的雏形。一时之间,城内城外乍看起来竟有了些热火朝天的感觉。

文烈书院在这几天的时间里还是相对平静的。此刻正值上午,秋末的阳光自树隙间落下来,夹杂着阵阵慵懒的蝉鸣,书院之中正是授课的时间。宁毅将手中的《史记》合上,收拾到书桌上去,准备走人。

这时候书院里还是处于学生少先生多的情况,虽然分为了甲、乙、丙、丁四个班,但加起来也不到一百名学生,挂名的老师倒有三四十位。即便其中有一部分属于特权阶级根本不用过来,老师的数量还是严重超标。宁毅每天上午在丙班教授半个时辰的《史记》,此后便去山长那儿领一份米粮,回去陪小婵。

如今这文烈书院的山长姓封,叫作封永利。名字比较俗气,但人是个好人,据说他幼时也有过读书的经历,但家中贫穷,并未参与科举。他的学问自然不深,但方腊起兵之初他便在军队中,故而颇有资历。

方腊军中也有几名厉害的文官,祖士远是一位,还有一位娄敏中。封永利当时便在娄敏中手下,负责抄写一些布告函文,到打下杭州,便成了这书院的山长。封家人在外面自然也有搜刮逐利之事,但至少在书院,他对文士确实颇为优待。由于他维持秩序,最近一段时间,书院内部倒显得相对和气。

这时候教谕休息室里一共聚集了七人,基本都是下了课的先生,有的喝着茶研究典籍,有的则在一旁轻声说话。几人都是杭州沦陷后方才托庇于书院的人,彼此之间倒有几分同病相怜的心理,这时候有几人便在一旁说着嘉兴的战事。

"听说,北边战事陷入胶着,朝廷派童贯童将军率兵南下,方七佛包围了嘉兴,但久攻不下,鹿死谁手便难说了……"

"听说童枢密用兵如神,原本以为他会率兵北上伐辽,这次……咯,这次圣公声势浩大,把他引过来了,这仗恐怕不好打了吧。"

"难说。如今南北各处起事不断,水泊梁山宋江、淮西王庆、河北田虎都已经颇为棘手,特别是……圣公这次拿下了杭州,最近月余,附近起事不断,童贯虽然南下,这边……可也是声势正隆呢。"

"不过我觉得,这次称帝未免有些急了,若是将大将军童贯引来……"

"田兄此言差矣。将童贯引来是因为杭州,只要拿下了杭州,称不称帝朝廷都会盯死这里。也是因此,于圣公来说,称帝之事势在必行,他……咱们圣公这边,只有正名分,才能引得更多助力来投靠,如此对上童贯才更有胜算。"

几人说话的声音都有些小,但并不算太过避讳,盖因这些时日以来,气氛还是相对宽松的。宁毅这几日虽然并未与这些人接触太多,但众人都知道他亦是沦陷后才到这里。大家如今说这些,一方面是关系到切身利益,另一方面,书生总难免有些指点江山的癖好,这时候躲在一角私下议论,多少能感觉自己才是这乱世之中看清楚方向之人。宁毅收好东西准备走时,其中一人向他搭了话。

"立恒要走了?"

"嗯,刘先生。"

"无须多礼。大家如今既然都在此处,便是同僚,立恒若是有暇,倒不妨留下来,与大家聊聊聚聚。世事维艰,无论怎样,这里有茶。"

"家中有人在等,不好多留。他日有空,自当向诸位前辈请益,告罪了。"

"无妨、无妨……"

想要留下宁毅的中年人名叫刘希扬,原本便是杭州一地的大儒,如今在这书院中,与另一位名叫王致桢的大儒在学问上名气最高,只是王致桢相对刻板,刘希扬则更懂变通。原本这些杭州本地的儒生并不受人待见,若是当初随着方腊军队过来的那些儒士文人见了,随意讽刺,他们也不敢说话,只有这刘希扬颇为厉害。

他教的学生中,有一位乃方腊麾下八骠骑之一的刘赟的儿子。这个学生虽然不怎么喜欢老师,但刘赟希望儿子能成为一位文人。早几日刘赟过来了一次,刘希扬便随口提了一句那孩子于四书的理解上颇有天赋,刘赟去打听了一下刘希扬的名头,知道是真正有水准的大儒,又是本家,于是赶快让孩子认其为叔。今天在这休息室中,也是他首先议论起北面的情况,否则其他人恐怕是不敢开口的。

这话说完,宁毅告辞欲出,也在此时,一名衣着整洁名贵、三十余岁的儒士从门外走了进来,阴沉着脸扫视了众人一遍。休息室里谈论战局的声音在那人进来时便停了,对方的目光在宁毅身上停留了片刻,随后他问道:"谁是宁立恒?"

宁毅看了他一眼,拱手道:"在下就是。"

"在下屈维清。"来人拱拱手,仰起下巴。这人的名字宁毅之前就知道,他是随着方腊军队进城的文人之一，原本在温克让的帐下当幕僚，入城之后在书院挂名，倒是不用授课。他几天前来过一次，由于本身文才不够，因此对托庇于此的杭州文人颇为看不起，有时找人说话，定要冷嘲热讽一番。前几日刘希扬收了刘瓒的儿子为侄，那屈维清来时两人便起了摩擦，刘希扬也因此成为书院中杭州派的领袖人物。

众人原本以为他进来是要找刘希扬的麻烦，却想不到竟是找宁毅，一时间摸不清状况。只听那屈维清道："你教《史记》？为何不求记背，倒是每堂课上以俚语胡说八道？《史记》开篇《五帝本纪》何其庄严浩大，你如说书一般，毫无尊敬之意，你心中无愧吗？"

宁毅眨着眼睛，微微皱起眉头来。

"圣人之言何其深奥，读书千遍，其义方现。我辈为人师表，当引导学子研读理解，而不是以肤浅的言语直接解读释义。你年纪轻轻，怕是四书五经都未读完，以孩童好玩闹的心思为诱，将那课室弄得如茶楼说书一般。别人容得你，我受温将军嘱托，却不会睁一只眼闭一只眼！我且问你，'耕者九一，仕者世禄，关市讥而不征，泽梁无禁，罪人不孥……'这句出于何处，是何意思？"

宁毅揉了揉额头："在下不知。"

听宁毅回答得干脆，那屈维清微微愣了愣。他原本以为至少这一题对方能答出来，但无论答不答得出，他都有说辞准备。微微迟疑后他又问了几题，随后说起教书该如何，为人师表该如何，如此滔滔不绝地说了一大通之后，才道："如今我永乐朝方兴，正缺人才，你年纪轻轻，若虚心向学，未尝不能有一番建树。我并非山长，不愿罚你，但你若再敢这样教书，我也容不得你，必让你从书院出去，你好自为之。"

他说了半天，宁毅表情平淡，并不反驳，待他说完，才一脸虚心，拱手告辞，然后就那样走掉了。屈维清又愣了半响，看看房间中的其他人，方才转身离开。待他走后，这边的几人才又窃窃私语起来，这次自然是围绕宁毅说了。

以往屈维清逮着人奚落不至于这般过分，不过，这些文士听了，虽然不反驳，但面上的不以为然还是表现了出来。人争一口气，哪怕是憋着，也得有一口，但今天宁毅什么都不知道，还那样直接地说，众人便感到这等文人实在是丢面子。事实上，关于宁毅授课的方式，这几天里，有人也是有想法的。

"听说在课室中说些故事，那帮孩子倒是喜欢……"

"对这些学生蓄意讨好，师长威严何在？"

"《孟子》中的言语都不知道……"

"亏得刘兄还邀他闲聊，便是过来，恐怕他也说不出什么真知灼见吧……"

"唉，都是杭州人，如今这等环境下，自得团结一番。"

刘希扬如此说道。不多时，待到另外一些老师下了课，便有更多人知道了方才的事情，说起宁毅，多有不屑。其实对这个年轻人，大家都不怎么知道底细，宁毅这几天在书院里如同空气一般，大家都不怎么注意他。况且他嘴上没毛，学问自然也不会好，这时候得到了印证而已。就在此时，有一人疑惑地说道："听你们这样说，分明是那宁立恒戏耍他，你们怎会觉得他不懂四书的？"

这人却是前几天唯一与宁毅打了招呼的人，叫作严德明，在杭州一地倒也颇有声望。他这样说起，刘希扬才问起来："德明何出此言？"

那严德明道："杭州地震之前，那立秋诗会上，这宁立恒曾赋有词作一首，震惊四座，只是后来发生诸多杂事，此事才未传出。那词作开篇是：'东南形胜，三吴都会，钱塘自古繁华……'"严德明拿了纸笔，将那《望海潮》一句一句地写出来，刘希扬等人看了目瞪口呆。严德明道："能写出这样的词作的人，怎会是你们说的那样。这宁毅原本便是江宁第一才子，又怎会不懂四书五经，怕是不想惹事，对那屈维清又极度不屑，因此才故意为之。"

他这样说了，众人先是将信将疑，随后恍然大悟。他们虽然对宁毅有了几分新的认知，但也不至于觉得太夸张。杭州已然沦陷，学问在这里毕竟不是太惊人的东西了，江宁第一才子也好，杭州第一才子也好，总之都如同普通人一般被困在了此处，只能托庇于书院。想起宁毅这几日的低调，大抵也是遇上了诸多压抑之事，与众人无异。一时之间，这便是书院中的大伙对他的认知了。

直到两三天后发生了一系列事情，才让众人了解到，宁毅此时的情况跟他们想象的，委实有太多不同……

话分两头。屈维清之所以会忽然找上宁毅，并不是因为多么冠冕堂皇的理由。

作为随着方腊义军进城的文人，有的如同他一般，并不将书院中的差事当一回事；也有的更喜欢去亲近这些将领家的小家眷。例如他所认识的郭培英，原本也是幕僚，在书院中挂名之后便专心教起书来。这郭培英重视的是更加长远的利益——一旦永乐朝真的站稳脚跟，这些小孩子往后恐怕就都是皇亲国戚，如今能成为他们的老师，委实是一件美差。

屈维清也知道这一点，但相对于成为皇亲国戚的老师，他更希望直接成为皇亲国戚。如今朝堂势力尚未定型，他在温克让的麾下经营，又颇有前途，将来未必不能有一番事业。

但当然，鸡蛋没必要放在一个篮子里，因此他偶尔还是会来书院，讽刺一下那些大儒，将之作为人生乐趣。对这些大儒，他并没有多少感觉。有学问不代表能驯服那帮从农村出来甚至见过鲜血的孩子，往日那些训学生的方法，在这里是没有用的，因为在这帮学生里，有的已经有十四五岁，长得魁梧高大，甚至已经亲手杀过人，他们还没有长成真正的纨绔子弟，家里让他们念书，说有出息，他们不敢不来，但对老师，他们是没有尊敬的。

越是学问深的大儒，反而越不能适应这种情况。"天地君亲师"说了这么久，他们自己也是信的，绝不会对学生曲意逢迎。相对来说，类似郭培英这种人，就算学问不那么深，至少在教学生的事情上不会那么摆架子，比较容易得到学生的好感。屈维清之所以今天忽然找上宁毅，是因为郭培英听说了一些学生间的话语，随后与他说了。

那些言论，基本上都是说那位新来的"宁先生"，不过几天时间，就有人说他讲课有趣，引人入胜，比书院里的其他先生都有趣得多。两人便叫了学生来仔细询问，才知道那年轻的宁先生简直是毫无节操，听起来根本就是以一个说书先生的态度赢得了学生们的欢心。

当然他若是亲自去听听，或许就知道宁毅的授课并非那么一回事。在江宁当了那么久的老师，宁毅讲起课来虽然天马行空，但其实还是切题的。当然，这时候对屈维清等人来说，对一个年轻人，自然无须太过重视，既然有了印象，就那样认定便是。

说起来大家无冤无仇，但忽然出现这样一个人，大家作为老师，在"讨喜"一项上差这么多，总像是有人伸过手来从他们的篮子里拿鸡蛋一般。郭培英这人比较讲究，屈维清便直接过去骂了。到得第二天，他又兴之所至地跟山长打听了一下，结果倒是有趣，那宁立恒的身份竟然是阶下囚。

对这事，山长那边知道得也不是很多，有些事情封永利也没办法跟上面打听，只知道宁毅就住在书院后面，有一个丫鬟跟着，两人都是被看管的身份，还不知道会被怎么发落。既然是这样，屈维清心中倒是更加放开了，这天上午拉了郭培英去听宁毅的课。因为他觉得，作为被俘者，宁毅昨天对自己的态度太不礼貌了，今天如果不改，自己就要让他好看。

两人去到那课室旁边，听了几句。课室之中，那宁立恒果然还在讲故事，而且这故事已讲到尾声。宁毅微微停顿时，屈维清便想要冲进去。这时候，大概是课室中的某个学生站了起来提问，瓮声瓮气的。

"喂，宁先生，我昨天回去问了我爹，他说你在湖州帮官兵打败了我们几千人。有这回事吗？"

屈维清与郭培英两人都愣住了，课堂里也是安静下来，随后有人喊起来："你是坏人？！"

随后又有孩子说道："我也问了，说了宁先生的名字，大伯说宁先生在湖州领了一队残兵打败了安惜福领着的五支军队，就靠先生一个人，打败了陆鞘陆将军、姚义姚将军和薛斗南薛将军的三支队伍,姚将军和薛将军都被先生杀掉了。姚将军老跟大伯作对,大伯说死得好。大伯还说先生会武功,很厉害,江湖人称'血手人屠'。先生,你敢跟齐大壮打一架吗?他老说自己是天下第一,欺负我们……"

屈维清此时在前面,已经踏着门槛,几乎要冲进去了,听得"血手人屠"这般凶残的外号,当即往后缩了缩……

第十一章
慨然就义老人卫道　苟全性命书生传道

　　下课时还未至午时，日光泻在屋檐下，风吹过书院时，树叶簌簌地响了起来，两只鸟挥动翅膀，从院落里一棵大树茂密的枝叶间穿过。宁毅收拾好东西，从黑瓦青砖的屋檐下走过。

　　廊道那边有郭培英与屈维清两名教谕匆匆走过的背影，方才上课时，两人从课堂外走过去，看来有些着急。不过，这并不是他需要多关心的事情，回到教谕们休息的院中，儒生文士们一边各自做着事情，一边聊天。他将书本放进抽屉，然后拿起布袋，抽出今天要拿回去看的书本，刘希扬等人又邀他留下交谈，他还是礼貌地拒绝了。

　　类似的生活已经进行了几天，书院里非常宁静，纵然有孩子的声音夹杂在虫鸣声中，毕竟盖过了外面世界的喧嚣。宁毅去后方拿了发放的米粮，往回走去。山长封永利拿了一杯茶，一面喝着一面与他打招呼，虽然目光中有些审视，但主要还是和善。过了书院后方的破口，每天去到另一边的医馆帮忙的少女也从那边过来了。她穿了打着补丁的破旧衣服，头上围着脏兮兮的绸巾，捧着小小的罐子。看见宁毅，她笑着小跑过来，步伐轻快。

　　风吹过院落，树荫便在风里摇晃着，日光里，有树叶飘落下来。不过三五日光景，有时候宁毅却觉得这种安详平静的日子会过到地老天荒。

　　"今天刘爷爷煲了一锅药粥，说对身体好，快要吃完了，不过我装了些回来，姑爷你待会儿尝尝，里面放了甘草，又凉又甜……"

少女走在前面，宁毅笑着摘掉她的头巾。一头青丝倾泻下来，少女便晃了晃头，身影在光里跳，偶尔回过头来，笑容温暖清新，仿佛抱着怀里小小的满足感。宁毅便也跟着摇头笑了起来。

天地不大，院落不大，房子不大，就连屋檐也不大。初秋，温度还未降下来，不带多少凉意的风总让人感觉恹恹的，属于两人的，也就是这样的环境，却在几日之间仿佛有了许多意义。

小婵到隔壁的医馆帮忙，几乎要把自己打扮和丑化成男孩子一般。中午事情其实不多，她感到宁毅要回来了，才抽空跑回来，跑前跑后地准备给宁毅倒水，伺候他洗脸、喝水、喝粥。

地方原本就不大，小小的房间，小小的厨房，当她兴冲冲地在房间里将瓦罐放下时，宁毅已经自己去了厨房舀水洗脸，小婵便跟过去，嘟囔着说宁毅不该抢她的事情做，一边说一边抢了毛巾过去。宁毅笑着将水弹在她的脸上。天气热，小婵跑来跑去，也出汗了。宁毅自己擦了脸，将毛巾覆在她的脸上。水缸放在角落，此时水微微带着凉意。

他洗脸，喝一口水，拿碗喝粥，偶尔聊天，虽然小婵一直在来来去去，两人之间偶尔也会玩笑打闹，但彼此的步调、一个个错身间的让步与默契，已然显得融洽，即便在这个小小的厨房里，也不会发生碰撞。在宁毅面前，小婵一边整理头发，一边说说今日在医馆中的见闻，偶尔询问宁毅，场面看起来如同午休时相聚的夫妇。不过，若仅从小婵来看，又像是新婚的一对夫妻。

"今天呢，有个人啊，骨头断了，看起来血淋淋的，拼命叫，好害怕……"

"书院里也听到了……"

"嗯嗯嗯，就是他。不过呢，我还是伸手去碰了……就这样，姑爷你看、姑爷你看，像这个样子……就能把骨头接起来……"

…………

"书院跟前几天一样……不过听说刘希扬跟屈维清又吵架了……"

"哦哦，是姑爷说过的那两个人啊……"

"嗯……每天教些无聊的东西……"

…………

"早上听见一个姓侯的在讲男女授受不亲，差点儿从《女训》讲到《女诫》……一整个班都是男的干吗讲这个？我站在旁边听了一阵才走，倒是想起一个笑话……"

"姑爷、姑爷，这两本小婵都学过的……"

"哦，是吗？那我问你，有一个男的和一个女的，两个人握了握手，然后那个女的就怀孕了，为什么？"

"《女训》呢……呃，男的女的干吗握手……我知道了，两个人会握手肯定证明他们关系很亲密，两个人是夫妻。姑爷，对不对？"

　　"不对。"

　　"那他们怎么能随便握手？"

　　"我就握了你的手啊……"

　　"姑爷……小婵、小婵又不一样……"

　　"…………"

　　"还是不对。"

　　"那到底是为什么啊？小婵猜不出来了……"

　　"因为……呃，那个男的不喜欢洗手，那个女的也不喜欢洗手啊……"

　　"然、然后呢？"

　　"没有了啊，因为男的女的都不喜欢洗手，所以他们握手之后没多久，女的就怀孕了……"

　　"……"

　　"这个故事告诉我们洗手的重要性。"

　　"不、不懂哎。"

　　"好吧，这是个冷笑话。"

　　聊天的话题总是琐琐碎碎。纵然他们已经跨过了最后一步，白日里也不可能有太多亲密的接触。下雨时周围窥探的视线很难探进来，但白日里或许人在看着，当然，若真有，此时或许也在思考不洗手跟怀孕之间的联系。

　　下午小婵还是会回去医馆帮忙。这几天里，宁毅偶尔也跟着过去，看那老大夫医病，辨认些药材。他一方面是保护一下小婵，另一方面反正闲着也是闲着，多学几样东西总不会有错，偶尔遇上一些关于外伤的病例，宁毅也会跟小婵说些卫生、感染方面的注意事项。虽然他是半吊子，但自己感觉对这方面还是有发言权的，其余时间则不多说话。

　　姓刘的老中医医术高明，对小婵相对和善，对他这个病患的言论则多少有些不以为然，有一次开口道："外邪入体，伤口化脓，竟还敢把伤口缝起来的外行人，少在这里说些歪门邪道的东西。"宁毅有些无奈。伤口感染时，纵然刮去了腐烂的血肉，也不该将那伤口缝合起来。据说他的伤势原本靠着强悍的体质并不难恢复，反倒是他自己胡来，才将那伤势扩大了几倍，差点儿死去。不过，这刘姓老大夫也曾赞过他的体质颇好，在宁毅看来，大抵是陆红提教授的内功的功劳。

　　那天的雨夜过后，宁毅偶尔也在院子里整理各种东西，将坍圮的废墟弄开，将各种物件搬去墙角堆砌起来。他偶尔会拣出一两件有用的东西，比如一些碎铁片，甚至是一把破刀。他知道附近监视他的人会注意到这一点，但对方似乎并不在意。

两名背刀的男子是常常出现在他的视野中的，甚至偶尔也有简短的交谈。两人的名字很奇怪，一个人叫阿常，一个人叫阿命，加起来是"偿命"，估计那个名叫刘西瓜的主人家跟他们有什么深仇大恨。昨天宁毅从废墟里捡出那把破刀，磨锋利后用来砍院子里的树枝，那个阿常突然出现在院子那边，直接拔出背后的刀朝他扔过来，道："这把快，拿去用。"看起来竟毫不在意他手持利器时将有的危险。

下雨那天屋顶上出现的那个破洞还没有修补好，这几天，宁毅只是去到屋顶上修补了其余大大小小的漏洞。他将一大一小两块铁片敲敲打打，穿在屋檐下做成一个简单的风铃。到得这天下午，他将砍下来的枝叶扎成顶棚，然后拉上屋顶，将那破洞盖好。

天空中，白云如棉絮般飘过去，屋顶上有风吹来，带来些许凉意，风铃声随之响了起来。自这里望去，附近的书院、医馆、道路、院落、来来往往的行人都能收入眼底，杭州看起来又恢复了一定的平静。医馆那边，小婵正拿着药材从屋檐下走过去，朝这边望过来时，瞪大了眼睛，张开了嘴，随后跳啊跳地挥了挥手，大概是在叫他下去。宁毅便也笑着挥挥手，在屋顶上坐了下来。

他修补好了屋顶，晚上会凉快一点点，这样的念头简直像是要在下方的小院子里长住一般。若真与小婵长住于此，倒也不是什么难以接受的事情，不过他自然明白，事情不会是这副样子。

从今天上午那帮孩子问出那些话起，宁毅就明白，有些事情大抵是要来了。

最迟是明天，早一点儿的话，恐怕这个下午，对方就该有动作了。

他坐在这屋顶上，看着外面的街道、行人、偶尔经过的车马、一些可疑的视线，偶尔也能看见背着刀的阿常、阿命两人出现在街上，但并没有打斗。到得申时前后，几十米外的街角处，有一名持弓男子陡然撞破了房屋栏杆，从二楼上掉下来，摔在那边的街道上。那人从地上爬起来，猛然举弓拉弦。二楼栏杆的破口处，阿常背着刀出现在那里，俯视着下方。

那箭没有射出去。街道上，有的人被这一幕吓到了，赶快逃走，另外有些人自不同的方向会集而来，彼此微微成对峙之势。

宁毅托着下巴看着这微妙的一切，随后，屋顶后方传来脚步声，有人从那边走了过来。宁毅回头看过去，是个看起来不过二十岁左右的青年男子，他在屋顶那边坐下来，也看着这一切。

"那是张道原的人，想要杀你。"

微风拂过，原本炽烈的日光正在天空中蜕变成橘色。屋顶上，青年男子笑着说了话。视野那头的街道上，几乎半数的人将目光朝这边屋顶上投过来，包括那个手持弓箭的男子，然后……气氛显得有些僵硬。

那青年男子回过头："想要杀你的不止他们。张道原跟厉天佑是一起的，另外还有徐百、元兴……好像还有卓万里什么的，我认识的不多。不过你不用担心，这边是霸刀营的地盘……哎，你看，那就是厉天佑，他好像要走了……"

这时候街巷附近气氛诡异，人影三三两两地分布着。阳光在天际开始变得温暖，树影洒在地上，像是金色的榆钱，明亮但温和。除却街道尽头那持弓者，乍看起来，这条长街丝毫不能给人剑拔弩张的感觉。

两名男子坐在这边的屋顶上，而在街道那边参差的旧楼当中，有人推开了窗户，有人望着其他窗边的人，有人看向下方的街道，也有人望向了这边的屋顶。在青年人笑着挥了手以后，街道那边一栋两层小楼的窗户后，一名中年男子悄然退后两步，消失在宁毅的视线当中。

青年男子看见这一幕，微微笑了笑，过得半晌，才像忽然想起来什么事情一般，开口询问："不过……你为什么不担心？"

宁毅已经看了这男子片刻，这时候皱起眉头来想了想："我担心啊。不过……既然我能活到现在，今天这样的情况应该还是死不了的，大概是这样？"

"那可难说了……"男子坐在那儿望着下方的情况，喃喃地回答，过得片刻又道，"我讨厌聪明人……"

这算是十多天来宁毅第一次真正接触方腊这边的人。他之前在心中曾经有过几次推测，却想不到会是眼下这种情况。眼前的青年男子身上带着几分张狂的气息，与这个年代的许多人显得不太一样，通常来说，这等人若非疯子，便该有着惊人的艺业。如同秦嗣源的次子秦绍谦，千里奔袭随后在敌强我弱的情况下取仇人首级。只是秦绍谦的那种张狂还相对正统，大概秦家家学渊源，他本身就是贵公子富二代，眼前的男子则多少带些剑走偏锋的偏激感，给宁毅的第一观感，如同出身草根的愤青一般。当然，这只是第一印象，难说客观。

宁毅只是饶有兴致地看着这一幕，随着那年轻人的低喃，那边街巷间人影错落，气氛不断变幻，附近一些院落的屋顶上也逐渐出现一道一道人影，在日光之中，融成范围广阔的对峙形势。年轻人没有注意这些，只是坐在那儿，低头用足尖踢了踢屋顶瓦片上的一抹青苔，回过头时，与宁毅那打量的目光对峙半晌，才终于皱起眉头，变得凝重起来。

"我听说，湖州那边撤退之时，你被当成诱饵，故意留下诱敌，因而被抓。朝廷待你不公，不过那帮人一向如此，也不足为奇，如今我们这边有更切实的目标，你可愿留下来做些事？"

"有选择吗？"宁毅这算是反问句，那年轻人倒是笑了起来："如果有呢？"

宁毅想了想："我不想。"

"为何？"

"你们没有前途。"

宁毅这句话回答得干脆，说完之后，他叹了口气，在屋顶上站了起来。那青年人望着他，随后也站了起来，正要说话，对街厉天佑消失的窗口后陡然传来轰的一声。

惊人的气息铺天盖地而来。那一瞬间，宁毅身前的年轻人直接挥出左手，宁毅身侧一米多远的地方，一片瓦片爆裂飞溅，同时有箭矢在空中激射而来，对街的窗口处，那窗棂化作木屑在空中飞舞。宁毅在屋顶上微微变换了位置，停下来，右手上抓住了一根箭矢，那箭矢还在微微颤动。那年轻人此时是面对宁毅，方才只是左臂伸出，左手上竟稳稳地抓住了两支箭，也不知他是如何握住的，而在方才那一瞬间，宁毅分明看见他的衣袖如长鞭般唰地震动了几下，将一支箭矢震得高高飞起，那支箭已过了他的头顶，这时旋转着开始下落。

那射破窗棂齐飞而来的几支箭仿佛是按响了开关，宁毅聚精会神，听力眼力都比之前有所提升，那些木屑、箭矢还未落地，耳中便听见空气中尽是锵锵锵锵的拔剑拔刀之声，有快有慢，绵绵延延，此起彼伏。那边窗户破了，挂在窗口吱呀摇晃了几下，木屑掉落地面，飞起的箭矢砸在瓦片上，随后但听得乒乒乓乓的声音，零零碎碎的，显然是来的人因为看到敌人拔刀而紧张起来，有人交上了手，也传来"住手"的喝声，但在巷道里、房屋间显得并不清晰。

气息在随后几乎凝固了，这边许多人估计都在等待年轻人的态度，那边各方的人恐怕也不想就这样打起来，于是等待着确切的命令。年轻人却只是皱眉看着宁毅，过了许久，终于开口："我的老师说，有一些人为了求得他人重视，总喜欢危言耸听，先说些别人不愿意听的事情，引起他人的不忿之心，再巧言令色，拿出似是而非其实一无是处的道理来骗人。古代的纵横家最爱用这等方法，但除了一时的胆量，其余一无是处。如今朝廷无道，天下共伐，你说我们没有前途，为什么？你若只是随口瞎说……我便杀了你。"

"呃……"这人反应这么大，宁毅微微愣了愣。事实上，要表现自己有一定的利用价值，方法和说辞有很多，宁毅自然也做过各种假设。他只是有些意外，对方竟会为这句话反应激烈，说明对方心中的想法，与方腊起义军绝大多数人的想法并不一样。他猜测着对方的身份，但毕竟对方腊军系的了解并不充分，无从辨认对方到底是什么人，片刻之后方才说道："你们没有野心。"

"不思为一世开太平者，难为万世开太平。"

时间已近入夜，陈凡在杂乱的房间里看着小本子上的这行字，字迹是歪歪扭扭的，难以入眼，他看了一会儿，舔了舔手中的毛笔笔尖，加上一句"没有野心"，然后将笔和本子扔到一边，躺在床上。

下午最终没有打起来，对那个叫宁立恒的，他也没有再动手。总的来说不是什么大事，那名叫宁立恒的书生，似乎是有些本事——之前就知道对方必然有些本事，只是想不到，这次的观感还不错，不是一个让人讨厌的家伙，但依然要提防他。另外，他虽然知道对方肯定会说些有趣的言论，但没有预料到会是这一句。

他以前便听师父说过，书生的看法难论对错，世上无真理，全看你在怎样的情况下怎样解释。如果对方说起其他一些东西，他会让对方解释一番，反正人不讨厌，自己听听这人的说法也行，但想不到是一句"没有野心"，让他想起了……以前老师说的这句话——

不思为一世开太平者，难为万世开太平。

这听起来是很无聊的句子，师父跟他说过之后，他也未曾放在心上，现在之所以对这句话上心，其实是因为最近这半个多月发生的一些事。圣公军攻下杭州之后，师父率兵出征，着他维持一下杭州的秩序。他不是笨蛋，原本就知道要做的事情，因此虽然口头上不爽，实际上并不为难。

这半个多月以来，纵然在外人眼中他手段粗暴，仗着自己是"佛帅"弟子的身份以及一身武艺四处横行，在杭州城打打杀杀很没有章法，实际上，若不是仗着这样的蛮横，他根本没办法引导局势，要跟那些抢掠惯了的军中头领讲道理，说法纪，人家根本就不会理你，就算真给你面子，不痛不痒的小惩罚也根本不可能让人害怕。

这时候很难有真正的道理法纪，他在军中数年，也根本不去理会这些，烧杀抢掠巧取豪夺没关系，暗地里做不破坏大局势就行，谁要真正影响到一些命脉上的东西，他也懒得去说，直接找上门去将人打死就是。如同前几天的陈大木，这人是包道乙的手下，强收保护费没什么，结果收到影响水运的程度，几天之内，他就把关联较大的几拨人全都打死打残了，接下来便没人再敢做这种事。

不过，越是整理这些乱七八糟的事情，他就越能理解师父说的那句话的意思。说为万世开太平或许太过崇高，说没有野心应该更加贴切。若让一般人来看，这些人已经揭竿起事，杀官造反，如今甚至攻下杭州，这已经是最有野心的一件事了，然而到得现在，这野心不够了。

男儿何不带吴钩，收取关山五十州。从陈凡这个位置看，真正有野心，想要千里觅封侯的人很多，但细数起来，却只有最顶端的那群人，如师父、包道乙、祖士远、吕师囊这些人，都有平定天下的志向，只要稍稍往下，那些人就已经没有了这样的野心，甚至张道原、徐百、元兴这些人，在攻下杭州之后，很大一部分人的野心已经停了下来，至于再下面，那些士卒流民，根本不清楚野心为何物。

什么都没有的时候，他们想着抢钱抢粮抢女人，可是一朝抵达杭州，这些人忽然发现，他们要的一切，眼下都已经有了，他们已经无须去远处抢，身边已经比比皆是。在攻取杭州一役中占了便宜的这些军队当中，很大一批人不想再去攻嘉兴，上层将领、头目固然不会明说，下层之中，这种情绪却很明显，甚至未在杭州得到便宜的那些人，只要有关系的，许多人也不想再去打嘉兴，因为只要有关系，杭州这一片，已经可以得到很多东西了。

但陈凡却知道，杭州的物资其实是无法满足这么多人的，他们只是看见身边有，容易去拿而已。短短的时间里，危险的烧杀抢掠变成了相对安全的内斗，当这些人有了更安全的途径去得到粮食珠宝，他们就不再想要冲击嘉兴了。如果在以前，义军大可夷平杭州，每个人带上瓜分的物资再次肆虐四方，这期间足以制造更多流民，坐拥更多军队，但陈凡也知道，圣公想要称帝，而且如今起义的形式已经波及甚广，接下来该安定了。

这样一来，最大的问题就是这些人的野心不够了。这些天陈凡也发现，更有野心的人，或许是那些原本读着四书五经手无缚鸡之力的书生，因为一旦圣公打算招贤纳士，那些前来投靠的文士无论有无才华——其实多半毫无才学——几乎都想着封侯拜相。当无数士兵忙着瓜分杭州时，倒是这些人，一个两个都在想着若圣公军能夺取天下，他们便是开国之臣。

没有野心……伤脑筋啊……

他想着这些，微微叹了口气。当然，对说出这句话的宁立恒，他也不至于看得太重。此人有些眼光，证明刘西瓜法眼无误，但能看出这些事情的人，未必只有一个两个，他自也不会将对方当成什么经世之才，并为此感到惊讶，只是对方说的话，多少让他有些感慨。

至于解决的方法，军中这么多人没有办法，自己没有办法，师父如今也没有办法，那书生就算会说，自然也是难以解决的。只是文士爱瞎扯，自己若去问他，他少不得会吹牛一番。当然，他日若有暇，自己倒也不妨去听他吹吹牛，虽然多半不靠谱，但能得到一定的启发也说不定……

他如此想着，外面有人报告楼家的大公子楼书望来访。这人已经锲而不舍地来了几次，陈凡想到就烦，照例挥了挥手："说我没空，让他去死。"随后起身，准备出去找人打架兼吃霸王餐了……

　　强权最大的好处或许在于许许多多事情可以压在一个很小的范围内解决。义军入杭州，此时正是强权到达极点的时候，也是因此，尽管这个下午在文烈书院发生的事情出现了不少人，但随着陈凡的出现，最后对峙结束，夕阳西下时，聚集的人逐渐散去，最终造成的影响竟没有被太多人知晓。即便当时经过附近目睹了对峙的人群，也只以为是最近城内经常发生的普通冲突，默默地绕道而过，未有多少人提起。

　　书院目前每天只上半天课，到得下午，其中的老师都已经离开。在这附近居住的，也都是刘氏霸刀营的主力。这次的事情，一方面涉及张道原、厉天佑、徐百、元兴等诸多中级将领，若说为了利益，固然会有人感兴趣，但这类冲突在如今的杭州城里实际上常有发生，而另一方面，出现的是霸刀营与疯子陈凡，便更令人没有了探究的兴趣，因为跟这帮人缠在一起，没什么好处，没什么意思，基本上像是踢一块铁板。厉天佑等人在踢铁板，姑且可以说他们很有力量，很有肌肉，甚至很霸气，但就算在夕阳下看个半天，这帮人也无非在踢铁板，看久了，大家无非一种心情："喂，那个人在踢铁板哎。"

　　这类人其实算不得军队中的霸权阶级或睚眦必报的太子党，惹到了就一定会被报复致死，相对睚眦必报的包道乙、司行方之流，他们算不得可怕，大部分人甚至不知道他们平时想干吗。以前也常有人惹到他们，最大的后果无非在圣公面前拔刀乱砍，有的人被干死了，有的没有，但最后你就会发现，跟这帮人较劲，什么意思都没有，赢了输了都得不到什么东西。

　　总之，对一半以上的中层将领来说，这就是刘西瓜、陈凡等人给人留下的印象，至于另外一半，则大都不知道两位是什么人。这时候义军当中更新换代的情况严重，新的将领进来，大都只听过方腊、方七佛这些人的名字，陈凡这种人属于不上不下的。至于刘西瓜的霸刀营，除了偶尔一次大战中当当突击队，实际上并没有多么辉煌的战功，平日里也没有太多存在感。

　　于是到得天色暗下来时，书院周围只是恢复了平日里的景象。光芒勾勒出院子安静的轮廓，虫子在树上叫，偶有行人车马自院外走过。宁毅从外面唯一的杂货铺买回盐巴时，小婵已经煮好了饭，坐在院门口的台阶上托着下巴等他。

　　"姑爷，我们找个机会跑掉吧。"待宁毅过来，小姑娘神秘兮兮地说道。

　　"呃，为什么？"宁毅微微愣了愣，不知道小婵为何要说这事。

　　以往那阿常、阿命等人对他的监视看起来不严密，但他知道并非如此，经过了今天下午，自然更加了解。此时这街头巷尾，虽然看起来灯火暖黄人影稀疏，一如普通人家的样子，实际上布置安排恐怕丝毫不逊于普通的军营。大抵是那霸刀营在进了杭州之后占了附近一片，这时候住在周围的多是精锐老兵。

如同对街杂货铺里正喝着黄酒与邻居闲聊的表情严肃的老头，今天下午宁毅在屋顶上见他顺手拿了根铁门闩站在门口，看起来俨然如《阿凡达》里铁塔一般的雇佣兵老大。

"因为他们都没有把我们关起来。"

"难道你觉得被关起来比较好吗？"宁毅笑着进去，小婵便起了身，小跑地跟在后面。

"但是姑爷这么厉害。虽然现在这样比较好啦，但想一想，总觉得他们很轻视姑爷的样子，就觉得这些人真没见识，哼。等到我跟姑爷跑掉了，他们就得哭啦。"

她说到这里，宁毅自然也明白她是在开玩笑了。自暴雨那晚过后，小姑娘的气质沉稳了许多，这并非说她平日里不沉稳，只是自那晚过后，便渐渐有了股小媳妇一般的神态。

往日里宁毅坐在床边看书，小婵坐在板凳上看他，目光闪动间常可以看出她在想心事，又跃跃欲试地想要与宁毅说的样子。这时候小婵通常只是看着、想着，并不怎么如少女般表达了，仿佛脸上笑笑，心中便笃定了，开玩笑大抵也是为了掩饰其他的心情。

待到煮完饭，开始端去外面时，小婵方才低着头说道："姑爷，今天下午……这边出什么事情了吗？"

"嗯？没有啊。"

"可是……可是今天下午我看见姑爷在屋顶上跟一个人说话，那时刘家爷爷让我去熬药了，我也不知道发生了什么。可后来熬药出来，看见有个受了伤的将军在跟人说这边刚才出事了，一看就是有杀气的样子，我就出来看，可什么都没看到。"她将饭菜放下，蹲在那边仰头看着宁毅，抿了抿嘴，"我就赶快跑回来，看见姑爷在这边，我又偷偷回去了。不过回去的时候，刘家爷爷……这样子看了我一眼，我觉得可能是出了什么事情，姑爷……"

少女学着老人家耐人寻味的目光，皱着眉头，看来颇为可爱，但更多的还是不动声色的担忧。小婵聪明伶俐，比一般人要敏锐得多，尽管没有看见事件全貌，但从旁人的只言片语中就发现这边大抵出了事情。她方才说起逃走，看起来是玩笑，实际上未必没有担忧。人为刀俎的情况下，忽然出现的风吹草动令得少女担心起自家良人的安危来，但这时候她只是小心翼翼地询问着。

宁毅看了看她，过得片刻，将下午发生的事情说了出来。当然，他略过了对峙的局势，只道有人过来与他说话，他回答了几句，应该是过了关，如此这般，小婵终于放下心来。

暖黄的火光中，两人便在那小小的屋檐之下一道吃了晚饭。

同样的夜里，城市的一角，白日里注意到了宁毅的屈维清等人也没有闲着，书院的一亩三分地看起来与世无争，但也有它的利益在。上午听说了宁毅阶下囚的身份，下午，他便去找温克让，但温克让出了城，到了傍晚才回，还请了几名幕僚举行家宴。宴席上屈维清说起书院中有被抓的书生以世俗故事博学子欢心，曲意逢迎一干孩子的事情，便有人道："这倒也是个保命的好办法。"又有人说："若是我，当场将他打杀了便是。"

屈维清以玩笑的口吻说出这事，温克让随后也不以为意地笑着点头。军队进城这个月，抓的人多，杀了放了的，大都处理得干脆，但总有些暂时无法决定的人，顺手放在各处让他们做事也是常事，温克让对普通书生之流好感不多："那人姓甚名谁？屈先生与封永利说了，找人打上一顿逐出便是，若是闹得过分，便是杀了又有何妨？"

"温帅说得对。这人姓宁名立恒，听说倒是有些才学手段，大概是被抓住后担心，因此……"

"宁立恒？"屈维清正说着话，却见温克让皱起了眉头，过得好半晌才问，"这人在文烈书院？"

屈维清怔了怔，以为踢到了铁板："温帅知道此人？"

"听过，若是此人……你倒是不用理会了。"

听得温克让这样说，其余几名幕僚来了兴趣，问道："这人莫非有后台？"

"莫非是苏杭大儒？我等却未曾听说过啊。"

温克让摇摇头，倒也不以为意："我知道的也不多，不过他倒不算有什么背景，诸位无须在意。虽然有几人保他，但要动他的人也不少，不去理会他便是。"

虽然温克让说得简单，但在这圈子里混了这些时日，屈维清等人当然能听出一些深意来。对那宁立恒的事情，温克让显然也不算清楚，总之是属于另一个圈子的事情。另外，这件事情并不属于他们可以涉及和发落的级别。如此想想，再结合那些学生口中有关湖州的说法以及"血手人屠"的外号，这人虽然被抓，但恐怕也是类似方七佛那等人的级别，屈维清想到那二十出头的书生看起来谦和的神情，不由得让人觉得有几分可怕。

他知道了这事，便打消了要将那宁毅从书院赶走的想法，第二天又告诉了郭培英。郭培英似乎有些不以为意，屈维清也懒得理他。再见到宁毅时，宁毅如常地向他点头，屈维清压抑着心情点头以对，心中倒有种与大人物来往的感觉，虽然这大人物是被抓的。他又在暗地里观察了对方的举止言行，心中便觉得对方举手投足间果然渊渟岳峙，符合那种表面平和暗地里会把人抓去干掉的"血手人屠"形象。

另一方面，孩子的口中藏不住事情，在书院众人大抵看过宁毅的词作之后，发生在湖州的那些事也终于一点点地在众人口耳之间流传起来。一时间，其余的儒生文士看宁毅的目光总有些复杂难言。宁毅自然明白这些，只是安安静静地教书，等待事情告一段落。

倒是他教授的班级，学生在几日内便增加了一倍，偶尔提的问题也是稀奇古怪，例如询问他湖州之战的，或者问他怎么带兵的，教授《史记》的课程俨然演变成兵法课，但宁毅本身强势，课的上半截总能讲讲书本内容，到得后面小半部分让他们自由讨论时，才变成这等模样。

到得第三日，甚至有学生带了刀来想要砍他，当先一人被宁毅顺手制伏，其余人便与班上的几名学生厮打起来，双方剑拔弩张。有的人站在湖州死去的三位将领一边，至于想要上宁毅的课程的学生，大抵是将宁毅当成了原本属于朝廷一方的兵法大家，他们家中的长辈也都是军中将领，既然宁毅已经在这里教书，他们便想学着"招安"宁毅，并且跟他学习本领。

在这些孩子心中，类似宁毅这等原本站在"正统"一方又有本事的年轻老师，比之平日里看见的那些土匪一般的叔叔伯伯恐怕要有魅力得多。

一开始有几个学生说要让家中叔父辈来学堂见宁毅，顺便让他正式加入这边，然而回去之后一说，却没有什么人过来。作为中层将领，大伙儿多半保持着绝不理会的态度，但是鼓励家中孩子跟这"血手人屠"宁立恒学点儿东西。另一边，想要找宁毅麻烦的学子们回去鼓动之后，也没有什么人真的带兵杀过来，但同样鼓励家中孩子自行去做。

如此这般，文烈书院大大小小的冲突开始变着法地升级。这些孩子由于家中长辈的立场原本就有些拉帮结派，这时候便愈演愈烈，一时间，俨然将研读圣贤书的书院变成了一个小小的军事学院。

对这样的情况，宁毅原本也有几分意外，不过不久之后，他便刻意引导起来……

"这么说起来，和锦行是不同意帮我们做西线，而要自己做……是王仁那边的关系，是吧？"

"也未说要自己做，只是他们要七成。"

"那就差不多了。另外黄山那边，消息已经回来了，木料没有关系，但这一路上十室九空，流民太多，运回来的时候，陈伯你要去看一下。这还得祖相那边给我们一些人，明天陈伯你与我去祖相府上拜会一下。"

"是……祖士远，已成相爷了？"

"还有几天，但若没有意外，听说当是右相无误……"

风吹过宽大的茶楼厢房，外界广场上有些杂乱的声音自窗口传进来，将厢房里的对话声笼在这片喧嚣之中。房间一边其实有好几人，为首的是一名年龄在二十五到三十岁之间的贵公子，打扮并不张扬，但一眼可以看出衣着华贵，他气质沉稳，说话简单利落。

几人说话之间，另一边的窗口处也有一男两女三名年轻人坐着，看起来则相对不正经一点儿。两名女子年轻貌美，但打扮过分鲜丽，显然是青楼女子出身。坐在她们中间的年轻公子叫楼书恒，此时笑容有些轻浮，正对外面广场上的人群指指点点，说着什么。

已是八月上旬，圣公方腊称帝便在近几日。城内的各种喜庆气氛已经烘托起来，另一方面，一些特殊牢房中开始清人，不仅顺便给新建的朝堂添加一些人手，还有，几天以来，位于杭州城东的这座广场上，每日午时都要演出杀头的戏码。

被杀的这些人与那些被草草杀掉的普通人不同，在往日的杭州，他们多半有着各种各样的身份，或为官员，或为望族，或为大儒。既然要建新朝，方腊也明白自己手下务实的文臣以及真正有名望的拥护者不够，杭州城破之后，虽然这类人大多数被杀了，但总还是留下了一批。

自七月到八月之间，有的人已经被说服投降，也有许多人仍旧梗着脖子。据说最近一段时间，那些牢房里每日都有游说的人，但每个人也有个期限，若是过期说不通的，便拉到这广场来砍了脑袋，不做多想了。

杭州城破的那段时间，城里血流成河。楼书恒原本是怕见血的，于是躲在了家里，但最近不会了，他错过了当时，这几日便很感兴趣地过来看杀头。杭州如今虽说是沦陷的城市，但由于杀的基本是大户，有朋友便有敌人，特别是在方腊"是法平等无有高下"的宣传下，每日里杀官、杀豪族也会有不少人过来围观、叫好。当一排排脑袋掉下，鲜血横流时，他便在这茶楼厢房里与女子胡天胡地，感觉极好。

当然，今天有些不一样。

家中兄长约了几名管事过来说话，顺便占用了他的半边房间。

楼家的长子——楼书望今天来得有点儿突兀，楼书恒也有些摸不清哥哥到底在想些什么。小时候他们兄妹三人的感情还是不错的，但自从楼书望读书未成掌了家业，楼书恒对这兄长的感觉便淡了些——一个注定经商，操持家业；一个是可以当官的，总感觉有一层隔阂。当然，尽管楼书望一年之中有许多时间不在家中，无论在楼书恒还是在楼舒婉眼中，这个兄长还是非常厉害的，在他们心目中，可能仅次于父亲楼近临。

由于兄长在，楼书恒心中多少有些猜疑和拘束。感受到身边男子故作轻松的不自然，两名美丽的女子似乎也有些紧张。那边圆桌旁，楼书望一五一十地吩咐完了，然后温和地挥挥手，让那些管事人出去。他站了起来，走到这边窗前，找了把椅子坐下："书恒。"

"大哥！"搂着两名女子，楼书恒灿烂地笑了起来，有几分故作的张扬。楼书望便也笑了笑："回来这么久，可惜一直太忙，难得聚几次……不错嘛。"他看了看窗外，随后又看了看楼书恒身边的两名女子。

楼书恒笑道："哈哈，大哥也认识她们吧，管心儿跟陈彤，你知道的，一个是珠翠楼的，一个是华屏阁的，两个人从来是针锋相对，谁也不让谁，你看现在，都服服帖帖的了。对不对？"他用力搂了搂那两名女子，这两人原本也是大青楼的头牌，此时却只是附和着笑了起来。楼书恒压低了声音道："不过大哥，你别说，两个人一块儿的时候，还真有种不一样的刺激。大哥……"

他话没说完，楼书望温和地开了口，打断了他的话："不说这个，最近的形势，小弟你也看到了。新朝初建，百废待兴，家里的银子一箱一箱地进，所有的管事都被派出去了。你可以……可以这样、那样，怎么样都行，只要家里好了，就什么事情都可以做。小弟你知道的，就连妹妹最近也在管事，你难道打算就这样下去吗？"

"呃，大哥，反正你跟父亲……"

"不是说不行，要有度，你知道的。"楼书望笑着。

"我是知道，但是……"楼书恒有些嬉皮笑脸的，双手不规矩地动了动，旁边的管心儿嘤咛一笑，身体往楼书恒这边靠了靠，脑袋搁在他的肩膀上，轻声道："讨厌。"

楼书望拿起手上的茶杯，看了看，像是没有水。楼书恒道："阿彤，你帮我大哥……"话音未落，猛然一声暴喝在厢房里响起："给我滚开！"楼书恒还未反应过来，茶杯便和着茶水在管心儿脸上暴绽开来，下一刻，那管心儿的小腹被猛然站起的楼书望一脚踹上，整个人都惨叫着飞了出去。名叫陈彤的女子瞪大眼睛站了起来，楼书望已经抡起了身边的椅子朝她头上砸下，陈彤伸手一挡，随即连同那椅子一道摔出，房屋的地板砰砰砰地响。

楼书望面色阴沉地站在那儿："你明白了？"

女子的哭声与叫声这才持续响起，楼书恒则被吓呆了。他这兄长最近几年虽然在外面跑，但也不是脾气凶戾之人，由于读过书，总体还是温文尔雅的，他何曾见过兄长这等面貌，这时候只是下意识地答："什、什么？"

"现在的杭州城，你什么都有，也什么都没有。"楼书望说着，伸手指了指外面的广场，随后转身走向门外，一边走一边说道，"你现在来看这个，是没看过二十多天以前的情景，你在这个房间里，有人守着，外面怎么杀都行，很好看。二十多天以前，你如果站在外面看，那些被开膛的、被活埋的……我看过……"他顿了顿，又道，"小弟你知道吗，杭州现在还是一样的。如果是以前，我不敢在这楼上打人，不敢跟人动手，现在怎么样都行。我知道你抢了几个女人回去，有几个死了。没关系，男子汉大丈夫，可以玩，但要有节制……我们以前做生意，输了，家里人顶多饿肚子；现在要是输了，我们就会跟他们一样。小弟你知道吗，现在只有两步，往前一步，那是天堂；往后一步……咻，就掉下去了。"

他打开门，门外是守着的护卫，楼书望抽了抽对方的刀，但随即放了进去，转过身时，他拔出一把匕首，径直朝地上的管心儿走过去："你不明白，我让你看清楚一点儿。"

楼书恒几乎惊呆了："哥！你、你、你……你干什么？"

求饶声、尖叫声在房间里响起来。楼书望揪起那女子，猛地一刀，又是一刀，惨叫声中他一连捅了八刀，才将那女子放开。房间里一片血污，楼书望的手上、身上甚至半边脸上都是鲜血。他侧着身子，眨了眨眼睛："你明白了？你如果不明白，也没关系，就像这样……"

他说着话，朝另一侧地上已经爬到墙角的陈彤走过去。这女子方才被椅子砸了一下，虽然伸手挡了，但头上还是被砸出了鲜血，这时候爬不起来，哭叫着拼命求饶。楼书恒在窗边喊起来："我知道了！哥，我知道了！"

楼书望已经蹲了下去，这时候顿了顿，伸出双手。那陈彤尖叫着，以为会死，下一刻，却被楼书望轻轻抱住了。

男子轻声说着："没事了，没事了，别哭了……对不起，吓到你了。"

过得片刻，楼书望从地上站起来，扔掉匕首，看着弟弟："现在就是这样，一动手就可能死人，死了也没人管。你如果怕，就只能往前走，让别人杀不了我们……别再这样了。你想一想，过几天开始帮家里的忙吧……我去洗一下。"

他将话说完，离开了房间，让护卫收拾尸体，自己去楼下换了衣服，洗了手和头脸，整个过程里，手有些颤抖，但他最终做完了一切，又回到了房间里。

弟弟还在靠窗的椅子上坐着，但目光总算能动了。他走过去，在另一边的椅子上坐下，兄弟俩没有说话，但他的存在还是安抚了楼书恒。过得片刻，楼书恒终于勉强恢复了自然，这几天里，他是见过死人的，只是这次效果震撼了一点儿而已。

距离午时还有一点儿时间，但广场上聚集的人越来越多。楼书恒的目光漫无目的地在人群中游移着，某一刻，忽然看见了一道身影。他的心神原本还被管心儿的死震撼着，但这道身影让他无法忽视，他看了几眼，又看了几眼，皱起眉头来。不多时，他看了看兄长，随后站起来，走到窗前。

楼书望顺着他的目光望过去，见那边都是人："怎么了？"

"那个、那个……"楼书恒皱着眉头，"那个像是宁立恒……不，确实是他，怎么可能？那边……快不见了，他跟他的丫鬟小婵。"

关于宁毅，楼书望只在宁毅与苏檀儿初到杭州时见过一面，其后便离了杭州经营生意。他在杭州被围时匆匆赶回，城破之后，知道家中投靠了方腊，便故意被乱军抓回来，其间便见过不少死人。回想当初的见面，由于宁毅是赘婿，他自然连看都不曾正经看过。这次回来，他隐约听人提过一两句苏家与自家闹得不愉快，但正事太多，对这事自然抛诸脑后，这时候看看弟弟，却似乎有些耿耿于怀。

当初的一些小矛盾，到这时基本可以看成浮云，楼书望对苏家人毫不上心，只是坐在那儿看着。弟弟随后有些语无伦次地说起宁立恒已经逃出的传言，还有什么湖州打仗的事情，楼书望顺手斟了一杯茶递过去。

"你确定是他……那也不用多想了。人多，你现在下去也找不到，但他只要在杭州，就总能找到人。宁立恒……这里有几个人，你要找人，可能比较方便。娄相的儿子娄静之，我认识，他最近对我们的生意有兴趣，你是会玩的人，这几天了解一下，去找找他……有一个叫邢政的，关系很广，我们有两笔生意要通过他，你给他送些东西，顺便可以让他给你打听。另外还有……你确定那个是宁立恒？"

"确定，而且他身边有个叫小婵的婢女，方才也跟着呢……"

"那就没别的了。你要知道，以你的聪明，现在在杭州，什么事情都做得到，你想要做，就自己去做，我不干涉……"他说完，又想了想，"哦，你喜欢那个苏檀儿？"

楼书恒愣了愣："那、那个贱人……"

他没有把话说完，似是找不到多少形容词。当初杭州城破，他以为对方已经跑掉了，现在忽然发现人还在，一时间也想不到该怎么做，但可以做的事情肯定很多。楼书望看着他，半晌，点了点头："知道了……"

外面的广场上人已经很多了，嘈杂的声音传过来，宁毅走过一段较长的通道。

虽说他是被抓来的，但霸刀营一方给他的禁制不是很多，出门也可以，走动也行，当然远一点儿就得有人跟着，但他并不是过来看杀头热闹的。

不久之后，他见到了一位熟人——钱家家主，原本以为在破城之初就已经随船逃走了的老人——钱希文。

七月初，杭州城破，天下大乱，所有人都在忙着逃命，找出路。当时杭州城南钱塘江码头的海船是最容易也是最安全的逃生路线，宁毅一开始也打过那边的主意，但并未当作唯一的选择。更何况原本大家都觉得武德营乃精锐之师，宁毅对杭州能守住也存了一份信心，并未料到后来会破得那样快。

破城之后的逃亡途中他也曾听说一些事情，包括钱希文在第一时间乘船逃走。在宁毅眼中，儒生要么死板单调，朽木难雕，要么狡诈油滑，玩弄心术，总之没什么好感。城破了，对方第一时间逃走也不怎么出人意料，因此他听过了也并未放在心上。

但事实上，破城之后，这位老人并没有真的随船离开。据说在送了钱家一些有潜力的晚辈上船之后，他带了几名老仆人，从船上偷偷下来了。纵然后来还有一支支突围的队伍，他也并没有随任何人离开杭州。

送走了能送走的人之后，这位老人聚集了家中一些忠仆、亲属以及一些来不及逃走的兵将，在钱家老宅附近进行了抵抗。人不多，但据说抵抗很顽强，结结实实地打了一个晚上，后来郭世广率兵踏平了这里，将老人抓住了，关到现在。

宁毅在被抓之后未曾关注钱家人，只是近几日在书院，有些学生要杀他，有些学生要保他，弄得几乎分裂，要保他的学生与他的关系自然更好了一些，有人大概跟他说了这边杀头的事情，他才知道了钱希文居然没走。今天早上他跟阿常打了个招呼，说想要来看看，对方答应了，随后一道过来了。

霸刀营方面对他的看管表面上并不严格，在宁毅看来，也是想要他自己出来看看城破之后城内的景象，发生的事情到底有多凄凉，不归顺的下场到底有多惨，让他主动来看，也是心理战的一种。

宁毅自然也愿意出来走走，主要是可以寻求逃跑的机会，但他也明白，自己的身体未曾痊愈，又带着小婵，在对方经历过太平巷以及湖州的事情之后，自己找不到太多机会了。既然他不能铤而走险，何必让对方轻易看穿自己，干脆只是待在书院附近静养。他这次开口，对方倒有些高兴了，让他去探监，顺便去看看杀头，是最好不过的事情。

"你说的这个钱希文，我也听过。听说学问很好，不是出来唬人的，他很厉害，是故意不走的，我们抓到他的时候，他也没有自杀。他家里也有些人被抓了，让他归顺……你知道，很多乱七八糟的事情，有一个听说是他的亲儿子，当着他的面被砍了双手，他眼睛都没眨一下……反正今天他们一家就都要被杀啦，你跟他有旧，去看看也好，如果能说服他活下来就更好了……不过我看难。"

跟着宁毅的两人中，阿常相对严肃，阿命就轻佻一点儿，但这时候说起钱希文，倒也有几分佩服。

小婵被留在了外面。经过长长的牢房过道时，许多人在哭喊，有一些是未曾跑掉的钱家人，多半已经受了刑，有一两名宁毅甚至有印象，当初宁毅第一次去钱府拜访，曾撞上过的偷钱希文的珊瑚笔格的一名年轻人也在其中，可惜宁毅不记得对方的名字。这年轻人断了一条腿，倒在牢房当中，已经没有多少气息。

宁毅一边想，一边走出好几米，后面忽然传来一个声音："我叫钱惟亮！"他皱眉回头，见是那年轻人喊的。此时牢房中有许多人在叫救命或是其他内容，这个年轻人说了名字，就没有其他话了。没过多久，他又听得有几人说自己的名字："我叫钱惟奇。""我叫钱海亭。"那个名叫钱海亭的，便是一名双手没了的中年人。

随后他便听得一名狱卒说道："每次来人他们都说一次……"

进到最里面的一间囚室时，宁毅才看到钱希文。老人看起来并未受到虐待，除了额头擦破些皮已经结成血痂，其余地方并未受伤，这时候衣服整齐，正就着一盆清水整理衣冠服发。牢房里光芒不强，他眯了一会儿眼睛才看清楚宁毅。

狱卒在阿命的催促下打开牢房门，宁毅进去之后，几人都离开了。老人整理着头发，看了宁毅几眼："你……也被抓住了。"

宁毅点了点头。

"投了他们？"钱希文看着他，随后点头，"嗯，识时务者为俊杰，你是务实之人，留下一条命……也好。"

"我也不知道现在算不算投了他们。本来听说钱老你第一时间乘船走了，昨天又听说你留了下来，所以想来看看。"

钱希文的眼神这才显得有些疑惑："哦，怎么回事？"

"我……"宁毅想了想，最后摇了摇头，"我……呵呵，钱海屏他们逃走了，现在应该已经到了湖州，当中有几个人我认识，他们是……我觉得你也许想听这件事，他们活下来了。"

"哦。"老人微微笑了笑，"这几天轮番有人来劝我，什么心思都用了，你是最后一个，这个消息倒是顶好的。你现在如何啊？"

"我也不清楚，不过我不是来劝你的，只是看看你。"宁毅点头。

"说来听听吧，无妨的。"老人笑了起来，"方腊等人破杭州不久，正是急需用人之际，你真想要脱颖而出不是难事，老朽在这世上已混了几十年，对此道倒是有些心得。立恒若有什么为难之处，不妨说来听听，也许老朽能帮忙出些意见。"

他言辞恳切，看来是认为宁毅已经投靠方腊，想帮宁毅出些保命或是上位的意见。宁毅看了这老人好一会儿,随后方才说道:"最近经历的事情,老人家想听?"

"说说,说说……"

"呵呵,我跟钱海屏、汤修玄汤老、陈兴都他们,在那日破城之后……"

宁毅过来自然不是为了讲故事,但到得此时,却觉得说上一说也无妨。待他说出这些,钱希文才知道事情有些不同。老人家听着那逃亡队伍一路北上,随后陷入危局的故事,眼中的神采也有了些变化,待听得宁毅设局,终于鼓舞起武德营士气反杀对方三员大将,才轻轻拍了拍大腿,缓缓说了一声:"好。"随后没有再说话,一直听宁毅说完整件事,他才又点头道,"好。"这次望向宁毅的眼神与方才以为宁毅变节但可以理解的包容目光全然两样。

"非常人方能行非常之事……好,秦相看重你没有看错。你要留下有用之身,静待来日……方腊军队不占大势,到了杭州就可能止住,长久不了的。你要活着,你要活着……"他喃喃说着这句,宁毅看着他:"我以前听说过一些迂腐文士仗义死节的事情,有些人,听起来很伟大;也有些人,看起来没那么必要。钱老,如果杭州城破,不及逃走,我可以理解你,我只是不太懂,为什么走了还要回来?你是懂治国之道的务实之人,如果走了,帮助会更大。"

钱希文抬头看他:"立恒……不能认同?"

宁毅吸了一口气:"外面那些人,不值得。"

钱希文明显顿了顿,好半晌,点头道:"是啊……都是好孩子,可惜了……"

"我……"宁毅正想说话,钱希文陡然又抬头望过来:"立恒觉得,我辈文人,最该做的事情,是什么?"

宁毅想了想道:"我不愿说大话骗你,各人有各人的看法,文人有该做的事,但要说最该做的,恐怕谁也说不清楚,而且……我不算文人。"

听得他这样回答,钱希文笑了起来:"是啊,因此你能行非常之事,能……将湖州局势一举逆转。"说起这事,老人似乎还有些兴奋,"但……老朽研究儒家数十年,得出一个结论,我辈儒者,最该做的事情,终究还是……卫道。"

宁毅皱了皱眉,钱希文笑了一阵:"自与立恒相识,你我未曾多谈,但这数月之事,我已知道立恒到底是何等样人。至于我,立恒想必也听说了一些事情,当初的立秋诗会,这次的立秋诗会,包括各种官场来往、权术,立恒方才也说,老朽乃务实之人,是啊,务实……"他叹了口气,对这个词似乎颇多感慨,"可是,立恒,你想啊,若非如今官场,若非如今军中,若不是所有人都选择了这聪明的务实之道,他们打过来了,一觉得事不可为,大家就都掉头跑掉,杭州怎会陷得如此之快?若我们整天都在说圣贤之言,说大丈夫当仗义死节,到了城破之时,却没有一个人愿意做些蠢事,有谁愿意信那圣贤之言呢？"

"说爱国，说死节，死到临头了，却没有人愿意去，那儒者不就成了看不见摸不着的东西吗？立恒啊，这样说起来可能太过务实了，但我辈儒者，每年都该死几个人，死几个……有名字的人，死在屠刀之下，死在金銮殿上，死在这千万人的眼前，真到该死之时不能退，如此才能提醒世人，这儒家之道是真的，为不平之事而死，我辈才算为往圣继绝学。我死在这杭州城，也是要提醒大家，确实有人抵抗过，免得他们想要说起的时候，热血之时，找不到可以说的名字……"

他说得有些激动，手臂颤抖着，摸索着戴上帽子："我已经老了，正是死得其所。立恒你还不该死，外面那些孩子也不该死，但别无他法了，他们当中也有被我教得信了这些的，也算是……死得其所吧。"

有微光从缝隙里照射进来，微尘浮动在空气中。老人说到这里，微微笑了笑："所以，这样说起来也许不好听，但所谓'卫道'，其实也就是……在适当的时候死给你看。已经死了不少了，我因为名气大些，反倒屈居人后，也令得那些孩子多受了几天罪……为虚名所累啊……"

宁毅沉默了。他对儒家，有崇敬，也有不屑。所崇敬者，无非这个以儒为名的系统、以家天下的规则创造出来的巨大的、自洽的统治系统，如蛛网般密密麻麻的统治艺术。所不屑的，则是大多数儒生读书读傻了脑子，什么都不会想又或者什么都想的各种丑态，但眼前这个老人，确实是令得"儒家"这个词显得伟大了。

平日务实致用，适当的时候……死给你看。

如同诸多儒生在殿前触柱而死，如同后世陆秀夫崖山投海，方孝孺被腰斩后犹大骂朱棣不止。在后世看来，许多人或许都显得有些傻，他们什么事情都没有做成，但如果把儒家当成一项事业，这些人才是真正做了事情的，真正是为往圣继绝学。若说起来，真就是"死给别人看"。

宁毅不做这件事，却很难不佩服，心中想了想，外面杀了几天了，怕是有很多人这样子死了，又想起进来时外面喊自己的名字的几个人，问道："刚才进来的时候……有几个人在说自己的名字，他们到底……"

老人笑了起来："他们便是想让人记住，有这样几个人这样死给你看了吧……都是好孩子，喊了的是，没喊的也是……"

他想了想，又拍了拍宁毅的肩膀："你能活着，就该活着。要活着才能做事，你还年轻，不用多想，将来将这事当成故事，说给别人听吧……"

老人随后并不说儒家的事情，倒是想起苏檀儿等苏家人的安危，开口问了问，又絮絮叨叨地说起一些名字，问逃亡队伍中有没有这些人。宁毅记得的不多，与他聊了一阵，最后一直在想的，是老人家中那个珊瑚笔格。老人治家甚严，家中子弟都没什么钱花，真到急需钱的时候便去偷老人的笔格，老人便在家中出十贯钱的赏格，对方还回来，他也不问其他，便给十贯钱，于是家中子弟便时常偷一次，还一次，偷一次，还一次，每次都能拿到钱，而其中一个年轻人，便是外面那个说了名字的钱惟亮……

哈哈，那个偷东西的家伙，居然也能这么硬气……

宁毅想着这些，他的心已经老了，已经好久没有听过这么有趣的故事了，微微地，便有些感动……

午时到了，狱卒进来打开牢房的门。不久之后，在烈日的照耀下，外面土黄色的广场上，一排脑袋被砍了下来。人群中，有人欢呼雀跃，大声叫好；有人默默无语，神色肃穆；宁毅站在人群里，看完了砍头的整个过程……

"今天说到这里，想说一件事给大家听。昨天，我在城东那边看了一场杀头，见了一位老人家，这位老人家叫作钱希文。知道他的消息，是因为早先……前天，茹右跟我说起那些事，我才起意过去看看。钱希文这个人，我之前并不是很熟悉，只见过几次面。他是个极懂权谋、人性的人。早几年杭州一带如果发生什么事情，他说一句话，能有决定性的作用。今天，我便想把这个老人家的事讲给大家听。"

树叶摇曳，带着悠闲意味的虫鸣声中，书院的课室里响起了年轻老师的声音。说是讲课，到得此时，其实他又已经惯例般变成了讲故事。这个时候，课室之中有大大小小几十名学生，而在课室外的窗户后面，其实也有五六名学生聚在那儿，有的趴在窗台上，有的蹲在地上数石子，都在听里面说的东西。

自从书院中因为宁立恒这位先生产生过几次冲突后，学生便分裂成了好几个派系，其中有想要干掉这个先生的，也有亲近、想要保住这个先生的，更多的，自然还是无所谓的中立派。无论好恶怎样，当宁先生讲课有趣的消息传出去之后，不少人愿意到丙班来听一堂《史记》课。

若是以前那种传统的学堂，学生这样自由地跑来跑去，恐怕会被先生打骂死，但如今的文烈书院，真正敢管学生的先生没几位。每天丙班上《史记》课时，班上便聚集了四十余名的保宁派与中立派学生，至于在窗外蹲着看起来不怀好意的学生，则大抵是那些想要找碴的倒宁派。他们说是秉承着知己知彼百战不殆的想法来探听虚实，但毕竟都是八九岁到十五六岁的孩子，听宁毅的故事说得有趣，往往也会津津有味地听，听完了才表现出不屑一顾的神情来。

不过，宁毅今天说的这个故事，则使得课堂内外的气氛变得有些古怪。

"钱家原本是杭州的望族大户，他们家族出过很多高官。有关钱希文，这里还有一个很有意思的小故事……几个月前我刚来杭州，执着长辈的信函到钱府去拜访他，遇上两个互相追打的年轻人，然后捡到一个红色的珊瑚笔格……我因此拿到了十贯钱，不过不是飞票，而是一枚一枚铜板穿起来的整整十贯钱。我搬得很辛苦，后来去问，才知道这个珊瑚笔格是钱希文最喜爱的一样器具……"

有关钱希文的事情，宁毅由珊瑚笔格的故事开始，渐渐说到几年前的饥荒、立秋诗会等。课堂内外一时间起了微微的骚乱。课堂中的虽然都是孩子，但大抵也听得出讲故事之人的立场，他们保宁毅，是因为觉得宁毅已经投了义军这边，但他这时候说起那钱希文，便令得当中一部分孩子开始动摇。

宁毅说故事时，外面的廊道上不知什么时候有两名书院的先生走过来，大概是觉得里面气氛有异，便站在那儿听了几句，面上显出惊疑的神色来："这人疯了？"

"我看不像……有恃无恐吗？"

两人惊疑地听了一阵，随后又有一名先生过来，听了几句，也是讶异地与两名同伴面面相觑。他们都是杭州本地的儒生，自然知道钱希文的名字，但这个时候在方腊的地盘说这种事，岂不就是找死？

他们正惊疑间，长廊一侧，一名身着黑色短衫的年轻男子似乎是闲逛一般左瞧右瞧着朝这边走过来了。虽然是没见过的生面孔，但书院外有守卫，这个时候能进来的人，看看这股精神气，他们便大概知道眼前男子是一名武人，多半还是方腊军中的将领，因为他一出现，几个在课室外闲玩的孩子中便有一名明显被吓到了，往后缩了好几步，随后似乎是跟身边的同伴商量要不要走掉。

三名儒生互相看了看，低头离开。那年轻人瞧了瞧几人的背影，随后侧头瞄了一眼宁毅这边的课室，微微想了想，之后在距离课室一丈外的廊道栏杆上坐下来，拔了一根茅草叼在嘴里，似乎打算在这里休息。这个距离看不见课室里的动静，但两边的话总是听得清楚的，不久之后，年轻人就听懂了对方在说的是什么事情。

"所谓'卫道'，就是在适当的时候死给你看。老人家是这么说的。这个世界上有很多聪明人，就我来说，也觉得如果他想要做更多事情，其实是不用回来，不用死在这里的。这位老人也是个聪明人，然而他害怕的是，当所有人都这样当聪明人的时候，别人说起仗义死节，就举不出适当的例子。大家会说，虽然你们这些先生每时每刻在说骨气，在说忠孝节气，为什么对方一打过来，大家全跑了？他留下来，大家会说，有个钱希文，在这里做了这样的事情，他一辈子在学问上所作的东西就不是假的。"

"他跟他的家人,昨天已经死了。"名叫宁毅的先生顿了一顿,才又道,"我希望大家能记住这样一个故事,记住有这样一个人。今天要讲的讲完了,大家有什么想法,可以现在说。"

他的话还没有说完,便有孩子举了手,愤慨地站起来:"宁先生,你这样说,是要说朝廷那边才是好人吗?要说我们是坏人?"随即便有人附和起来。

前方的宁毅淡淡地看着他们,待到课室中的吵嚷停下,方才开口:"好人,坏人,不是那么简单的事情,我没有办法告诉你们谁是好人谁是坏人,我只告诉你们做人。今天你们的父母让你们来这学堂,学四书五经,读书,读史,为什么?朝廷那帮人,何尝不是花一辈子的时间读这些?你们站的地方不同,学的却是一样的东西。我想告诉你们,你们要学的东西,都在这位老人家做的事情里。我是你们的先生,觉得你们真要学得好,就不该错过他。

"关于好坏对错,不是一个人站在好的地方另一个人就一定站在坏的地方。贪官横征暴敛,花石纲闹得民不聊生,你们起来杀了他们,这是好事。你们读书,书上要教你们的,至少我要教你们的,也是这样的事情。那位老人家做的,也是好事。我告诉你们他的事情,是要让你们记得,有一位老人家,他学儒,有自己的道,做了这样的事情,做到了这样的程度,你们以后也要有自己的坚持,不要输给他……你们会输给他吗?"

孩子与少年人终究颇有血性,宁毅问完这句,大家立刻喊道:"当然不会!"声音一时间此起彼伏,就连窗外的几个孩子都要被感染了,但自然还有人想问简单的对错。宁毅停顿了一会儿,望向众人。

"你们如果是生于太平时节的孩子,我不该跟你们说这些,田玉昌、陈秋……你们中间,有些还太小,我不该太早教你们太复杂的对啊错啊,你们也许听不懂,但你们不是生在太平时节的孩子,你们中的大部分人应该经历过战争,毕竟你们的父亲在打仗。就好像于四河,你已经上过战场了,对不对?"

当中一个十五六岁的少年昂起头。

"那你们就该知道,仗还远远没有打完。我希望你们不会再上战场,但你们是将门子弟,要做好准备。朝廷那边有很多贪官污吏,有很多只顾着争权夺利不顾百姓死活无可救药的人,但也有一部分人,跟这个老人家是一样的,我不希望你们变成只顾着搜刮民脂民膏的贪官污吏,哪怕只是一部分。

"你们既然在这里读书,称我一声先生,我希望你们都变成跟那位老人家一样的人。你们这一辈子要有信仰,你们拿起刀,要记得是为什么拿起来的。贪官无道,所以你们杀官造反;天下糜烂,你们拨乱反正。你们要记得自己是为了让身边所见的变得更好才拿起刀的。

"那些长在太平时节的人，进学堂是为了学怎么当官，或者识点儿字，将来抄抄写写，有个一技之长。你们进学堂，家中父母说是让你们有出息，但这出息，我不希望只是学着钩心斗角，当官钻营。你们若学到了信仰，那才有意义，才是真正学到了经史子集里说的东西。"

他说完这话，课堂陷入了沉默。有一部分孩子隐约懂了，但年纪太小的孩子，顶多只能懵懵懂懂地死记而已。许多年以后，他们也许会记得当初有个人说过这样的话，但现在，他们只能看看周围的同伴，微感迷惘。其中一个九岁的孩子举手，怯生生地说道："那……先生，我们杀了那个老人家，是不是杀错了？"

"没杀错。"宁毅摇了摇头，"你们将来要学会，敬佩敌人，学习敌人，但不要试图同情他们，特别是这样的，他绝不会投降，就只能杀了他。战场上有一个敌人，他武艺高强，大家都觉得他厉害，你也说，他真厉害，到了交手的时候，你如果也想，他真棒，杀了他不忍心，那你就死定了。你要有自己的坚持，敌人越厉害、越高大，你越应该出十二分的力气杀掉他们。不过……你们如果有空，可以去安葬一下老人家的尸体，给他上炷香什么的。"

孩子们终究感受不来这么复杂的善恶观，年幼的孩子现在基本觉得那老人家是个好人，死得可惜了，待听得宁毅说起安葬上香，才点点头。

外面走廊的栏杆上，坐着的黑衣年轻人噗地吐出口中的草茎，皱了皱眉，又以闲逛式的步伐离开了……

书院无大事，宁毅关于钱希文的这番讲课，在随后的一两天里惊动了整个书院。众人一方面感叹钱希文的悲壮，另一方面也发出了各种关于宁毅的议论。有人佩服他的勇气，有人觉得他活得不耐烦了，但对他后半段的话，又有些惊疑他到底站在哪一边。

这样的氛围中，除了与一帮学生有些互动，宁毅倒是成了书院中最为孤独的人，有人佩服他，却不敢怎么与他来往；有人不爽他，但也只是静静地看着他将会得到怎样的下场。至于在书院之外，他这一天的讲课也造成了一定的影响。

钱氏一族的遗骨在随后得到了相对正式的入殓，操办此事的是一位名叫于开泰的将领，他是那于四河的父亲，并不清楚宁毅的背景，只是觉得"那先生把我儿子教得挺好"。也有几个听了那些话的人觉得这先生其心可诛，但其后也没有乱来，似乎有人暗中阻止了他们的行为。

然后从八月初六开始，便是一系列良辰吉日，杭州城内闹得沸沸扬扬，包括由一大群绿林好汉组成的绿林大会，预备推举方腊为天南武林的盟主，顺便推举一位副盟主，由于得到了官方的支持，弄得声势颇大。然后是游行、狂欢，由各个起义地、山寨送来"四海朝贡"等等，到得最后，便是方腊的称帝仪式。

其实这一切在半个月以前就已经确定，朝堂的班子组建得差不多了，消息也早已宣传出去，只是到得此时，方才算是正式昭告天下永乐朝的成立。

第十二章
当幕僚入伙霸刀营　埋暗线参加百官宴

　　白云朵朵，给大地上的杭州城带来些许阴凉的气息，忽远忽近的鞭炮与锣鼓声中，小婵抱着木桶跑进树荫里，将洗了的衣服往横在院落间的绳索上挂。少女正是最为清新活泼的年纪，纵然穿着一身打了补丁的灰裙，在微风中偶尔轻舞的裙摆仍能衬出纤秀曼妙的身形来。她一面晾衣服，一面笑着，有一搭没一搭地与屋檐下坐着看书的年轻男子说话。

　　那是她的姑爷，如今也是她的男人。

　　"好热闹哦……姑爷，你说他今天能选出那个武林高手来吗？"

　　她说的，便是这几天在城里闹得沸沸扬扬的那个"绿林大会"，据说有不少奇人异士这些天在那大会上表现了自己的技艺。城内几个武艺高强的大将军，连同圣公方腊一起，都前往观看。如今外面每日里津津乐道的都是这些事，人们说起某某人施展的厉害绝学来，甚至比以往说起各个才子的诗会之战更兴奋。

　　当然，要说诗会、文会，这几天城里也不是没有，不少文社这些天有了动作，也流传出几首好诗词，也有一些针砭弊端的时文。有一干文人之前没被挑上的，自然也希望能在新朝正式定型之前，以此谋得一官半职。

　　这些诗会文会，文烈书院的先生也有参加的，并且地位都不低，但宁毅自然不去。霸刀营一方倒是不对此做约束，但一来宁毅之前就在杭州文坛名声不彰；二来他如今在文烈书院身份复杂，没人敢惹他，却也没有正式的身份。众人就算议论，也只是在书院内部说说，于是他的名字终究还是没有传出去。退一步说，即便有人请，他也不可能在这时候参与这些无聊之事——他的诗才反正是假的，能避则避。

这时候听小婵说起那大会的事情，宁毅微微挑了挑眉："是武林副盟主，不是武林高手……不过连人称'血手人屠'的你姑爷我都没有被请过去，算什么武林大会，一帮农民自娱自乐而已……"

宁毅平日里开玩笑，语气向来半带无聊半带调侃，小婵听得笑了起来，攀在绳子上的衣服后头："那姑爷你就去啊，阿常大哥不是说了你可以去的吗？"

宁毅拿着书笑了笑："但他也说那是庄稼把式聚会。阿常、阿俞那种武林低手都懒得去的话，我去了不是掉身份吗？又不是叫我去当盟主。"

"哦，但是我在医馆那边听说有人会喷火……"小婵说着，颇为遗憾，"还有能连翻一百个跟斗的人呢……"

对她这种将杂耍高手当成武林高手的观念宁毅不做评论。当然，少女也不是傻瓜，这时候只是絮絮叨叨地凑趣而已。晾完衣服，她将木盆放回房间，到宁毅身边坐下，拿着蒲扇扇起来，宁毅看书，她便也跟着看，偶尔与宁毅聊上一两句。过得一阵，她压低了声音道："姑爷，我听他们说啊，你在书院说钱老爷子的事情？"

自从去看了钱希文，宁毅生活的环境其实宽松了许多——或许并不是以看望钱老为开端，而是那天在屋顶上跟那年轻人说过话之后，霸刀营的人便将衣物、各种生活用品等多送了些过来，因此如今的二人世界变得更舒适了。宁毅在课堂上说的有关钱希文的事情在书院里引起了反响，如今认为宁毅有自杀倾向的人居多，小婵也知道了，这时候才会问起。她当然也知道，自家姑爷的情绪在那一天其实是受到了一定影响的。

宁毅看看她，点了点头，之后一边翻书一边轻声道："没事的。你知道咱们在湖州做的事情不小，有人要保你家姑爷，不是脑袋抽了，就是觉得你家姑爷有用，甚至很有用。那个刘大彪……是个剑走偏锋的疯子，太保守是不行的，单靠长得帅也不行……适当做点儿出格的事情，人家才看得上我。而且，我也确实想帮钱老做点儿事，不想让他和他家人的尸骨一直被埋在乱葬岗里，以后捡不出来……"

小婵点了点头。事实上，她最近一段时间虽然看起来开朗，其实心里被弄得挺敏感的，一直担心这担心那。因此，但凡能说的事情，宁毅并不避讳，总是会跟她聊一聊说一说。说起那个老人家，少女扇着扇子微微沉默，片刻之后，看看宁毅，方才道："那姑爷跟那些孩子说这个，是想……是想真的把他们教好吗？"

"为什么不？"宁毅笑着看了她一眼。

"可是……他们毕竟是、毕竟是……"

"小婵，你觉得……我是站在朝廷那一边的吗？"

"呃……"大概之前没想过这些事情，这时候被问起，小婵吓了一跳，她心中终究还是将方腊军队当成乱军的，想了一会儿，结结巴巴地道，"可是、可是……钱家的老爷子不是……不是……"

"我尊重钱希文，因为老人家有自己的道，而且他贯彻得很伟大，跟他站在哪一边没有多大关系。如果我站在朝廷一边，难道要跟那些只知贪腐的文官、贪生怕死的武官站在一起？那些恶霸、流氓，让我觉得无药可救的人，站在哪一边我都希望他们死得干干净净。小婵，我哪一边都不站。钱老这种人，会让我觉得应该活着，其余的人，除了你、你家小姐这些家里人以外，就算死光光了，我也无所谓。我现在既然在这里当老师，就尽一个老师的本分，把好的东西教给他们，因为他们只是学生。如果他们学到了，我也会很高兴，这个世界又变得更有意思了。小婵，就好像我们逃跑的时候那些当官的，让他们在我脑子里占一个位置我都觉得是浪费。他们是蟑螂，见到了能踩死就踩死，不行的话，就当没看见好了，反正到处都是。"他耸了耸肩，"反正我不讨厌他们，也不喜欢他们。"

说完这些，宁毅觉得自己讲得有点儿冷酷，去看小婵时，却发现对方托着下巴正在点头，明显不是敷衍。其实小婵心中想的也差不多，她反正是个小丫鬟，生活的世界无非那座小院子跟小院子里的小姐、姑爷、姐妹，将来也许还有她跟姑爷生下的孩子，院子外的东西，对她是没有太多意义的。当然，她没有姑爷这样豁达，对那些出卖了姑爷的坏官，她现在还耿耿于怀，觉得他们死了才好呢。

秋日的下午，气氛在这样的闲聊中显得有些悠闲，凉风习习，风轻云淡。这样的日子里，被外界的喜庆包围，发生在杭州周围的各种战事似乎也变得有些遥远。尽管偶尔有伤兵被送来，但人若是待在书院里，每日里只是讲讲课，看一帮儒生喝喝茶，小声议论一些与家长里短无异的学术问题，或者讨论一番杭州最近发生的热闹事件，真像是歌舞升平的太平盛世。

宁毅知道自己还有一关要过——无论他现在过得怎样悠闲，总会有人过来对他做出个安排。人在矮檐下，只能如此。然而，这一关来得有些突兀，过的方式其实也有些奇怪。

那是与小婵闲聊后第三日的上午，他授完课，收拾好东西等着拿走今天的薪酬时，山长封永利来找到他，神色有些复杂地跟他说，刘大彪要见他。

文烈书院附近基本都是霸刀营刘大彪的地盘，宁毅是知道的。之前霸刀营在嘉兴参战，看来现在终于回来了。宁毅随封永利出了书院，到了外面的路上，便看见各种旗帜飘扬，多半已经残破或者染血，一群群士兵大概就在附近解散了，这时候三三两两地准备回家，呼呼喝喝，拉拉扯扯。

那刘大彪所在的宅院就在街角，或许是他们早上刚到，这时候里面显得非常凌乱。宁毅从门口进去，见一队队士兵奔来跑去，有的在摆放各种物品，有的在打扫。进了几扇门，宁毅便被领进一座相对安静的院落。两名背刀的士兵为他打开正面的房门，房间里弥漫着一股药味，他进去之后，房门在后面关上了，四周顿时暗了下来。

眼前的房间很大，像电视里皇帝的殿堂——当然，作为金銮殿还是小了，更像没什么预算租的厅堂。宁毅前方两丈的范围内都很空旷，更前面的地方挂了一张纱帘。纱帘后边，侧面的窗户开了一扇，光芒照进来，令得宁毅能够看清楚前方的东西。

那是一张龙椅一般的大床，有靠背，有扶手，上方没有框架，因为太大了，只能说是床。他透过纱帘只能看清这床的轮廓，大床旁边摆着许许多多古怪的东西：桌子、书、各种简牍、鼎、香炉，香炉里焚着香，大概是想稍微冲淡药味。那大床的轮廓上倚靠着一把巨刃，一道身影正在那儿四平八稳地坐着，由于是黑影，配合那把巨刃，显得很霸气，只是有几分娇小，微微冲淡了肃杀的气息。

床铺一侧的香炉边，另一道大概是丫鬟的身影站在那儿，不知在摆弄什么。

房间里，三个人，气氛就这样安静下来。

到得此时，宁毅已经完全能确定，坐在对面的便是那日偷袭太平巷时见到的名叫刘西瓜的女子。他如此等待了半晌，帘子那边终于有声音响起。

"某乃刘大彪。"对方一半故作文气，一半故作匪气，配上虽然说得粗犷却仍旧属于女子的声音，令这句话变得颇为古怪。

声音难听——许久之后想起来，这便是宁毅对这位名叫刘西瓜的少女真正深刻的第一印象。

"当今天下，饥荒遍地，民不聊生，人皇无道，横征暴敛，武朝气数尽矣，故天下群雄并起，正是民心所向，大势所趋……"

黑暗的房间，空旷的四周，肃杀的气氛，按照宁毅的经验，接下来自己会遇到的，该是一个相对正式与严肃的会面。无论善意恶意，对方既然要营造出这样的气氛，就必然不会半途而废，儿戏以待，而那句"某乃刘大彪"的自我介绍之后，帘子后面响起来的声音说出的内容，果然也显得颇为正式、严肃，或者说，至少在对方来讲，应该是很认真地在塑造这种气氛的。

对方从一开始就表现得很认真，宁毅也就认认真真地站在那儿看着、听着。房间里，熏香的气息其实遮不住伤药的味道，对方坐在那帘子后面，很可能身上带着伤势，刚刚回到杭州，便邀了自己过来见面。不过，多听得一阵，他忍不住觉得，气氛变得有些古怪了。

"素闻宁兄饱学，少有鸿鹄之志。当逢此时，我辈男儿正该凭一腔热血，展胸中所学，成就一番旷世功业。今圣公求贤若渴……"

宁毅本身算不得科班出身，虽然看得懂古文，但要说在这上面的造诣，自然没有多少，但他毕竟与秦嗣源等人来往颇多，这时候听得一两段，便发现这篇看似慷慨激昂的讨逆檄文其实毫无文采可言。要说刘大彪这种匪寨出身的人附庸风雅，倒也说得过去，但他听了半天，对面那故作豪放又略显结巴的话语，简直像是班上的学生拿着自己写的不堪入目的文章在念。

从帘子这头望过去，他虽然看不清那少女是不是拿了张纸在念，但可以确定，她口中在说的东西，必然不是她自己想出来的，可能之前看了，这时候在背，但在宁毅看来，还是拿在手上念的可能性更高。而后，对面的反应也证实了他的猜想。

"鄙人刘大彪，喀……鄙人刘大彪，武艺高强，天赋异禀，承天南霸刀一脉，青出于蓝而胜于蓝，上九霄可擒龙，下五海可斩蛟，一刃之横，万夫莫开，为人霸气豪爽，兰心蕙质，回眸一笑……"

正当宁毅听得脸上有些抽搐的时候，那声音到这里止住了，就见她将里面一个大概是丫鬟的女子叫了过去，随后隐约传来说话声："谁写的这个……"过得片刻又听到，"丢死人了都……"

丫鬟走掉了，房间里安静下来。那边"刘大彪"的身躯矮了半截，看起来像是坐在那儿，一只手托着下巴，也不知是在生闷气还是在干吗。宁毅眨着眼睛，一时之间也不知道该说什么。双方就这样仿佛对峙一般静静待着，时间在安静之中悄悄地过去，有一阵子宁毅听得窸窸窣窣的声音从帘子后传来，是那女子的身体在大床上动了动，喝了口水，然后……看起来她像是在挠痒痒。

如此也不知过了多久，那"刘大彪"大概是从尴尬里走出来了，或者是想通了就这样待着也不行，坐正了身子，开口说话了，话语仍旧有几分故作粗犷，但是简洁了不少。

"喂，我有一座寨子，四千多人，我不太会管，要找人帮忙，你可以吗？"

宁毅愣了片刻："呃，好啊……"

"甚好。"之前那尴尬的文章大概令得少女有些意兴阑珊，此时她点点头，兴致不高，"那从现在开始，你就是我的人了，以后杭州城里没人能欺负你。"

想了想，她又说："你也不许去欺负别人，反正你的官不大……你是聪明人，多的不想跟你说，你身份敏感，有自觉就好。以后每天早上会有人将寨子需要处理的事情送到你那边去，我就住在这边，有事会叫你过来，你有事也可以过来找我……哦，对了，当初抓住你时，你的东西……火药只能给你防身的量，你的刀很利，但不好用。你于用刀一道若有兴趣，往后可来向我请教。你走吧。"

说话之间，她抓起一个包袱扔了过去，宁毅接在手上。包袱里的大抵便是他被抓时被搜去的东西。除了一些银票、碎银两之外，最重要的便是他那把火铳与拜托康贤打造的军刀。那军刀重心前倾，主要是为了方便劈砍，此时用刀虽也讲究一往无前的气势，但也不会到这种程度。宁毅心中明白，点点头，告辞离开。

他将要出门时，后方的声音又响了起来："以前我们站的地方不同，军中若有人得罪你，你不要记恨……你的妻子与你保护的那些人已经一道去了湖州，如今都还安全，你可以放心。往后时机成熟，我们自能让人将他们接过来……没有其他事了。"

宁毅点了点头，关上房门。

他一路回到书院，拿了米粮，已是中午了。回到那座小院子后，他将见那位刘姑娘的过程告诉了小婵，小婵忍不住笑了起来："她这样可怎么当寨主哦。"

对这次必定会有的见面，宁毅有过许多想象，但没想到的是，最后发生的事情近乎儿戏，无怪小婵觉得那位刘姑娘没有寨主的架势。她没有威逼恐吓，没有投名状，没有这样那样，就一句简单的"我有一座寨子"，便让人帮忙管理。

不过，宁毅没法小看那个坐在帘子后的受伤少女。她最后那句话，暗示着她在抓住了宁毅，自己在嘉兴攻城的过程里，已经将触手伸到了湖州，在调查宁毅身边的一切，或许甚至已经伸到了苏檀儿身边。除此之外，少女在整个过程里所暗示的，不过是"我很亲切，很豁达，在这里你只能投靠我"而已。

当一切主动权都在她手上的时候，再多威逼其实已经没有更大的意义了，开出条件，让人做事，如果之后宁毅阳奉阴违，那么迎来的很可能便是迎头一刀。对蠢人来说或许需要诸多威胁敲打，对聪明人来说，总有些东西是可以略去的。

这天的简单谈话之后，宁毅基本上就算是在霸刀营入了伙。没有欢迎仪式，没有盛大隆重的介绍，对宁毅本人来说，除了有人从这天下午开始给他住的宅子送来各种东西，并且开始整理收拾，预备将坍塌的房子建起来以外，唯一的改变，无非每天早上会有人给他送来一些需要处理的文告。

当然，霸刀营的事件处理并不是真的由宁毅来发号施令，到得第二天，宁毅就大概明白了整个模式。通常来说，送上来的文告会抄写几份，分发给寨子里的几名幕僚，几名幕僚写上自己的意见，交到刘大彪那里，刘大彪看完之后选择某一个处理方法，并且许多时候，她会将人叫去，询问这些事情为何要这样处理。此后的几天里，宁毅几乎每天下午都会被叫去，询问上一个下午的事情。

宁毅并不清楚霸刀营的内情，在处理事情时，通常是叫阿常、阿命过来详细询问一番，因此有些处理一开始是想当然。那个坐在帘子后看不清样貌的"刘大彪"每日里也会跟他解释许多事情，于是，最初的几日过后，对霸刀营的事情，宁毅迅速地了解了许多。

他上午去学堂上一堂《史记》课，处理些事情，下午去跟刘大彪探讨半个下午的管理学课程。对这个可能叫作刘西瓜却无论如何要自称刘大彪子的少女，宁毅倒有着几分欣赏。在外界的言论中，这个以单薄的身躯挥舞一把巨刃的少女蛮横粗暴、性情古怪、难以捉摸，但这几日里，她每日以带伤的身体看完了所有人的想法，并且对其中每一份的理由都做出了思考。如果宁毅是一名大学教授，眼前的少女或许就是那种最令人激赏的学生。

此时霸刀营里一共有五名幕僚，其余的四名，或许是心中想法已经被少女看透了，很少会被叫去面谈。不过，宁毅也与其余四人见过两次。这些人并不像宁毅一般是被劫来的文士，据说都是霸刀山庄的旧人，因为识字，也有些管理的天赋和想法，就被刘西瓜叫过来组成了这样一个小小的幕僚团，由于都不是什么名士，人倒是不难相处。

至于身边的阿常和阿命，宁毅也已经清楚了他们的状况。他们一共八人，是由老寨主带大并亲手教授武艺，陪在少女身边的侍卫。阿常和阿命不是本名，八个人的代号分别是"杀""人""常""命""欠""债""还""钱"，据说是当初少女亲自起的，在那位名叫刘西瓜的少女的脑海里，这八个字大抵代表了公平。

当初霸刀营保下宁毅，在一些人中闹得沸沸扬扬，到得刘西瓜归来后，一切却安静得仿佛什么都没有发生过。宁毅上午教课，下午谈天，日子一时间平淡得仿佛回到了江宁一般。小小的院子在几天内就多建了几间房，小婵与宁毅在其余一些人的帮忙下对其进行了布置。这是两个人的新居，给宁毅的感觉，似乎要在这里住上很长一段时间了，而这个感觉在很长一段时间里也成了现实。

身上带着伤势，故作粗犷的嗓音——此后一段时间里，这仍旧是宁毅对那刘西瓜的印象。两人每天都会说话，但依然隔着帘子。唯一不同的是，帘子这边，宁毅有了张光线充足的桌子。有时候宁毅想，如果自己是个穷书生，教授某个贵族家的女子诗文，或许就是这副样子。

刘西瓜的学习能力很强，但宁毅也不是那种半桶水的教书匠，两人甚至会为了某些问题争吵起来。

然后在这段时间里，宁毅做了一些小事情，认识了几个人，以此为开端，秋天到了……

八月十五，中秋节。

属于夏日的炎热过后，迟来的秋意终于降临了杭州城。当金黄的落叶在风中降下时，总能给人以慵懒的感觉。如果将时间推回几个月前，宁毅与苏檀儿自江宁起程时，他们心中想着要享受的，便是这样一种氛围，至少是其中之一。然而这几个月下来，各种各样的事情纷乱缠绕，最终将现实推向了这般谁也没有料到的结果。

宁毅正在享受这个秋天，若是文青一点儿来说，就总有几分孤单的感觉，但无论如何，至少表面上来说，他还是得以享受的态度来感受这些东西。既然抱怨也没有用，那么他最好将抱怨掩藏在享受之下。

方腊前两天已经登基，登基大典的喜庆气氛仍旧在城里持续。对宁毅来说，他如今的身份，既无法感受到太多喜庆，似乎也不必有太多伤感。唯一的影响在于学堂里这两天放了假，于是昨天他便带着小婵出去逛了逛街。

自从他们再度回到杭州，这算是第一次以休闲放松为目的出门，也预示着之前那段时间的紧张感暂时可以放下。小婵的心情也明显轻松了许多。

此时的杭州城刚从战乱中喘过气来，但物资多少已经恢复了流通，宁毅与小婵逛了几处因为新朝庆典而恢复了生机的街市。除了各种为庆祝而制作的花朵、横幅，触目所及的，便是各种各样的竹木框架、三三两两的工人，在这战后的城市中倒也营造出一副百废待兴的面貌来。

这时候的杭州物价昂贵，但宁毅出门自然有阿常、阿命两人跟着，买了些零零碎碎的生活用品，大抵也是公费。新居难有家的感觉，不过有小婵在，这几天拿着各种物件摆来摆去的，俨如勤劳的小蚂蚁一般，让人觉得可爱。她以往在苏家也是万能的小管家一名，这时候本着各种讲究将房间收拾妥当，终于让宁毅觉得有几分亲切感了。

小婵如今仍是在一墙之隔的医馆上班，做事的同时随着那位姓刘的老大夫学些医理、药理等。老大夫性情还不错，但看宁毅不爽，主要是宁毅前段时间说了些缝合伤口的理论等，老大夫觉得他有点儿大言不惭，每次骂上几句说他不学无术。但小婵甚是乖巧，这些天来，老人家几乎将她当成孙女一般看待了。宁毅也不知道小婵以后会不会变成一个小神医。

每日下午或晚上在一起时，宁毅便喜欢问问小婵在医馆里学到的东西。因为他若不问，小婵基本是不说的，少女还是谨守着本分，每日里与宁毅在一起时便想着做饭、洗碗、烧水、洗衣服、泡茶甚至是帮宁毅搬凳子之类的事情，有时候即便絮絮叨叨，也都是说些身边有趣的事情，不会将老大夫教她的功课在脑子里复习——对她来说，那终究是次要的事情。

中秋节学堂会放假，医馆却还有些事情，小婵上午便去医馆那边帮忙。宁毅在家中没什么事情做，拿着纸笔想要写些最近在想的东西，但又觉得这种行为无聊。他不是儒家弟子,对立言没什么欲望,但最近通过霸刀营真正了解到一些方腊军中的情况后,总会有一些类似"如果是我,会如何造反"的想法生出来,如果能够以此为基础写出一套章程来,终究是一件比较有趣的事情。他之所以觉得下笔无聊,还是没有找到关键的突破点。

如此想了一阵,外面有人敲门,宁毅出去看看,见到一个执着幡旗的道士正与阿常说话,却是因为中秋节到了,过来兜售符纸和财神。这时候的杭州城最多的或许便是这样的三教九流,道士去后,不一会儿又有和尚过来,化缘兼卖东西,街头偶尔有江湖人带着兵器走过。

一个社会有一个社会的生态,宁毅坐在门口的石墩上晒着太阳,脑中想着最近要做的几件事。

最为重要的一件事,也是所有事情的中心,是将小婵送走,送回苏檀儿身边。最理想的状态当然是自己一块儿走,但这看起来非常困难。小婵是作为自己的人质存在的,但送走她并非没有可能,不过事情也存在两个阶段,首先他要将小婵送出城,然后要让小婵安全地走过数百里的路程去到湖州。第一个阶段很有可行性,方法很多,问题不大,但要让小婵一个人去到湖州,宁毅暂时还没有可以放心的办法。

其余的一切都是围绕前一件事情而产生的附加问题。假如小婵逃走失败,自己如何保证她与自己的生存;假如小婵逃走成功,自己又如何保全自己。这个问题的解决主要靠提高自己的价值,或者是提高自己帮助对方的诚意,这些都属于平日里的闲笔,没有固定套路。他想要写的那些东西,也是这个问题的一部分。

倒不是为了忽悠人而写,而是他真心想过这些东西,既然要在这里住上一段时间,那么总归得找些事情来做,单纯教一些学生还是有些无聊。眼前摆着的是一个活生生的农民起义的例子,虽然目前不好下笔,但一个想法的基本框架,宁毅心中还是有的。

野心、欲望或者说理想,在后世大概被叫作"主观能动性"的这种东西,在很大程度上能够成为一个人或是一批人能否干成一件大事的决定因素。这个说法固然不能放诸四海而皆准,但至少在眼前这场起义中成了目前最大的制约点。一帮农民没有强烈的主观能动性,大部分士兵抢啊抢,总有一段时间会觉得自己"抢够了"。他们不是文人,想要为万世开太平;也不是士兵,可以单纯听着命令往前冲。当这个队伍里农民的比例太大时,他们迟早会在某个时间点慢慢停下来。

纵观整个历史,真正成功的起义,首先一点,在某种程度上起义者是真正的大势所趋,也就是一帮文人哭着喊着这个世道该灭亡了。第二点在于起义者能够将农民训练成士兵,也就是让他们能够听命令,而不是问"我们去抢什么"。两者各占一定比例，第一点最重要，当然也有特例，如后世明朝的朱棣兴兵，但那并非农民起义。在农民起义中，第一点的重要性几乎无可取代。

方腊也曾在军队中讲过"是法平等，无有高下"，但本质上来说，这是他自己都不怎么信的东西，最后也只成了一个口号。要人相信的基础在于自己得去做，要认认真真有一套纲领，要有一套足以让人相信的说法，让那些人真心相信他们是为了一项伟大的事业而努力，就如同那些书生真心相信自己是在"为万世开太平"，那么这一切才有了一个开端。

立意要高一点儿，基础则要通俗一点儿，大众一点儿。这个中秋节的上午，他坐在那阳光洒落的石墩上，眯着眼想着。

他随后又想到，为了保住小婵和自己两个人，这动静也未免太大了。当然，此时他不过是心中动念，一切还得随机应变，如果待在这里时间够长，总得找些事情做做才行。

如此想了一阵，宁毅正打算回去，到医馆看看小婵，起身时才发现道路对面有一名男子似乎已经看了他好一会儿，此时朝这边走了过来。

那男子一身黑衣，看起来像是个江湖人，但并未带兵器，身材高瘦，面上表情有些严肃，皱眉望着宁毅。宁毅也皱了皱眉头，看看不远处阿常的表情，大概了解了这人果然是来找自己的。他接触霸刀营的资料有好几天了，对方腊军中一部分人的样貌也有了些了解，这时候在脑海中对着名字，对方已经拱了拱手。

"阁下可是宁毅，宁立恒？"对方的语气倒是颇有礼貌。

"正是，阁下是……"

"在下安惜福。"

宁毅叹了口气，踢馆的。

于是他笑道："吃过了吗？"

"这么说起来，你过去，人家问的第一句话是'吃过了吗'……"华丽宽敞的厅堂里，一身红衣的中年女子喝了口茶，抬起头来，"所以你就在他家里吃了午饭？"

正是下午，明媚的阳光从天井照进院子里，厅堂附近的檐廊下，站岗的皆是女兵。中年女人并不算漂亮，三十多岁的样子，只是身材结实高大，此时穿着如战袍般的红衣，也颇有英姿飒爽的感觉。一身黑衣的安惜福站在厅堂门口，拱了拱手："呃……回禀元帅……是的。"

"叫我百花姨就可以了。"这中年女人便是方腊的胞妹方百花，如今是方腊军中西北一路的元帅。她武艺高强，原本就是方腊统领的摩尼教一支的圣女，经过连番征战，纵是女子，身上也不乏威压与杀气，但眼下脸上露出了一丝笑容，稍显温和。她放下茶杯，挥了挥手："本以为你中午会来，叫厨房备了菜的，西……茜茜也有事未能过来。你觉得那人如何？"

"从容，话不多，但气质风度颇为令人心折。"

"茜茜如此看重他，想必也是不错的。你跟他谈了些什么？"

"我……问起他对湖州之战后来战局的看法，若他当时并未伤至昏迷，会如何应付接下来的战局。"

"他的回答。"

"他并未正面回答，只道战场情况瞬息万变，能做的事情都已做了，若当时不能将敌人尽歼，接下来不过按部就班，求生保命回湖州而已。"

方百花点了点头："倒是中规中矩。他在湖州之事不过是行险一搏，置之死地而后生，被逼急了的读书人会做这种事，并不出奇。我倒是听说在杭州之时他一环环的计划差点儿将七哥他们揪出来，这才是厉害的本事……这事就这样吧，茜茜既然要用他，你们帮忙看着就是，茜茜用人不会盲从，我还是放心的。"

她本身也是日理万机之人，不过是因为事情有关霸刀营问问而已，说到这里也就不再多管："我待会儿要去见圣公，你之前在湖州督战，并未回来，我看那升官榜上只给了你一个偏将衔，我打算给你多提几级，你觉得如何？"

"谢百花姨关心了，惜福只领黑翎卫三百人，官职为何并无区别。"

"黑翎卫掌军法，乃精锐，你又是我手下之人，官职高些，在情在理，何况最近杭州多事。你的黑翎卫回来后，我打算让圣公将杭州巡检之职交于你手上，官衔高才能管住人，名正言顺。"

安惜福皱了皱眉："之前巡检之事，佛帅是交由陈凡来做的，陈凡做得很好，若交由我，恐怕……"

方百花挥了挥手："陈凡是会做事，管得住大局，但太过不拘小节，得罪的人怕是会很多。如今圣公称了帝，该称'陛下'了——杭州城内也不好一直任他这样打杀下去，总该有些体统。"

安惜福拱手道："若不是陈凡这样子，如今在杭州……"

对面的人打断了他的话："你与陈凡不同，你也勇于任事，但能温和的地方总会温和一些。其实，我今日刚回来，便已有人跟我说过陈凡的事情，方才中午，道乙也来找了我。他手下确实有些人横行不法，但如果一直任陈凡这样打杀，他恐怕也压不住了，此事他已经在苦苦让步，陈凡该给他些面子。"

方百花说着，看看安惜福的表情，又皱了皱眉："我也知道你对包天师的看法，他这人，我也是知道的，本身便有些乱来，喜欢貌美女子，爱些财货是有的，可我们杀人造反立山头，谁不是这样？小节有差，并不出奇。以往打仗，大家入了城三日不封刀，该拿的拿该抢的抢，如今称了帝，是该有些讲究，可这讲究也得慢慢来。"她笑了笑，"陈凡我知道，他性烈如火，看起来什么都不想，其实很聪明，可是……他求的太多，把人看得太好。如今你看他打的都是包天师手下的人，颇懂克制，可若是继续这样下去，再过段时日，恐怕他就会真的向道乙动手了。待七哥回来可以说说道乙，但陈凡这样做，就有些不分尊卑了。我想来想去，终究还是你懂分寸。此事定下，你想想怎样将杭州城管好吧。"

"是。"安惜福拱手领命。他对包道乙多少也是有意见的，但也知道方百花等人与对方的交情。包道乙原本就是摩尼教头目，如今也算是方腊座下最大的几个山头之一，手下的人三教九流龙蛇混杂，但当初在摩尼教中，他与方腊、方百花便有过命的交情。虽然对外大家都知道他算不得什么好人，但在方腊军系中，除了方七佛等少数几个人，确实没有谁能够动他。

安惜福明白方百花的心思：自己比之陈凡，至少在"不动包道乙"这件事上，更适合用来维持杭州的安定。自己无论如何是没法动包道乙的，至于陈凡，虽然那家伙会一直在心里告诉自己"不能动包道乙""不能动包道乙"，但这样说着说着，或许就会忍不住顺手拿个石磨往包道乙头上砸——虽然自己确实很希望看到这样的情景。

这事说完，照例又说了几句家长里短的问候话，方百花问过安惜福家中妻妾，接着道："惜福，上次就跟你说了，我那个侄女，阿巧，可是恋慕你很久了，怎么样，找个时间，你们俩正式见见？"

安惜福面无表情，片刻后拱手道："家中已有一妻二妾，自觉麻烦，应付不来。"

方百花笑道："若是女人压住男人，一个妻子就够了；若是男人压住女人，三妻四妾多少都是无所谓的，你若觉得麻烦，让她们走开便是，如何？阿巧如今在军中可是深受爱戴，她手下的……"

她一贯性格豪爽，以往的相公是个书生，方百花比较强势，向来主管家事，算是前者，但对丈夫还是颇为温柔贤惠的，家里家外的事都是一手包办，不过对一般家庭还是相对普遍的大男子主义想法，对真正有能力的男人三妻四妾从来觉得理所当然。这时候她介绍着侄女的好处，大有"她喜欢你你便马马虎虎地将她领回去当个妾室，打骂随你"的感觉。安惜福听了几句，回答道："她长得像牛。"

"呃……"方百花想了想，"那以后再说吧。"

又说了一两句，安惜福准备告辞时，方百花道："那宁立恒如今也算是圣公麾下之人，过几日百官宴，不妨给他安排个位子，一来绝了他反水招安的念头，二来我也看看他到底是何等样人……你且去吧，若觉得他还算可交，不妨将此事给他说说。"

并不用安惜福通知或是方百花安排，宁毅已然知道了几天后方腊举行百官宴的消息。

他有一个位子。

虽然他入伙霸刀营的事情并未太过张扬，然而在方腊建立起整个朝廷的雏形之后，刘西瓜那边还是给他安排了一个官位。位子自然不高，官位也有些含糊，说是霸刀营执笔文书，品级原本说是九品，今天说让他准备参加过几日的百官宴，刘西瓜顺口改成了七品，总之，还是个不能拿出去欺负人的小官。

此时方腊系统中的这类品级作不得数，但八月二十的百官宴相对正式，据说在杭州的大大小小的官员将领都要参加，刘西瓜这类的更是可以自己安排去的人数，到最后加起来会有四五百人。这是方腊登基之后第一次正式设宴，如果朝廷在这边安排奸细，宴上之人大抵都会被正式记录在案。

这件事情颇为严重，不过宁毅反倒是松了一口气。他原本担心若是刘西瓜将他的加入弄得声势浩大，以后这件事情势必难以洗清，整个苏家恐怕都会受到牵连。好在刘西瓜并没有这样做，如今宁毅也只能庆幸对方低估了他背后可用的力量。有康贤与秦嗣源的关系，事情被压在这个程度，以后应该可以按下来。若是他再往上几级，那就难说了。

中午接待安惜福吃了一顿，下午宁毅去了刘西瓜的宅邸。今天问题不多，刘西瓜问候了一下他中秋快乐，又跟他说了百官宴的事情，然后给他发了些过节的东西，其中有半斤肉、一条鱼、几个鸡蛋。霸刀营如今物资也不多，至少在宁毅的了解中，刘西瓜本人也很节俭，有肉有鸡蛋，算是颇为慷慨了。

他在库房领了东西，经过侧面一处院廊时，陡然间听得一个声音："秦淮，棋友。"宁毅手上的肉掉在地上，他偏头一看，却是旁边一个房间的门打开了一条缝，有人就在那里说话。他吸了口气，低头捡肉时朝后方看了看。或许因为今天发东西大家都过去了，这座小院一时间出现了空白，他如今算是加入了霸刀营，之前会跟在身边的阿常、阿命等人此时也不可能再像那样跟着，只是霸刀营一向是义军中相对精锐的队伍，这人应该不是其中的人，却不知道是如何混进来的。

他蹲下去时，只听那人说道："暂时无人，可以说话。在下闻人不二，奉命营救宁公子。"

宁毅之前不是没想过外面会派人来，但对方如果选在宁毅居住的小院或是上街时接触他，反倒非常危险，这时候虽然冒险，却多少让宁毅松了一口气，思绪急转："暂时不可能。多少人知道我？"

"上头严令，此事必须在下亲自来，不可因失误危及公子处境，故暂时只在下一人知晓。"

这是秦老或康贤这种老手的行事风格了，宁毅终于放下心来："保密，按兵不动，至少一个月后再接触我。"他轻声说完，快步离去。

有人接触、营救，是件好事，也是一件坏事。前一次他设计抓方七佛等人，一个探子被抓自己就被泄露的事情仍然记忆犹新，但这一次看起来靠谱许多。只不过近期他接触的圈子还不大，并未真正融入这个杭州，对方想要救出自己不可能，接触的风险也是极大的。

要应付这件事，接下来的一个月，他得多出门，扩大与旁人接触的圈子，然后把水搅浑一些了……

秋雨连绵，降在每一座院子里。

房间里焚着香，一副竹帘将房屋中间隔开了。竹帘这边的窗口旁，长长的桌前，宁毅正用毛笔勾画着数字。他偏头看了看外面的雨幕，随后将这个本子归到一边。

桌上的本子不多，未时还没过一半——若在后世，该是两点还没到——那些本子已经处理了一大半了。竹帘那边的人似乎也在做着同样的工作，不一会儿传来女子的笑声："呵呵。"

那笑起来的声音并不高，她像是看到或想到了什么有趣的事情，于是自顾自地笑了起来。宁毅低头执笔，也不去理会，直到片刻后，那边的女子仿佛提醒一般又呼呼哼哼地轻笑一声，宁毅方才将手中的本子合起来，扔到一边，随口问道："主公何故发笑？"

"前几日，山里运来一块石头，青色的，挺好看……"

说话声不高，她说到一半便停了下来。宁毅已经习惯了，没有回答，一手执笔一手托腮看着本子上的信息。过得片刻，又有一句话传来。

"我想雕一把大刀放在门口。因为雕石头，想到王寅……你没见过他，他是凿石头的，我觉得，如果请他帮忙，他肯定要生气，生气的话，就会打起来。"

"我不一定打得过他。"竹帘那边的身影点了点头，以这句话做结尾，埋头继续写字。宁毅一边写字一边挑了挑眉："打架这件事在下应该可以帮忙。"

"嗯。"女子倒没什么大的反应，只是安静了片刻，大概在帘子那边眨了眨眼睛，点头道，"如此甚好。"

"啧，自然甚好……"

一边的话语中有着几分故作文绉绉的酸气，另一边基本是随意找个话题应酬。那已有"主公"身份的刘大彪大抵是认为有时不该太过冷场，于是随意开口，不过她性情古怪，许多时候笑点与旁人不同，据说以往霸刀营的几位书生与她处理事情，每逢此时往往冷场会更加厉害。

宁毅多少有些不同。当然，早几日遇上这等情况，他往往也要愣上片刻，后来才大概明白，对方是想要礼贤下士，放松气氛，于是他一面点头一面回答几句。

双方在待人接物上都是性情有些特异之人，刘大彪说个笑话是因为觉得为上位者应该给努力工作的下属一个放松的氛围，但她不刻意追求效果，总之，笑话自己说了，笑不笑随你。宁毅有时待人满是算计，有时又全不在意他人的接受能力，这几句话之间，有时随口胡诌，有时自说自话，倒是让大房间里平添了几分清冷的气氛。

房间里因为这几句对话又得以安静许久，穿皂白衣物的侍女走过檐下，端来茶水，随后又默默地出去了。

"前几日那批军资照你说的法子卖出去了，自周平福那里购的粮食不多，如今运了一半回去，恐怕还是不够。吃的总是个大问题……早些天，每天送来的本子也是这么多，我每日下午开始看，然后问人，要整理到掌灯之时才能看完；如今也是这么多，还未过一个时辰，差不多就已经做完了，我觉得自己开始变懒了，回想起来，这种事情是从前几天开始发生的……"

平铺直述的语调，听起来并未带有多少心情和感受。

宁毅见帘子后的少女也不过几次：杭州街头她戴着斗笠穿着民族衣裙时的模样，后来在太平巷的样子，他对她开枪时依稀见过少女面纱后的眼神，倒是很难跟帘子后这等模仿男子思路和语气的风格联系起来，但这些时日接触下来，她在这等模式下还是颇有威势的，一方面是积极渴学的学生模样，另一方面又有着各种看起来古怪、某些方面又有些幼稚的行事方式，但显然是在长期的培养下，这种行为模式还是形成了一股独特的气质，至少从如今霸刀营成员的反应可以看出来，对这位继承了父亲衣钵的女子，大家有着普遍的拥戴与敬佩，前者可以说是由她父亲保留下来的凝聚力，但后者绝不简单，其中包含的大家对她的信心与依靠必须是长期正确的行为和从不行差踏错才能培养起来的。

他合上手头的本子："主公对此有什么不满吗？"

"早几日宁先生处理这些事情，问的问题，说的话，都颇为发人深省，不过这两天回头看看，宁先生处理事情的方法都极为保守，循规蹈矩，没有什么真正的惊人之举。若是这样，这些事情我随便叫个人来做就行了，为何要请你？请宁先生有以教我。"

宁毅看了那边一眼："一开始要把自己推销出去，得说几句漂亮话，给人留点儿印象，但是做事情，最重要的是规矩，不是什么惊人之举。几千人的寨子，能有多少大事？而规矩本身就有，交给下面的人比照前例去办就行了，事事都仔细权衡的话，长久下来，人情坏了规矩，反倒不好。"

"这么说来……"里面的少女微微顿了顿，似乎有些不忿，"我这几年事事过问，亲力亲为，反倒是我傻了？"

"有这样的心，这样子做事是很好，为什么不用到其他地方？"

"为什么用在这上面不行？"

"比起别人来，的确是好很多，不过我看过你早两年的处理方式——寨子里阿猫该要一个好职位，你要去仔细想一下；阿狗娶了个老婆，是哪里人，你要关心一下。这样处理事情的确称得上面面俱到，我想我是做不到的。你虽然平时不露面，但大家都知道你用心良苦，都承你的情，寨子也比其他地方有人情味，可人情味盖过了规矩，大家做好事，知道你在背后帮他们撑腰，可要是做坏事呢？他们不会想到规矩，只想到你知道以后会怎么处理。那些有功的人，出了事情，你就不忍心，想要酌情开恩，那以后谁还愿意讲规矩？这样的事情最近几年出过好几次……"

帘子那边的人硬生生打断了宁毅的话："律法不外乎人情，我寨子里的人，我把他们当成自己的兄弟姐妹一般对待。在圣公麾下，他们打仗是最勇猛的，他们冲在最前头，流血最多；在天南武林，无人敢惹我霸刀庄的人。大家都很喜欢这样，过得很好，他们看不到我，但我做了什么，他们都会看到，若只讲规矩，总有一天我会众叛亲离的。"

话语的前半段她似乎有些生气，后面便平静下来，单纯陈述自己的想法。宁毅笑了笑道："人情和规矩都要有，没有什么地方离得开人情这种东西，但寨子有规矩，国家有法律。我告诉你，衡量一个地方是不是健康最简单的办法是什么：一个人，遇到了一些矛盾，犯了一些事，他想要解决，首先想到的是通过规矩，还是直接找人出头，看看这个比例占多少就行了。如果他只考虑规矩，万事都想着打官司，这个世界是没什么人情味的，当然，这样的地方我还没见过，没听说过；但如果他只想着找某某人，那么律法也就形同虚设了。你要管理这个寨子，就两者都要有，现在这样，死伤的人一多，事情一多，大家都看着你，你只会把自己累死……"

雨还在下，房间里的两人为着这事争辩许久，最终看起来倒是没什么结果。早些天看了一些资料，提了一些问题，了解了一些事情，在帘子后面那位刘大彪对这寨子的用心上，他是有些惊叹的，能做到这个程度，没几个人及得上。

如今这世道，无论是管理寨子还是统治天下，都是人情高于规矩，他思想里那种属于现代的完全讲究三角制衡的管理理念不被接受是自然的事情。但理论归理论，做事得看结果，这些天来，宁毅那看似保守却干净利落的处理和归类手法确实令得目前已经手忙脚乱的刘大彪松了一口气。这一点，帘子那边的少女也是心知肚明的，于是双方天南地北地争论半晌，她冷哼了一声："你的说法我会考虑的。"便生闷气不说话了。宁毅撇撇嘴，开始做自己快要做完的事情。

过了一会儿，帘子那边的人说道："听说最近几天宁先生正在结交外面的人，每日里都有应酬？"

宁毅想了想，点头："嗯，既然要在这边住下，多少也该认识些人。"

"我原以为你会一直在霸刀营，不多牵扯杂事。那样也行，但如今你结交的都是些三教九流……"

"多是些商人。"宁毅稍做纠正。

刘大彪轻哼了一声："反正是些不太值得去结交的人。刘总管说，你这是在自污。我说过，你既已入了我霸刀营，我便能保你平安，你最近为我处理了许多事情，我是要谢谢你的，不需要你去做这些不想做的事。你若不想去，后天的百官宴，你只道自己生病，我许你不去便是了。"

她说出这话，宁毅有些好笑地眨了眨眼睛。中秋过后的这三四天里，他开始出门结交一些人，参与一些小小的应酬。如今的杭州城里，各种江湖人士、三教九流之人云集，这类机会自然是有的。不过，一旦他开始与周围交流、结识，渐渐地总会被卷进这个圈子，就如同参加那百官宴，一旦被官府打上记号，往后如果有事，他一介书生便脱不了身了。

他如果从一开始就不愿意与方腊系统中的人结交，固然能显得清高，但自然很难让人真正对他产生信任，主动出去结交各种人，就等于是开始纳投名状。刘大彪称之为自污，固然不贴切，但意思是清楚的。宁毅对这少女倒也佩服起来，但口头上自然是笑着坚持，对方也不勉强，只是轻道了一句："随你喜欢。"

两人如今虽然是每日里对话论辩，但要说亲近，自然也不算，不一会儿事情做完，再讨论几句，宁毅起身告辞，帘子那边的人便叮嘱他拿把伞走。宁毅离开之后，便有人自侧门进来，这人身材魁梧，便是霸刀营的大总管刘天南。当初杭州尚未沦陷时，他跟随刘西瓜进城，也与宁毅有一面之缘，还一度被认为就是刘大彪本尊。方才宁毅在房间里，他便在侧门外等了一会儿，这时候进来，主要还是问问霸刀营每日里各种事情的处理问题。

如今的霸刀山庄随着方腊起事，家属老小分布在霸刀山庄、杭州两地，真正能打能扛的青壮仍在嘉兴参与战事。每日里大大小小的事情报告来，刘西瓜又是凡事亲力亲为的性格，最近受了伤依然整日劳累，刘天南看在眼里，也有些着急，但少女律己甚严，将这种事情看成对自己的考验，刘天南就算想要劝说几句，少女也都是随口跳过。

刘天南其实算得上精明之人，他是霸刀营的老人，武艺高强，威严有余，处理事情的能力也是有的，否则当初真正的刘大彪也不可能让他任总管一职，作为托孤之臣。但最近各种事情确实是多，他与刘西瓜虽然用了最大的力气，每日还是非常忙碌。倒是那宁立恒来后，指手画脚一阵"你去这里""你去那里"，情况似乎就缓和下来，他也看在眼里。

"说起来，这位宁先生倒真是有才学之人。只不过，当初在杭州，见他勇武过人，湖州之时率众突围也是有勇有谋，本以为他是性情洒脱不羁之人，但这些时日看起来，他做事倒是比那些老学究还有条理。哈哈，庄主，这人若是真心投靠，倒真是捡到个宝了。"

"不是真心又能如何？"少女坐在那张大床上，手中拿颗石子弹了弹，砰的一声打开了窗户，"他如今结交了许多人，往后若是我们败了，朝廷追究掀底，必定有人指证他。我让他去参加百官宴，他心里就明白了，开始做这些事。"

"未免……果决了一些。"刘天南皱了皱眉头。宁死不屈之人他见过，贪生怕死之人他也见过，但宁毅做的那些事情看不出太多感情，这种事情便让人觉得有些古怪了。

"事事都讲规矩，我们杀过来，他帮朝廷打我们；被抓了，他开始帮我们；我让他参加百官宴，他知道推不过去，就干脆做得彻底些。这些天里处理事情也是这样，他知道什么是应做之事，却不管什么是想做之事，但走到这一步，他也该知道自己没有退路了。"刘西瓜想了一阵，"无趣之人。"

这个世界上的人各有坚持各有欲望，圣公麾下有许多坏人，满心私欲，有着肮脏的想法，做着肮脏的事情，但也有让人欣赏之人，纵然大家的想法和坚持并不一样，如佛帅为着这一基业殚精竭虑；娄敏中想要流芳千古；陈凡看似鲁莽实则心细，但在一些事情上也是刚烈如火的性情中人；安惜福为人冷漠，战阵上杀自己人如斩草，却有自己的努力和坚持。

她当初在杭州知道有宁立恒这样一个人为朝廷设局，后来在太平巷中看到他将整条巷子炸得干干净净，以一人之力让自己与石宝等人都毫无办法，再到轰轰烈烈的湖州反击。她也想，这人或许是个洒脱不羁、谈笑间诸事皆定的风流名士，就像小时候爹爹说过的卧龙先生一样，但现在看起来，对方似乎根本没将那些事情放在心上。

最重要的是规矩，是应该怎样做，而不是自己想怎样做。自己杀过来了，他要设局保命，于是差点儿把自己等人全给炸死；在湖州，他在逃亡者当中，所以操弄人心，让那些残兵奋起，斩杀自己这边三千余人；被抓了，自己要他做事，他推不过去，就这样做下去；自己让他参加百官宴，他知道事情无法避免，就干脆出去结交各种人，哪怕他并不喜欢——自己的人生若是这样，还有什么意思？

她这样想着，刘天南倒也知道她的想法，笑了起来："若他那么有趣，咱们恐怕也没办法让他帮我们做事了。"

"嗯……"刘西瓜点了点头，但总希望他有趣一些……不用太彻底，自己原本也想了许多方法，试图让他屈服，或者是让他感动，到头来他欣然答应，自己当然认为他上道，但这几天感受到对方的这种性情，就像是一刀砍在了空处，她就不由得觉得有些无趣了。

但也罢，这样的人，山庄是最需要的，往后他好好做事，自己自然绝不亏待于他，至于其他的，也就无所谓了。

当然，自己也真的想知道，这个人真正想做的是什么，但这事不急，慢慢来吧……

好奇心到此为止，已经知道对方是一个怎样的人，往后大抵也没什么好探究的了……她是这样想的。

（第 4 册完）